ENFANT 44

Tom Rob Smith

ENFANT 44

Traduit de l'anglais par France Camus-Pichon

ÉDITIONS FRANCE LOISIRS

Titre original : *CHILD 44*
publié par Simon & Schuster UK Ltd, Londres.

Ce livre est une œuvre de fiction. Les noms, les personnages, les lieux et les événements sont le fruit de l'imagination de l'auteur ou utilisés fictivement. Toute ressemblance avec des personnes réelles, vivantes ou mortes, des événements ou des lieux serait pure coïncidence.

Édition du Club France Loisirs,
avec l'autorisation des Éditions Belfond.

Éditions France Loisirs,
123, boulevard de Grenelle, Paris
www.franceloisirs.com

Le Code de la propriété intellectuelle n'autorisant, aux termes des paragraphes 2 et 3 de l'article L. 122-5, d'une part, que les « copies ou reproductions strictement réservées à l'usage privé du copiste et non destinées à une utilisation collective » et, d'autre part, sous réserve du nom de l'auteur et de la source, que les « analyses et les courtes citations justifiées par le caractère critique, polémique, pédagogique, scientifique ou d'information », toute représentation ou reproduction intégrale ou partielle, faite sans le consentement de l'auteur ou de ses ayants droit ou ayants cause, est illicite (article L. 122-4). Cette représentation ou reproduction, par quelque procédé que ce soit, constituerait donc une contrefaçon sanctionnée par les articles L. 335-2 et suivants du Code de la propriété intellectuelle.

© Tom Rob Smith, 2008. Tous droits réservés
Et pour la traduction française
© Belfond, un département de Place des éditeurs, 2009.
ISBN : 978-2-298-02633-7

À mes parents

Union soviétique
Ukraine
Village de Chervoy

25 janvier 1933

Puisque Maria avait décidé de mourir, son chat n'aurait qu'à se débrouiller. Elle s'en était déjà occupée au-delà du raisonnable. Voilà belle lurette que les villageois avaient attrapé et mangé les rats et les souris. Les animaux de compagnie avaient suivi. Tous, sauf un : ce chat, son compagnon qu'elle tenait caché. Pourquoi ne l'avait-elle pas tué ? Pour garder une raison de vivre, quelque chose à protéger et à aimer – une raison de survivre. Elle s'était promis de continuer à le nourrir jusqu'à ce qu'elle-même n'ait plus rien à se mettre sous la dent. Ce jour était arrivé. Elle avait déjà découpé ses bottes de cuir en lanières, les avait fait bouillir avec des orties et des graines de betterave. Elle avait creusé le sol pour trouver des vers de terre, sucé des morceaux d'écorce. Ce matin encore, délirante de fièvre, elle avait rongé un pied du tabouret de la cuisine jusqu'à ce que ses gencives soient pleines d'échardes. À sa vue, son chat avait filé se réfugier sous le lit, refusant de se montrer alors même qu'elle l'appelait à genoux, le suppliait de sortir de sa cachette. C'est à ce moment-là que Maria avait décidé de mourir, n'ayant plus rien à manger ni à aimer.

Elle attendit la tombée de la nuit pour ouvrir la porte d'entrée. Dans l'obscurité, son chat aurait plus de chances d'atteindre les bois sans être vu. Si un habitant du village l'apercevait, il lui sauterait dessus. Même si près de mourir, elle ne supportait pas l'idée qu'on tue son chat. Elle se consolait en se disant qu'il profiterait de l'effet de surprise. Au sein d'une communauté où les hommes adultes mâchaient de la terre en espérant tomber sur des fourmis ou des œufs d'insectes, où les enfants cherchaient dans le crottin de cheval les grains d'avoine non digérés et où les femmes se battaient pour quelques os, personne, à coup sûr, n'imaginait qu'un chat ait pu avoir la vie sauve.

Pavel n'en crut pas ses yeux. Cet animal hésitant, efflanqué, au regard vert et au pelage moucheté de noir… C'était un chat, aucun doute là-dessus. Pavel ramassait du bois mort lorsqu'il le vit s'enfuir de la maison de Maria Antonovna, traverser la route enneigée et se diriger vers la forêt. Retenant son souffle, il jeta un coup d'œil autour de lui. Personne d'autre ne l'avait vu. Il n'y avait pas âme qui vive, pas une seule fenêtre éclairée. À peine une cheminée sur deux laissait-elle échapper un mince panache de fumée, unique signe de vie. Comme si la dernière chute de neige avait réduit le village au silence, à l'inactivité. La couche neigeuse était presque immaculée : il y avait bien quelques traces de pas, mais aucun sentier n'avait été déblayé. Les journées étaient aussi calmes que les nuits. Personne ne se levait pour aller travailler. Aucun des amis de Pavel ne sortait jouer : ils restaient blottis au lit avec leur famille, une rangée de paires d'yeux immenses, enfoncés dans les orbites, qui fixaient le plafond. Les adultes ressemblaient à des enfants, les enfants à des adultes. Pour la plupart, ils avaient renoncé à chercher de quoi manger. Dans ces conditions, la présence d'un chat tenait du miracle – comme la réapparition d'une créature appartenant à une espèce depuis longtemps disparue.

Pavel ferma les yeux pour tenter de se rappeler la dernière fois qu'il avait mangé de la viande. Quand il les rouvrit, il avait l'eau à la bouche. Un filet de bave s'écoulait à la commissure de ses lèvres. Il l'essuya d'un revers de main. Tout excité, il lâcha sa brassée de branches mortes et rentra chez lui en courant. Il devait annoncer à Oksana, sa mère, l'incroyable nouvelle.

Oksana était assise, enveloppée dans une couverture de laine, et elle contemplait le sol. Parfaitement immobile, elle économisait son énergie tout en élaborant des stratégies pour maintenir sa famille en vie, stratégies qui occupaient chaque heure de ses journées, chaque rêve de ses nuits au sommeil agité. Elle était l'une des rares à ne pas avoir capitulé. Jamais elle n'abandonnerait la partie. Pas tant qu'elle avait ses fils. Mais la détermination ne suffisait pas, il fallait aussi de la prudence : toute tentative inconsidérée pouvait provoquer l'épuisement, et l'épuisement signait votre arrêt de mort. Quelques mois plus tôt, Nikolaï Ivanovitch, un voisin et ami, avait décidé en désespoir de cause de piller un silo à grain appartenant à l'État. Il n'était jamais revenu. Le lendemain matin, Oksana et la femme de Nikolaï étaient parties à sa recherche. Elles avaient retrouvé son cadavre au bord de la route, étendu sur le dos – un corps squelettique au ventre gonflé, encore gros des grains de blé qu'il avait avalés tout crus avant de mourir. Sa veuve avait regardé en pleurant Oksana récupérer dans ses poches le blé restant et le partager entre elles. Dès leur retour au village, la femme de Nikolaï avait appris la nouvelle à tout le monde. Au lieu de la plaindre, on lui avait envié ses quelques poignées de grain. Oksana lui en avait voulu : par son honnêteté ridicule, elle les avait toutes deux mises en danger.

Ses réminiscences furent interrompues par un bruit de pas précipités. Personne ne courait plus, sauf pour apporter une nouvelle importante. Pleine d'appréhension, elle se leva. Pavel fit irruption dans la pièce et annonça, hors d'haleine :

— Maman, j'ai vu un chat !

Elle avança et prit les mains de son fils dans les siennes. Elle devait s'assurer qu'il n'avait pas d'hallucinations : la faim pouvait jouer des tours. Mais Pavel n'avait pas l'air de délirer. Il la regardait droit dans les yeux, le visage grave. Dix ans seulement, et déjà presque un homme. Les circonstances l'avaient privé de son enfance. Son père était très certainement mort, du moins pour eux. Il s'était mis en route pour Kiev dans l'espoir de rapporter à manger. On ne l'avait jamais revu et Pavel avait compris, sans qu'on ait besoin de le lui dire ou de le consoler, qu'il ne reviendrait jamais. Désormais Oksana comptait autant sur son fils que sur elle-même. Ils faisaient équipe, et Pavel avait juré à voix haute de réussir là où son père avait échoué : il veillerait à ce que sa famille reste en vie.

Oksana lui caressa la joue.
— Tu peux l'attraper ?
Il sourit fièrement.
— À condition d'avoir un os.

L'étang était gelé. Oksana chercha une pierre sous la neige. De peur d'attirer l'attention, elle enveloppa la pierre dans son châle pour assourdir le bruit pendant qu'elle creusait un trou dans la glace. Elle reposa la pierre. Frissonnant à la vue de l'eau noire et glaciale, elle y plongea la main, le souffle coupé par le froid. Encore quelques secondes et son bras s'engourdirait. Pas de temps à perdre. Au fond, elle ne trouva que de la vase. Mais où était-ce donc ? Prise de panique, elle se pencha, immergea son bras en totalité, promena à l'aveuglette sa main paralysée par le froid. Elle sentit du verre sous ses doigts. Rassurée, elle referma la main sur le flacon et le sortit de l'eau. Elle avait la peau marbrée de bleu, comme si elle avait reçu des coups. Peu importait, elle venait de trouver ce qu'elle cherchait : un flacon hermétiquement fermé par du goudron. Elle enleva la couche de vase pour inspecter le contenu. À l'intérieur se trouvait un assortiment de petits os.

De retour chez elle, elle vit que Pavel avait remis du bois dans le feu. Elle fit fondre à la chaleur des flammes le goudron qui tomba sur les braises en grosses gouttes collantes. Pavel remarqua sa peau bleuâtre et, toujours attentionné, lui frictionna le bras pour rétablir la circulation. Une fois le goudron fondu, elle renversa le flacon et le secoua. Plusieurs os se coincèrent dans le goulot. Elle les extirpa et les tendit à son fils. Pavel les examina, gratta la surface, huma chacun d'eux. Son choix fait, il s'apprêtait à repartir. Elle l'arrêta.

— Emmène ton frère.

Pavel désapprouva. Son frère cadet était lent et maladroit. De toute façon, ce chat lui appartenait. C'était lui qui l'avait vu, lui qui l'attraperait. Ce serait sa victoire. Sa mère lui glissa un second os dans la main.

— Emmène Andreï.

Andreï avait presque huit ans et il adorait son grand frère. Il sortait rarement, passant le plus clair de son temps dans la chambre du fond où ils dormaient tous les trois, à s'amuser avec son jeu de cartes. Des carrés de papier découpés et collés l'un contre l'autre par son père, en guise de cadeau d'adieu avant son départ pour Kiev. Andreï attendait toujours son retour. Personne ne l'avait détrompé. Dès que son père lui manquait, ce qui arrivait souvent, il faisait une réussite à même le sol. Il était sûr que s'il parvenait à placer toutes les cartes, son père reviendrait. Sinon, pourquoi lui aurait-il donné ce jeu avant de partir ? Évidemment, Andreï préférait jouer avec son frère, mais Pavel n'avait plus de temps pour les jeux. Toujours occupé à aider leur mère, il n'acceptait de faire une partie que le soir, juste avant l'heure du coucher.

Pavel entra dans la pièce. Andreï lui sourit, plein d'espoir, mais son frère s'accroupit et rassembla les cartes.

— Range-moi ça. On sort. Où sont tes *laptys* ?

Comprenant que cette question était un ordre, Andreï se glissa sous le lit pour récupérer les *laptys* : deux morceaux de pneu de tracteur et un amas de chiffons qui, attachés avec de la ficelle, lui tenaient lieu de bottes. Pavel l'aida à nouer le tout bien serré, lui expliquant qu'ils avaient une chance de manger de la viande ce soir-là, à condition qu'Andreï suive ses consignes à la lettre.

— Papa va revenir ?
— Non, il ne reviendra jamais.
— Il est perdu ?
— Oui.
— Alors qui va nous apporter de la viande ?
— On va l'attraper nous-mêmes.

Andreï savait que son frère était un excellent chasseur. Il avait piégé plus de rats que n'importe quel autre garçon du village. C'était la première fois qu'Andreï avait le droit de l'accompagner pour une mission si importante.

Une fois dehors, Andreï s'efforça de ne pas tomber dans la neige. Il trébuchait souvent, car le monde autour de lui était flou. Il ne voyait avec netteté que les objets qu'il approchait de ses yeux. Si quelqu'un reconnaissait de loin une autre personne – alors que lui-même n'apercevait qu'une forme indistincte –, il mettait cela sur le compte de l'intelligence, de l'expérience ou d'une autre qualité qui lui manquait encore. Ce soir-là, il ne tomberait pas, ne se ridiculiserait pas. Son frère serait fier de lui. Perspective autrement plus importante à ses yeux que celle de manger de la viande.

Pavel s'arrêta en lisière du bois, se pencha pour étudier les traces laissées par le chat dans la neige. Andreï n'en revenait pas de cet incroyable flair. Muet d'admiration, il s'accroupit et regarda son frère effleurer l'une des empreintes. Lui-même ne connaissait rien à la chasse ni au braconnage.

— Le chat est passé par là ?

Pavel hocha la tête et scruta l'intérieur de la forêt.

— Les traces ne sont pas très profondes.

Imitant son frère, Andreï suivit de l'index le contour de l'empreinte.

— Ça veut dire quoi ?

— Que ce chat est maigre, donc on aura moins à manger. Mais s'il est affamé, il a plus de chances de se jeter sur l'appât.

Andreï s'efforça d'enregistrer l'information, mais il avait déjà l'esprit ailleurs.

— Et si tu étais une carte à jouer, tu serais quoi ? Un as ou un roi ? Un pique ou un cœur ?

Pavel soupira et Andreï, blessé par cette réprobation, sentit les larmes lui monter aux yeux.

— Si je réponds, tu promets de te taire ?
— Promis.
— Jamais on n'attrapera ce chat si tu lui fais peur en parlant.
— Je ne dirai plus un mot.
— Alors je serais un valet, un chevalier, celui à l'épée. Et maintenant tiens ta promesse : je ne veux plus t'entendre.

Andreï opina du chef. Pavel se releva. Ils pénétrèrent dans la forêt.

Ils marchaient depuis longtemps – peut-être depuis des heures, encore qu'Andreï ait une notion du temps aussi floue que sa vue. Grâce au clair de lune et à la réverbération de la neige, son frère aîné semblait suivre les traces sans trop de mal. Ils s'étaient enfoncés dans les bois, là où Andreï n'allait jamais. Il devait courir pour ne pas se laisser distancer. Il avait mal aux jambes, mal au ventre. Il avait froid et faim, alors que chez lui, au moins, même s'il n'y avait rien à manger, ses pieds ne le faisaient pas souffrir. La ficelle qui maintenait ensemble les chiffons et les morceaux de pneu s'était desserrée, et la neige s'infiltrait sous sa voûte plantaire. Il n'osait pas demander à son frère de s'arrêter pour renouer la ficelle. Il avait promis : plus un mot. Bientôt la neige allait fondre, les chiffons seraient trempés et il ne sentirait plus ses pieds. Pour oublier ce désagrément, il arracha une petite branche à un arbuste et en rongea l'écorce, la mâcha jusqu'à obtenir une bouillie grossière qui lui agaçait les dents et les gencives. On lui avait dit que la bouillie d'écorce faisait taire la faim. Il le croyait : mieux valait se raccrocher à ce genre de certitude.

Soudain Pavel lui fit signe de s'arrêter. Andreï se figea, les dents brunies par l'écorce. Pavel s'accroupit. Andreï l'imita, scrutant les bois à la recherche de ce que son frère avait aperçu. Sourcils froncés, il tentait de voir les arbres.

Pavel fixait le chat, et le chat semblait le fixer en retour de ses deux petits yeux verts. À quoi pensait l'animal ? Pourquoi ne s'enfuyait-il pas ? Caché dans la maison de Maria, peut-être n'avait-il pas appris à craindre les humains. Pavel sortit son couteau, s'entailla le bout de l'index, humecta avec son sang l'os de poulet donné par sa mère. Il renouvela l'opération pour l'appât d'Andreï, un fragment de crâne de rat – toujours avec son sang, puisque son frère risquait de crier et d'effrayer le chat. Sans un mot, les deux garçons prirent des directions opposées. Avant de partir, Pavel avait donné à Andreï des instructions précises, et il n'y avait rien à ajouter. Lorsqu'ils seraient suffisamment loin du chat, ils placeraient leurs os dans la neige. Pavel jeta un coup d'œil à son frère pour vérifier qu'il n'était pas en train de tout gâcher.

Comme il en avait reçu la consigne, Andreï sortit une ficelle de sa poche. Pavel avait déjà formé un nœud coulant à l'une des extrémités. Andreï n'avait plus qu'à le disposer autour de son crâne de rat. Cette tâche accomplie, il recula aussi loin que la ficelle le lui permettait et se mit à plat ventre, tassant la neige sous son poids. Il attendit sans bouger. Alors, seulement, il prit conscience qu'il voyait à peine son appât. Tout était flou. Affolé, il espéra que le chat se dirigerait vers son frère. Pavel, lui, ne ferait pas d'erreur, il attraperait l'animal et ils pourraient rentrer le manger chez eux. Sous l'effet de la peur et du froid, il avait les mains qui tremblaient. Il tenta de se calmer. Il aperçut quelque chose : une forme noire s'avançait vers lui.

Sa respiration faisait fondre la neige devant son visage ; des filets d'eau glacée s'écoulaient jusque dans ses vêtements. Il aurait préféré que le chat se dirige plutôt vers l'appât de son frère, mais plus la forme noire se rapprochait, plus il devenait évident que l'animal l'avait choisi. Évidemment, s'il l'attrapait, alors Pavel l'aimerait, il jouerait aux cartes avec lui et ne se mettrait plus jamais en colère. Enchanté par cette perspective, il oublia son appréhension qui fit place à l'impatience. Oui, c'est lui qui allait attraper ce chat. Il le tuerait. Il ferait ses preuves. Qu'est-ce que son frère lui avait dit, déjà ? De ne pas tirer trop vite sur la ficelle. Si le chat prenait peur, tout serait perdu. Pour cette raison, et parce qu'il n'avait aucun moyen de savoir exactement où se trouvait l'animal, Andreï décida d'attendre, au cas où. Il distinguait presque le pelage sombre et les quatre pattes. Oui, mieux valait attendre un peu, encore un peu… Son frère lui souffla :

— Vas-y !

Andreï s'affola. Il avait souvent entendu cette intonation. Elle signifiait toujours qu'il avait fait une bêtise. Il plissa les yeux et vit le chat au milieu du nœud coulant. Il tira sur la ficelle. Trop tard ! L'animal avait fait un bond de côté, échappant au nœud coulant. Andreï continua malgré tout à tirer sur la ficelle, espérant qu'il y aurait par miracle un chat au bout. Lorsqu'il se retrouva avec le nœud coulant dans la main, il se sentit rougir de honte. Fou de rage, il aurait voulu se lever, poursuivre le chat, l'attraper, l'étrangler, lui fracasser le crâne. Pourtant il ne bougea pas : Pavel, lui, était toujours à plat ventre. Alors Andreï, qui avait appris à imiter son aîné en toutes circonstances, resta allongé lui aussi. Les yeux écarquillés, il découvrit que la forme noire se dirigeait à présent vers l'appât de son frère.

La colère de Pavel face à la maladresse de son cadet avait fait place à la surexcitation devant l'imprudence du chat. Il se redressa légèrement. Aucun doute, l'animal avait flairé le sang et la faim l'emportait sur la prudence. Pavel le regarda s'immobiliser, une patte en l'air, les yeux fixés sur lui. Il retint son souffle, serra encore plus fort sa ficelle et attendit, suppliant le chat en silence :

Avance. Par pitié, avance.

Le chat s'élança, ouvrit la gueule et happa l'os. Pavel tira sur la ficelle à point nommé. Le nœud coulant se referma sur la patte avant de l'animal. Pavel se leva d'un bond et ramena la ficelle vers lui d'un coup sec, resserrant le nœud coulant. Le chat tenta de s'enfuir, mais la ficelle se tendit. Il tomba à la renverse. Des miaulements emplirent la forêt, comme si une créature monstrueuse luttait contre la mort, se débattait, s'arc-boutait dans la neige pour essayer de se libérer. Le nœud risquait de lâcher. La ficelle était fine et usée. Quand Pavel tenta de s'approcher, le chat lui échappa, restant hors d'atteinte. Il cria alors à son frère :

— Tue-le !

De peur de commettre une nouvelle erreur, Andreï n'avait pas bougé. Mais là, il recevait un ordre. Il se leva, se mit à courir, trébucha aussitôt et tomba la tête la première dans la neige. Se redressant, il vit le chat siffler, cracher, se tordre en tous sens. Si la ficelle se rompait, l'animal serait libre et son frère le détesterait à tout jamais. Pavel poussa un cri rauque, éperdu :

— Tue-le ! Allez ! Tue-le !

Andreï se releva en titubant. Sans trop savoir ce qu'il faisait, il bondit en avant et se laissa tomber de tout son long sur le chat qui se débattait toujours. Peut-être dans l'espoir que l'impact le tuerait. Mais une fois couché sur lui, il le sentit se tortiller et griffer sa veste faite de sacs de jute cousus ensemble. Toujours à plat ventre sur l'animal pour l'empêcher de s'échapper, il tourna la tête vers Pavel, l'implorant du regard de reprendre l'initiative.

— Il est encore vivant !

Pavel accourut, s'agenouilla et glissa les mains sous le ventre de son petit frère, mais rencontra les canines du chat. Il se fit mordre. Il retira brusquement ses mains. Sans s'occuper du sang qui coulait de son index, il enjamba tant bien que mal le corps d'Andreï, replongea les mains dessous, attrapa cette fois le chat par la queue. Ses doigts remontèrent le long du dos de l'animal. Pris à revers, celui-ci était sans défense.

Andreï, pétrifié, suivait le combat qui se déroulait sous lui, les mains de Pavel qui se rapprochaient de la tête du chat. Sentant la mort venir, l'animal se mit à mordre tout ce qui était à sa portée – la veste d'Andreï, la neige –, en proie à un affolement qu'Andreï percevait sous forme de secousses contre son ventre. Imitant son frère, il s'écria à son tour :

— Tue-le ! Allez ! Tue-le !

Pavel brisa la nuque du chat. Les deux frères ne bougèrent plus pendant quelques instants. Couchés dans la neige, ils reprenaient leur souffle. Pavel posa la tête sur le dos d'Andreï sans lâcher le cou du chat. Enfin il ramena ses mains à l'air libre et se releva. Andreï, toujours allongé, n'osait pas faire un geste.

— Tu peux te relever, maintenant.

Il pouvait se relever. Se mettre debout près de son frère. Le regard fier. Il n'avait pas déçu Pavel. Il s'était montré à la hauteur. Il prit la main de son aîné et se remit sur ses pieds. Pavel n'aurait pas pu attraper ce chat sans lui. La ficelle aurait lâché. Le chat se serait échappé. Andreï sourit, puis éclata de rire, applaudissant et dansant sur place. Jamais il ne s'était senti aussi heureux. Pavel et lui faisaient équipe. Son frère le serra dans ses bras et tous deux ils contemplèrent leur trophée : un cadavre de chat efflanqué, enfoui dans la neige.

Par précaution, ils devaient le rapporter au village sans se faire remarquer. Les gens seraient prêts à se battre, à s'entre-tuer pour cette prise miraculeuse. Les miaulements avaient pu attirer l'attention. Pavel ne voulait rien laisser au hasard. Faute d'avoir pris un sac dans lequel dissimuler l'animal, il décida de le recouvrir de branchages. S'ils croisaient quelqu'un en route, on croirait qu'ils étaient allés chercher du bois et on ne les questionnerait pas. Il ramassa le chat dans la neige.

— Je vais le rapporter sous un tas de branches pour que personne ne le voie. Mais si on veut vraiment donner l'impression que c'est du bois, il faut que toi aussi tu en aies dans les bras.

Andreï fut impressionné par ce raisonnement : jamais il n'y aurait pensé lui-même. Il entreprit de rassembler quelques branches. La difficulté à trouver du bois mort sur le sol enneigé l'obligeait à ratisser la neige de ses mains nues. Aussitôt après, il frottait ses paumes l'une contre l'autre en soufflant sur ses doigts. Il avait la goutte au nez, la lèvre supérieure couverte de morve. Mais ce soir-là, après leur triomphe, il s'en moquait, et il replongea les doigts dans la neige en fredonnant une mélodie que son père chantait naguère.

Confronté à la même pénurie que son frère, Pavel s'était éloigné. Ils allaient devoir se séparer. À quelque distance de là, il aperçut un arbre mort au tronc hérissé de branches. Il se rua dans cette direction, déposa le chat dans la neige pour pouvoir arracher les branches. Il y en avait largement assez pour Andreï et pour lui, et il chercha son frère des yeux. Il allait l'appeler, mais se ravisa. Il entendait du bruit. Il pivota sur lui-même, inspecta les environs. Les bois étaient touffus, noyés dans la pénombre. Il ferma les yeux, se concentra sur ce son qui se répétait à intervalles réguliers : un crissement dans la neige. De plus en plus rapproché. La peur le fit frissonner. Il rouvrit les yeux. Là, dans l'obscurité, quelque chose bougeait : un homme en train de courir. Une lourde branche à la main, il avançait à grandes enjambées. Droit sur Pavel. Il les avait entendus tuer le chat et il voulait leur voler leur proie. Mais Pavel l'en empêcherait : il ne laisserait pas sa mère mourir de faim. Contrairement à son père, il ne capitulerait pas. Du pied, il tenta d'enfouir le chat dans la neige.

— On est venus ramasser…

Pavel se tut en voyant l'homme surgir entre les arbres et brandir sa branche. Alors, seulement, devant ce visage émacié, ce regard halluciné, Pavel comprit que ce n'était pas le chat qui intéressait l'homme. C'était lui.

Il en resta bouche bée, alors même que l'extrémité de la branche s'abattait sur son crâne. Il ne sentit rien, eut seulement conscience de ne plus être debout. Il avait un genou dans la neige. Tournant légèrement la tête, à moitié aveuglé par un flot de sang, il vit l'homme brandir à nouveau la branche.

Andreï cessa de fredonner. Est-ce que Pavel l'appelait ? Il n'avait pas trouvé beaucoup de branches, pas assez pour que leur plan réussisse, en tout cas, et il n'avait aucune envie de se faire rabrouer après s'être si bien acquitté de sa mission. Sortant les mains de la neige, il se releva. Sourcils froncés, il scruta les bois, incapable de voir même l'arbre le plus proche autrement que dans un halo.

— Pavel ?

Pas de réponse. Il appela encore. Est-ce que c'était un jeu ? Non, Pavel n'avait plus de temps pour les jeux. Andreï marcha dans la direction où il avait aperçu son frère pour la dernière fois, mais il ne voyait rien. Quel idiot ! Ce n'était pas à lui de chercher Pavel, c'était à Pavel de le chercher. Quelque chose clochait. Il appela une troisième fois, plus fort. Pourquoi son frère ne répondait-il pas ? Andreï se moucha dans la manche rêche de sa veste et se demanda si Pavel ne le mettait pas à l'épreuve. Que ferait son frère à sa place ? Il suivrait les traces de pas dans la neige. Andreï lâcha ses branches mortes, se mit à genoux, examina le sol à quatre pattes. Il retrouva ses propres traces, qui le conduisirent jusqu'à l'endroit où il s'était séparé de son frère. Tout fier, il mit ses pas dans ceux de Pavel. Dès qu'il se relevait, il ne distinguait plus les empreintes, alors il continua son chemin accroupi, le nez à une trentaine de centimètres de la neige, tel un chien flairant le gibier.

Il arriva devant un arbre mort entouré de branches éparses et de traces de pas – certaines très grandes et très profondes. La neige était toute rouge. Andreï en ramassa une poignée, l'écrasa entre ses doigts, la vit se transformer en sang.

— Pavel !

Il ne cessa de crier que lorsque sa gorge lui fit mal et que sa voix se brisa. Entre deux sanglots, il aurait voulu dire à son frère qu'il lui donnait sa part du chat. Il ne souhaitait qu'une chose : que Pavel revienne. En pure perte. Son frère l'avait abandonné. Il était seul.

Oksana avait caché un petit sac rempli de fibres de maïs, d'amarante à racine rouge et d'épluchures de pommes de terre derrière les briques du four. Lors des inspections, elle y faisait toujours du feu. Jamais les contrôleurs venus vérifier qu'elle ne stockait pas de grain n'allaient voir derrière les flammes. Ils se méfiaient d'elle : pourquoi avait-elle l'air en bonne santé, alors que tout le monde tombait malade ? Comme si le simple fait de rester en vie était un crime. Mais puisqu'ils ne trouvaient pas de nourriture chez elle, ils ne pouvaient pas lui réserver le même sort qu'aux koulaks, les paysans riches. Au lieu de l'avoir exécutée sur-le-champ, ils la laissaient mourir à petit feu. Elle avait appris depuis longtemps qu'elle ne les vaincrait pas par la force. Quelques années plus tôt, elle avait organisé la résistance au village en apprenant que des hommes allaient venir chercher la cloche de l'église pour la fondre. Avec elle, quatre autres femmes s'étaient enfermées dans le clocher où elles avaient sonné le tocsin, empêchant les hommes d'accomplir leur mission. Oksana leur avait crié que cette cloche n'appartenait qu'à Dieu. Elle aurait pu se faire abattre ce jour-là, mais le chef du détachement avait décidé d'épargner les femmes. Après avoir enfoncé la porte, il expliqua qu'il avait juste reçu l'ordre d'emporter la cloche, que le métal était indispensable à la révolution industrielle du pays. Pour toute réponse, Oksana avait craché par terre. Quand l'État avait commencé à réquisitionner la nourriture des villageois sous prétexte qu'elle appartenait à la nation tout entière, Oksana avait retenu la leçon. Au lieu de lutter, elle avait feint d'obéir, résistant en secret.

Ce soir-là, toute la famille festoierait. Oksana mit plusieurs poignées de neige à fondre, porta l'eau à ébullition et fit une bouillie avec la poudre de maïs. Elle y ajouta les quelques os qui restaient dans le flacon. Après la cuisson, elle les réduirait en poudre. Bien sûr qu'elle allait trop vite en besogne. Pavel n'avait pas encore réussi. Mais il y arriverait, elle en était sûre. Si Dieu lui infligeait des épreuves, il lui avait également donné un fils sur qui elle pouvait compter. Quoi qu'il en soit, s'il n'attrapait pas ce chat, elle promettait de ne pas se mettre en colère.

Dans la forêt, le chat était minuscule, et de toute façon la colère représentait une perte d'énergie. Elle avait beau tenter de se préparer à une déception éventuelle, la tête lui tournait à la perspective de manger du bortsch à la viande et aux pommes de terre.

Andreï apparut sur le seuil, le visage tuméfié, sa veste couverte de neige, le nez barbouillé de sang et de morve. Ses *laptys* étaient en pièces et on voyait ses orteils. Oksana courut vers lui.

— Où est ton frère ?
— Il m'a laissé tout seul.

Andreï se mit à pleurer. Il ignorait où se trouvait Pavel. Il ne comprenait pas ce qui s'était passé. Il n'avait pas d'explication. Il savait que sa mère allait le détester. Qu'elle le tiendrait pour responsable, alors qu'il avait fait tout ce qu'il fallait, que c'était son frère qui l'avait abandonné.

Oksana en eut le souffle coupé. Elle bouscula Andreï, sortit en trombe de la maison, scruta les bois. Pas trace de Pavel. Peut-être qu'il s'était blessé en tombant. Qu'il avait besoin d'aide. Dans l'espoir d'obtenir une réponse, elle rentra précipitamment, pour découvrir Andreï debout près du bortsch, une cuiller dans la bouche. Pris sur le fait, il regarda sa mère d'un air penaud, un filet de soupe au coin de la bouche. Folle de rage – contre son mari mort et son fils disparu –, elle se jeta sur Andreï, le fit tomber à la renverse, lui enfonça la cuiller de bois dans la gorge.

— Quand j'enlèverai cette cuiller, tu as intérêt à me dire ce qui s'est passé.

Aussitôt, Andreï fut pris d'une quinte de toux. Furieuse, elle lui fourra de nouveau la cuiller dans la gorge.

— Espèce d'idiot, de maladroit, de bon à rien ! Où est mon fils ? Où est-il ?

Elle retira la cuiller, mais Andreï sanglotait sans pouvoir reprendre son souffle. Incapable d'articuler une parole. Comme il continuait à tousser et à pleurer, elle le frappa, martela de ses poings le torse malingre de son fils cadet. Elle ne s'arrêta qu'au moment où le bortsch menaça de déborder. Elle se redressa, ôta la marmite du feu.

Étendu sur le sol, Andreï geignait. Oksana en oublia sa colère. Il était si petit. Il admirait tellement son frère aîné. Elle se pencha, le releva, l'assit sur une chaise. Après l'avoir enveloppé dans une couverture, elle lui servit un bol de bortsch, une portion généreuse, comme jamais il n'en avait eu. Elle eut beau lui présenter la cuiller, il refusa d'ouvrir la bouche. Il se méfiait. Elle lui donna la cuiller. Il cessa de pleurer pour se mettre à manger. Il vida son bol. Elle le resservit. Lui dit de prendre son temps. Ignorant ce conseil, il vida de nouveau son bol. Sans perdre son calme, elle lui demanda ce qui s'était passé et l'écouta parler du sang sur la neige, des branches éparses, de la disparition de Pavel, des empreintes de pas gigantesques. Elle ferma les yeux.

— Ton frère est mort. Il a été capturé pour être mangé. Tu comprends ? Pendant que vous poursuiviez ce chat, quelqu'un vous suivait à la trace. Tu comprends ?

Andreï regardait en silence les larmes rouler sur les joues de sa mère. À vrai dire, il ne comprenait pas. Elle se leva et quitta la maison. Entendant sa voix, il courut à la porte.

À genoux dans la neige, Oksana implorait la lune.

— S'il vous plaît, mon Dieu, rendez-moi mon fils.

Lui seul pouvait ramener Pavel à la maison désormais. Ce n'était pas beaucoup demander. Dieu avait-Il donc la mémoire si courte ? Elle avait risqué sa vie pour sauver Sa cloche. En échange, elle souhaitait seulement retrouver son fils, son unique raison de vivre.

Quelques voisins apparurent sur le pas de leur porte. Ils contemplèrent Oksana. Ils écoutèrent ses sanglots, mais un tel chagrin n'avait rien d'inhabituel, et ils ne s'attardèrent pas.

VINGT ANS PLUS TARD

Moscou

11 février 1953

La boule de neige s'écrasa sur la nuque de Jora. Elle le prit par surprise, lui explosa dans les oreilles. Quelque part derrière lui, son petit frère éclata de rire – tout fier de son coup, même s'il avait mis dans le mille par hasard. Jora passa la main sur le col de sa veste pour enlever la neige qui lui glissait déjà dans le dos. Des cristaux fondaient sur sa peau, laissant des traînées glacées comme celles d'un escargot. Il sortit sa chemise de son pantalon pour évacuer la neige.

Stupéfait de l'assurance de son frère aîné – occupé à secouer sa chemise au lieu de rester sur ses gardes –, Arkady prit son temps, tassa la neige entre ses paumes, une poignée après l'autre. Trop grosses, les boules rataient leur cible : elles étaient difficiles à lancer et faciles à esquiver du fait de leur lenteur. Arkady s'était longtemps obstiné à fabriquer des boules énormes. Loin d'avoir plus d'impact, il suffisait d'un geste pour les dévier, quand elles ne se désintégraient pas avant même d'avoir atteint leur cible. Jora et lui faisaient beaucoup de batailles de ce genre. Parfois d'autres enfants se joignaient à eux, mais la plupart du temps ils n'étaient que tous les deux. Après un début anodin, la compétition devenait plus féroce à chaque tir. Arkady ne gagnait jamais, pour autant qu'on puisse parler de victoire. La vitesse et la puissance des boules de neige de son frère le terrassaient toujours. Le dénouement était invariablement le même : déception, capitulation, colère, ou, pire encore, les larmes et la fuite. Il ne supportait plus d'être l'éternel perdant, et surtout d'en souffrir autant. S'il continuait à se prêter au jeu, c'était à cause de sa certitude, jour après jour, que les choses allaient changer, que cette fois il allait gagner. Or aujourd'hui il tenait sa chance. Il se rapprocha, mais pas trop : il voulait réussir un vrai tir. À bout portant, ça ne comptait pas.

Jora vit arriver le projectile : une boule blanche décrivant un arc de cercle, ni trop grosse ni trop petite, pareille aux siennes. Les mains dans le dos, il ne pouvait rien faire. Il fallait le reconnaître, Arkady apprenait vite.

La boule de neige atterrit sur son nez, l'aveugla, lui rentra dans les narines et dans la bouche. Il recula d'un pas, le visage barbouillé de blanc. Un tir parfait – et la fin de la bataille. Il venait de se faire battre par son petit frère, qui n'avait même pas cinq ans. Mais ce fut seulement avec cette première défaite qu'il comprit l'importance de gagner. De nouveau son frère riait aux éclats – comme s'il n'y avait rien de plus drôle que de voir quelqu'un se prendre une boule de neige en pleine tête. Lui, au moins, ne s'était jamais esclaffé comme Arkady le faisait à présent ; jamais il n'avait ri si fort ni tiré de ses victoires autant de jubilation. Mauvais perdant, son petit frère faisait également le pire des vainqueurs. Il avait besoin d'une leçon, d'être remis à sa place. Il avait gagné une bataille, rien de plus – une bataille insignifiante, remportée par hasard, une sur cent, non, même pas, une sur mille. Et voilà qu'il croyait pouvoir rivaliser avec son aîné, voire le surpasser ? Jora s'accroupit, creusa dans la neige pour atteindre la terre gelée, ramena une poignée de gravier et de cailloux mêlés.

Voyant son frère préparer une boule de neige, Arkady détala à toutes jambes. Ce serait un tir vengeur : Jora y mettrait tout le soin et la force dont il était capable. Pas question de servir de cible. S'il courait assez vite, il serait à l'abri. Même bien tassée, même lancée avec précision, la boule n'irait pas très loin avant de commencer à se désintégrer. Et en admettant qu'elle fasse mouche, au-delà d'une certaine distance elle serait inoffensive, presque inutile. S'il continuait à courir, il pouvait gagner. Il ne laisserait pas sa victoire se transformer en déroute sous l'effet d'une rafale tirée par son frère. Non : mieux valait courir et se proclamer vainqueur. Interrompre la bataille sans attendre. Il pourrait savourer sa victoire jusqu'au lendemain, où il se ferait sans doute battre à nouveau. Mais demain était un autre jour. Aujourd'hui il avait gagné.

Il entendit Jora l'appeler. Sans cesser de courir, il se retourna, le sourire aux lèvres – certain d'être hors de portée.

Il crut recevoir un coup de poing en pleine figure. Sa tête pivota sur elle-même, ses pieds décollèrent du sol, et l'espace d'un instant il flotta dans les airs. Lorsqu'il retoucha terre, ses jambes se dérobèrent sous lui et – trop sonné pour penser à se protéger de ses mains – il s'écroula dans la neige la tête la première. Il resta un moment immobile, incapable de comprendre ce qui lui était arrivé. Il avait la bouche pleine de boue, de gravier, de sang et de morve. Tant bien que mal, il glissa son index ganté de laine entre ses lèvres. Ses dents crissaient comme si on l'avait forcé à manger du sable. Il sentit un trou. Il avait perdu une incisive. Entre deux sanglots, il cracha par terre, ratissa la neige pour retrouver sa dent. Curieusement il ne pensait qu'à elle, ne se souciait de rien d'autre. Il fallait qu'il la retrouve. Où était-elle ? Sur cette neige si blanche, il n'en voyait pas trace. Elle avait disparu. Plus que la douleur, c'est la colère qui monta en lui devant cette injustice. Il n'avait donc pas le droit de remporter une bataille ? Il venait pourtant de gagner dans les règles. Son frère ne pouvait-il même pas lui concéder ça ?

Jora s'élança vers Arkady. Le mélange de neige, de terre et de gravier avait à peine quitté sa main qu'il regrettait déjà son geste. Il avait appelé son frère dans l'espoir qu'il se baisserait pour éviter le projectile. Au lieu de quoi Arkady s'était retourné pour le recevoir en plein visage. Loin de l'aider, cet appel avait tout d'une manœuvre particulièrement vicieuse. À la vue de la neige tachée de sang, Jora eut la nausée. C'était sa faute. Il avait transformé cette bataille, ce jeu qu'il aimait plus que tout, en quelque chose d'horrible. Pourquoi ne pas avoir laissé la victoire à son frère ? Il aurait gagné le lendemain, et le surlendemain. Il avait honte.

Il s'agenouilla dans la neige, posa la main sur l'épaule de son petit frère. Arkady se dégagea aussitôt, tourna vers lui ses yeux rougis par les larmes et sa bouche en sang qui le faisaient ressembler à une bête sauvage. Il resta muet. La colère lui déformait les traits. Il se releva laborieusement.

— Arkady ?

Pour toute réponse, le garçonnet ouvrit la bouche et poussa un cri animal. Jora ne vit qu'une rangée de dents sales. Arkady tourna les talons et s'enfuit.

— Arkady, attends !

Mais il n'attendit pas – ne s'arrêta pas, ne voulut pas entendre les excuses de Jora. Il courait à perdre haleine, cherchant du bout de sa langue le trou entre ses incisives. Lorsqu'il l'eut trouvé, qu'il sentit sa gencive sous sa langue, il espéra ne jamais revoir son frère.

14 février

Leo contemplait le bloc numéro 18 – une barre trapue en béton grisâtre. C'était la fin d'après-midi, et il faisait déjà nuit. Toute une journée de travail perdue pour une tâche aussi déplaisante qu'inutile. D'après le rapport de la milice, un garçonnet âgé de quatre ans et dix mois avait été retrouvé mort sur la voie ferrée. La veille, alors qu'il jouait sur les rails à la nuit tombée, il était passé sous un train de voyageurs ; son corps avait été déchiqueté. Le conducteur de l'express Moscou-Khabarovsk de vingt et une heures avait déclaré au premier arrêt avoir aperçu quelque chose ou quelqu'un sur les voies, peu après avoir quitté la gare de Iaroslav. On n'avait pas encore pu établir si c'était bien ce train qui avait roulé sur l'enfant. Peut-être le conducteur refusait-il d'avouer qu'il n'avait pas pu s'arrêter à temps. Inutile d'ouvrir une enquête pour autant : c'était un accident tragique, on ne pouvait accuser personne. L'affaire aurait déjà dû être close.

En temps ordinaire, Leo Stepanovitch Demidov – étoile montante du MGB, ministère de la Sécurité d'État – n'aurait même pas été mêlé à ce genre d'accident. Que pouvait-il faire ? La mort d'un enfant brisait le cœur de la famille et des proches, mais il fallait bien reconnaître qu'elle n'avait aucune portée nationale. Les gosses imprudents, sauf lorsqu'ils parlaient trop, n'intéressaient pas le MGB. Mais, contre toute attente, l'affaire se corsait. Le chagrin des parents avait pris un tour imprévu. Apparemment, ils refusaient de croire que leur fils (Arkady Fiodorovitch Andreïev – Leo vérifia dans le rapport, s'efforçant de mémoriser ce nom) – soit seul responsable de sa mort. Ils racontaient partout qu'il s'agissait d'un assassinat. Commis par qui ? Aucune idée. Pour quel mobile ? Ils ne le savaient pas davantage. Une telle chose était-elle seulement possible ? Là encore, aucune idée. Et pourtant, même en l'absence de tout argument logique, rationnel, ils avaient pour eux la force de l'émotion. Le risque était réel qu'ils arrivent à convaincre des gens crédules : voisins, amis, inconnus – tous ceux qui les écouteraient d'une oreille bienveillante.

Pour tout arranger, Fiodor Andreïev, le père de l'enfant, était lui-même membre du MGB et, par une curieuse coïncidence, l'un des subordonnés de Leo. Sans parler de son manque de discernement, il portait atteinte à la réputation du MGB en usant de son autorité pour donner du poids à cette invraisemblable affirmation. Il passait les bornes. Il se laissait gouverner par ses émotions. Sans les circonstances qui poussaient à l'indulgence, Leo aurait très bien pu avoir pour tâche de l'arrêter. Toute cette affaire était désastreuse. Aussi Leo avait-il dû délaisser temporairement une mission plus importante pour tenter de redresser la situation.

Appréhendant son entrevue avec Fiodor, il prenait son temps pour monter l'escalier, se demandant comment il en était arrivé là – à contrôler les réactions des gens. Il n'avait jamais eu l'intention de rejoindre le MGB : sa carrière n'était que la suite logique de son service militaire. Durant la Grande Guerre patriotique, il avait été recruté dans une unité des forces spéciales : l'OMSBON, brigade de blindés légers chargée des opérations de commando. Les troisième et quatrième bataillons de cette unité avaient été choisis au sein de l'Institut central de culture physique où étudiait Leo. Sélectionnées pour leurs performances, les nouvelles recrues étaient transférées au camp d'entraînement de Mytishchi, au nord de Moscou, pour y apprendre le combat rapproché, le saut en parachute, le maniement des armes et des explosifs. Ce camp appartenait au NKVD, initiales désignant la police secrète avant qu'elle devienne le MGB. Les bataillons se trouvaient sous l'autorité directe non pas de l'armée, mais du NKVD, ce que reflétait la nature de leurs missions. Envoyés derrière les lignes ennemies où ils étaient chargés du renseignement, de la destruction des infrastructures, de l'élimination des personnalités gênantes, ils agissaient clandestinement.

Leo avait apprécié l'indépendance dont il jouissait pour ces opérations, tout en prenant soin de garder cette observation pour lui. Il avait aimé savoir son sort entre ses mains – mais peut-être n'était-ce qu'une impression. Il s'était distingué, ce qui lui avait valu d'être décoré de l'ordre de Souvorov. Son sang-froid, ses prouesses militaires, son physique avantageux et, surtout, sa foi inébranlable en son pays avaient fait de lui – au sens propre – un emblème de la libération par les Soviétiques des territoires sous occupation allemande. Il avait été photographié devant l'épave en flammes d'un panzer allemand, avec un groupe de soldats de différentes divisions qui brandissaient leurs fusils d'un air radieux, des cadavres à leurs pieds. À l'arrière-plan, on voyait les ruines encore fumantes de villages incendiés. La destruction, la mort et des sourires triomphants – Leo, avec ses dents blanches et ses épaules carrées, avait été placé au premier rang. Une semaine plus tard, la photo faisait la une de la *Pravda* et Leo recevait les félicitations d'inconnus, civils et militaires confondus, qui voulaient lui serrer la main, embrasser ce symbole de la victoire.

Après la guerre, Leo était passé de l'OMSBON au NKVD. Cette promotion semblait aller de soi. Sans se poser de questions, il s'était engagé, la tête haute, sur la voie indiquée par ses supérieurs. Son pays aurait pu lui demander n'importe quoi, il aurait dit oui. Si on lui en avait donné l'ordre, il aurait même pris la tête d'un goulag au milieu de la toundra dans la région de la Kolyma. Il n'avait d'autre ambition que de servir son pays, un pays qui avait vaincu le fascisme, qui permettait à chacun de s'instruire et d'être soigné gratuitement, qui défendait les droits des travailleurs du monde entier, qui versait à son père – ouvrier à la chaîne dans une usine de munitions – un salaire comparable à celui d'un médecin diplômé. Même si son propre travail au sein du MGB était souvent ingrat, il en comprenait la nécessité, celle de protéger la révolution contre ses ennemis, de l'intérieur comme de l'extérieur, contre ceux qui cherchaient à la saboter, à la faire échouer par tous les moyens. Pour la sauver, Leo était prêt à sacrifier sa vie. Et celle des autres.

Ce jour-là, son héroïsme et son entraînement militaire ne lui serviraient à rien. Il n'avait pas affaire à un ennemi. Juste à un collègue, à un ami cruellement éprouvé. Il s'agissait toutefois d'une action intentée par le MGB et ce père endeuillé en était la cible. Prudence. Pas question de se laisser fléchir par les sentiments qui aveuglaient Fiodor. Cette hystérie mettait en danger une famille respectable. Si on ne les faisait pas taire, ces rumeurs de meurtre proliféreraient comme du chiendent au sein de la communauté, déstabiliseraient ses membres, les inciteraient à douter d'un des principes fondamentaux sur lesquels reposait leur nouvelle société : *La délinquance n'existe plus*.

Peu de gens en étaient absolument convaincus. Il y avait des ombres au tableau : cette société traversait une phase de transition, elle n'était pas encore parfaite. En tant qu'officier du MGB, Leo devait étudier – comme chaque citoyen – les œuvres de Lénine. Il savait que les excès de la société – la délinquance – reculeraient à mesure que la pauvreté et la pénurie disparaîtraient. On n'en était pas encore là. Il y avait toujours des vols, des querelles d'ivrognes qui dégénéraient, sans oublier les *urkis* – les gangs. Mais la population devait continuer à croire qu'elle était en marche vers une vie meilleure. Parler de meurtre, c'était faire un gigantesque pas en arrière. Leo avait appris du major Janusz Kuzmin, son supérieur et son mentor, l'existence des grands procès de 1937, où les accusés s'étaient entendu dire par Staline : *Vous avez perdu la foi*.

Non contents d'être des saboteurs, des espions et des parasites, les ennemis du socialisme osaient émettre des doutes sur la ligne du Parti, sur la société qui les attendait. Vu sous cet angle, Fiodor, l'ami et le collègue de Leo, était somme toute devenu un ennemi.

Leo avait pour mission d'étouffer dans l'œuf toute spéculation infondée, de ramener ses auteurs dans le droit chemin. Par leur aspect dramatique, ces rumeurs de meurtre excitaient sans doute l'imagination de quelques-uns. S'il le fallait, Leo dirait les choses sans ménagement : ce garçonnet avait commis une erreur qui lui avait coûté la vie. Nul autre que lui ne devait souffrir de son imprudence. Peut-être était-ce trop brutal. Inutile d'aller si loin. Cette affaire pouvait se résoudre avec tact. Ces gens étaient sous le choc – rien de plus. Il fallait se montrer patient. Ils étaient incapables de se raisonner. Il suffisait de leur rappeler les faits. Leo n'était pas là pour les menacer – du moins pas dans l'immédiat – mais pour les aider. Pour leur redonner la foi.

Leo frappa et Fiodor lui ouvrit. Leo s'inclina.

— Toutes mes condoléances.

Fiodor s'écarta pour le laisser entrer.

Il ne restait pas une seule chaise inoccupée. La pièce était pleine de monde, comme lors d'une assemblée de village. Il y avait là des vieillards, des enfants – à l'évidence toute une famille réunie. Dans ce genre d'ambiance, on pouvait facilement se monter la tête. À n'en pas douter, ces gens s'étaient convaincus qu'une force mystérieuse avait causé la mort du garçonnet. Peut-être que cela les aidait à faire leur deuil. Peut-être se sentaient-ils moins coupables de ne pas lui avoir interdit d'approcher des voies. Leo reconnut quelques visages autour de lui. Des collègues de Fiodor. Ils avaient soudain honte d'être surpris là. Mal à l'aise, ils évitaient le regard de Leo et auraient préféré partir, mais c'était impossible. Leo se tourna vers Fiodor.

— Ce serait sans doute plus facile de parler si on n'était que tous les deux ?

— S'il te plaît. C'est ma famille : ils veulent entendre ce que tu as à dire.

Leo inspecta la pièce du regard : une vingtaine de paires d'yeux étaient fixées sur lui. Ces gens savaient déjà ce qu'il avait à dire et lui en voulaient d'avance. Ils n'acceptaient pas la mort de l'enfant et c'était leur façon d'exprimer leur chagrin. Leo devait accepter d'être la cible de leur colère.

— Je ne connais rien de pire que la perte d'un enfant. J'étais déjà ton collègue et ami, Fiodor, quand ta femme et toi avez fêté la naissance de votre fils. Je me rappelle être venu vous féliciter. C'est avec une terrible tristesse que je viens vous présenter mes condoléances.

Un peu formel, peut-être, mais Leo était sincère. Seul le silence lui répondit. Il pesa avec soin ses paroles suivantes.

— Je n'ai jamais éprouvé la douleur de perdre un enfant. J'ignore comment je réagirais. Peut-être que j'aurais besoin de chercher un coupable, quelqu'un à haïr. Mais je peux vous assurer, en mon âme et conscience, que la cause de la mort d'Arkady ne fait aucun doute. J'ai apporté avec moi le rapport officiel, je peux vous le laisser si vous le souhaitez. J'ajoute que je suis là pour répondre à toutes vos questions.

— Arkady a été assassiné. On fait appel à toi pour en avoir le cœur net ; si tu ne t'impliques pas personnellement, on voudrait que le MGB fasse ouvrir une enquête par le procureur.

Leo opina du chef pour tenter de se montrer conciliant. La discussion s'engageait sous les pires auspices. Le père de l'enfant était catégorique : il campait sur ses positions. Il réclamait l'ouverture officielle d'une *ugolovnoye delo* – une enquête criminelle –, nécessaire pour que la milice se saisisse de l'affaire. Il demandait l'impossible. Leo dévisagea ses collègues. Contrairement aux autres, ils avaient conscience que l'adjectif « assassiné » compromettait toutes les personnes présentes dans cette pièce.

— Arkady est passé sous un train. Sa mort est un accident, un terrible accident.

— Alors pourquoi a-t-il été retrouvé nu ? Pourquoi avait-il la bouche pleine de terre ?

Leo tenta de digérer ces affirmations. Le garçonnet était nu ? Personne ne lui en avait parlé. Il ouvrit le rapport :

L'enfant a été retrouvé tout habillé.

À la relecture, cette précision lui parut insolite. Mais les faits étaient là : il n'était pas nu. Leo parcourut le reste du document :

*Après avoir été traîné sur le sol,
il avait la bouche pleine de terre.*

Il referma le rapport. L'assistance retenait son souffle.

— L'enfant a été retrouvé tout habillé. Certes, il avait la bouche pleine de terre. Mais son corps a été traîné par le train sur plusieurs centaines de mètres : rien d'étonnant à ce qu'il ait eu de la terre dans la bouche.

Une femme âgée se leva. Malgré son dos voûté par le poids des ans, elle avait un regard perçant.

— Ce n'est pas ce qu'on nous a dit.

— C'est tout à fait regrettable, mais vous avez été mal informés.

Elle insista. À l'évidence, elle était à l'origine des spéculations sur l'accident.

— L'homme qui a trouvé le corps – Taras Kuprin –, il faisait les poubelles. Il vit à deux rues d'ici. Il nous a dit qu'Arkady était nu, vous entendez ? Il ne portait pas un seul vêtement. Un train ne peut pas déshabiller un enfant.

— Cet homme, Kuprin, a bel et bien trouvé l'enfant. Son témoignage apparaît dans le rapport. Il prétend avoir découvert le corps sur les voies, tout habillé. Il est catégorique. C'est écrit noir sur blanc.

— Pourquoi nous a-t-il dit autre chose ?

— Il s'est peut-être embrouillé dans ses souvenirs. Je n'en sais rien. En tout cas, j'ai sa signature au bas de son témoignage, qui est consigné dans ce rapport. Je doute qu'il répondrait différemment si je lui posais la question aujourd'hui.

— Vous avez vu le corps ?

Leo fut pris de court.

— Je n'enquête pas sur cette affaire : ce n'est pas de mon ressort. En tout état de cause, il n'y a pas lieu d'ouvrir une enquête. C'est un accident tragique. Je suis venu en parler avec vous, pour éclaircir une situation qui a été rendue inutilement compliquée.

Je peux vous lire tout le rapport à voix haute si vous le souhaitez.

La vieille femme reprit la parole :

— Ce rapport est un tissu de mensonges.

L'atmosphère se tendit. Leo ne répondit pas, s'efforçant de garder son calme. Ces gens devaient comprendre qu'il n'y aurait pas de compromis. Ils devaient s'incliner, accepter l'idée que ce petit garçon avait malencontreusement perdu la vie. Leo était là pour les y aider. Il se tourna vers Fiodor, dans l'espoir qu'il raisonne cette femme.

Fiodor avança d'un pas.

— On a des preuves, Leo, des preuves qui nous ont été révélées aujourd'hui. Une femme habitant un appartement dont les fenêtres donnent sur les voies a vu Arkady avec un homme. On n'en sait pas plus. Cette femme n'est pas une amie à nous. On ne la connaissait pas jusque-là. Elle a entendu parler du meurtre...

— Fiodor...

— Elle a entendu parler de la mort de mon fils. Et si ce qu'on nous a dit est vrai, elle peut décrire cet homme. Elle pourrait l'identifier.

— Où est cette femme ?

— On l'attend.

— Elle va venir ici ? Je suis curieux d'entendre ce qu'elle a à dire.

Quelqu'un offrit une chaise à Leo. Il refusa d'un geste. Il préférait rester debout.

Tout le monde se taisait, attendant que la visiteuse frappe à la porte. Leo regrettait d'avoir refusé la chaise. Près d'une heure s'écoula en silence avant qu'un coup discret retentisse. Fiodor ouvrit la porte, se présenta, fit entrer l'inconnue. Elle avait une trentaine d'années, un visage bienveillant, de grands yeux inquiets. À la vue de tous ces gens, elle eut un mouvement de recul et Fiodor tenta de la rassurer :

— Ce sont mes amis et ma famille. Vous n'avez pas à vous inquiéter.

Mais elle n'écoutait pas. Elle dévisageait Leo.

— Je m'appelle Leo Stepanovitch. Je suis un officier du MGB. C'est moi qui suis chargé de cette affaire. Qui êtes-vous ?

Il sortit son calepin, chercha une page vierge. La femme ne répondit pas. Il l'interrogea du regard. Elle garda le silence. Leo allait répéter sa question lorsqu'elle dit dans un murmure :

— Galina Shaporina.

— Et qu'avez-vous vu ?

— Eh bien...

Elle jeta un coup d'œil dans la pièce, baissa les yeux, dévisagea de nouveau Leo. Il insista, d'une voix où transparaissait l'agacement :

— Vous avez vu un homme ?

— Oui, un homme.

Debout près d'elle, Fiodor, qui ne la quittait pas des yeux, poussa un soupir de soulagement. Elle poursuivit :

— Un homme, peut-être un ouvrier, sur la voie ferrée – je l'ai aperçu de ma fenêtre. Il faisait très sombre.

Leo tapait nerveusement sur son calepin avec son crayon.

— Il était avec un enfant ?

— Non, il n'y avait pas d'enfant.

Fiodor en resta bouche bée, puis les mots se bousculèrent :

— On nous avait pourtant dit que vous aviez vu un homme qui tenait mon petit garçon par la main.

— Non, pas du tout – il n'y avait pas d'enfant. L'homme avait un sac à la main – une sacoche à outils, je crois. Oui, c'est bien ça. Il travaillait sur les voies, peut-être pour faire des réparations. Je n'ai pas vu grand-chose, je l'ai à peine aperçu, rien de plus. D'ailleurs je ne devrais même pas être ici. Toutes mes condoléances pour la mort de votre fils.

Leo referma son calepin.

— Merci.

— Avez-vous d'autres questions à me poser ?

Avant que Leo ait pu répondre, Fiodor prit la femme par le bras.

— Vous avez vu cet homme.

Elle se dégagea, regarda autour d'elle, aperçut toutes ces paires d'yeux qui la fixaient. Elle se tourna vers Leo.

— Aurez-vous besoin de me rendre visite ultérieurement ?

— Non. Vous pouvez partir.

Les yeux baissés, Galina se dirigea en toute hâte vers la porte. Avant qu'elle y arrive, la doyenne de l'assistance l'interpella :

— Il en faut si peu pour vous impressionner ?

Fiodor s'approcha de la vieille femme.

— Je t'en prie, rassieds-toi.

Elle hocha la tête, mi-écœurée, mi-résignée.

— Arkady était ton fils.

— Oui.

Leo ne voyait pas les yeux de Fiodor. Il se demanda quelle était la nature de l'échange silencieux entre ces deux individus. Quoi qu'il en soit, la vieille femme se rassit. Dans l'intervalle, Galina s'était éclipsée.

Leo se félicita de l'intervention de Fiodor. Il espérait qu'ils avaient franchi une étape. Ce mélange de rumeurs et de commérages ne rendait service à personne. Fiodor revint près de Leo.

— Il faut excuser ma mère, elle est bouleversée.

— C'est pourquoi je suis là. Pour mener cette discussion à son terme entre ces quatre murs. Il est hors de question qu'elle reprenne après mon départ. Si on te questionne sur ce qui est arrivé à ton fils, tu ne peux pas dire qu'il a été assassiné. Pas parce que je te l'ordonne, mais parce que c'est faux.

— On a compris.

— Fiodor, je veux que demain tu prennes une journée de congé. Tu en as l'autorisation. Si je peux faire quelque chose de plus pour toi...

— Non, merci.

À la porte de l'appartement, les deux hommes échangèrent une poignée de main.

— On est tous sous le choc. Excuse nos mouvements d'humeur.

— Personne n'en sera informé. Mais comme je le disais, les choses doivent en rester là.

Les traits de Fiodor se durcirent. Il hocha la tête. Puis il lâcha, comme si les mots lui emportaient la bouche :

— La mort de mon fils est un terrible accident.

Leo descendit l'escalier, inspirant profondément. Il régnait une atmosphère étouffante dans cette pièce. Il se réjouissait d'en avoir terminé, d'avoir résolu cette affaire. Fiodor était un brave homme. Une fois la période de deuil passée, il accepterait plus facilement la vérité.

Il se figea. Il y avait quelqu'un derrière lui. Il se retourna. C'était un jeune garçon, âgé de sept ou huit ans au plus.

— Je m'appelle Jora, monsieur. Je suis le grand frère d'Arkady. Je peux vous parler ?

— Bien sûr.

— Tout est ma faute.

— Quoi donc ?

— La mort de mon frère : je lui ai lancé une boule de neige. J'y avais mélangé de la terre et du gravier. Arkady a été blessé, touché en pleine tête. Il s'est enfui en courant. Peut-être qu'il était sonné, et qu'il n'a pas vu le train. La terre qu'on a trouvée dans sa bouche, c'est ma faute. C'est moi qui lui ai lancé cette boule.

— La mort de ton frère est un accident. Tu n'as aucune raison de te sentir coupable. Mais tu as bien fait de me dire la vérité. Maintenant, retourne avec tes parents.

— Je ne leur ai pas parlé de la boule de neige pleine de terre et de gravier.

— Il vaut peut-être mieux qu'ils ne soient pas au courant.

— Ils seraient tellement en colère. Parce que c'est la dernière fois que j'ai vu mon frère. La plupart du temps, on s'amusait bien, monsieur. Et on aurait recommencé, on se serait réconciliés, c'est sûr. Mais maintenant je ne peux pas réparer le mal que je lui ai fait, je ne pourrai plus jamais lui demander pardon.

Leo écoutait cette confession. Ce garçon avait besoin d'être absous. Il venait de fondre en larmes. Gêné, Leo lui caressa la tête en répétant tout bas, comme si c'étaient les paroles d'une berceuse :

— Ce n'est la faute de personne.

Village de Kimov
Cent soixante kilomètres au nord de Moscou

Même jour

Anatoli Brodsky n'avait pas fermé l'œil depuis trois jours. Il était si épuisé que même les tâches les plus simples lui demandaient une concentration intense. La porte de la grange devant lui était fermée à clé. Il savait qu'il allait devoir l'enfoncer. Et pourtant cette idée lui paraissait irréalisable. Il n'avait pas l'énergie nécessaire. La neige commençait à tomber. Il contempla le ciel nocturne en laissant vagabonder son esprit ; lorsqu'il finit par se rappeler où il se trouvait et ce qu'il était censé faire, il avait le visage recouvert de neige. Il enleva d'un coup de langue les flocons sur ses lèvres, prenant conscience que s'il ne s'abritait pas dans cette grange, il allait mourir. Au prix d'un immense effort, il donna un coup de pied dans la porte. Les charnières vibrèrent, mais elle resta fermée. Nouveau coup de pied. Quelques planches se fendirent. Encouragé par ces craquements, il rassembla ses dernières forces pour donner un troisième coup dans la serrure. Le bois céda, la porte s'ouvrit à la volée. Il resta à l'entrée, le temps de s'habituer à l'obscurité. D'un côté de la grange, deux vaches étaient parquées derrière un enclos. De l'autre, il y avait de la paille, quelques outils. Il disposa plusieurs sacs de jute sur le sol gelé, boutonna son manteau, s'allongea, croisa les bras et ferma les yeux.

De la fenêtre de sa chambre, Mikhaïl Zinoviev voyait que la porte de sa grange était ouverte. Elle battait au vent et la neige s'engouffrait à l'intérieur. Il se retourna. Sur le lit, sa femme dormait. En silence pour ne pas la réveiller, il enfila sa veste, ses bottes de feutre, et sortit.

Le vent avait forci, soulevant des tourbillons de neige qui lui cinglaient le visage. De la main, il abrita ses yeux. À l'approche de la grange, il vit que la serrure avait été forcée, la porte ouverte à coups de pied. Il jeta un coup d'œil à l'intérieur et, s'habituant à l'absence de lune, il distingua la silhouette d'un homme allongé à même le sol couvert de paille. Sans réfléchir à ce qu'il allait faire, il pénétra dans la grange, empoigna une fourche et la brandit au-dessus de l'homme endormi, prêt à le transpercer de part en part.

Anatoli ouvrit les yeux et vit des bottes couvertes de neige à quelques centimètres de son visage. Il roula sur le dos, contempla celui qui était penché au-dessus de lui. Les dents d'une fourche tremblaient à quelques centimètres de son ventre. Aucun des deux hommes ne bougea. À chaque respiration, leurs visages disparaissaient dans un nuage de buée.

Anatoli ne tenta même pas de s'emparer de la fourche. Ni de s'échapper.

Ils restèrent ainsi, figés jusqu'à ce que Mikhaïl soit submergé de honte. Avec un hoquet, comme s'il avait été frappé au ventre par une force invisible, il lâcha sa fourche et tomba à genoux.

— Je t'en supplie, pardonne-moi.

Anatoli s'assit sur son séant. Réveillé en sursaut, il avait le corps endolori. Depuis combien de temps dormait-il ? Il avait la voix rauque, la gorge sèche.

— Je comprends ta réaction. Je n'aurais jamais dû venir ici. Ni te demander ton aide. Tu dois penser à ta famille. Je vous ai tous mis en danger. C'est plutôt à moi de te demander pardon.

Mikhaïl secoua la tête.

— J'ai eu peur. Je me suis affolé. Il faut me pardonner.

Anatoli jeta un coup d'œil à la neige et à la nuit au-dehors. Impossible de partir maintenant. Il n'y survivrait pas. Certes, il ne pouvait pas se permettre de se rendormir. Mais il avait encore besoin d'un abri. Mikhaïl attendait de lui une réponse, un pardon.

— Il n'y a rien à pardonner. Tu n'as rien à te reprocher. J'aurais pu faire la même chose.

— Mais tu étais mon ami.

— Je le suis encore, et pour toujours. Écoute-moi : je veux que tu oublies ce qui s'est passé cette nuit. Oublie que je suis venu jusqu'ici. Oublie que je t'ai demandé de l'aide. Garde le souvenir de ce qu'on a été. Les meilleurs amis du monde. Rends-moi ce service et je ferai la même chose en retour. Aux premières lueurs du jour, je serai parti. Je te le promets. Tu te réveilleras et ta vie reprendra comme si de rien n'était. Je t'assure que personne ne saura jamais que je suis venu ici.

Mikhaïl baissa la tête : il ne put retenir ses larmes. Jusqu'à cette nuit-là, il se croyait capable de faire n'importe quoi pour Anatoli. Il s'était menti à lui-même. Sa loyauté, son courage et son amitié se révélaient aussi fragiles que du papier à cigarette : ils s'étaient déchirés à la première épreuve.

Ce soir-là, Mikhaïl avait éprouvé une surprise compréhensible quand Anatoli était arrivé impromptu. Il n'avait prévenu personne au village de sa venue. On l'avait malgré tout accueilli chaleureusement, on lui avait offert le gîte et le couvert. C'est en apprenant qu'il continuait vers le nord, en direction de la frontière finlandaise, que ses hôtes avaient enfin compris la raison de cette arrivée soudaine. Il n'avait pas mentionné le fait qu'il était recherché par le MGB. Il n'en avait pas eu besoin. Tout le monde avait compris. C'était un fugitif. Dès lors, la chaleur de l'accueil s'était envolée. Si on aidait un fugitif, on était exécuté. Anatoli le savait, mais il espérait que Mikhaïl accepterait de courir le risque. Il espérait même qu'il l'accompagnerait vers le Nord. Le MGB ne recherchait qu'une seule personne, pas deux, et Mikhaïl avait en outre des connaissances dans toutes les villes jusqu'à Leningrad, même à Tver et à Gorki. Bien sûr, c'était beaucoup demander, mais Anatoli lui avait autrefois sauvé la vie, et s'il n'avait jamais considéré que son ami avait une dette envers lui, c'est parce qu'il n'imaginait pas avoir un jour besoin de ses services.

Au fil de leur discussion, il était devenu évident que Mikhaïl n'était pas prêt à courir ce genre de risque. Ni aucun autre risque, d'ailleurs. Sa femme les avait fréquemment interrompus pour demander à parler à son mari en privé. À chaque interruption, elle avait ouvertement foudroyé Anatoli du regard. Étant donné les circonstances, la vie quotidienne demandait une prudence de tous les instants. Et nul ne pouvait nier qu'Anatoli mettait en péril la famille de son ami, à laquelle il était pourtant attaché. Renonçant à ses attentes, il avait juste demandé à Mikhaïl de l'héberger pour la nuit dans sa grange. Dès le lendemain matin, il repartirait à la gare comme il était venu, à pied. C'est également lui qui avait eu l'idée de forcer la porte de la grange. Dans le cas – peu probable – où il se ferait prendre, Mikhaïl et sa famille pourraient feindre l'ignorance et prétendre avoir eu la visite d'un vagabond. Il croyait que ces précautions suffiraient à rassurer ses hôtes.

Incapable de le voir pleurer, Anatoli s'approcha de lui.

— Tu n'as pas à te sentir coupable. On essaie tous de survivre.

Mikhaïl se ressaisit. Il releva la tête. Conscients qu'ils se voyaient pour la dernière fois, les deux hommes s'étreignirent.

Mikhaïl se dégagea.

— Tu vaux mieux que moi.

Il se leva, quitta la grange et referma la porte, prenant soin de pousser du pied un peu de neige pour la caler. Dos au vent, il repartit d'un pas lourd vers la maison. En tuant Anatoli et en le faisant passer pour un intrus, il aurait assuré la sécurité de sa famille. Maintenant il allait devoir s'en remettre à la Providence. Et prier. Il ne se considérait pas comme un lâche : pendant la guerre, alors que sa vie était en jeu, il n'avait jamais reculé devant le danger. On avait même loué son courage. Mais depuis qu'il avait une famille, il cédait à la peur. Il imaginait des épreuves bien pires que sa propre mort.

Chez lui, il retira ses bottes, sa veste, et regagna sa chambre. En ouvrant la porte, il sursauta à la vue d'une silhouette devant la fenêtre. Sa femme était réveillée, elle regardait la grange. Elle se retourna en l'entendant entrer. Sa petite taille ne laissait pas soupçonner sa capacité à travailler aux champs, à faire des journées de douze heures, à veiller sur sa famille. Elle se moquait qu'Anatoli ait un jour sauvé la vie de son mari. Tout comme elle se moquait de leur histoire commune, de leur amitié. La loyauté et la gratitude étaient des notions abstraites. Anatoli représentait une menace pour leur sécurité. Une menace bien réelle. Elle voulait qu'il parte le plus loin possible de sa famille, et à cet instant précis elle le haïssait – cet ami si aimable et fidèle qu'elle recevait naguère avec tous les égards –, elle le haïssait plus que toute autre personne au monde.

Mikhaïl embrassa son épouse. Elle avait la joue glacée. Il prit sa main dans les siennes. Elle leva les yeux vers lui, remarqua qu'il avait pleuré.

— Qu'est-ce que tu faisais dehors ?

Il comprit son impatience. Elle espérait qu'il avait fait le nécessaire. Qu'il avait d'abord pensé à sa famille et tué cet homme. C'est ce qu'elle attendait de lui.

— Il avait laissé la porte de la grange ouverte. N'importe qui aurait pu la voir. Je l'ai refermée.

L'étreinte de sa femme se relâcha, il sentit sa déception. Elle le prenait pour un lâche. Elle avait raison. Il n'avait eu ni la force de tuer son ami ni celle de l'aider. Il s'efforça de trouver quelques paroles de réconfort :

— Tu n'as pas à t'inquiéter. Personne ne sait qu'il est ici.

Moscou

Même jour

La table avait été brisée, le lit renversé, le matelas tailladé, les oreillers déchirés, les lattes du parquet soulevées, et pourtant la fouille de l'appartement d'Anatoli Brodsky ne donnait aucun indice permettant de localiser le suspect. Leo s'accroupit pour inspecter la cheminée. Plusieurs piles de documents y avaient été brûlées. Les cendres s'étaient accumulées à l'endroit où on avait entassé la correspondance pour y mettre le feu. Du bout de son pistolet, Leo les ratissa dans l'espoir de découvrir un fragment épargné par les flammes. Les cendres s'effritèrent : tout était noir et calciné. Le traître s'était envolé. Par la faute de Leo qui avait accordé à cet homme, à cet inconnu, le bénéfice du doute. Il l'avait présumé innocent : une erreur digne d'un novice.

Mieux vaut faire payer dix innocents que laisser échapper un espion.

Il avait oublié un principe fondamental dans sa profession : la présomption de culpabilité.

Même en prenant sa part de responsabilité, Leo s'interrogeait : s'il n'avait pas été contraint de perdre une journée entière à cause de la mort accidentelle de ce garçonnet, aurait-il laissé Brodsky s'échapper ? Rencontrer la famille, faire taire des rumeurs sans fondement, ce n'était pas le travail d'un officier supérieur du MGB. Au lieu de diriger personnellement une opération de surveillance, il avait accepté de régler ce qui était plus ou moins une affaire privée. Jamais il n'aurait dû dire oui. Il avait sous-estimé la menace représentée par ce Brodsky. Sa première erreur de jugement depuis son arrivée au MGB. Il était conscient qu'on donnait rarement à un officier l'occasion de se tromper une deuxième fois.

Il n'avait pas pris ce dossier assez au sérieux : Brodsky était cultivé, parlait assez bien anglais, fréquentait des étrangers. Autant de raisons de se montrer vigilant, mais, comme l'avait fait valoir Leo, l'homme était un vétérinaire compétent dans une ville qui en comptait peu. Il fallait bien que les diplomates étrangers aient quelqu'un pour soigner leurs chats et leurs chiens. De plus, il avait servi dans l'Armée rouge en tant que médecin. États de service irréprochables. D'après son dossier militaire, il s'était porté volontaire et, quoique vétérinaire, il avait travaillé dans plusieurs hôpitaux de campagne, au point de recevoir deux décorations. Ce suspect avait certainement sauvé plusieurs centaines de vies humaines.

Le major Kuzmin avait vite deviné la nature des réticences de son protégé. Soigné pour ses blessures par des médecins volontaires durant sa propre carrière militaire, Leo se sentait visiblement lié par une forme de solidarité née de la guerre. Kuzmin lui avait rappelé qu'on pouvait se laisser aveugler par les bons sentiments. Ceux qui inspirent le plus confiance méritent le plus de suspicion. Leo voyait là une variante du célèbre aphorisme de Staline :

La confiance ne va pas sans la méfiance.

Le mot d'ordre était désormais :

Méfions-nous même de ceux à qui nous faisons confiance.

Surveiller avec autant de zèle ceux qui étaient dignes de confiance et ceux qui ne l'étaient pas avait au moins une vertu : on traitait tout le monde sur un pied d'égalité...
Un enquêteur se devait de découvrir la culpabilité cachée derrière l'innocence. S'il n'en trouvait pas trace, c'est qu'il n'avait pas creusé assez profond. Dans le cas de Brodsky, la question n'était pas de savoir si des diplomates étrangers le fréquentaient parce qu'il était vétérinaire, mais plutôt s'il ne serait pas devenu vétérinaire pour pouvoir fréquenter ouvertement des diplomates étrangers. Pourquoi s'était-il installé à deux pas de l'ambassade américaine ? Pourquoi, peu après l'ouverture de son cabinet, plusieurs employés de cette ambassade avaient-ils acquis des animaux de compagnie ? Enfin, pourquoi les animaux des diplomates étrangers semblaient-ils avoir plus souvent besoin de

soins que ceux du citoyen soviétique moyen ? Kuzmin avait été le premier à reconnaître l'aspect comique de la situation, et c'étaient précisément ces coïncidences désarmantes qui l'avaient intrigué. Leur innocence apparente avait tout d'un déguisement génial. Comme si on faisait un pied de nez au MGB. Il existait peu de crimes plus graves que celui-là.

Après avoir étudié le dossier et noté les observations de son mentor, Leo avait décidé de faire suivre le suspect au lieu de l'arrêter d'emblée : si ce citoyen jouait les espions, c'était l'occasion de découvrir pour qui il travaillait et de réussir un joli coup de filet. Même s'il n'en parlait jamais, interpeller quelqu'un sans preuves suffisantes le gênait. Certes, ce genre de scrupules l'habitait depuis le début de sa carrière. Il avait procédé à bon nombre d'arrestations en ne connaissant que le nom de l'intéressé, son adresse et le fait qu'on l'ait dénoncé. Un suspect était forcément coupable. Les preuves, on les obtenait lors des interrogatoires. Mais Leo n'était plus un simple larbin qui se contentait d'exécuter les ordres : il avait donc choisi d'user de son autorité et de procéder un peu différemment. Il était enquêteur. Il voulait enquêter. Il ne doutait pas qu'il finirait par arrêter Anatoli Brodsky ; il voulait seulement réunir des preuves, des indices de sa culpabilité qui ne soient pas de simples conjectures. Bref, il voulait pouvoir l'arrêter en toute connaissance de cause.

À cette fin, il avait assuré quotidiennement la surveillance du suspect, suivi personnellement ses moindres faits et gestes de huit heures à vingt heures. Pendant trois jours, il n'avait rien remarqué d'anormal. L'homme travaillait, déjeunait au restaurant, rentrait chez lui. Un vrai citoyen modèle. Sans doute son apparence inoffensive avait-elle émoussé la vigilance de Leo. Quand Kuzmin, furieux, l'avait pris à part ce matin-là pour l'informer de l'affaire Fiodor Andreïev – la mort d'un enfant, les réactions hystériques – et lui avait ordonné de s'en occuper sur-le-champ, il n'avait pas protesté. Au lieu de faire valoir qu'une mission beaucoup plus importante l'attendait, il s'était exécuté. Avec le recul, tout ça paraissait tellement stupide : pendant qu'il parlait avec la famille, interrogeait les enfants, son suspect, ce traître, en profitait pour se volatiliser ! L'agent chargé de remplacer Leo ne s'était même pas inquiété de ne voir aucun client chez le vétérinaire de toute la journée. Au crépuscule seulement, ayant de vagues soupçons, il était entré, dans l'intention de se faire passer pour un client. L'endroit était désert. Une fenêtre à l'arrière avait été forcée. Le suspect avait pu s'échapper n'importe quand, sûrement dès le matin, peu après son arrivée.

Brodsky a disparu.

En entendant ces mots, Leo avait eu un coup au cœur : il avait organisé d'urgence une réunion avec le major Kuzmin au domicile de Brodsky. Il disposait de la preuve qu'il cherchait, mais il n'avait plus de suspect. À sa grande surprise, son mentor affichait une certaine satisfaction. La conduite du traître confirmait sa théorie : leur métier reposait sur la méfiance. Même si une allégation ne contenait qu'un pour cent de vérité, mieux valait la croire sur parole que l'écarter. Leo avait reçu l'ordre de capturer le suspect par tous les moyens. Il ne devait rien faire d'autre, ni dormir ni manger, tant que l'homme ne serait pas sous les verrous, où, d'ailleurs – Kuzmin s'était empressé de le souligner –, il aurait dû se trouver depuis trois jours.

Leo se frotta les yeux. Il avait l'estomac noué. Au mieux il passait pour naïf, au pire pour incompétent. Il avait sous-estimé l'adversaire. En proie à un accès de colère aussi soudain qu'inhabituel, il faillit donner un coup de pied dans la table renversée. Il se ravisa. Il avait appris à dissimuler ses émotions. Un jeune officier fit irruption dans la pièce, sans doute par souci de se rendre utile, de prouver son dévouement. Leo lui fit signe de sortir, préférant rester seul. Il prit le temps de se calmer, regarda par la fenêtre la neige qui se mettait à tomber sur la ville. Il alluma une cigarette et souffla la fumée sur la vitre. Que s'était-il passé ? Le suspect avait dû repérer les agents qui le filaient et décider de s'enfuir. Des documents brûlés, cela signifiait qu'il voulait détruire toute information relative à son travail d'espion et à sa destination présente. Leo était sûr que Brodsky avait un plan pour quitter le pays. Il devait absolument trouver quelques indices.

Les voisins, un couple de septuagénaires retraités, vivaient avec leur fils, sa femme et leurs deux enfants. Une famille de six personnes dans deux pièces, rien d'extraordinaire. Ils étaient assis tous les six dans la cuisine, côte à côte, avec un sous-officier qui montait la garde derrière eux pour les impressionner. Leo vit qu'ils avaient conscience d'être mêlés à une affaire qui les dépassait. Il vit leur appréhension.

Chassant ces considérations importunes – il avait déjà péché une fois par excès de scrupules –, il s'approcha de la table.

— Anatoli Brodsky est un traître. Si vous l'aidez d'une façon ou d'une autre, même par votre silence, vous serez accusés de complicité. Vous allez devoir prouver votre loyauté envers l'État. Pour notre part, nous n'avons pas à prouver votre culpabilité. Dans l'immédiat, nous la tenons pour acquise.

Le grand-père, qui en avait vu d'autres, s'empressa de divulguer toutes les informations en sa possession. Reprenant le terme choisi par Leo, il déclara que « le traître » était parti travailler un peu plus tôt que d'habitude ce matin-là, avec la même serviette, le même manteau et le même chapeau que d'habitude. Pour prouver sa bonne volonté, il émit sur la destination possible de son voisin quelques hypothèses dont Leo comprit qu'elles ne reposaient sur rien. Le vieillard conclut en insistant sur le fait que toute la famille détestait Brodsky et se méfiait de lui, et que seule Zina Morosovna, la voisine du dessous, l'appréciait.

Âgée d'une cinquantaine d'années, l'intéressée tremblait comme une feuille, ce qu'elle tentait vainement de cacher en fumant cigarette sur cigarette. Leo l'avait trouvée debout près de la reproduction bon marché d'un célèbre portrait de Staline – sans une ride, le regard bienveillant – accrochée en évidence au-dessus de la cheminée. Peut-être une façon de se mettre sous sa protection. Leo ne prit pas la peine de se présenter ni de montrer sa carte : il alla droit au but pour déstabiliser son interlocutrice :

— Comment se fait-il que vous vous entendiez si bien avec Anatoli Brodsky alors que dans cet immeuble tout le monde le déteste et se méfie de lui ?

Prise de court, Zina sortit de sa réserve pour s'indigner de ce mensonge :

— Dans l'immeuble, tout le monde aime Anatoli. C'est un brave homme.

— Brodsky est un espion. Vous appelez ça un brave homme ? Pour vous, la traîtrise est une qualité ?

S'apercevant trop tard de son erreur, Zina entreprit de tempérer son jugement :

— Je voulais juste dire qu'il ne se plaignait jamais du bruit. Et qu'il était poli.

Ces précisions bredouillées à la hâte n'avaient aucun intérêt. Leo les ignora. Il sortit son calepin et reproduisit la phrase malheureuse de Zina en majuscules bien visibles.

C'EST UN BRAVE HOMME.

Il s'arrangea pour qu'elle puisse bien lire ce qu'il écrivait : il hypothéquait les quinze prochaines années de son existence. Ces mots suffiraient largement à la faire condamner pour complicité. Elle écoperait d'une lourde peine en tant que prisonnière politique. À son âge, elle avait peu de chances de survivre au goulag. Nul besoin de rappeler ces menaces à voix haute. Tout le monde était au courant.

Zina se réfugia dans un angle de la pièce, écrasa sa cigarette pour l'éteindre, s'en voulut aussitôt et en chercha une autre.

— J'ignore où est allé Anatoli, mais je sais qu'il n'a aucune famille. Sa femme a été tuée pendant la guerre. Son fils est mort de la tuberculose. Il reçoit rarement des visites. À ma connaissance, il a peu d'amis…

Elle s'interrompit. Anatoli était son ami. Ils avaient passé tant de soirées ensemble, à manger et à boire. À une époque, elle espérait même qu'il tomberait amoureux d'elle, mais il n'avait pas eu l'air intéressé. Il ne s'était jamais remis de la mort de sa femme. Perdue dans ses souvenirs, elle jeta un coup d'œil à Leo. Il ne se laissa pas impressionner.

— Je veux savoir où il est. Je me moque que sa femme et son fils soient morts. Son histoire personnelle ne m'intéresse que si elle peut me conduire jusqu'à lui.

Zina savait que sa vie était en jeu : elle n'avait qu'un seul moyen de s'en sortir. Mais comment trahir un homme qu'elle aimait ? Contre toute attente, sa décision lui demanda moins de réflexion qu'elle n'aurait cru.

— Anatoli était un solitaire. Ce qui ne l'empêchait pas de recevoir et d'envoyer du courrier. De temps à autre, il me confiait des lettres à poster. Son seul correspondant régulier habitait le village de Kimov. Quelque part vers le Nord, j'imagine. Il m'a parlé d'un ami qu'il avait là-bas. J'ai oublié son nom. C'est la vérité. Je ne sais rien de plus.

Sa voix était voilée par le remords. Même s'il ne fallait pas se fier aux démonstrations d'émotion, Leo sut d'instinct que cette femme venait de trahir une confidence. Il arracha la page compromettante de son calepin et la lui remit. Elle l'accepta pour paiement de sa trahison. Il lut du mépris dans ses yeux. Peu lui importait.

Le nom d'un petit village au nord de Moscou était une piste fragile. Si Brodsky travaillait comme espion, il avait plus de chances d'être hébergé par ceux qui l'employaient. Le MGB était depuis longtemps convaincu de l'existence d'un réseau de caches secrètes contrôlées par certaines ambassades. Qu'un traître à la solde de l'étranger se tourne vers quelqu'un de son entourage – en l'occurrence un kolkhozien – contredisait l'idée qu'il puisse s'agir d'un espion professionnel. Leo avait pourtant la certitude que c'était une piste à suivre. Tant pis pour les incohérences : il devait capturer cet homme. Et c'était le seul indice dont il disposait. Ses tergiversations lui avaient déjà coûté assez cher.

Il s'empressa de rejoindre le camion garé dehors et relut le dossier, cherchant un détail en rapport avec le village de Kimov. Il fut interrompu par le retour de son adjoint, Vassili Ilitch Nikitin. Âgé de trente-cinq ans – cinq de plus que Leo –, Nikitin avait été un temps l'un des officiers les plus prometteurs du MGB. Impitoyable, ambitieux, il était entièrement dévoué à l'État. En son for intérieur, Leo soupçonnait que ce dévouement servait moins l'intérêt national que les siens propres. À ses débuts, Vassili s'était distingué en dénonçant son propre frère pour propos antistaliniens. Apparemment, le frère en question avait fait une plaisanterie aux dépens de Staline. Il fêtait alors son anniversaire et s'était enivré. Vassili avait rédigé lui-même le rapport et son frère avait été condamné à vingt ans de travaux forcés. Cette arrestation avait favorisé son avancement, jusqu'à l'évasion dudit frère, trois ans plus tard, au cours de laquelle celui-ci avait tué plusieurs gardes et le médecin du camp. Il était resté introuvable, et Vassili n'avait jamais pu faire oublier la gêne causée par cet épisode. S'il n'avait pas activement participé aux recherches pour retrouver le fugitif, il aurait pu dire adieu à sa carrière. Au lieu de quoi, elle se poursuivait au ralenti. En l'absence d'autres frères à dénoncer, Leo savait que son adjoint guettait une occasion de rentrer en grâce.

Vassili, qui venait de fouiller le cabinet vétérinaire, était visiblement content de lui. Il tendit à Leo une lettre froissée, expliquant qu'il l'avait découverte coincée derrière le bureau du traître. Le reste de la correspondance avait été brûlé, comme au domicile du suspect, mais dans sa précipitation il avait oublié cette lettre. Leo la parcourut. Elle émanait d'un ami invitant Anatoli à séjourner chez lui quand il le voulait. L'adresse était partiellement illisible, mais pas le nom de la ville : Kiev. Leo replia la missive et la rendit à son adjoint.

— Elle a été écrite par Brodsky lui-même. Pas par un de ses amis. Il tenait à ce qu'on la trouve. Il n'est pas en route pour Kiev.

La lettre avait été rédigée à la hâte. L'écriture était informe, mal maquillée. Le contenu, risible, semblait uniquement destiné à convaincre le lecteur que son auteur était un ami vers qui Brodsky pouvait se tourner en cas de besoin. L'adresse, délibérément maculée pour empêcher toute identification rapide de l'expéditeur, prouvait qu'il s'agissait d'un faux. L'emplacement de la lettre – tombée derrière le bureau – trahissait la mise en scène.

Vassili assura pourtant qu'elle était authentique.

— Ce serait de la négligence de ne pas suivre la piste de Kiev.

Même si Leo ne doutait pas un instant que la lettre soit un faux, il se demanda s'il ne devrait pas envoyer Vassili à Kiev par précaution, pour ne pas être accusé d'avoir ignoré une preuve. Il y renonça. Peu importait la manière dont il conduisait son enquête : s'il ne retrouvait pas le suspect, c'en était fini de sa carrière.

Il se replongea dans l'étude du dossier. D'après les différents rapports, Brodsky avait pour ami un certain Mikhaïl Sviatoslavitch Zinoviev, renvoyé dans ses foyers par l'Armée rouge parce qu'il souffrait d'engelures. Pour éviter la gangrène, il avait fallu l'amputer de plusieurs orteils ; une fois rétabli, il avait été libéré des obligations militaires. C'est Brodsky qui l'avait opéré. Leo suivait du doigt le document ligne à ligne, en quête d'une éventuelle adresse.

Kimov.

Il se tourna vers ses hommes, surprenant au passage l'expression dépitée de Vassili.

— On y va.

Trente kilomètres au nord de Moscou

15 février

Les routes qui conduisaient hors de Moscou étaient couvertes d'une boue gelée. Le camion avait beau être équipé de chaînes, ils dépassaient rarement vingt-cinq kilomètres-heure. Le vent et la neige tourbillonnaient avec une telle férocité qu'ils semblaient avoir à cœur d'empêcher Leo d'arriver à destination. Les essuie-glaces fixés au toit de la cabine dégageaient tant bien que mal une infime portion du pare-brise. Avec une visibilité inférieure à dix mètres, le camion progressait au ralenti. C'était en désespoir de cause que Leo avait pris la route dans ces conditions.

Penché sur les cartes qui lui recouvraient les genoux, il était assis à côté de Vassili et de leur chauffeur. Les trois hommes avaient gardé leur parka, leurs gants, leurs bonnets. La cabine entièrement en acier ne bénéficiait que de la chaleur du moteur vrombissant. Au moins offrait-elle une protection contre le mauvais temps. À l'arrière, les neuf agents lourdement armés ne bénéficiaient pas d'un tel luxe. L'air glacial et la neige traversaient les bâches qui tenaient lieu de toit aux camions ZiS-151. La température pouvant chuter jusqu'à moins trente, le plateau de chaque véhicule était équipé d'un poêle à bois. Cet objet ventru ne réchauffait que les hommes assis assez près pour le toucher, les obligeant à se blottir les uns contre les autres et à changer régulièrement de place. Leo avait souvent connu le même sort : toutes les dix minutes, les deux agents assis le plus près de la source de chaleur s'en éloignaient à regret, relégués vers l'endroit le plus froid à l'autre extrémité des bancs, tandis que le reste du groupe remontait d'une place.

Pour la première fois de sa carrière, Leo percevait des dissensions au sein de son équipe. Pas à cause de l'inconfort ou du manque de sommeil. Ses hommes avaient l'habitude de vivre à la dure. Non, il y avait autre chose. Peut-être pensaient-ils que cette mission aurait pu être évitée. Peut-être ne croyaient-ils pas à la piste Kimov. Dans le passé, Leo leur avait déjà demandé de lui faire confiance et ils l'avaient suivi sans hésiter. Mais ce soir-là il ressentait de l'hostilité, une résistance. Sauf de la part de Vassili, il n'y était pas habitué. Il chassa ces préoccupations. Pour l'heure, sa popularité était le moindre de ses soucis.

Si sa thèse se vérifiait, si le suspect se trouvait bel et bien à Kimov, il se mettrait sûrement en route dès l'aube, seul ou avec son ami. Pas sûr que Leo et ses hommes arrivent à temps au village. Il n'avait pas fait déployer les forces de la milice locale stationnées à Zagorsk, seule ville importante à proximité : il leur reprochait leur manque de professionnalisme, de discipline et d'entraînement. Pour ce genre d'opération, on ne pouvait même pas compter sur les unités locales du MGB. Conscient du fait qu'il était recherché, Brodsky refuserait probablement de se rendre. Il risquait même de se battre jusqu'à son dernier souffle. Or il fallait qu'il soit pris vivant. Ses aveux étaient de la plus haute importance. Sa fuite représentait en outre un affront personnel pour Leo, déterminé à se venger et à l'arrêter en personne. Pas seulement par orgueil. Ni parce que sa carrière était dans la balance. Les conséquences ne s'arrêteraient pas là. S'il échouait dans une affaire d'espionnage de cette portée, on pourrait l'accuser d'avoir délibérément saboté l'enquête. S'il ne rattrapait pas le suspect, il serait encore plus exposé. Sa loyauté serait remise en cause.

Méfions-nous même de ceux à qui nous faisons confiance.

Personne ne faisait exception à la règle, pas même ceux chargés de la faire appliquer.

Si Brodsky ne se trouvait pas à Kimov, si Leo s'était trompé, Vassili serait le premier à témoigner de la façon dont son supérieur avait écarté la piste Kiev, pourtant prometteuse. Le sentant vulnérable, d'autres gradés, tels des prédateurs autour d'un animal blessé, s'empresseraient de lui reprocher ses erreurs de commandement tandis que Vassili se présenterait comme son successeur logique. Au sein de la hiérarchie du MGB, on pouvait se voir rétrogradé du jour au lendemain. Pour les deux hommes, l'avenir dépendait de leur capacité à localiser le fugitif.

Leo observa furtivement son adjoint, bel homme, mais haïssable – comme si sa beauté extérieure était plaquée sur de la pourriture, un visage de héros avec une âme de tueur. Cette séduisante façade se fissurait à la commissure des lèvres, rictus discret qui, si on savait l'interpréter, trahissait les noirs desseins cachés par ce physique avenant. Peut-être conscient de l'attention dont il était l'objet, Vassili adressa à Leo un sourire ambigu. Quelque chose le réjouissait. Leo fut aussitôt sur ses gardes.

Il étudia la carte. Avec moins de mille habitants, Kimov n'était qu'un grain de poussière sur le territoire soviétique. Leo avait prévenu le chauffeur de ne pas compter sur d'éventuels panneaux de signalisation. Même à quinze kilomètres-heure, le village apparaîtrait et disparaîtrait en moins de temps qu'il n'en fallait pour changer de vitesse. Suivant du doigt le tracé de la route, Leo commença pourtant à se demander s'ils n'avaient pas raté l'endroit où ils devaient tourner. Ils continuaient vers le nord alors qu'ils auraient dû obliquer vers l'ouest. Faute de pouvoir se repérer grâce au paysage, Leo calcula leur position en fonction du kilométrage. Ils étaient trop au nord. Le chauffeur avait dépassé le croisement.

— Demi-tour !

Leo s'étonna que ni Vassili ni le chauffeur ne paraissent surpris par cette consigne. Ce dernier se borna à grogner :

— Mais on n'a pas vu de croisement.
— On l'a raté. Arrête le camion.

Le chauffeur ralentit doucement, donnant de brefs coups de frein pour ne pas déraper sur la glace. Le camion finit par s'immobiliser. Leo en descendit d'un bond et entreprit de guider le chauffeur dans le blizzard pour qu'il réussisse à faire demi-tour, le ZiS-151 étant presque aussi large que la route. Au milieu de la manœuvre, alors que le camion était en travers de la chaussée, le chauffeur, semblant ignorer les indications de Leo, recula trop loin et trop vite. Leo s'élança vers la portière qu'il martela de plusieurs coups de poing, mais trop tard. Une des roues arrière sortit de la chaussée, tourna à vide dans une congère. La colère de Leo fit place à des soupçons croissants envers ce chauffeur qui affichait un incroyable degré d'incompétence. C'était Vassili qui l'avait réquisitionné, ainsi que le camion. Leo ouvrit la portière, hurlant pour couvrir le bruit du vent.

— Descends de là !

Le chauffeur s'exécuta. Les officiers assis à l'arrière avaient eux aussi sauté sur la chaussée pour évaluer la situation. Ils regardaient Leo avec réprobation. À cause de l'agacement provoqué par ce contretemps ? De la mission elle-même ? De son commandement ? Difficile à dire. Il ordonna à l'un d'eux de prendre le volant pendant que le reste de l'équipe, Vassili compris, poussait le camion. La roue patinait toujours, projetant de la neige boueuse sur les uniformes. Enfin les chaînes mordirent sur la chaussée et le camion fit un brusque bond en avant. Leo envoya le chauffeur en disgrâce à l'arrière. Pour ce genre d'erreur, l'homme encourait un rapport écrit et une condamnation au goulag. Vassili avait dû lui promettre l'immunité, promesse qui ne serait tenue que si Leo échouait. Ce dernier se demanda combien de membres du groupe tablaient davantage sur son échec que sur sa réussite. Se sentant isolé au sein de sa propre équipe, il décida de prendre le volant. Il allait conduire. Retrouver la route. Les amener à bon port. Il ne pouvait compter que sur lui-même. Vassili s'installa à côté de lui et se réfugia dans un silence prudent. Leo passa la première.

Une fois qu'ils furent sur la bonne route, qu'ils roulèrent vers l'ouest en direction de Kimov, la tempête faiblit. Un pâle soleil d'hiver se leva. Leo était épuisé. Conduire sous la neige l'avait vidé de son énergie. Il avait les bras et les épaules engourdis, les paupières lourdes. Ils traversaient la campagne russe – des champs et des forêts. En s'engageant dans une petite vallée, il aperçut le village : un groupe de fermes en bois, certaines au bord de la route, d'autres en retrait, toutes de forme carrée avec un toit triangulaire, spectacle inchangé depuis des siècles. C'était la vieille Russie, faite de communautés qui s'étaient créées autour d'un puits et de mythes ancestraux, où le *Dvorovoï* – l'esprit des jardins – décidait de la santé du bétail, où les parents racontaient à leurs enfants désobéissants que des créatures surnaturelles viendraient les voler pour les transformer en écorce. Ces parents, eux-mêmes bercés dans leur enfance par les mêmes histoires et restés sous leur emprise, cousaient des vêtements pendant des mois pour les offrir aux nymphes de la forêt, les *Russalki* – dont on disait qu'elles se balançaient d'arbre en arbre et pouvaient, si l'envie leur en prenait, faire mourir un homme de rire en le chatouillant. Leo, qui avait grandi en ville et se moquait de ces superstitions, s'étonnait que la révolution idéologique intervenue dans son pays n'ait pas eu raison de ce folklore primitif.

Il arrêta le camion devant la première ferme. De la poche de sa parka, il sortit un flacon rempli de petits cristaux d'un blanc sale – de la méthamphétamine pure, excitant très prisé des nazis. Leo y avait goûté pour la première fois quand il combattait sur le front oriental, à l'époque où l'Armée rouge repoussait l'envahisseur, gardant des prisonniers de guerre et certaines de leurs habitudes en même temps. Dans ce type d'opération, Leo ne pouvait pas se permettre de se reposer. Depuis la guerre, chaque fois qu'il devait passer une nuit blanche, il prenait cette drogue – qui lui était désormais prescrite par les médecins du MGB. Difficile de nier son utilité, mais au prix d'un écroulement total vingt-quatre heures plus tard – épuisement qui ne s'effaçait que par une nouvelle prise ou douze heures de sommeil. Leo ressentait d'ailleurs les premiers effets secondaires. Il avait perdu du poids ; ses traits s'étaient durcis. Sa mémoire le trahissait : il oubliait certains détails ou noms propres, confondait les affaires et arrestations précédentes, au point de devoir tout noter. Impossible de savoir si cette substance le rendait également plus paranoïaque, puisque la paranoïa était un atout essentiel qu'il fallait cultiver. Si elle était accrue par la méthamphétamine, tant mieux.

Leo fit rouler un cristal au creux de sa paume, puis un autre, s'efforçant de se rappeler la dose correcte. Mieux valait trop que pas assez. Il avala le tout avec le contenu d'une flasque de vodka. Le liquide lui brûla la gorge, sans masquer l'âcreté des cristaux qui lui donna la nausée. Le temps que cette sensation s'estompe, il regarda autour de lui. Tout était recouvert d'une couche de neige fraîche. Il s'en félicita. En dehors du village, il y avait peu d'endroits où se cacher. Un homme serait visible à des kilomètres, ses empreintes sur la neige faciles à suivre.

Il ignorait laquelle de ces fermes appartenait à Mikhaïl Zinoviev. Puisqu'un camion garé au milieu de la chaussée prévenait tout effet de surprise, il sortit d'un bond, son arme à la main, et se dirigea vers la maison la plus proche. Même si la méthamphétamine n'agissait pas encore, il se sentait déjà plus lucide, l'esprit plus alerte à mesure que l'effet de l'excitant montait en puissance. Il s'approcha de l'entrée, arma son pistolet.

Avant même qu'il ait frappé, une femme âgée au visage parcheminé apparut. Elle avait une robe imprimée dans des tons bleus, un chemisier blanc, les cheveux cachés sous un foulard brodé. Elle ne sembla pas impressionnée par Leo ni par son pistolet, son uniforme et son camion militaire. Ne craignant rien ni personne, elle ne fit aucun effort pour dissimuler l'expression dédaigneuse de son visage ridé.

— Je cherche Mikhaïl Sviatoslavitch Zinoviev. Cette ferme lui appartient-elle ? Où est-il ?

Comme si Leo parlait une langue étrangère, elle le regarda de biais sans répondre. Voilà deux fois en deux jours qu'une grand-mère tenait tête à Leo et lui signifiait ouvertement son mépris. Ces femmes avaient quelque chose qui les rendait intouchables ; son autorité ne représentait rien pour elles.

Heureusement, ce bras de fer fut interrompu par l'apparition soudaine du fils de la maison, un homme robuste que la peur faisait bégayer.

— Excusez-la. Elle est vieille. Qu'est-ce que je peux faire pour vous ?

Une fois encore, un fils s'excusait de la conduite de sa mère.

— Mikhaïl Sviatoslavitch. Où est-il ? Laquelle de ces fermes est à lui ?

Comprenant qu'on ne venait pas les arrêter, que sa famille et lui n'avaient rien à craindre dans l'immédiat, l'homme poussa un soupir de soulagement. Il s'empressa de désigner la ferme de son ami.

Leo regagna le camion. Ses hommes s'étaient rassemblés. Il divisa l'équipe en trois groupes. Ils approcheraient la maison de front et par l'arrière, pendant que le troisième groupe encerclerait la grange. Chacun d'eux était armé d'un pistolet automatique Stechkin APS 9 mm, spécialement conçu pour les agents du MGB. Chaque groupe disposait en outre d'une AK-47. Ils étaient prêts à livrer une bataille rangée s'il le fallait.

— Il nous faut ce traître vivant. On a besoin de ses aveux. Au moindre doute, ne tirez pas.

Leo répéta la consigne à l'intention du groupe conduit par Vassili. Le fait de tuer Anatoli Brodsky serait un crime et puni comme tel. Leur propre sécurité passait après la vie du suspect. En guise de réponse, Vassili s'attribua l'AK-47 de son groupe.

— Au cas où.

Dans l'espoir de limiter la capacité de son adjoint à saboter l'opération, Leo confia au groupe de celui-ci le soin de sécuriser la zone la moins sensible.

— Ton équipe fouillera la grange.

Vassili se mit en route. Leo le retint par le bras.

— Il nous le faut vivant.

À mi-parcours, les trois groupes prirent des directions opposées. Les voisins jetèrent un coup d'œil furtif derrière leur fenêtre et disparurent. À quelques mètres du seuil de la maison, Leo marqua une pause pour laisser aux deux autres groupes le temps de prendre position. L'équipe de Vassili encercla la grange tandis que le troisième groupe se déployait derrière la maison. Tout le monde attendait le signal de Leo. Il n'y avait aucun signe de vie. Un mince panache de fumée s'élevait de la cheminée. Des rideaux usés étaient accrochés aux fenêtres. Impossible de voir à l'intérieur. Hormis le déclic des AK-47 qu'on armait, tout était silencieux. Soudain une fillette sortit d'une baraque rectangulaire à l'arrière de la maison – les toilettes extérieures. Elle chantonnait ; la neige renvoya l'écho de la mélodie. Les trois officiers les plus proches de Leo pivotèrent et la mirent en joue. La fillette se figea, terrifiée. Leo leva les mains :

— Ne tirez pas !

Il retint son souffle, priant pour ne pas entendre une rafale de fusil-mitrailleur. Personne ne bougea. La fillette s'enfuit vers la maison à toutes jambes en appelant sa mère.

Leo ressentait les premiers effets de la méthamphétamine : sa fatigue se dissipait. Il s'élança, suivi par ses hommes qui se rapprochèrent du bâtiment comme un nœud coulant se resserre autour du cou d'un pendu. La fillette ouvrit la porte d'entrée à la volée, s'engouffra à l'intérieur. Leo, sur ses talons, repoussa la porte d'un coup d'épaule et fit irruption dans la maison en brandissant son pistolet. Il se retrouva dans une cuisine modeste et chaleureuse où flottait l'odeur du petit déjeuner. Deux fillettes – l'aînée pouvait avoir dix ans, la cadette quatre – étaient debout près du feu. Leur mère, une petite femme trapue à l'air vindicatif, qui avait l'air capable d'avaler des balles et de les recracher aussi sec, se tenait devant elles pour les protéger, une main posée sur la poitrine de chacune. Un homme d'une quarantaine d'années émergea de la chambre du fond. Leo se tourna vers lui :

— Mikhaïl Sviatoslavitch ?
— Oui ?
— Je suis Leo Stepanovitch Demidov, officier du MGB. Anatoli Tarasovitch Brodsky est un espion. Nous le recherchons pour l'interroger. Dites-moi où il est.
— Anatoli ?
— Votre ami. Où est-il ? Inutile de mentir.
— Anatoli habite Moscou. Il est vétérinaire. Je ne l'ai pas vu depuis des années.
— Si vous me dites où il se trouve, j'oublierai qu'il est venu ici. Votre famille et vous serez en sécurité.

La femme de Mikhaïl regarda son mari avec insistance : elle était tentée par l'offre. Leo éprouva un immense soulagement. Il avait vu juste. Le traître était bien là. Sans attendre de réponse, il fit signe à ses hommes de fouiller la maison.

Vassili pénétra dans la grange, brandissant son fusil-mitrailleur, le doigt sur la détente. Il se dirigea vers le tas de foin, seule cachette possible et d'une hauteur suffisante pour dissimuler un homme. Il tira plusieurs rafales. Des fétus de paille volèrent. Le canon de son arme fumait. Derrière lui, les vaches renâclèrent et s'éloignèrent pesamment, ébranlant le sol. Mais aucune trace de sang. Il n'y avait personne dans cette grange, ils perdaient leur temps. Fusil-mitrailleur en bandoulière, Vassili ressortit et alluma une cigarette.

Alerté par les détonations, Leo sortit de la maison en trombe. Vassili l'interpella :

— Personne ici.

Électrisé par la méthamphétamine, Leo s'élança vers la grange, mâchoires serrées.

Agacé de ne pas être cru, Vassili jeta sa cigarette dans la neige et la regarda s'enfoncer jusqu'au sol.

— À moins de s'être déguisé en vache, il n'est pas là. Peut-être que tu devrais quand même les abattre, au cas où.

Vassili jeta un coup d'œil autour de lui, quêtant des rires, et ses hommes s'exécutèrent. Il ne fut pas dupe : il savait qu'aucun d'eux ne le trouvait drôle. Plus important, leurs rires prouvaient que le pouvoir était en train de changer de camp. Leur allégeance à Leo donnait des signes de faiblesse. Peut-être à cause de ce voyage épuisant. Ou de la décision prise par Leo de laisser Brodsky en liberté alors qu'il aurait dû l'arrêter. Vassili se demandait pourtant si ce n'était pas plutôt à cause de Fiodor et de la mort de son petit garçon. On avait envoyé Leo régler cette affaire. La plupart des hommes présents étaient des amis de Fiodor. Si ressentiment il y avait, il pourrait l'exploiter, en tirer parti.

Leo se pencha, étudia les traces dans la neige. Des empreintes de pas toutes fraîches : celles de ses officiers, mais qui en recouvraient d'autres, partant de la grange vers les champs. Il se releva et alla dans la grange. Vassili le héla :

— Je l'ai déjà fouillée !

Sans l'écouter, Leo palpa la serrure forcée ; à la vue des sacs de jute disposés sur le sol, il retourna dehors, inspecta les champs du regard.

— Je veux trois hommes avec moi. Vassili, tu restes là. Continue à fouiller la maison.

Il enleva sa parka. Sans intention d'humilier son adjoint, il la lui fourra dans les bras. Débarrassé du lourd vêtement qui l'empêchait de courir, il suivit les empreintes en direction des champs.

Les trois agents qui avaient reçu l'ordre de l'accompagner ne prirent pas la peine, eux, d'enlever leur parka. Leur officier supérieur leur demandait de courir à travers des champs enneigés en manches de chemise, alors qu'il n'avait même pas voulu voir le cadavre du fils de leur collègue. Il avait traité la mort d'un enfant comme une broutille. Pas question de risquer une pneumonie pour servir un homme dont l'autorité était sans doute menacée et qui se désintéressait de leur sort. Leo restait néanmoins leur supérieur et, après avoir consulté Vassili du regard, ils partirent tous les trois à petites foulées, feignant l'obéissance, suivant Leo qui se trouvait déjà à plusieurs centaines de mètres devant eux.

Il accéléra l'allure. La méthamphétamine l'aidait à se concentrer : rien d'autre ne comptait pour lui que ces traces de pas dans la neige et sa respiration. Il ne pouvait plus s'arrêter ni ralentir, ne pouvait plus échouer, ne sentait plus le froid. Peu importait que Brodsky ait sans doute au moins une heure d'avance. Ne se doutant pas qu'il était suivi, il devait marcher tranquillement.

Devant Leo se dressait une petite colline ; d'en haut il espérait apercevoir le suspect. Arrivé au sommet, il scruta le paysage alentour. Des champs enneigés à perte de vue. À quelque distance de là s'étendait la lisière d'une épaisse forêt, mais un peu avant, à un kilomètre en contrebas, un homme progressait laborieusement dans la neige. Pas un fermier ni un ouvrier agricole. Non, c'était le traître. Leo l'aurait juré. Il faisait route vers le nord, en direction de la forêt. S'il l'atteignait, il pourrait se cacher sous les arbres. Leo n'avait pas de chiens à lancer à sa poursuite. Il jeta un coup d'œil par-dessus son épaule : ses trois agents étaient à la traîne. Quelque chose entre eux et lui s'était rompu. Il ne pouvait plus compter sur eux. Il allait devoir capturer Brodsky lui-même.

Alerté par un sixième sens, Anatoli cessa de marcher et se retourna. Un homme dévalait la colline dans sa direction. Un officier du MGB, sans aucun doute. Anatoli était pourtant certain d'avoir détruit toutes les preuves de ses liens avec ce village reculé. Comme hypnotisé à la vue de son poursuivant, il s'immobilisa quelques instants. On avait donc retrouvé sa trace. Son estomac se noua, il sentit son visage s'empourprer, puis, comprenant que la présence de cet homme signait son arrêt de mort, il pivota sur lui-même et s'élança vers la forêt. Sous l'effet de la panique, il chancela dans la couche neigeuse, plus épaisse à cet endroit. Son manteau le gênait. Il l'enleva, l'abandonna sur la neige, prit ses jambes à son cou pour échapper à la mort.

Il ne refit pas l'erreur de regarder en arrière. Il se concentrait sur la forêt devant lui. À ce rythme, il l'atteindrait avant d'être rattrapé par son poursuivant. Le sous-bois lui permettrait de se cacher, de disparaître. Et s'il devait se battre, il aurait davantage de chances en un lieu où il trouverait des branches et des pierres qu'à découvert, sans rien pour se défendre.

Leo accéléra encore l'allure, se dépassant, sprintant comme sur la piste d'un stade. Une partie de lui-même se rappelait que le terrain était meuble, qu'il prenait des risques en courant si vite. Mais sous l'effet des amphétamines il croyait que tout était possible, qu'il pouvait refaire son retard.

Soudain il perdit pied, tomba à la renverse, atterrit la tête la première dans une congère. Sonné, recouvert de neige, il roula sur le dos. Contemplant le ciel bleu pâle, il se demanda s'il n'était pas blessé. Il n'avait mal nulle part. Il se releva, enleva la neige de son visage et de ses mains, indifférent à ses paumes écorchées. Il chercha la silhouette de Brodsky, s'attendant à la voir disparaître en lisière de la forêt. Contre toute attente, le suspect s'était lui aussi arrêté. Il était debout, immobile. Perplexe, Leo reprit sa course. Il ne comprenait pas : alors même que la fuite semblait possible, cet homme avait l'air d'attendre. Il fixait le sol à ses pieds. Moins de cent mètres le séparaient désormais de Leo, qui dégaina et ralentit l'allure. Il mit Brodsky en joue, tout en sachant qu'il ne pouvait tirer à cette distance. Son cœur cognait contre ses côtes, deux battements à chaque pas. Nouvelle montée en puissance de la méthamphétamine : il avait la bouche sèche, les doigts qui tremblaient, le dos ruisselant de sueur.

Plus qu'une cinquantaine de pas entre lui et Brodsky. Ce dernier se retourna. Il n'était pas armé. Il avait les bras ballants, comme s'il capitulait, de manière aussi soudaine qu'inexplicable. Leo se rapprochait toujours. Enfin il vit ce qui avait stoppé Brodsky dans sa course : une rivière gelée d'une vingtaine de mètres de large le séparait de la forêt. Elle était invisible de la colline, sa surface cachée sous un épais manteau de neige. Leo hurla :

— C'est fini !

Anatoli médita ces mots, puis se tourna vers la forêt et s'engagea sur la glace. Il progressait d'un pas hésitant, dérapait sur la surface lisse. Elle craquait sous son poids, près de céder. Il ne ralentit pas. À chacun de ses pas, la glace se fissurait un peu plus : des lignes noires en zigzag apparaissaient autour de lui. Plus il accélérait, plus elles se multipliaient, dans toutes les directions. De l'eau s'insinuait dans les fissures. Il avançait toujours : il était maintenant au milieu de la rivière, à une dizaine de mètres de la rive opposée. Il regardait l'eau sombre et glaciale s'écouler sous ses pieds.

Une fois sur la berge, Leo rangea son arme dans son holster et lui tendit la main.

— La glace ne tiendra pas. Vous n'atteindrez jamais la forêt.

Brodsky se retourna.

— Je ne cherche pas à atteindre la forêt.

Il leva le pied droit, crevant soudain la surface gelée d'un grand coup de talon. L'eau jaillit, la glace se fractura et Brodsky disparut.

Tétanisé par le froid, il se laissa couler en regardant le soleil au-dessus de lui. Puis, sentant qu'il remontait, il nagea dans le sens du courant, s'éloigna du trou dans la glace. Il n'avait aucune intention de refaire surface. Il se noierait dans ces eaux sombres. Ses poumons le brûlaient et déjà il sentait son corps se rebeller contre sa décision d'en finir. Il continua de nager, le plus loin possible de la lumière, de toute chance de survie. Sa flottabilité naturelle finit par le ramener vers la surface ; au lieu de retrouver l'air libre, son visage heurta la glace. Le courant l'entraîna lentement vers l'aval.

Le traître ne réapparaîtrait pas : il nageait sans doute pour s'éloigner du trou dans la glace, pour tenter de se donner la mort et protéger ainsi ses complices. Leo se mit à courir le long de la rivière, essayant de le localiser. Il se débarrassa de son lourd holster en cuir et de son arme, les déposa sur la berge, s'avança en équilibre instable sur la rivière gelée. Presque aussitôt, la glace manifesta des signes de faiblesse. Il continua sa progression le plus doucement possible, mais la glace se fissurait et ployait sous son poids. Une fois au milieu de la rivière, il s'accroupit, balaya fébrilement la neige devant lui. Le suspect restait invisible ; il n'y avait que l'eau noirâtre. Leo descendit un peu plus en aval, poursuivi par les lignes de fracture qui l'encerclaient à chacun de ses pas. L'eau montait, les fissures se rapprochaient. Il leva les yeux au ciel, respira à fond, se figea en entendant un craquement.

La glace s'ouvrit sous lui.

La méthamphétamine avait beau atténuer la morsure du froid, il savait qu'il devait se dépêcher. À cette température, il n'avait que quelques instants devant lui. Il pivota sur lui-même. Malgré les deux rais de lumière là où la glace avait cédé, l'eau était sombre, privée de soleil par l'épaisse couche de neige. D'un battement de jambes, il se propulsa dans le sens du courant. Il nageait dans l'obscurité, cherchant à l'aveuglette autour de lui. Son corps avait désespérément besoin d'oxygène. En réaction, il redoubla d'efforts, nagea encore plus vite. Bientôt il n'aurait d'autre choix que de faire demi-tour ou de mourir. Comprenant qu'il jouait sa dernière carte, que s'il revenait les mains vides il risquait d'être exécuté, il fit une ultime brasse vers l'aval.

Sa main rencontra un obstacle : du tissu, une jambe de pantalon. C'était Brodsky, inerte contre la glace. Pourtant, comme si ce contact lui redonnait vie, il se débattit. Leo se glissa derrière lui, l'attrapa par le cou. Une douleur aiguë lui transperçait la poitrine. Il devait refaire surface. Soutenant toujours le suspect, il tenta de marteler la glace de son poing libre, mais les coups ricochèrent contre la surface dure et lisse.

Brodsky ne bougeait plus. Avec effort, au mépris de tout instinct de survie, il ouvrit la bouche et emplit ses poumons d'eau glacée, appelant la mort de ses vœux.

Leo se concentrait sur les rais de lumière en amont. Il se démenait pour nager vers eux avec Brodsky. Son prisonnier, immobile, avait perdu connaissance. Victime d'étourdissements, Leo ne pouvait retenir sa respiration plus longtemps. Il se propulsa une nouvelle fois en avant, sentit la lumière du soleil sur son visage, puis il remonta. Les deux hommes refirent surface.

Leo avalait de grandes goulées d'air, mais Brodsky ne respirait plus. Leo le ramena vers la rive, se frayant un passage à travers la glace fracturée. Dès qu'il eut pied, il se hissa sur la berge, y traîna son prisonnier. Ils avaient la peau bleuâtre. Leo grelottait sans pouvoir s'arrêter. Le suspect, lui, restait inerte. Leo l'aida à recracher l'eau qu'il avait avalée, lui pressa le torse, lui fit le bouche-à-bouche. Il répéta deux fois l'opération.

— Allez !

Brodsky hoqueta et reprit connaissance, plié en deux pour vomir l'eau glacée qui lui remplissait l'estomac. Leo n'eut pas le temps de s'en réjouir. Encore quelques minutes et ils mourraient d'hypothermie. Il se releva. Ses trois officiers approchaient.

Ils l'avaient vu disparaître dans la rivière, comprenant qu'il avait raison depuis le début. En une fraction de seconde, Leo reconquit le pouvoir perdu au profit de Vassili. Les rancœurs inspirées aux trois hommes par son attitude envers Fiodor ne comptaient plus. S'ils avaient pris la liberté de trahir leurs émotions, c'était uniquement parce qu'ils s'attendaient à ce que l'opération échoue et à ce que leur officier supérieur soit relevé de ses fonctions. Au contraire, Leo se retrouverait plus que jamais en position de force. Ils couraient tous les trois comme si leur vie en dépendait.

Leo se pencha sur son prisonnier. Les yeux de Brodsky se fermaient : il perdait à nouveau connaissance. Leo le gifla. Il fallait absolument le réveiller. Il le gifla encore. Le suspect rouvrit les yeux, les referma presque aussitôt. Leo lui redonna plusieurs gifles. Chaque minute comptait. Il se releva, appela ses hommes.

— Magnez-vous !

Sa voix faiblissait, son énergie refluait à mesure que le froid le paralysait et que son invincibilité chimique s'estompait. L'effet de la méthamphétamine déclinait. Un extraordinaire épuisement s'empara de lui. Ses hommes arrivèrent.

— Enlevez vos parkas ! Faites du feu !

Ils s'exécutèrent, revêtirent Leo d'une parka et Brodsky des deux autres. Ce ne serait pas suffisant. Il fallait absolument faire du feu. Les trois officiers cherchèrent du bois. Deux d'entre eux s'élancèrent vers une clôture distante de plusieurs mètres, tandis que leur collègue déchirait la manche de sa chemise pour obtenir des lambeaux de toile. Concentré sur son prisonnier, Leo continuait de le gifler afin de le maintenir éveillé. Mais lui-même sentait le sommeil le gagner. Il luttait de toutes ses forces pour garder les yeux ouverts.

— Dépêchez-vous !

Alors qu'il aurait voulu crier, sa voix était à peine audible.

Les deux officiers revinrent avec des planches arrachées à la clôture. Ils préparèrent le sol, écartèrent la neige à coups de pied, disposèrent le bois sur la terre gelée. Ils ajoutèrent les lambeaux de toile et empilèrent par-dessus des éclats de bois, créant une structure pyramidale. L'un d'eux sortit son briquet, imprégna la toile d'essence. Une étincelle, et elle s'embrasa. Des flammes léchèrent le bois, trop humide pour que le feu prenne vraiment.

Des volutes de fumée tourbillonnaient. Leo ne sentait pas la chaleur. Le bois mettait trop de temps à sécher. Il arracha la doublure de la parka qu'il avait sur lui, l'ajouta dans le feu. S'il s'éteignait, son prisonnier et lui mourraient.

Il ne leur restait plus qu'un briquet. L'un des officiers le démonta avec soin et versa l'essence sur les flammes poussives. Elles redémarrèrent, aidées par un vieux paquet de cigarettes et quelques bouts de papier. À genoux, les trois officiers attisaient le feu. Les planches se mirent à brûler.

Anatoli ouvrit les yeux à la lumière des flammes. Le bois crépitait. Malgré son envie de mourir, il s'émerveilla de sentir la chaleur sur sa peau. À la vue de ces flammes claires, de ces braises rougeoyantes, il comprit avec des sentiments mitigés qu'il allait survivre.

Leo, assis, surveillait le feu. De la vapeur s'élevait de ses vêtements. Deux officiers, soucieux de regagner ses faveurs, continuaient de ramasser du bois. Le troisième montait la garde. Une fois sûr que le feu ne s'éteindrait pas, Leo ordonna à l'un d'entre eux de regagner la ferme et de préparer leur retour vers Moscou. Il lança à son prisonnier :

— Vous pouvez marcher ?

— J'allais souvent à la pêche avec mon fils. Le soir, on faisait un feu comme celui-ci et on s'asseyait autour. Mon fils n'avait pas grand goût pour la pêche, mais je crois qu'il aimait faire du feu. S'il n'était pas mort, il aurait à peu près le même âge que vous.

Leo ne répondit pas. Le prisonnier ajouta :

— Si ça ne vous ennuie pas, j'aimerais rester encore un peu ici.

Leo remit du bois dans le feu. Ils pouvaient attendre quelques minutes de plus.

Sur le chemin du retour, personne ne parlait. Il fallut presque deux heures pour parcourir en sens inverse la distance que Leo avait couverte en moins de trente minutes. Chaque pas lui coûtait plus d'efforts à mesure que s'estompait l'effet de la méthamphétamine. Seule la pensée de sa mission réussie le soutenait. Il retournerait à Moscou en ayant fait ses preuves et sauvé sa réputation. Au bord de l'échec, il s'était rétabli de justesse.

À l'approche de la ferme, Anatoli se demanda comment ces hommes avaient retrouvé sa trace. Il avait dû mentionner son amitié pour Mikhaïl devant Zina. Elle l'avait trahi. Il n'en éprouva aucune colère. Elle essayait seulement de survivre. Personne ne pouvait le lui reprocher. Quoi qu'il en soit, ça n'avait plus d'importance. Une seule chose comptait désormais : convaincre ses gardiens que Mikhaïl était innocent, qu'il avait refusé de collaborer avec lui. Il se tourna vers son geôlier :

— Quand je suis arrivé hier soir, cette famille m'a demandé de partir. Ils ne voulaient rien avoir à faire avec moi. Ils m'ont menacé de prévenir les autorités. Voilà pourquoi je suis entré par effraction dans leur grange. Ils me croyaient déjà parti. Mikhaïl Zinoviev et sa famille n'ont rien fait de mal. Ce sont de braves gens, qui travaillent dur.

Leo s'efforça d'imaginer comment les choses s'étaient réellement passées la veille. Le traître avait demandé de l'aide à son ami, une aide qui n'était pas venue. Piètre plan de fuite. Pas celui d'un espion compétent, en tout cas.

— Vos amis ne m'intéressent pas.

Ils arrivèrent en lisière de la ferme. En face, agenouillés en rang à l'entrée de la grange, se trouvaient Mikhaïl Zinoviev, sa femme et leurs deux filles. On leur avait attaché les mains dans le dos. Ils grelottaient de froid dans la neige. De toute évidence, ils étaient dans cette position depuis longtemps. Mikhaïl avait le visage tuméfié, le nez en sang, la mâchoire de travers. Fracturée. Les officiers formaient un vague cercle autour d'eux. Vassili montait la garde juste derrière la famille. Leo s'arrêta pour dire quelque chose, mais Vassili décroisa les bras, laissant voir son pistolet. Il mit Zinoviev en joue et lui tira une balle dans la nuque. La détonation se répercuta au loin. L'homme bascula dans la neige la tête la première. Sa femme et ses filles restèrent immobiles, les yeux écarquillés.

Seul Brodsky réagit, laissant échapper un cri, un bruit animal, inarticulé – mélange de colère et de chagrin. Vassili fit un pas de côté et braqua son arme contre le crâne de l'épouse. Leo l'arrêta d'un geste.

— Baisse cette arme ! C'est un ordre !

— Ces gens sont des traîtres. Il faut faire un exemple.

Vassili appuya sur la détente, une seconde détonation retentit et le corps de la jeune femme s'écroula dans la neige près de celui de son mari. Brodsky tenta de se libérer, mais les deux officiers qui l'encadraient le mirent à genoux à coups de pied. Vassili fit encore un pas de côté, braquant son arme contre la nuque de l'aînée des fillettes. Elle avait le nez rougi par le froid, le corps parcouru de frissons. Elle ne quittait pas des yeux le cadavre de sa mère. Elle allait mourir dans la neige à côté de ses parents. Leo dégaina, mit Vassili en joue.

— Baisse-moi cette arme !

Soudain toute sa fatigue disparut, sans l'aide du moindre stupéfiant. C'était l'effet conjugué de l'indignation et de l'adrénaline. Sa main ne tremblait pas. Il visa avec soin. À cette distance, il ne raterait pas sa cible. S'il tirait maintenant, cette fillette survivrait. Sa sœur et elle seraient sauvées – personne ne serait assassiné. Le mot lui était venu spontanément à l'esprit : *Assassiné*.

Il arma son pistolet.

Vassili s'était trompé au sujet de Kiev. Il s'était laissé leurrer par la lettre de Brodsky. Il avait convaincu les autres officiers qu'ils perdaient leur temps en se rendant à Kimov. Il avait insinué que, le soir même, l'échec probable de la mission ferait de lui leur nouvel officier supérieur. Toutes ces erreurs gênantes se retrouveraient dans le rapport de Leo. Dans l'immédiat, Vassili sentait sur lui le regard de ses subordonnés. Il venait de subir un revers humiliant. Une partie de lui-même voulait voir si Leo était capable de le tuer. Les répercussions seraient graves. Il n'était toutefois pas stupide. En son for intérieur, il avait conscience de sa lâcheté autant que du courage de Leo. Il baissa son arme. Feignant la satisfaction, il désigna les deux fillettes :

— Cette leçon leur sera utile. En grandissant, elles feront peut-être de meilleures citoyennes que leurs parents.

Leo se dirigea vers son adjoint, enjamba les deux cadavres, laissa une empreinte de pas dans la neige rougie par le sang. Brandissant son arme, il donna un coup de crosse dans la tempe de Vassili. Celui-ci s'effondra en portant la main à son front. Du sang ruisselait de la blessure. Avant qu'il ait pu se relever, il sentit contre sa tempe le canon du pistolet de Leo. Hormis les deux fillettes qui fixaient le sol, prêtes à mourir, tout le monde regardait les deux hommes.

Lentement, Vassili redressa la tête, la mâchoire tremblante. Il avait peur de la mort, lui pour qui la mort des autres n'était qu'une formalité. Leo posa l'index sur la détente de son pistolet, mais ne put se résoudre à tirer de sang-froid. Il ne serait pas le bourreau de Vassili. Il laissait ce soin au MGB, auquel on pouvait faire confiance. Il rangea son arme dans son holster.

— Reste ici jusqu'à l'arrivée de la milice. Tu leur expliqueras ce qui s'est passé et tu leur donneras un coup de main. Tu réussiras bien à rentrer à Moscou par tes propres moyens.

Leo aida les deux fillettes à se relever et les conduisit dans la maison.

Il fallut trois agents pour hisser Anatoli Brodsky à l'arrière du camion. Son corps inerte semblait sans vie. Il marmonnait des phrases sans queue ni tête, fou de douleur et indifférent aux officiers qui lui ordonnaient de se taire. Ils ne voulaient pas entendre ses lamentations.

À l'intérieur, les deux fillettes restèrent muettes, encore incapables d'accepter le fait que les deux cadavres étendus dehors dans la neige étaient ceux de leurs parents. Elles s'attendaient à ce que d'une minute à l'autre leur mère leur prépare leur petit déjeuner, ou que leur père rentre des champs. La situation n'avait aucune réalité. Leurs parents représentaient tout pour elles. Comment le monde pouvait-il continuer d'exister sans eux ?

Leo leur demanda si elles avaient de la famille. Aucune ne répondit. Il dit à l'aînée de faire leurs bagages : elles partaient avec lui pour Moscou. Aucune ne bougea. Il alla dans la chambre et entreprit de remplir leurs valises, de rassembler leurs vêtements, leurs affaires. Ses mains se mirent à trembler. Il s'interrompit, s'assit au bord du lit, contempla ses bottes, claqua des talons. Des particules de neige rouge sang se détachèrent et tombèrent sur le sol.

Assis sur le bas-côté, sa dernière cigarette aux lèvres, Vassili regarda le camion s'ébranler. Il vit les deux fillettes installées à l'avant, près de Leo, là où lui-même aurait dû être. Le camion tourna et disparut au bout de la route. Vassili jeta un coup d'œil autour de lui. Des visages étaient apparus aux fenêtres des fermes voisines. Cette fois, ils le fixaient sans crainte. Il se félicita d'avoir encore son fusil-mitrailleur avec lui. Il regagna la ferme, posa brièvement les yeux sur les cadavres abandonnés dans la neige. Il entra dans la cuisine, fit chauffer de l'eau, se prépara du thé. Le breuvage était si fort qu'il ajouta du sucre. La famille en possédait un petit pot, sans doute la ration pour un mois. Il versa le tout dans sa tasse, obtenant un sirop poisseux qu'il but à petites gorgées. Il se sentit soudain très las. Il retira ses bottes, sa veste, alla dans la chambre, s'étendit sous les couvertures. Il regretta de ne pouvoir choisir ses rêves. Il voulait rêver de vengeance.

Moscou

16 février

Même s'il y travaillait depuis cinq ans, Leo ne s'était jamais senti chez lui à la Loubianka, le quartier général du MGB. On y avait rarement des conversations informelles. Chacun restait sur ses gardes. Rien d'étonnant, compte tenu de la nature des missions, mais pour Leo c'était le bâtiment lui-même qui engendrait la peur, comme s'il avait été conçu à dessein. Il reconnaissait toutefois l'absurdité de cette théorie, puisqu'il ignorait tout des intentions de l'architecte. L'immeuble datait d'avant la Révolution, et il avait abrité les bureaux d'une compagnie d'assurances avant d'être réquisitionné par les forces de sécurité bolcheviques. Pourtant, Leo n'arrivait pas à croire que ces dernières aient choisi par hasard un bâtiment aux proportions si insolites : ni haut ni trapu, ni étroit ni large, quelque part entre les deux. Sa façade donnait l'impression d'exercer une surveillance : d'innombrables fenêtres s'élevaient en rangs serrés jusqu'à une horloge dont l'œil globuleux scrutait la ville. Une ligne invisible séparait la Loubianka de ses abords immédiats. Les passants évitaient soigneusement ce périmètre imaginaire, comme s'ils redoutaient d'y être happés contre leur gré. Le franchir signifiait que l'on était un membre du personnel ou un condamné. Aucune chance d'être reconnu innocent entre ces murs. La Loubianka fabriquait des coupables à la chaîne. Peut-être n'avait-elle pas été construite dans l'idée d'inspirer la peur, mais la peur avait malgré tout pris possession des lieux, elle avait élu domicile dans cet ancien siège de compagnie d'assurances.

Leo présenta sa carte, qui lui permettait non seulement d'entrer dans le bâtiment, mais d'en sortir. On ne revoyait presque jamais les femmes et les hommes dépourvus de carte qui passaient sous ces portes. Le système les expédiait soit au goulag, soit dans un bâtiment situé juste derrière la Loubianka, rue Varsonovievski – un autre immeuble du ministère de la Sécurité d'État, équipé de plans inclinés, de murs couverts de rondins pour absorber les balles, et de tuyaux d'arrosage pour nettoyer les rigoles de sang. Leo ne connaissait pas le rendement exact, mais il était élevé, jusqu'à plusieurs centaines d'exécutions par jour. À ce degré, les considérations pratiques telles que la facilité et la rapidité à faire disparaître les cadavres avaient leur importance.

En pénétrant dans le couloir central, Leo se demanda ce qu'il éprouverait s'il était conduit au sous-sol sans possibilité de faire appel ni personne pour le défendre. Le système judiciaire pouvait être court-circuité. Leo avait entendu parler de prisonniers abandonnés durant des semaines, de médecins n'ayant d'autre fonction que de mesurer la douleur. Il se répétait que rien de tout cela n'était gratuit. Ces pratiques servaient une fin, le bien du peuple. Elles n'existaient que pour terrifier. La terreur était nécessaire. Elle protégeait la Révolution. Sans elle, Lénine aurait été renversé. Et Staline aussi. Sinon, pourquoi les agents du MGB propageaient-ils méthodiquement dans le tram ou dans le métro des rumeurs sur ce bâtiment, comme s'ils répandaient un virus au sein de la population ? On entretenait la peur. Elle faisait partie de son travail. Et, pour la maintenir à ce niveau, il fallait lui livrer toujours plus de gens en pâture.

Certes, la Loubianka n'était pas l'unique endroit qui inspirait la crainte. Il y avait la prison Butyrka, avec ses hautes tours et ses corps de bâtiment sinistres, alignements de cellules où les détenus jouaient avec des allumettes en attendant leur déportation vers les camps de travail. Il y avait aussi Lefortovo, d'où les cris des criminels transportés pour y être interrogés retentissaient jusque dans les rues voisines. Leo avait toutefois compris que la Loubianka occupait une place à part dans l'imaginaire collectif, parce qu'elle représentait un point de passage obligé pour tous les citoyens reconnus coupables d'antisoviétisme, d'activités contre-révolutionnaires et d'espionnage. Pourquoi cette catégorie de prisonniers effrayait-elle autant ? Si l'on pouvait se convaincre que jamais on ne commettrait de vol, de viol ni de meurtre, nul en revanche ne pouvait se déclarer innocent d'antisoviétisme, d'activités contre-révolutionnaires ou d'espionnage, puisque personne, pas même Leo, ne savait au juste ce que recouvraient ces crimes. Un seul des cent quarante articles du code pénal apportait quelques éclaircissements, une sous-section définissant le prisonnier politique comme une personne engagée dans des actions destinées à « renverser, subvertir ou affaiblir le pouvoir soviétique ».

Voilà en somme de quoi il fallait se contenter : quelques mots à la signification assez vague pour s'appliquer à tous, du haut dignitaire du Parti au cordonnier retraité, en passant par les danseurs et les musiciens. Même ceux qui travaillaient entre les murs de la Loubianka, qui faisaient tourner cette mécanique de la peur, ne pouvaient être certains qu'un jour ils ne se retrouveraient pas eux aussi victimes du système.

Leo avait gardé son long manteau en drap de laine et ses gants de cuir. Il grelottait. Dès qu'il s'immobilisait, le sol semblait tanguer sous ses pieds. Il était pris de vertiges qui duraient plusieurs secondes. Il se sentait au bord de l'évanouissement. Alors qu'il n'avait rien mangé depuis deux jours, la seule pensée de la nourriture lui donnait la nausée. Il refusait pourtant d'envisager l'éventualité d'une maladie : il était sûrement enrhumé, fatigué sans doute, mais ça passerait. Quand l'effet de la méthamphétamine se dissipait, il avait besoin de sommeil. Or, il ne pouvait pas se mettre en congé. Pas aujourd'hui, jour de l'interrogatoire de Brodsky.

En théorie, il n'était pas chargé des interrogatoires. Le MGB avait ses spécialistes en la matière, qui allaient de cellule en cellule, fiers d'arracher des aveux avec une indifférence étudiée. Comme la plupart de leurs collègues, ils étaient alléchés par la prime de rendement accordée si le suspect signait ses aveux rapidement et sans condition. Leo ne savait pas grand-chose de leurs méthodes. Il ne connaissait aucun d'eux personnellement. Les spécialistes de l'interrogatoire faisaient bande à part, travaillaient en équipe, partageaient souvent les mêmes suspects, conjuguaient leurs talents pour briser les résistances d'une manière ou d'une autre. Brutalité, force de persuasion, intimidation : toutes ces approches avaient leur place. En dehors des heures de travail, ces hommes et ces femmes mangeaient ensemble, se promenaient ensemble, échangeaient des anecdotes et comparaient leurs méthodes. Même s'ils ressemblaient au citoyen moyen, Leo les identifiait assez vite. Leurs interventions les plus radicales se déroulaient principalement au sous-sol, où ils pouvaient jouer sur des éléments du décor comme la chaleur et la lumière. En tant qu'enquêteur, Leo passait au contraire le plus clair de son temps dans les étages ou au-dehors. Les sous-sols étaient un univers où il descendait rarement et sur lequel il fermait les yeux, préférant qu'il reste souterrain.

Après une brève attente, le major Kuzmin le fit appeler. Leo entra d'un pas chancelant dans le bureau. Rien dans cette pièce n'avait été laissé au hasard : tout avait été méticuleusement planifié et disposé. Les murs étaient décorés de photos noir et blanc encadrées ; sur l'une d'elles, prise lors du soixante-dixième anniversaire de Staline, on voyait le Petit Père des Peuples échanger une poignée de main avec le major Kuzmin. Elle était entourée d'une série d'affiches de propagande, encadrées elles aussi et datant de différentes décennies. Selon

Leo, cela visait à faire croire que Kuzmin occupait déjà son poste lors des purges des années 1930, ce qui n'était pas le cas : il travaillait alors pour les services de renseignements de l'armée. La première affiche proclamait, sous la photo d'un gros lapin blanc en cage : *MANGEZ PLUS DE VIANDE DE LAPIN* ! Sur la deuxième, trois gigantesques silhouettes rouges fracassaient à coups de marteau, rouges eux aussi, le crâne d'hommes mal rasés à l'air maussade. *LUTTONS CONTRE LES OUVRIERS PARESSEUX* ! Une troisième montrait trois femmes entrant à l'usine le sourire aux lèvres. *CONFIEZ-NOUS VOS ÉCONOMIES* ! Ce « *NOUS* » ne désignait pas les trois ouvrières, mais la Caisse nationale d'épargne. Sur une quatrième, un homme ventripotent en costume et chapeau haut de forme transportait deux sacs remplis de billets. *HONTE AUX PLOUTOCRATES* ! D'autres encore, d'un réalisme appuyé, représentaient des ports, des chantiers navals, des voies ferrées, des travailleurs radieux ou en colère, et une flottille de locomotives, toutes à la gloire de Lénine. *CONSTRUISONS* ! Les affiches étaient régulièrement changées et Kuzmin veillait à exposer toute sa collection. Il apportait le même soin à sa bibliothèque. Sur ses étagères s'alignaient tous les titres de rigueur, tandis que son exemplaire de *L'Histoire du Parti communiste de l'Union soviétique*, au texte approuvé par Staline en personne, quittait rarement sa table de travail. Même le contenu de la corbeille à papier était soigneusement sélectionné. Tout le monde, de l'employé de bas étage au plus haut gradé, savait que si l'on voulait se débarrasser de quelque chose, on l'évacuait en cachette et on le jetait discrètement en rentrant chez soi.

Kuzmin attendait debout près de la fenêtre donnant sur la place Loubianskaïa. Trapu, il portait, comme souvent, un uniforme une taille trop petit. Ses lunettes à verres épais lui glissaient sans cesse sur le nez. Bref, c'était un personnage ridicule, auquel le pouvoir de vie ou de mort sur ses semblables ne conférait pas la moindre dignité. À la connaissance de Leo, Kuzmin ne s'occupait plus des interrogatoires, mais on racontait qu'en son temps, c'était un expert qui n'hésitait pas à se servir de ses petites mains grassouillettes. À le voir, on avait du mal à le croire.

Leo s'assit. Kuzmin resta debout à la fenêtre. Il préférait poser ses questions en regardant au-dehors. Comme il le rappelait souvent à Leo, il fallait selon lui accueillir toute manifestation d'émotion avec un scepticisme extrême, sauf si la personne concernée n'avait pas conscience d'être observée. Il savait feindre d'admirer la vue sans quitter des yeux le reflet de ses visiteurs. L'utilité de ce subterfuge était considérablement limitée par le fait que tout le monde ou presque, même Leo, se savait surveillé. De toute façon, rares étaient ceux qui donnaient libre cours à leurs émotions entre les murs de la Loubianka.

— Félicitations, Leo. Je savais que vous le captureriez. Cette expérience vous aura servi de leçon.

Leo opina du chef.

— Vous êtes souffrant ?

Leo ne répondit pas tout de suite. À l'évidence, il avait encore plus mauvaise mine qu'il ne l'imaginait.

— Rien de grave. Sûrement un rhume, mais ça va passer.

— Vous m'en voulez sans doute de vous avoir chargé de vous occuper de Fiodor Andreïev au détriment de l'affaire Brodsky. Je me trompe ? Vous pensez que Fiodor ne relevait pas de vos compétences et que j'aurais dû vous laisser surveiller Brodsky.

Il souriait, l'air amusé. Leo se concentra, flairant le danger.

— Non, major, je ne vous en veux pas. J'aurais dû arrêter Brodsky sans attendre. Tout est ma faute.

— Le fait est que vous ne l'avez pas arrêté aussitôt. Dans ces conditions, ai-je eu tort de vous dessaisir de cette affaire d'espionnage pour vous charger de raisonner un père endeuillé ? À vous de me répondre.

— Je me reproche surtout l'erreur que j'ai commise en n'arrêtant pas Brodsky.

— Vous éludez ma question. Voilà juste où je veux en venir : la réaction de la famille de Fiodor Andreïev n'avait rien d'anodin. Elle semait la dissidence au sein même du MGB. Un de vos hommes et sa famille se laissaient aveugler par le chagrin au point de se transformer sans le vouloir en ennemis du socialisme. Même si je me félicite que vous ayez arrêté Brodsky, votre intervention auprès de Fiodor me semblait prioritaire.

— Je comprends.

— Venons-en au cas de Vassili Nikitin.

Les actes de Leo feraient inévitablement l'objet d'un rapport. Vassili n'hésiterait pas à tenter de s'en servir contre lui. Leo ne pouvait pas tabler sur le soutien de Kuzmin ni deviner à quel aspect de l'incident ce dernier attachait le plus d'importance.

— Vous l'avez mis en joue ? Avant de le frapper ? Il prétend que vous aviez pris des stupéfiants. Et que vous aviez perdu la tête. Il demande que vous soyez suspendu. Il est très contrarié, comprenez-le.

Leo comprenait parfaitement : les exécutions sommaires ne gênaient personne.

— J'étais son supérieur et je lui avais donné un ordre. Vassili a désobéi. Comment puis-je me faire respecter, comment n'importe lequel d'entre nous peut-il exercer son autorité si personne ne suit les ordres ? Tout le système s'effondre. Ça doit venir de mon passage dans l'armée. Pendant une opération militaire, la désobéissance et l'insubordination sont passibles de la peine de mort.

Kuzmin approuva de la tête. Leo avait bien choisi sa ligne de défense : le respect de la hiérarchie.

— Vous avez raison, naturellement. Vassili est un impulsif. Il le reconnaît, d'ailleurs. Il vous a désobéi. C'est vrai. Mais il était indigné que cette famille ait collaboré. Ne vous méprenez pas : je n'approuve pas ses actes. Nous avons mis en place une procédure pour ce genre d'infraction. Cette famille aurait dû être amenée ici. Et Vassili a été sanctionné comme il convient. Quant aux stupéfiants…

— Je n'avais pas dormi depuis vingt-quatre heures. Et ils me sont prescrits par nos propres médecins.

— Ça ne me regarde pas. Je vous avais demandé de me ramener le suspect par tous les moyens, ce qui inclut sans doute la prise de certaines substances. Je tiens néanmoins à vous mettre en garde. En levant la main sur un autre officier, vous vous faites remarquer. On aura vite fait d'oublier que vous aviez de bonnes raisons d'agir ainsi. À partir du moment où Vassili baissait son arme, vous deviez vous arrêter. Si vous souhaitiez lui infliger un châtiment plus sévère, vous auriez dû me notifier son insubordination. Vous avez fait justice vous-même. C'est inacceptable. Totalement inacceptable.

— Je vous présente toutes mes excuses.

Kuzmin s'éloigna de la fenêtre. S'approchant de Leo, il lui posa la main sur l'épaule.

— Assez parlé. Considérez que l'affaire est close. Je vous réserve un nouveau défi : l'interrogatoire de Brodsky. Je tiens à ce que vous vous en chargiez personnellement. Vous pouvez vous faire aider de qui vous souhaitez parmi nos spécialistes des interrogatoires, mais je veux que le suspect craque en votre présence. Il est important que vous voyiez cet homme sous son vrai jour, d'autant que vous vous êtes laissé prendre à son innocence apparente.

Cette requête était inhabituelle. La surprise de Leo n'échappa pas à Kuzmin.

— Ça vous fera du bien. On devrait toujours juger un homme à ce qu'il est capable de faire lui-même. Pas seulement à ce qu'il laisse les autres faire à sa place. Des objections ?

— Aucune.

Leo se leva, tira sur sa veste.

— Je m'en occupe tout de suite.

— Une dernière chose : je souhaiterais que vous fassiez équipe avec Vassili.

Il y avait trois types de cellules. D'abord les cellules de détention : des pièces carrées au sol couvert de paille, prévues pour que trois hommes adultes puissent s'y allonger côte à côte. Ils y étaient toujours cinq, tellement à l'étroit que l'un d'eux ne pouvait pas se gratter sans déranger ses codétenus. En l'absence de latrines, il fallait en outre laisser de la place pour le seau hygiénique que chacun utilisait en présence des autres. Lorsqu'il était plein à ras bord, les prisonniers devaient le transporter eux-mêmes jusqu'à la bouche d'égout la plus proche, avec menace d'exécution s'ils renversaient la moindre goutte. Leo avait entendu les gardiens décrire les mimiques des détenus, concentrés sur le mélange mouvant d'excréments et d'urine dont le niveau déciderait s'ils auraient ou non la vie sauve. De la barbarie, certes, mais pour une bonne cause, pour le bien du peuple.

Bien du Peuple... le Bien du Peuple...

Il fallait se répéter ces mots, les avoir présents à l'esprit au point de se les repasser en boucle.

Après les cellules de détention venaient différentes sortes de cellules de confinement. Dans certaines, aux murs gluants de moisissure, de l'eau glacée vous montait jusqu'aux chevilles. Il suffisait d'y passer cinq jours pour que l'organisme ne s'en remette jamais, que la maladie soit définitivement incrustée dans les poumons. Il y avait également d'étroits placards, pareils à des cercueils, dans lesquels on laissait proliférer la vermine et où un prisonnier était enfermé nu jusqu'à ce qu'il accepte de signer des aveux. Et des pièces aux murs couverts de liège, surchauffées par une soufflerie, dans lesquelles les détenus cuisaient à petit feu jusqu'à ce que le sang suinte de leurs pores. D'autres encore étaient équipées de crochets, de chaînes et de fils électriques. Il existait tous les châtiments possibles et imaginables, et encore l'imagination avait-elle ses limites. Ces horreurs semblaient peu de chose lorsqu'on les comparait au bien du peuple.

Le Bien du Peuple... le Bien du Peuple... le Bien du Peuple...

La justification de telles méthodes était simple et convaincante, et il fallait se la répéter constamment : ces individus étaient des ennemis. Leo n'avait-il pas été témoin de mesures aussi radicales pendant la guerre ? Bien sûr que si, et parfois pires. Cette guerre n'avait-elle pas garanti la liberté du pays ? Ne s'agissait-il pas ici de la même chose, d'une guerre contre un ennemi différent, un ennemi de l'intérieur, mais un ennemi quand même ? Était-elle nécessaire ? Oui, bien sûr. La survie du système politique en dépendait. La promesse d'un âge d'or où cette brutalité n'existerait plus, où l'abondance régnerait et où la misère ne serait plus qu'un souvenir, justifiait tout. Ces méthodes n'avaient rien de satisfaisant, on ne devait pas s'en féliciter, et que des officiers puissent prendre plaisir à ce travail défiait l'entendement. Pourtant Leo n'était pas dupe. Derrière cette séquence bien rodée d'autojustification se cachait une forme de déni qui sommeillait au creux de son estomac comme une graine mal digérée.

Il y avait enfin les cellules réservées aux interrogatoires. Leo arriva devant celle où le traître avait été installé. Il frappa à la porte blindée munie d'un judas se demandant ce qu'il allait trouver à l'intérieur. Un adolescent âgé de dix-sept ans à peine lui ouvrit. La pièce exiguë, de forme rectangulaire, avait des murs nus en béton, un sol en béton, mais la lumière était si crue que Leo cligna des yeux en entrant. Cinq ampoules puissantes pendaient du plafond. Contre le mur du fond se trouvait un canapé, incongru dans ce décor sinistre. Anatoli Brodsky y était assis, pieds et poings liés. Le jeune officier expliqua fièrement :

— Il n'arrête pas de fermer les yeux pour essayer de dormir. Mais je le frappe à chaque fois. Il n'a pas une minute de répit, je vous le promets. Le mieux, c'est le canapé. Le prisonnier n'a qu'une idée : se laisser aller et s'endormir. Ce canapé est confortable, vraiment moelleux. Je m'y suis assis pour voir. Mais je ne laisserai pas le prisonnier s'endormir. C'est comme mettre de la nourriture hors de portée d'un homme affamé.

Leo acquiesça brièvement de la tête, et le jeune officier sembla déçu de ne pas être complimenté avec plus d'enthousiasme pour son zèle. Il alla se poster dans un angle de la pièce, armé de sa matraque noire. Droit comme un « i », le visage grave et les joues rouges, il ressemblait à un soldat de plomb.

Brodsky était assis au bord du canapé, penché en avant, les yeux mi-clos. En l'absence de chaise, Leo s'installa près de lui. Ce dispositif était grotesque. Le canapé était réellement moelleux et Leo s'y enfonça, mesurant la cruauté de la torture. Mais il n'avait pas de temps à perdre : il fallait faire vite. Vassili allait débarquer d'une minute à l'autre et Leo espérait convaincre Anatoli de coopérer avant son arrivée.

Ce dernier leva la tête, écarquilla vaguement les yeux. Il fallut un long moment à son cerveau privé de sommeil pour reconnaître l'homme assis à côté de lui. Celui qui l'avait capturé. Celui qui lui avait sauvé la vie. Hébété, la voix pâteuse, il articula péniblement, comme s'il avait été drogué :

— Les enfants ? Les filles de Mikhaïl ? Où sont-elles ?

— On les a mises dans un orphelinat. Elles sont en sécurité.

Un orphelinat : était-ce une plaisanterie, cela faisait-il partie du châtiment ? Non, cet homme ne lui jouerait pas ce genre de tour. Il était sincère.

— Vous êtes déjà allé dans un orphelinat ?

— Non.

— Ces fillettes auraient eu plus de chances de s'en sortir si vous les aviez laissées se débrouiller seules.

— Maintenant, c'est l'État qui s'occupe d'elles.

À la grande surprise de Leo, le prisonnier, malgré ses poignets ligotés, leva les mains et lui palpa le front. Le jeune officier s'avança d'un bond et brandit sa matraque, prêt à lui en donner un coup dans les genoux. Leo lui fit signe de s'éloigner, il recula à contrecœur.

— Vous avez de la fièvre. Vous devriez rentrer chez vous. Vous et vos collègues avez bien un chez-vous ? Un endroit pour manger, dormir, faire tout ce que font les gens normaux.

Leo n'en revenait pas. Cet homme restait médecin malgré les circonstances. Et en prime il faisait de l'ironie. Difficile de ne pas admirer son courage, son insolence.

Leo s'écarta, essuya son front moite avec sa manche.

— Vous pouvez vous épargner des souffrances inutiles en me faisant des aveux. Je ne connais aucune personne interrogée par nos soins qui n'ait ensuite regretté de ne pas avoir avoué d'emblée. Que gagnerez-vous par votre silence ?

— Rien.

— Alors acceptez-vous de me dire la vérité ?

— Oui.

— Pour qui travaillez-vous ?

— Pour Anna Vladislovovna. Son chat devient aveugle. Pour Dora Andreïeva. Son chien refuse de se nourrir. Pour Arkadi Maslov. Son chien s'est cassé une patte. Pour Matthias Rakoszi. Il possède une collection d'oiseaux rares.

— Si vous êtes innocent, pourquoi vous être enfui ?

— Parce que vous m'aviez pris en filature. C'est l'unique raison.

— Ça ne tient pas debout.

— Je suis d'accord avec vous, mais c'est quand même la vérité. Dès qu'on est suivi, on finit par être arrêté. Et une fois qu'on est arrêté, on est toujours déclaré coupable. Ici on n'amène jamais d'innocents.

— Avec quels fonctionnaires de l'ambassade des États-Unis travaillez-vous, et quel type d'informations leur transmettez-vous ?

Anatoli comprit enfin. Voilà plusieurs semaines, un jeune attaché de l'ambassade avait amené son chien pour le faire examiner. Il souffrait d'une coupure qui s'était infectée. Il lui aurait fallu des antibiotiques, mais puisqu'on n'en trouvait pas, Anatoli, après avoir nettoyé et désinfecté la plaie avec soin, avait gardé l'animal en observation. Peu après, il avait surpris un homme en train de rôder près de chez lui. Il n'avait pas fermé l'œil de la nuit, cherchant en vain ce qu'il avait pu faire de mal. Le lendemain matin, on l'avait suivi alors qu'il se rendait à son travail. Même chose le soir quand il était rentré chez lui. Ce manège avait duré trois jours. Après une quatrième nuit blanche, il avait décidé de s'enfuir. Il comprenait enfin de quel crime on l'accusait : il avait soigné le chien d'un étranger.

— Je ne doute pas que je finirai par avouer ce que vous voulez me faire avouer, mais dans l'immédiat je tiens à dire ceci : moi, Anatoli Tarasovitch Brodsky, je suis vétérinaire. Bientôt vos rapports me présenteront comme un espion. Vous aurez ma signature et mes aveux. Vous me forcerez à vous donner des noms. Il y aura d'autres arrestations, d'autres signatures, d'autres aveux. Mais tout ce que je finirai par vous dire ne sera que mensonge, parce que je suis vétérinaire et rien d'autre.

— Vous n'êtes pas le premier coupable à se prétendre innocent.

— Vous me prenez vraiment pour un espion ?

— Rien qu'avec cette conversation, j'ai de quoi vous condamner pour subversion. Vous venez d'exprimer clairement votre haine pour ce pays.

— Je n'ai aucune haine pour ce pays. C'est vous qui le haïssez. Vous qui haïssez son peuple. Sinon pourquoi arrêteriez-vous tant de monde ?

Leo s'impatientait.

— Vous avez conscience de ce qui vous attend si vous refusez d'avouer ?

— Même les gosses savent ce qui se passe entre ces murs.

— Mais vous refusez quand même d'avouer ?

— Je n'ai aucune envie de vous faciliter la tâche. Si vous voulez me faire avouer que je suis un espion, il faudra me torturer.

— J'espérais pouvoir éviter d'en arriver là.

— Vous croyez pouvoir sauver votre honneur dans ces caves ? Allez chercher vos couteaux. Et tous vos instruments. Quand vous aurez mon sang sur les mains, on verra si vous serez toujours aussi raisonnable.

— Je ne vous demande qu'une liste de noms.

— Il n'y a pas plus têtu que les faits. Voilà pourquoi vous les détestez tant. Ils vous offensent. Voilà pourquoi je peux vous énerver rien qu'en vous répétant que moi, Anatoli Tarasovitch Brodsky, je suis vétérinaire. Mon innocence vous offense parce que vous souhaitez que je sois coupable. Et vous souhaitez que je sois coupable parce que vous m'avez arrêté.

On frappa à la porte. Vassili était arrivé. Leo se leva en marmonnant :

— Vous auriez mieux fait d'accepter mon offre.

— Peut-être comprendrez-vous un jour pourquoi ça m'était impossible.

Le jeune officier déverrouilla la porte. Vassili entra dans la pièce. Il portait un pansement à la tempe, lequel, soupçonna Leo, n'avait aucune utilité réelle, et ne lui servait qu'à engager la conversation pour raconter l'incident au plus grand nombre de gens possible. Il était accompagné d'un homme entre deux âges avec un début de calvitie et un costume fripé. Voyant Leo et Anatoli ensemble, Vassili fronça les sourcils.

— Il a avoué ?
— Non.

Visiblement soulagé, Vassili fit signe au jeune officier de mettre le prisonnier debout pendant que l'homme entre deux âges en costume marron s'avançait en souriant, la main tendue vers Leo.

— Docteur Roman Hvostov. Je suis psychiatre.
— Leo Demidov.
— Enchanté.

Ils échangèrent une poignée de main. Hvostov désigna le prisonnier :

— Ne vous en faites pas pour lui.

Hvostov les conduisit jusqu'à son cabinet dont il ouvrit la porte fermée à clé, leur faisant signe d'entrer comme s'ils étaient des enfants et qu'il s'agissait d'une salle de jeux. La pièce était petite et propre, avec un fauteuil en cuir rouge fixé au sol carrelé de blanc. À l'aide d'une série de manettes, on pouvait incliner le fauteuil pour le transformer en lit et le redresser ensuite. Sur les murs, plusieurs vitrines contenaient des flacons de poudre et de comprimés, aux étiquettes blanches soigneusement remplies à la main et à l'encre noire. Une série de pinces chirurgicales étaient accrochées sous les vitrines. Une odeur d'antiseptique flottait dans l'air. Brodsky se laissa attacher au fauteuil sans résister. On lui immobilisa les poignets, les chevilles et le cou à l'aide de lanières en cuir noir. Leo lui lia les pieds pendant que Vassili s'occupait de ses bras. Lorsqu'ils eurent terminé, il ne pouvait plus bouger. Leo recula d'un pas. Hvostov se lava les mains au lavabo.

— J'ai travaillé un temps dans un goulag, près de la ville de Molotov. L'hôpital était plein de gens qui se faisaient passer pour des malades mentaux. Ils couraient en tous sens comme des animaux, hurlaient des obscénités, déchiraient leurs vêtements, se masturbaient en public, faisaient leurs besoins par terre, tout et n'importe quoi pour me convaincre qu'ils avaient l'esprit dérangé. On ne pouvait absolument pas leur faire confiance. Mon travail consistait à identifier qui mentait et qui était vraiment fou. On disposait d'une batterie de tests scientifiques, mais les prisonniers faisaient passer l'information, si bien que très vite, tout le monde savait comment contourner le système. Par exemple, si l'un d'eux se prenait pour Hitler, pour un cheval ou autre chose d'aussi bizarre, on pouvait pratiquement être sûr qu'il faisait semblant. Les prisonniers ont donc cessé d'imiter Hitler et ont trouvé des moyens beaucoup plus subtils et sophistiqués de nous tromper. À la fin, il ne restait qu'une seule façon de connaître la vérité.

Il remplit une seringue d'un liquide jaune et huileux, la posa sur un plateau métallique, découpa avec soin une manche de la chemise du prisonnier et lui posa un garrot en haut du bras, faisant saillir une grosse veine bleuâtre. Il s'adressa à Brodsky :

— J'ai entendu dire que vous aviez des compétences médicales. Je vais vous injecter de l'huile de camphre. Vous savez quels effets elle aura sur vous ?

— Mon expérience médicale se limite à aider les gens.

— Ce que je vais vous faire peut également aider les gens. Du moins ceux qui vivent dans le mensonge. Cette injection va provoquer une crise d'épilepsie. Dans cet état, vous serez incapable de mentir. Vous ne pourrez d'ailleurs pas faire grand-chose. Si vous réussissez à parler, vous ne pourrez rien dire d'autre que la vérité.

— Alors, allez-y. Injectez-moi votre huile. Écoutez ce que j'ai à dire.

Hvostov se tourna vers Leo.

— On va le bâillonner. Pour l'empêcher de se mordre la langue au plus fort de la crise. Mais dès qu'il se calmera, on pourra enlever le bâillon sans risque, et je vous laisserai l'interroger.

Vassili prit un scalpel et entreprit de se curer les ongles, essuyant la crasse sur sa veste. Quand il eut fini, il reposa l'instrument, fouilla dans sa poche, sortit une cigarette. Le médecin secoua la tête.

— Pas ici, je vous prie.

Vassili rangea sa cigarette. Hvostov examina sa seringue : une goutte d'huile jaune perlait à la pointe de l'aiguille. Satisfait, il enfonça l'aiguille dans la veine de Brodsky.

— Il faut y aller doucement. Si on se précipite, il risque une embolie.

Il appuya sur le piston et l'épais liquide jaune passa de la seringue dans le bras du prisonnier.

Les effets ne se firent pas attendre. Soudain, toute lueur d'intelligence disparut du regard d'Anatoli Brodsky. On ne voyait plus que le blanc de ses yeux et son corps se mit à trembler violemment, comme si le fauteuil auquel on l'avait attaché était branché sur mille volts. Il avait toujours la seringue plantée dans le bras et seule une petite quantité d'huile lui avait été injectée.

— Encore un peu.

Hvostov lui en injecta cinq millimètres de plus et de la bave apparut aux commissures des lèvres de Brodsky, de petites bulles blanchâtres.

— Maintenant on attend, on attend encore, et on injecte le reste.

Hvostov vida la seringue dans le bras du prisonnier, retira l'aiguille, pressa un coton sur la piqûre. Il recula d'un pas.

Brodsky ressemblait moins à un être humain qu'à une machine devenue folle, une machine poussée au-delà de ses limites. Son corps tirait de toutes ses forces sur ses liens, comme dominé par une force extérieure. Il y eut un craquement. Un os de son poignet s'était brisé sous la pression. Hvostov inspecta la blessure qui enflait déjà.

— Rien d'anormal.

Jetant un coup d'œil à sa montre, il ajouta :

— Attendons quelques minutes supplémentaires.

Deux filets de bave s'écoulaient de part et d'autre de la bouche du prisonnier, lui dégoulinaient sous le menton et jusque sur les jambes. Les tremblements s'espacèrent.

— Parfait. Interrogez-le. On va voir ce qu'il dit.

Vassili s'avança et détacha le bâillon. Brodsky vomit de la bave sur ses genoux. L'air sceptique, Vassili se retourna.

— Qu'est-ce qu'il va bien pouvoir nous dire dans cet état, bordel ?

Pour toute réponse, la tête du prisonnier dodelina, retenue par ses liens. Il émit un gargouillis. Il saignait du nez. Hvostov essuya le sang.

— Réessayez.

— Tu travailles pour qui ?

La tête de Brodsky roula sur le côté comme celle d'un pantin : capable de bouger, mais pas réellement vivante. Il ouvrait et fermait la bouche, la langue tendue – se préparant mécaniquement à parler, sans toutefois produire le moindre son.

— Essayez encore.

— Tu travailles pour qui ?

— Encore une fois.

Vassili se tourna vers Leo avec un hochement de tête.

— C'est ridicule. À ton tour.

Leo était adossé au mur, comme s'il voulait rester le plus loin possible. Il avança d'un pas.

— Tu travailles pour qui ?

Un son s'éleva de la bouche de Brodsky. Un son grotesque, comique, pareil à un gazouillis de bébé. Bras croisés, Hvostov regarda le prisonnier droit dans les yeux.

— Essayez encore. Faites-moi confiance. Il revient à lui. Encore une fois. Je vous en prie.

Leo s'approcha, assez près pour toucher de la main le front de Brodsky.

— Tu t'appelles comment ?
Les lèvres du prisonnier bougèrent.
— Anatoli.
— Tu travailles pour qui ?
Il ne tremblait plus. Son regard redevint normal.
— Tu travailles pour qui ?
Après un long moment de silence, Brodsky articula quelques mots d'une voix hachée, à peine audible – comme s'il parlait dans son sommeil.
— Anna Vladislovovna. Dora Andreïeva. Arkadi Maslov. Matthias Rakoszi.
Vassili sortit son calepin et griffonna tous ces noms en demandant :
— Ça te dit quelque chose ?
Oui, à Leo ça disait quelque chose : Anna Vladislovovna, dont le chat devenait aveugle. Dora Andreïeva, dont le chien refusait de se nourrir. Arkadi Maslov, dont le chien s'était cassé une patte de devant. La graine du doute, restée en sommeil dans l'estomac de Leo, germa brutalement.
Anatoli Tarasovitch Brodsky était vétérinaire.
Anatoli Tarasovitch Brodsky était un simple vétérinaire. Rien d'autre.

17 février

Le docteur Zarubin remit sa toque doublée de vison, empoigna sa trousse médicale en cuir, et se fraya un passage dans le tram bondé en marmonnant de vagues excuses. Le trottoir étant verglacé, il se cramponna à la porte pour descendre. Il se sentait soudain vieux : il tenait mal sur ses jambes, avait peur de glisser. Le tram s'éloigna. Le docteur Zarubin regarda autour de lui, espérant ne pas s'être trompé d'arrêt : il connaissait mal les banlieues à l'est de la ville. Il n'eut toutefois aucun mal à se repérer, sa destination dominait l'horizon grisâtre. De l'autre côté de la rue se dressaient quatre immeubles d'habitation d'une centaine de mètres de hauteur, en forme de U. Regroupés par deux, ils se faisaient face comme si l'un était l'exact reflet de l'autre. Le médecin s'émerveilla de la modernité de ces constructions qui abritaient des milliers de familles. Ce n'était pas seulement un nouveau quartier. C'était un monument à la gloire d'une ère nouvelle. Plus de maisons individuelles à un ou deux étages. Elles avaient disparu, rasées, réduites en poussière, et à leur place s'élevaient ces appartements parfaitement symétriques, propriété de l'État, tous peints en gris et empilés côte à côte, toujours plus haut. Nulle part le docteur Zarubin n'avait vu les mêmes formes répétées tant de fois dans tant de directions, chaque appartement étant la copie conforme de son voisin. L'épaisse couche de neige sur le toit des immeubles ressemblait à un trait blanc tracé par Dieu, comme s'Il avait dit : « Stop, le reste du ciel m'appartient. » Voilà le prochain défi, songea le docteur Zarubin : le reste du ciel. Il n'appartenait sûrement pas à Dieu. Quelque part ici se trouvait l'appartement 124, domicile de l'officier Leo Stepanovitch Demidov.

Dans la matinée, le major Kuzmin avait raconté en détail au médecin le départ subit de Leo. Il était parti au début d'un interrogatoire capital, prétextant qu'il se sentait fiévreux, et donc incapable de poursuivre sa tâche. Le major s'interrogeait sur le moment choisi pour ce départ. Leo était-il réellement souffrant ? Ou bien son absence avait-elle une autre raison ? Pourquoi, après avoir assuré se sentir en état de travailler, avait-il changé d'avis lorsqu'on lui avait confié le soin d'obtenir les aveux du suspect ? Et pourquoi avait-il tenté d'interroger seul le traître ? Le docteur Zarubin avait donc pour mission d'enquêter sur l'authenticité de la maladie de Leo.

Sans même l'avoir examiné, Zarubin attribuait les problèmes de santé de Leo à son immersion prolongée dans l'eau glacée : peut-être s'agissait-il d'une pneumonie aggravée par l'usage de stupéfiants. Si tel était le cas, si Leo se révélait gravement malade, alors Zarubin, en bon médecin, devait tout mettre en œuvre pour favoriser le rétablissement de son patient. En revanche, si, pour une raison inconnue, Leo simulait, Zarubin devait se comporter en officier du MGB et lui administrer un puissant sédatif présenté comme un médicament ou un fortifiant. Leo serait cloué au lit pendant vingt-quatre heures, ce qui l'empêcherait de s'enfuir et donnerait au major Kuzmin le temps de décider de la marche à suivre.

D'après le plan fixé à un pilier en béton au pied du premier immeuble, l'appartement 124 se trouvait au quatorzième étage du troisième immeuble. L'ascenseur, un cube de métal pouvant transporter deux personnes – ou quatre, si on ne se formalisait pas d'être blottis les uns contre les autres –, monta bruyamment jusqu'au treizième étage où il marqua une brève pause, comme s'il reprenait son souffle, avant de se hisser jusqu'à sa destination finale. Zarubin dut repousser à deux mains la grille en métal. À cette hauteur, le vent qui balayait le couloir en béton exposé aux intempéries lui fit venir les larmes aux yeux. Il jeta un coup d'œil à la vue – les abords de Moscou sous la neige – avant de tourner à gauche et d'arriver devant l'appartement 124.

Une jeune femme lui ouvrit. Ayant lu le dossier de Leo, le médecin savait qu'il était marié à une enseignante de vingt-sept ans, du nom de Raïssa Gavrilovna Demidova. Le dossier ne disait rien de son apparence physique. Or, elle était remarquablement belle, et cela aurait dû être mentionné. Ce genre de détail avait son importance. Il ne s'y était pas préparé. Il avait un faible pour la beauté – pas celle qui est ostentatoire, consciente d'elle-même. Il préférait la beauté discrète. Comme celle-ci : sans négliger son apparence pour autant, cette jeune femme s'appliquait à paraître quelconque, à faire oublier qu'elle était belle. Sa coiffure, ses vêtements suivaient la mode la plus passe-partout, si on pouvait parler de mode. À l'évidence, elle ne cherchait pas à attirer les regards masculins, ce qui la rendait d'autant plus séduisante à ses yeux. Elle représentait un défi. Zarubin était un ancien don Juan, à la réputation légendaire dans certains cercles. Ragaillardi par le souvenir de ses anciennes conquêtes, il lui sourit.

Raïssa entrevit une rangée de dents jaunies, sans doute par des années de tabagisme. Elle sourit en retour. Même sans avoir été prévenue, elle se doutait que le MGB enverrait quelqu'un. Elle attendit que le visiteur se présente.

— Docteur Zarubin. On m'envoie pour examiner Leo.

— Je suis Raïssa, l'épouse de Leo. Vous avez des papiers d'identité ?

Le médecin enleva sa toque, chercha sa carte et la lui présenta.

— Je vous en prie, appelez-moi Boris.

Des bougies étaient allumées dans l'appartement. Raïssa expliqua qu'il y avait des coupures d'électricité, un problème récurrent à partir du dixième étage. Parfois toute une journée. Elle s'excusa de ne pas savoir quand la lumière reviendrait. Zarubin répondit sur le ton de la plaisanterie :

— Il n'en mourra pas. Il n'est pas en sucre. Du moment qu'il vous a pour lui tenir chaud…

Elle lui demanda s'il voulait boire quelque chose : une boisson chaude, peut-être, par ce froid.

Il accepta l'offre, lui effleura le dos de la main quand elle le débarrassa de son manteau.

Dans la cuisine, il s'adossa au mur, les mains dans les poches, pour la regarder préparer le thé.

— J'espère que l'eau est encore chaude.

Elle avait une voix agréable, douce et calme. Elle mit les feuilles à infuser dans une petite théière, puis versa le thé dans un grand verre. Il était fort, presque noir, et quand le verre fut à moitié plein, elle se tourna vers le médecin.

— Vous l'aimez comment ?
— Le plus fort possible.
— Comme ça ?
— Un peu plus d'eau, peut-être.

Tandis qu'elle ajoutait de l'eau avec le samovar, Zarubin la déshabilla du regard, s'attardant sur la forme de ses seins, la finesse de sa taille. Ses vêtements étaient démodés – une jupe grise en coton, des bas de laine, un gilet tricoté à la main sur un chemisier blanc. Il se demanda pourquoi Leo ne s'était pas servi de sa position privilégiée pour lui offrir d'élégantes toilettes venues de l'étranger. Quoi qu'il en soit, ces vêtements produits à la chaîne dans des étoffes grossières ne la rendaient pas moins désirable.

— Parlez-moi de votre mari.

— Il a de la fièvre. Il prétend avoir froid alors qu'il est brûlant. Il grelotte. Il refuse de manger.

— S'il a de la fièvre, il vaut mieux qu'il ne mange rien pour le moment. Cela dit, son manque d'appétit peut également venir du fait qu'il prend des amphétamines. Vous le saviez ?

— Si ça concerne son travail, je ne suis au courant de rien.

— Vous avez noté des changements dans ses habitudes ?

— Il saute des repas, disparaît toute la nuit. Mais c'est son travail qui veut ça. J'ai remarqué qu'après des missions prolongées, il a tendance à être un peu distrait.

— Il oublie des choses ?

Elle donna au médecin son verre de thé.

— Du sucre ?

— Je préférerais un peu de confiture.

Elle tendit le bras pour atteindre l'étagère du haut. Le bas de son chemisier se souleva, dénudant sa peau pâle sans défaut. Zarubin eut soudain la bouche sèche. Raïssa descendit un pot de confiture rouge sombre, dévissa le couvercle et présenta une cuiller au médecin. Il la prit, posa la confiture sur sa langue, but quelques gorgées de thé, sentit la confiture fondre doucement. Il regardait Raïssa droit dans les yeux, avec insistance. Consciente du désir qu'elle lui inspirait, elle rougit. Même son cou s'empourpra.

— Merci.

— Vous souhaitez peut-être examiner mon mari ?

Elle revissa le couvercle, posa le pot de confiture à l'écart, se dirigea vers la chambre à coucher. Il ne bougea pas.

— Je préfère d'abord finir mon thé. Rien ne presse.

Elle dut revenir sur ses pas. Zarubin souffla sur le thé pour le refroidir. Le liquide était brûlant et sucré. Raïssa semblait mal à l'aise. Il prit plaisir à prolonger l'attente.

Dans la chambre aux murs aveugles il faisait chaud, l'air était vicié. Rien qu'à l'odeur, Zarubin sut que l'homme étendu sur le lit était réellement malade. Contre toute attente, il en éprouva une certaine déception. S'interrogeant sur ce sentiment, il s'assit au chevet de Leo, vérifia sa température. Il avait de la fièvre, mais rien d'alarmant. Il l'ausculta. Tout semblait normal. Pas trace de tuberculose. Apparemment c'était un simple refroidissement. Debout près du médecin, Raïssa suivait les opérations. Ses mains sentaient le savon. Zarubin aimait cette proximité. Il sortit de sa trousse un flacon en verre brun, versa une cuillerée d'un épais liquide vert.

— Soulevez-lui la tête, s'il vous plaît.

Elle aida son mari à se redresser. Zarubin administra le sirop à Leo. Lorsqu'il l'eut avalé, Raïssa lui reposa la tête sur l'oreiller.

— Qu'est-ce que vous lui avez donné ?
— Un sédatif, pour l'aider à dormir.
— Il n'en a pas besoin.

Le médecin ne répondit pas. Il n'avait pas envie de chercher un mensonge plausible. La drogue administrée en guise de médicament était en fait un mélange de sa composition : un barbiturique, un hallucinogène et, pour masquer le goût, du sirop de sucre aromatisé. L'objectif était d'anesthésier le corps et l'esprit. En moins d'une heure, le système musculaire serait atteint et les muscles se relâcheraient au point que le moindre mouvement demanderait un effort considérable. L'hallucinogène ferait effet peu après.

Une idée avait germé dans le cerveau de Zarubin. Elle lui était venue dans la cuisine au moment où Raïssa avait rougi, et s'était transformée en plan d'action quand il avait senti l'odeur du savon sur les mains de la jeune femme. S'il racontait que Leo n'était pas malade, qu'il avait pris une journée de congé sans raison valable, ce dernier serait très certainement arrêté et questionné. Après toutes les interrogations suscitées par sa conduite, des soupçons pèseraient sur lui. Il risquait la prison. Sa femme, si belle, se retrouverait seule et vulnérable. Elle aurait besoin d'un allié. Le rang de Zarubin au sein du MGB était égal ou supérieur à celui de Leo, et il était sûr de remplacer celui-ci avantageusement. Zarubin était marié, mais il pourrait faire de Raïssa sa maîtresse. Elle avait sûrement un instinct de survie très développé. Tout bien considéré, il existait sans doute un moyen plus simple d'arriver à ses fins. Il se leva.

— Je peux vous parler seul à seule ?

Dans la cuisine, Raïssa croisa les bras. Elle fronça les sourcils, un minuscule sillon apparut sur sa peau si pâle et parfaite. Zarubin aurait voulu y donner un coup de langue.

— Mon mari va guérir ?

— Il est grippé. C'est ce que je suis prêt à dire.

— Comment ça ?

— Je suis prêt à attester qu'il est réellement souffrant.

— Mais il l'est. Vous venez de le reconnaître vous-même.

— Comprenez-vous bien les raisons de ma présence ?

— Vous êtes médecin et mon mari est malade.

— On m'envoie pour découvrir si votre mari est vraiment malade ou s'il se contente de tirer au flanc.

— C'est évident qu'il va mal. N'importe qui s'en rendrait compte.

— Certes, mais c'est moi qui suis là. C'est moi qui décide. Et tout le monde croira ce que je dis.

— Docteur, vous venez d'admettre que mon mari est souffrant. Vous avez dit qu'il était grippé.

— Et je suis prêt à le répéter dans mon rapport si vous acceptez de coucher avec moi.

Curieusement, elle ne cilla pas. Aucune réaction apparente. Son sang-froid accrut encore le désir de Zarubin. Il poursuivit :

— Une seule fois, bien sûr, à moins que vous n'y preniez goût, auquel cas on pourrait continuer. On trouverait sûrement un arrangement : à titre de récompense, vos désirs seraient des ordres, dans les limites du raisonnable. À condition que personne ne soit au courant.

— Et si je refuse ?

— Je dirai que votre mari a menti. Qu'il voulait se soustraire à sa tâche pour des raisons que j'ignore. Je recommanderai qu'il fasse l'objet d'une enquête.

— Personne ne vous croira.

— Vous en êtes sûre ? On le soupçonne déjà. Il suffira que j'insiste un peu.

Prenant le silence de Raïssa pour un consentement, Zarubin s'approcha d'elle et posa avec précaution une main sur sa cuisse. Elle ne bougea pas. Ils pourraient faire l'amour dans la cuisine. Personne n'en saurait rien. Son mari ne se réveillerait pas. Elle pourrait gémir de plaisir aussi fort qu'elle le souhaitait.

Elle regarda furtivement Zarubin, avec dégoût, ne sachant que faire. La main du médecin glissait le long de sa jambe.

— Ne vous inquiétez pas. Votre mari dort profondément. Il ne nous dérangera pas. Nous ne le dérangerons pas non plus.

La main remonta sous sa jupe.

— Peut-être même prendrez-vous du plaisir. Vous ne seriez pas la première.

Il était si près qu'elle sentait son haleine. Il se pencha vers elle et entrouvrit la bouche, découvrant ses dents jaunies comme si elle était une pomme dans laquelle il s'apprêtait à mordre. Elle l'écarta. Il lui saisit le poignet.

— Dix minutes, ce n'est pas cher payé pour sauver la vie de votre mari. Faites-le pour lui.

Il l'attira contre lui, resserra son étreinte.

Soudain il la relâcha, leva les mains. Raïssa venait de lui mettre un couteau sous la gorge.

— Si vous n'êtes pas sûr de l'état de mon mari, veuillez en informer le major Kuzmin, un de nos amis, et lui demander d'envoyer un autre médecin. Un second avis serait le bienvenu.

Chacun fit un pas de côté, Zarubin toujours le couteau sous la gorge jusqu'à ce qu'il soit sorti de la cuisine. Raïssa resta à l'entrée de la pièce, brandissant le couteau devant elle. Le médecin prit son manteau, l'enfila tranquillement. Il récupéra sa trousse médicale, ouvrit la porte de l'appartement et cligna des yeux, ébloui par la lumière hivernale.

— Seuls les gosses croient encore à l'amitié, et pas les plus malins, encore.

Raïssa avança d'un pas, saisit le chapeau accroché à la patère, le jeta aux pieds du médecin. Tandis qu'il se baissait pour le ramasser, elle lui claqua la porte au nez.

Les mains tremblantes, elle l'écouta s'éloigner. Elle tenait toujours le couteau. Peut-être avait-elle donné sans le vouloir l'impression qu'elle serait prête à coucher avec lui. Elle se repassa le film des événements : l'ouverture de la porte d'entrée, son sourire quand il avait lancé cette plaisanterie stupide, le fait qu'elle l'ait débarrassé de son manteau, lui ait offert du thé. Zarubin s'était mépris sur ses intentions. Elle n'y pouvait rien. Mais peut-être aurait-elle dû flirter avec sa proposition, feindre d'être tentée. Peut-être ce vieux beau avait-il seulement besoin de la croire flattée par ses avances. Elle se frotta le front. Elle avait mal réagi. Ils étaient en danger.

Elle retourna dans la chambre et s'assit au chevet de Leo. Ses lèvres bougeaient comme s'il priait en silence. Elle se pencha vers lui, tenta de comprendre ce qu'il disait. Ses paroles étaient à peine audibles, des bribes de phrases incohérentes. Il délirait. Il se cramponna à sa main. Il avait la peau moite. Elle se dégagea et souffla la bougie.

Debout dans la neige, Leo est face à la rivière et Anatoli Brodsky sur la rive opposée. Brodsky a réussi à traverser, il est presque à l'abri dans les bois. Leo s'élance à sa poursuite, pour découvrir que sous ses pieds, prisonniers de l'épaisse couche de glace, se trouvent tous les hommes et les femmes qu'il a arrêtés. Il regarde à droite, à gauche : leurs cadavres gelés emplissent la rivière. S'il veut atteindre les bois et rattraper cet homme, il doit les enjamber. Comme il n'a pas le choix – il doit faire son devoir –, Leo accélère l'allure. Mais les cadavres semblent ressusciter sous ses pas. La glace commence à fondre. La rivière se réveille, ses eaux s'agitent. Enfonçant dans la glace fondue, Leo sent des visages sous ses bottes. Il a beau essayer de courir, ils sont partout, derrière lui, devant lui. Une main lui étreint la cheville, puis une deuxième, une troisième, une quatrième. Il ferme les yeux, n'osant pas regarder autour de lui, attendant d'être entraîné par le fond.

Lorsqu'il les rouvre, il est debout dans un bureau triste. Près de lui, Raïssa porte une robe rouge pâle, empruntée à une amie pour leur mariage, retouchée à la hâte pour qu'elle n'ait pas l'air trop grande. Ses cheveux sont ornés d'une simple fleur blanche cueillie dans un jardin public. Le costume de Leo, gris et mal coupé, ne lui appartient pas davantage, il lui a été prêté par un collègue. Ils se tiennent côte à côte dans ce bureau minable d'un bâtiment officiel délabré, devant une table où un homme presque chauve remplit des formulaires. Raïssa présente leurs papiers, et ils attendent pendant qu'il vérifie leur identité. Il n'y a ni échange de serments ni bouquets de fleurs, ni cérémonie. Pas d'invités non plus, pas de larmes ni de souhaits de bonheur. Ils ne sont que tous les deux, dans les vêtements les plus présentables qu'ils aient pu trouver. Pas de festivités : c'est bourgeois. Leur seul témoin, ce fonctionnaire à moitié chauve, recopie les renseignements les concernant dans un épais registre écorné. Une fois ces formalités accomplies, il leur tend un certificat de mariage. Ils sont mari et femme.

À leur arrivée dans le vieil appartement des parents de Leo, où ils doivent fêter leur mariage, ils sont accueillis par des amis et des voisins heureux de profiter de cette hospitalité. Des vieillards entonnent des chansons inconnues. Quelque chose cloche pourtant. Certains visages sont durs, fermés. La famille de Fiodor est là. Leo danse toujours, mais le mariage s'est transformé en funérailles. Tout le monde a les yeux fixés sur lui. On frappe à la vitre. Il se retourne, voit la silhouette d'un homme derrière la fenêtre. Il s'approche, essuie la buée. C'est Mikhaïl Sviatoslavitch Zinoviev, une balle dans la tête, la mâchoire brisée, le crâne défoncé. Leo recule d'un pas, pivote sur lui-même. Dans la pièce désormais déserte ne restent que deux fillettes : les filles de Zinoviev, en haillons. Des orphelines au ventre ballonné, à la peau gercée. Des poux grouillent dans leurs vêtements, dans leurs sourcils, dans leurs cheveux noirs et crasseux. Leo ferme les yeux et secoue la tête.

Grelottant de froid, il les rouvre à nouveau. Il est sous l'eau, en train de se noyer. Une couche de glace le recouvre. Il tente de regagner la surface à la nage, mais le courant le ramène vers le fond. Sur la glace, des gens le regardent se noyer sans rien faire. Ses poumons le brûlent. Incapable de rester en apnée, il ouvre la bouche.

Leo hoqueta, écarquilla les yeux. Assise à son chevet, Raïssa essayait de le calmer. Il regarda autour de lui, perplexe, encore à moitié dans son rêve, à moitié dans le monde réel : il était de retour dans son appartement, dans le présent. Rassuré, il prit la main de Raïssa dans les siennes, déversa à voix basse un flot de paroles ininterrompu :

— Tu te rappelles la première fois qu'on s'est rencontrés ? Tu me trouvais impoli parce que je ne te quittais pas des yeux. J'avais raté ma station de métro exprès pour pouvoir te demander ton prénom. Mais tu refusais de me le donner. Et moi je refusais de m'en aller tant que je ne l'aurais pas. Alors, tu as menti, tu m'as dit que tu t'appelais Lena. Pendant toute une semaine, je n'ai parlé que de cette femme superbe qui s'appelait Lena. Je disais à tout le monde : « Elle est si belle, Lena. » Quand j'ai fini par te revoir et te convaincre de venir te promener avec moi, je t'ai appelée Lena sans arrêt. À la fin de la promenade, j'aurais voulu t'embrasser, mais tu n'étais prête qu'à me donner ton vrai prénom. Le lendemain, je ne parlais plus que de cette merveilleuse Raïssa, et tout le monde s'est moqué de moi en me disant qu'une semaine, c'était Lena, la semaine suivante, Raïssa, et la troisième ce serait encore quelqu'un d'autre. Mais non. Il n'y avait que toi.

Raïssa écoutait son mari, surprise par cet accès de sentimentalisme. Qu'est-ce qui lui prenait ? Peut-être devenait-on plus sensible quand on était malade. Elle obligea Leo à se recoucher et il ne tarda pas à se rendormir. Voilà presque douze heures que le docteur Zarubin était parti. Un vieux libidineux dont on avait repoussé les avances était un ennemi dangereux. Pour se changer les idées, elle fit de la soupe : un épais bouillon de poule avec des légumes et des morceaux de viande, pas seulement des os de poulet. Il mijoterait doucement, jusqu'à ce que Leo ait de nouveau de l'appétit. Raïssa tourna cette soupe, s'en servit un bol. À peine l'avait-elle rempli qu'on frappa à la porte. Il était tard. Elle n'attendait personne. Elle prit un couteau, le même que la fois précédente, et le cacha derrière elle avant de s'approcher de la porte.

— Qui est là ?
— Le major Kuzmin.

Les mains tremblantes, elle ouvrit.

Escorté par deux jeunes soldats à l'air peu amène, le major apparut.

— Le docteur Zarubin m'a fait son rapport.

Raïssa bredouilla :

— Je vous en prie, examinez Leo vous-même…

Kuzmin parut surpris.

— Non, ce ne sera pas nécessaire. Pas la peine de le déranger. Sur le plan médical, je m'en remets au docteur. De plus, et tant pis si je passe pour un lâche, j'ai peur d'attraper sa grippe.

Elle n'en revenait pas. Le médecin avait dit la vérité. Elle se mordit la lèvre afin de dissimuler son soulagement. Le major poursuivit :

— J'ai donné des consignes à votre établissement. J'ai expliqué que vous preniez un congé pour vous occuper de Leo. Nous voulons le revoir guéri. C'est l'un de nos meilleurs officiers.

— Il a de la chance d'avoir des collègues qui s'inquiètent de sa santé.

Kuzmin écarta cette remarque d'un geste. Il fit signe à l'officier debout près de lui. L'homme tenait un sac en papier. Il fit un pas en avant et le tendit à Raïssa.

— Un cadeau du docteur Zarubin. Inutile de me remercier.

Raïssa tenait toujours le couteau caché derrière elle. Pour accepter le présent, elle avait besoin de ses deux mains. Elle coinça le couteau dans son dos, puis accepta le sac, plus lourd qu'elle ne pensait.

— Voulez-vous entrer ?
— Non merci. Il est tard et je suis fatigué.

Kuzmin prit congé.

Elle ferma la porte et retourna dans la cuisine, posa le sac sur la table, sortit le couteau caché dans la ceinture de sa jupe. Elle ouvrit le sac. Il contenait des oranges et des citrons, véritable luxe dans une ville en proie à la pénurie. Elle ferma les yeux, imaginant la satisfaction que Zarubin tirait de la gratitude qu'elle éprouvait, non pas pour ces fruits, mais pour le fait qu'il se soit contenté d'accomplir sa tâche, de déclarer que Leo était réellement malade. Ces oranges et ces citrons étaient une façon de lui rappeler sa dette. S'il lui en avait pris la fantaisie, il aurait pu les faire arrêter tous les deux. Elle vida le contenu du sac dans la poubelle. Elle contempla les couleurs éclatantes avant de les récupérer un à un. Elle mangerait ces fruits. Mais elle ne verserait pas une larme.

19 février

C'était la première fois en quatre ans que Leo prenait un congé imprévu. Il existait une catégorie entière de prisonniers condamnés au goulag pour violation de l'éthique du travail : des gens qui avaient quitté leur poste plus longtemps que la pause réglementaire ou pris leur service avec une demi-heure de retard. Il était beaucoup moins risqué de partir travailler et de s'écrouler à l'usine que de rester chez soi à titre préventif. La décision d'aller ou non au travail n'appartenait jamais à l'employé. Leo n'était pourtant pas vraiment en danger. D'après Raïssa, un médecin l'avait examiné et le major Kuzmin lui avait rendu visite, l'autorisant à se reposer. Ses angoisses avaient donc une autre cause. Plus il y réfléchissait, plus cette cause lui semblait évidente : il n'avait aucune envie de retourner travailler.

Pendant trois jours, il n'avait pas quitté son appartement. Coupé du monde, il était resté au lit à boire du citron chaud, à manger du bortsch et à jouer aux cartes avec sa femme qui, sans le moindre état d'âme, avait gagné presque toutes les parties. Il avait beaucoup dormi et n'avait plus fait de cauchemars. Mais il se sentait abattu. Alors qu'il s'attendait à remonter la pente, convaincu que c'était un simple contrecoup de la prise de méthamphétamine, sa mélancolie avait empiré. Il était allé chercher les flacons qui lui restaient et avait jeté tous les cristaux blanc sale dans le lavabo. Plus d'arrestations sous l'empire de stupéfiants. Était-ce leur effet ? Celui des arrestations ? À mesure qu'il reprenait des forces, il analysait plus facilement les événements des derniers jours. Ils s'étaient trompés : Anatoli Tarasovitch Brodsky était une erreur, un innocent pris dans l'engrenage d'un appareil d'État tout-puissant, mais pas infaillible. C'était aussi simple et triste que cela. Le sort d'un homme ne suffisait pourtant pas à remettre en cause le sens de leur mission. En théorie, leur tâche se justifiait toujours. La protection d'une nation passait avant celle d'une seule personne, voire de mille. Combien pesaient toutes les usines, toutes les machines et toutes les armées de l'Union soviétique ? En comparaison, le poids d'un individu était dérisoire. Leo devait à tout prix relativiser. C'était le seul moyen de continuer. Ce raisonnement tenait la route, mais Leo n'en croyait pas un mot.

Devant lui, au centre de la place Loubianskaïa, se dressait la statue de Feliks Dzerjinski, sur un carré de gazon encerclé par la circulation. Leo connaissait par cœur l'histoire de Dzerjinski. Tous les agents du MGB la connaissaient par cœur. En tant que premier chef de la Tcheka, la police politique créée par Lénine après le renversement du régime tsariste, Dzerjinski avait été le père du NKVD. Une figure exemplaire. Les manuels de formation regorgeaient de citations qui lui étaient attribuées. Son discours le plus célèbre et le plus souvent cité contenait la phrase suivante :

Un officier doit s'exercer à la Cruauté.

La cruauté figurait en bonne place dans leur code du travail. C'était une vertu. Une vertu nécessaire. Aspirons à la cruauté ! Elle est la clé qui ouvrira les portes de l'État modèle. Si devenir membre de la Tcheka s'apparentait à entrer en religion, alors la cruauté était l'un des premiers commandements.

Les études de Leo lui avaient surtout servi à développer ses qualités d'athlète, ses performances sportives, ce qui avait plutôt favorisé sa carrière jusque-là : il inspirait confiance, alors que les intellectuels suscitaient la méfiance. Mais cela l'obligeait à consacrer au moins une soirée par semaine à recopier à la main toutes les citations qu'un agent du MGB devait connaître par cœur. À cause de troubles de la mémoire aggravés par la prise d'amphétamines, il n'avait aucun goût pour l'étude. La capacité à retenir les principaux discours politiques était pourtant une qualité essentielle. Toute erreur trahissait un manque de foi et de bonne volonté. Or, après trois jours chez lui, tandis qu'à l'approche de la Loubianka il se retournait pour voir encore une fois la statue de Dzerjinski, il prit conscience de l'engourdissement de son cerveau : des phrases lui revenaient, mais seulement par bribes, dans le désordre. Tout ce qui lui restait de ces dizaines de milliers de mots, de cette bible de maximes et de principes, c'était l'importance de la cruauté.

On le fit entrer dans le bureau de Kuzmin. Le major était assis. Il lui désigna le fauteuil en face du sien.

— Vous vous sentez mieux ?

— Oui, merci. Ma femme m'a parlé de votre visite.

— On se faisait du souci pour vous. C'est la première fois que vous tombez malade. J'ai vérifié dans votre dossier.

— Toutes mes excuses.

— Ce n'est pas votre faute. Vous avez fait preuve de courage en plongeant dans cette rivière. On se réjouit que vous ayez ramené Brodsky vivant. Il nous a fourni des informations capitales.

Kuzmin tapota un dossier noir posé en évidence devant lui.

— En votre absence, il est passé aux aveux. Ça a pris deux jours, et deux traitements de choc au camphre. Il a fait preuve d'une ténacité remarquable. Mais il a fini par craquer. Il nous a donné le nom de sept sympathisants anglo-américains.

— Où est-il ?

— Brodsky ? Il a été exécuté la nuit dernière.

Qu'avait-il donc espéré ? Il se concentra pour rester impassible, comme si on venait de lui dire qu'il faisait froid. Kuzmin prit le dossier noir, le lui tendit.

— À l'intérieur, vous trouverez la transcription de sa confession.

Leo ouvrit le dossier. La première ligne attira son regard :

Moi, Anatoli Tarasovitch Brodsky, je suis un espion.

Leo parcourut les pages dactylographiées. Il reconnut le scénario : d'abord les excuses, les regrets, puis la description du délit. Il l'avait vu mille fois. Seuls les détails – les noms, les lieux – changeaient.

— Vous souhaitez que je lise ce dossier maintenant ?

Kuzmin fit non de la tête, puis lui remit une enveloppe fermée.

— Brodsky a donné le nom de six citoyens soviétiques et d'un Hongrois. Des traîtres qui travaillent avec des gouvernements étrangers. J'ai transmis six de ces noms à d'autres agents. À vous d'enquêter sur le septième. Vous considérant comme l'un de mes meilleurs officiers, je vous ai réservé le cas le plus difficile. Cette enveloppe contient votre travail préliminaire, quelques photos et toutes les informations en notre possession sur la personne concernée, c'est-à-dire, comme vous allez le voir, pas grand-chose. Vous avez ordre de réunir davantage d'éléments, et, si Anatoli Brodsky avait raison, si cette personne est coupable de trahison, vous devrez l'arrêter et l'amener ici selon la procédure habituelle.

Leo déchira l'enveloppe, sortit plusieurs clichés noir et blanc grand format, pris par un agent de surveillance de l'autre côté d'une rue.

C'étaient des photos de sa femme.

Même jour

Raïssa vit arriver la fin de la journée avec soulagement. Elle venait de passer huit heures à répéter le même cours dans toutes ses classes. En temps normal, elle enseignait les sciences politiques, mais ce matin-là elle avait reçu des consignes adressées à son établissement par le ministère de l'Éducation lui ordonnant de suivre le plan de cours joint à la circulaire. Apparemment, ces consignes avaient été envoyées à toutes les écoles de Moscou et devaient être appliquées sur-le-champ. Les cours habituels reprendraient le lendemain. On stipulait que Raïssa devait passer la journée à évoquer avec chaque classe combien Staline aimait les enfants de son pays. Cet amour était en soi une leçon politique. Aucun amour ne surpassait celui du Guide suprême, et, par conséquent, celui qu'on lui portait. Au nom de cet amour, Staline souhaitait rappeler à tous ses enfants, sans distinction d'âge, certaines précautions élémentaires de la vie quotidienne. Ils devaient regarder à droite et à gauche avant de traverser une rue, être prudents quand ils prenaient le métro ; enfin, et ce point méritait une insistance particulière, ils ne devaient pas jouer sur les voies de chemin de fer. Au cours de l'année écoulée, plusieurs accidents tragiques avaient eu lieu sur des voies ferrées. Rien n'était plus important que la sécurité des enfants de l'Union soviétique. Ils représentaient l'avenir. Suivaient plusieurs démonstrations plus ou moins ridicules. À la fin de chaque cours, un test permettait de vérifier que ces différentes informations avaient été assimilées.

Qui vous aime le plus ? Réponse correcte : Staline.
Qui aimez-vous le plus ? Réponse correcte : voir ci-dessus (garder une trace des réponses incorrectes).
Qu'est-il formellement interdit de faire ? Réponse correcte :
De jouer sur les voies ferrées.

Raïssa supposait que la raison de cette dernière interdiction venait de l'inquiétude du Parti devant la courbe démographique.

Ses cours étaient en général fatigants, sans doute plus que dans d'autres disciplines. Alors qu'on ne demandait pas aux élèves d'applaudir la résolution de chaque équation mathématique, on s'attendait à ce que la moindre déclaration de Raïssa concernant le généralissime Staline soit saluée de la sorte. Il y avait une émulation entre élèves, aucun ne voulant paraître moins dévoué que son voisin. Toutes les cinq minutes, le cours était interrompu par des adolescents qui se levaient, martelaient le sol de leurs pieds ou leur pupitre de leurs poings, et Raïssa se devait de les imiter. Pour éviter d'avoir mal aux mains, elle applaudissait sans que ses paumes se touchent vraiment, les faisait glisser l'une contre l'autre, feignant l'enthousiasme. Elle avait d'abord cru que les élèves appréciaient ces débordements, qu'ils exploitaient toutes les occasions d'interrompre son cours. Elle avait fini par comprendre qu'il n'en était rien. Ils vivaient dans la crainte. Elle ne connaissait donc aucun problème de discipline. Elle haussait rarement le ton et ne les menaçait jamais. Dès l'âge de six ans, les enfants savaient qu'on prenait des risques en désobéissant, en parlant sans attendre son tour. Leur jeunesse ne les protégeait pas. À douze ans, un gosse pouvait être abattu pour ses propres délits ou pour ceux de son père. Mais Raïssa n'était pas censée enseigner ce genre de chose.

Malgré les classes surchargées – les effectifs auraient été encore plus lourds si la guerre n'avait pas creusé la courbe démographique –, elle s'était dans un premier temps fixé pour objectif de mémoriser le nom de tous ses élèves. Elle voulait leur montrer qu'elle s'intéressait à chacun d'eux. Très vite, pourtant, elle s'était aperçue que sa mémoire des noms créait un malaise. Comme si elle représentait une menace implicite.

Si je retiens votre nom, je peux vous dénoncer.

Les élèves connaissaient déjà la valeur de l'anonymat, et Raïssa avait pris conscience qu'ils préféraient recevoir le moins d'attention possible. À peine deux mois plus tard, elle avait cessé de les appeler par leur nom et s'était remise à les désigner.

Elle avait pourtant peu de raisons de se plaindre. L'établissement où elle enseignait, l'école secondaire numéro 7 – un parallélépipède sur des piliers en béton –, se trouvait être le joyau de la politique éducative de l'État. Abondamment photographié et mentionné dans la presse, il avait été inauguré par Nikita Khrouchtchev, alors responsable de la région de Moscou, qui avait prononcé un discours dans le gymnase flambant neuf, au sol ciré avec tant de zèle que les gardes du corps manquaient de glisser à chaque pas. Khrouchtchev avait déclaré que l'instruction devait répondre aux besoins du pays, et que le pays avait surtout besoin de jeunes chercheurs et de jeunes ingénieurs performants, ainsi que d'athlètes capables de briller aux jeux Olympiques. Ce gymnase monumental, jouxtant le bâtiment principal, plus vaste que l'école tout entière, était équipé d'une piste de course, d'une panoplie de tapis de sol, d'anneaux, d'échelles de corde et de tremplins – équipements au service d'un programme d'activités extrascolaires qui comprenait une heure d'entraînement quotidien pour chaque élève, quels que soient son âge et sa forme physique. Les implications du discours de Khrouchtchev et de l'architecture de l'école étaient claires pour Raïssa : le pays n'avait pas besoin de poètes, de philosophes ni de prêtres. Il lui fallait une productivité mesurable et quantifiable, une réussite minutée par un chronomètre.

Raïssa comptait un seul ami parmi ses collègues : Ivan Kuzmitch Zhukov, un professeur de langues et de littérature. Elle ignorait son âge exact, qu'il cachait, mais il devait avoir la quarantaine. Ils s'étaient rapprochés par hasard. Au détour d'une conversation, il avait déploré la taille de la bibliothèque de l'école – sorte de placard au sous-sol près de la chaudière, où l'on trouvait des brochures, de vieux numéros de la *Pravda* et tous les textes autorisés, mais pas une seule œuvre étrangère. Raïssa lui avait aussitôt chuchoté d'être prudent. Cette mise en garde à voix basse avait marqué le début d'une amitié improbable et, compte tenu du franc-parler d'Ivan, potentiellement compromettante pour Raïssa. Aux yeux de beaucoup, il était déjà repéré. D'autres enseignants avaient la conviction qu'il cachait des textes interdits sous les lattes de son parquet ou, pis, qu'il écrivait un livre dont il faisait passer clandestinement à l'Ouest les pages les plus subversives. Certes, il avait prêté à Raïssa une traduction interdite de *Pour qui sonne le glas*, qu'elle avait été obligée de lire dans les jardins publics durant l'été et n'avait jamais osé rapporter chez elle. Elle pouvait se permettre cette amitié parce que sa propre loyauté n'avait jamais été prise en défaut. Après tout, elle était l'épouse d'un officier du MGB, fait connu de tout le monde ou presque, même de certains élèves. Logiquement, Ivan aurait dû garder ses distances. Peut-être se disait-il que si Raïssa avait voulu le dénoncer, elle l'aurait déjà fait, étant donné toutes les déclarations imprudentes qu'elle avait entendues et la facilité qu'elle aurait eue à souffler son nom à son mari sur l'oreiller. Le seul collègue que Raïssa appréciait était donc celui inspirant la plus grande suspicion, et de son côté il faisait confiance à la femme dont il aurait dû le plus se méfier. Il était marié et père de trois enfants. Raïssa se demandait parfois s'il n'était pas amoureux d'elle. Elle ne s'attardait pas sur la question et, dans leur intérêt à tous les deux, elle espérait que non.

Face à l'entrée de l'école, de l'autre côté de la rue, Leo attendait dans le hall d'un immeuble d'habitation. Il avait troqué son uniforme contre des vêtements civils, empruntés sur son lieu de travail. Les placards de la Loubianka étaient remplis de tenues en tout genre – manteaux, vestes et pantalons de tailles et de coupes diverses, accumulés précisément dans ce but. Leo ne s'était jamais interrogé sur leur provenance, jusqu'au jour où il avait remarqué une tache de sang sur le poignet d'une chemise en coton. C'étaient les vêtements des prisonniers exécutés dans l'immeuble de la rue Varsonovievski. Ils avaient beau avoir été lavés, certaines taches résistaient. Avec son manteau en flanelle grise qui lui descendait jusqu'aux chevilles et sa toque de fourrure enfoncée jusqu'aux yeux, Leo était sûr de ne pas être reconnu par Raïssa si d'aventure elle jetait un coup d'œil dans sa direction. Il dansait d'un pied sur l'autre pour se réchauffer, tout en regardant sa montre, une Poljot Aviator en inox – cadeau de sa femme pour son anniversaire. Encore quelques minutes, et elle aurait fini sa journée de cours. Il leva les yeux vers le plafonnier. À l'aide d'un lave-pont abandonné dans un coin, il fit voler l'ampoule en éclats, plongeant le hall dans la pénombre.

Ce n'était pas la première fois que sa femme était sous surveillance. Trois ans plus tôt, Leo l'avait fait suivre pour des raisons n'ayant rien à voir avec la menace qu'elle pouvait représenter pour la sécurité de l'État. Ils étaient mariés depuis moins d'un an. Elle se montrait de plus en plus distante. Ils vivaient ensemble, mais ils menaient des existences séparées, enchaînaient les heures de travail, se croisaient matin et soir pour des échanges réduits au strict minimum, tels deux chalutiers quittant chaque jour le même port. Il ne croyait pas avoir changé en tant que mari, et ne pouvait donc pas comprendre qu'elle ait changé en tant qu'épouse. Dès qu'il abordait le sujet, elle invoquait la fatigue, tout en refusant de voir un médecin. Comment pouvait-on être fatigué mois après mois ? Seule explication possible : elle était amoureuse d'un autre homme.

Soupçonneux, il avait chargé un jeune agent brillant, nouvellement recruté, de filer sa femme. Ce que l'intéressé avait fait tous les jours pendant une semaine. Leo avait justifié cette initiative déplaisante en se disant qu'il agissait par amour. Il prenait toutefois des risques, et pas seulement celui que Raïssa apprenne la vérité. Si ses collègues avaient eu vent de l'affaire, ils auraient pu interpréter les choses autrement. Puisque Leo mettait en doute la fidélité de son épouse, pouvait-on faire confiance à celle-ci sur le plan politique ? Volage ou non, coupable d'activités subversives ou non, mieux valait pour tout le monde l'envoyer au goulag. À titre préventif. Mais Raïssa n'avait pas de liaison, et personne n'avait jamais rien su de cette filature. Soulagé, Leo s'était résigné à l'idée qu'il devait se montrer patient et attentionné pour l'aider à traverser cette mauvaise passe. Au fil des mois, leurs rapports s'étaient améliorés. Leo avait alors muté son jeune agent à Leningrad, mesure présentée comme une promotion.

Sa mission présente était d'une tout autre nature. L'ordre d'enquêter sur Raïssa venait d'en haut. Il s'agissait d'une affaire d'État, qui touchait à la sécurité nationale. L'enjeu n'était plus leur couple, mais leur vie. À n'en pas douter, le nom de Raïssa avait été ajouté à la confession d'Anatoli Brodsky par Vassili. Le fait qu'un autre agent en ait authentifié le contenu ne signifiait rien : ou bien il s'agissait d'un complot, d'un mensonge éhonté, ou bien Vassili avait mis ce nom dans la tête de Brodsky à un moment ou à un autre de l'interrogatoire, tâche relativement facile. Leo s'en voulait. Son congé avait offert à Vassili une occasion qu'il avait exploitée sans le moindre scrupule. Et le piège se refermait sur Leo. Il n'avait pas pu faire passer la confession pour un faux : c'était un document officiel, aussi valable et authentique que n'importe quel autre. Il n'avait pu qu'exprimer un profond scepticisme, et suggérer que le traître Brodsky tentait d'incriminer Raïssa pour se venger. Kuzmin avait aussitôt demandé comment le traître pouvait savoir que Leo était marié. En désespoir de cause, Leo avait dû mentir et prétendre qu'il avait mentionné Raïssa au cours de l'interrogatoire. Mais il mentait mal. En défendant sa femme, il éveillait les soupçons. Plaider la cause de quelqu'un équivalait à lier son sort au vôtre. Kuzmin avait conclu qu'une telle menace pour la sécurité nationale nécessitait une enquête sérieuse. Soit Leo s'en chargeait personnellement, soit il cédait sa place à un autre agent. Devant cet ultimatum, Leo avait accepté la mission, espérant blanchir la réputation de sa femme. De même que trois ans plus tôt il s'était rassuré sur la fidélité de Raïssa, il devait à présent lever tout doute sur sa loyauté envers l'État.

Sur le trottoir opposé, une nuée d'enfants quittait l'école, se dispersant dans toutes les directions. Une fillette traversa la rue en courant, se dirigea droit vers lui, pénétra dans le hall de l'immeuble où il se cachait. Elle passa dans la pénombre, écrasant sous ses pas les débris de l'ampoule, puis marqua un temps d'arrêt, l'air de se demander si elle devait dire bonjour ou pas. Leo se tourna vers elle. Ses longs cheveux noirs étaient retenus par un bandeau rouge. Elle avait environ sept ans. Le froid lui rosissait les joues. Soudain elle s'élança vers l'escalier, faisant claquer ses minuscules chaussures sur les marches : elle fuyait cet inconnu pour rentrer chez elle, où, avec la candeur de son jeune âge, elle se croyait encore en sécurité.

Leo s'approcha de la porte vitrée, regarda une dernière file d'élèves sortir du bâtiment. Raïssa n'encadrait pas d'activités extra-scolaires ce jour-là, elle ne tarderait pas à partir. D'ailleurs, la voilà qui apparaissait à l'entrée de l'école, en compagnie d'un collègue à la barbe grisonnante bien taillée, aux lunettes rondes. Plutôt séduisant, jugea Leo. Il avait l'air cultivé, raffiné, le regard vif et un cartable rempli de livres. Sans doute Ivan, le professeur de littérature. Raïssa lui en avait parlé. À première vue, Leo lui donnait au moins dix ans de plus que lui.

Il souhaitait qu'ils se séparent à la grille, au lieu de quoi ils se mirent en route ensemble, poursuivant leur conversation. Leo attendit, les laissa prendre un peu d'avance. Ils semblaient bien s'entendre. Raïssa éclata de rire à une plaisanterie d'Ivan, qui se rengorgea. Et lui, Leo, faisait-il rire sa femme ? Non, pas vraiment. Pas souvent, en tout cas. Certes, il ne se formalisait pas qu'elle se moque de ses caprices et de sa maladresse. Il était capable de prendre ces railleries avec humour, mais pas de plaisanter. Contrairement à Raïssa. Elle aimait jouer, avec les mots comme avec les idées. Depuis leur première rencontre, depuis qu'elle avait feint de s'appeler Lena, il savait qu'elle était plus intelligente que lui. Conscient du danger qu'il y avait à être trop brillant, il ne lui en voulait pas – jusqu'à aujourd'hui, en la voyant avec cet homme.

Il avait des fourmis dans les pieds. Il se félicita de pouvoir se dégourdir les jambes à une cinquantaine de mètres derrière Raïssa. Grâce à la lumière orangée des lampadaires, il la suivait sans difficulté : la rue était presque déserte. Ce ne fut plus le cas après avoir tourné dans Avtozavodskaïa, la rue qui donnait son nom à la station de métro vers laquelle ils se dirigeaient sûrement. Les trottoirs étaient encombrés par les files d'attente devant les épiceries. Leo avait du mal à garder la trace de sa femme, dont les vêtements passe-partout lui compliquaient encore la tâche. Il dut se résoudre à presser l'allure pour réduire la distance entre eux. Moins de vingt mètres les séparaient désormais. Elle risquait de le voir. Ivan et elle s'engouffrèrent dans la station. Leo accéléra encore le pas, se faufilant entre les piétons. Dans cette foule, il pouvait perdre Raïssa de vue. Comme la *Pravda* le rappelait régulièrement, c'était le meilleur métro du monde, et le plus fréquenté.

À l'entrée de la station, Leo descendit l'escalier pour rejoindre le hall, aussi opulent que les salons d'une ambassade, avec ses colonnes en marbre crème, ses rampes d'acajou ciré éclairées par des coupoles en verre dépoli. C'était l'heure de pointe et on ne voyait pas un centimètre carré d'espace libre. Des milliers de gens emmitouflés dans des écharpes et des manteaux affluaient vers les tourniquets métalliques. Leo remonta l'escalier à contre-courant, scrutant depuis ce poste d'observation légèrement surélevé les visages dans la foule. Raïssa et Ivan avaient franchi le tourniquet et attendaient leur tour pour descendre par l'escalier roulant. Leo replongea dans la foule, s'y fraya tant bien que mal un passage. Bloqué par cette marée humaine, il devait jouer des coudes pour écarter les gens. Personne n'osait réagir autrement que par des regards agacés, faute de savoir qui il était.

Il atteignit le tourniquet juste à temps pour voir sa femme disparaître. Il le franchit lui aussi, s'inséra dans la file d'attente, prit l'escalier roulant dès qu'arriva son tour. Des centaines de toques et de bonnets descendaient mécaniquement devant lui. Incapable de les différencier, Leo se pencha vers la droite. Raïssa se trouvait environ quinze marches plus bas. Elle se tordait le cou pour parler à Ivan, debout derrière elle. Leo était dans son champ de vision. Il se fit tout petit derrière l'homme qui le précédait et, de peur d'être vu, attendit d'être presque en bas pour jeter un nouveau coup d'œil. Le couloir bifurquait vers les rames circulant vers le nord et vers celles circulant vers le sud : chaque tunnel charriait un flot de passagers qui avançaient laborieusement vers le quai, se bousculant pour avoir une chance de monter dans la rame suivante. Leo avait perdu la trace de sa femme.

Si elle rentrait chez eux, elle prendrait la ligne Zamoskvoretskaïa vers le nord et changerait trois stations plus loin, à Teatralnaïa. Obligé de se satisfaire de cette hypothèse, il longea le quai, passa en revue l'alignement de têtes qui guettaient l'arrivée de la rame. Il atteignit le milieu du quai. Toujours rien. Aurait-elle pris une rame dans la direction opposée ? Pourquoi serait-elle partie vers le sud ? Soudain quelqu'un bougea et Leo entrevit un cartable. Ivan était là, au ras de la voie, à côté de Raïssa. Leo se trouvait tout près d'elle, presque assez pour pouvoir lui effleurer la joue. Qu'elle tourne un peu la tête et ils se feraient face. Il était en plein dans sa ligne de mire : si elle ne le voyait pas, c'est seulement parce qu'elle ne s'attendait pas à le voir. Il ne pouvait rien faire, n'avait nul endroit où se cacher. Il continua d'avancer, redoutant que Raïssa l'appelle. Impossible de lui faire croire à une coïncidence. Elle ne serait pas dupe, se douterait qu'il l'avait suivie. Il compta vingt pas avant de s'arrêter au bord du quai, étudiant la mosaïque devant lui. La sueur ruisselait sur ses joues. Il n'osait pas l'essuyer ni bouger, au cas où Raïssa regarderait vers lui. Il tenta de se concentrer sur cette mosaïque à la gloire de la puissance militaire soviétique : un char au canon fièrement dressé, entouré de pièces d'artillerie, et sur lequel des soldats russes debout en manteau d'uniforme brandissaient leurs fusils-mitrailleurs. Leo inclina légèrement la tête. Raïssa était en grande conversation avec Ivan. Elle ne l'avait pas vu. Un souffle d'air chaud balaya le quai bondé. La rame approchait.

Alors que tout le monde se préparait à la prendre d'assaut, Leo remarqua un homme qui avait les yeux posés sur lui. L'espace d'une fraction de seconde, leurs regards se croisèrent. L'homme avait une trentaine d'années. Leo ne le connaissait pas, mais il sut aussitôt que c'était un tchékiste comme lui, un membre du MGB. Il y avait un second agent sur le quai.

La foule s'élança pour monter. L'agent disparut subitement. Les portes s'ouvrirent. Leo n'avait pas bougé : il tournait le dos au train, fixant l'endroit où il avait surpris ce regard impassible, professionnel. Bousculé par les passagers qui descendaient, il reprit ses esprits et pénétra dans le wagon. Raïssa se trouvait dans le suivant. Qui était cet agent ? Pourquoi avoir chargé quelqu'un d'autre de suivre sa femme ? On ne lui faisait donc pas confiance ? Non, bien sûr. Néanmoins, il ne s'attendait pas à ce que ses supérieurs prennent des mesures supplémentaires aussi radicales. Il se faufila jusqu'à une vitre par laquelle il pourrait jeter un coup d'œil dans le wagon attenant. Il aperçut la main de Raïssa, cramponnée à la barre d'appui, mais pas le second agent. Les portes allaient se refermer.

L'homme monta dans son wagon, le frôla avec une apparente indifférence et se posta à quelques mètres. Il était bien entraîné, d'un calme olympien, et peut-être Leo ne l'aurait-il même pas repéré sans cet échange de regards. Il ne suivait pas Raïssa. Il le suivait, lui.

Il aurait dû se douter qu'on ne lui laisserait pas les mains libres pour cette opération. Il pouvait être compromis. On pouvait même le soupçonner de travailler avec Raïssa si celle-ci était bel et bien une espionne. Ses supérieurs avaient le devoir de s'assurer qu'il s'acquittait correctement de sa tâche. On vérifierait que les éléments de son rapport recoupaient les conclusions de l'autre agent. Raison pour laquelle il fallait que Raïssa rentre directement chez eux : si elle allait ailleurs, dans le mauvais restaurant ou la mauvaise librairie, à la mauvaise adresse où vivaient des gens suspects, elle se mettrait en danger. Son unique chance de salut, bien mince, était de ne rien dire, de ne rien faire, de ne rencontrer personne. Elle avait seulement le droit de travailler, de faire ses courses et de dormir. Toute autre activité pouvait être mal interprétée.

Si Raïssa rentrait bel et bien, elle resterait dans cette rame et laisserait passer trois arrêts jusqu'à la station Teatralnaïa, où elle prendrait la ligne Arbatsko-Pokrovskaïa vers l'est. Leo jeta un regard furtif à l'agent chargé de le filer. Quelqu'un venait de se lever pour descendre et il s'était installé sur le siège libéré. Il regardait négligemment par la vitre, surveillant sans doute Leo du coin de l'œil. Il savait qu'il s'était fait repérer. Peut-être même était-ce son intention. Rien de tout cela n'avait d'importance dès lors que Raïssa regagnait directement le domicile conjugal.

La rame entra dans la station Novokuznetskaïa. Encore un arrêt avant le changement de ligne. Les portes s'ouvrirent. Leo regarda Ivan descendre. Il pensa de toutes ses forces : *Je t'en prie, reste dans cette rame.*

Raïssa descendit elle aussi sur le quai et se dirigea vers la sortie. Elle ne rentrait pas chez eux. Leo ignorait où elle se rendait. La suivre équivaudrait à la placer sous la surveillance du second agent. Et en ne la suivant pas, Leo mettait sa propre vie en danger. Il devait faire un choix. Il tourna la tête. L'agent ne bougeait pas. De son siège, il n'avait pas pu voir Raïssa descendre. Il se reposait sur Leo et non sur Raïssa, supposant que l'un n'allait pas sans l'autre. Les portes commençaient à se refermer. Leo resta où il était.

Il jeta un coup d'œil de biais par la vitre, comme si Raïssa se trouvait toujours dans le wagon voisin, comme s'il la surveillait toujours. À quoi jouait-il ? Il avait pris une décision impulsive, imprudente. Son plan ne réussirait que si l'agent croyait sa femme encore dans la rame – pari fragile, dans le meilleur des cas. C'était compter sans la foule. Raïssa et Ivan, encore sur le quai, progressaient vers la sortie avec une lenteur exaspérante. Puisque l'agent regardait par la fenêtre, il les verrait dès que la rame repartirait. Raïssa attendait patiemment son tour. Elle ne se pressait pas, n'avait aucune raison de le faire, inconsciente du danger qu'elle et Leo couraient. La rame s'ébranla. Le wagon était presque à la hauteur de la sortie. L'agent allait forcément voir Raïssa : il saurait que Leo l'avait délibérément laissée échapper.

La rame prit de la vitesse. Raïssa se trouvait bien visible. Leo eut un coup au cœur. Il tourna lentement la tête pour observer la réaction de l'agent.

Plantés au milieu de l'allée, un homme robuste entre deux âges et sa femme tout aussi robuste bloquaient la vue sur le quai. La rame bringuebalante s'engouffra dans le tunnel. L'agent n'avait pas remarqué Raïssa. Il ignorait qu'elle n'était plus là. Dissimulant mal son soulagement, Leo fit semblant de continuer à surveiller l'intérieur du wagon voisin.

À la station Teatralnaïa, il attendit le plus longtemps possible pour descendre sur le quai, comme s'il filait toujours sa femme, comme si elle rentrait chez eux. Il se dirigea vers la sortie. Jetant un coup d'œil par-dessus son épaule, il s'aperçut que l'agent était descendu et tentait de refaire son retard sur lui. Leo accéléra le pas.

Le passage donnait sur un couloir permettant d'accéder aux différentes lignes ou à la sortie sur la rue. Leo devait semer l'agent sans en avoir l'air. Le couloir de droite le conduirait aux rames qui circulaient vers l'est sur la ligne Arbatsko-Pokrovskaïa, son itinéraire habituel pour rentrer chez lui. Il tourna à droite. Tout dépendait du temps que la rame suivante mettrait à arriver. S'il pouvait prendre une avance suffisante, il réussirait à monter avant que l'agent le rattrape et découvre l'absence de Raïssa.

Dans le couloir, il y avait foule. Soudain il entendit une rame entrer dans la station. Il fouilla dans sa poche, sortit sa carte du MGB, en tapota l'épaule de l'homme qui le précédait. Celui-ci s'écarta comme si on l'ébouillantait et sa femme aussi, ouvrant une brèche. La voie était libre, Leo fonça. La rame attendait, portes ouvertes. Il rangea sa carte et monta d'un bond. Il se retourna pour localiser l'agent. Si l'homme parvenait à le rattraper, la partie était terminée.

Une foule compacte s'était reformée après son passage. Coincé, l'agent jouait des coudes pour avancer. Il refaisait son retard. Pourquoi les portes ne se fermaient-elles pas ? Il se trouvait sur le quai, à quelques mètres seulement de Leo. Les portes commencèrent à se rapprocher. Il tendit la main, empoigna le loquet, mais le mécanisme résista, et l'homme – que Leo voyait de près pour la première fois – fut obligé de lâcher prise. Avec une indifférence étudiée, Leo s'efforça de ne pas réagir, tout en regardant à la dérobée l'agent resté sur le quai. Dans la pénombre du tunnel, il retira sa toque trempée de sueur.

Même jour

L'ascenseur s'arrêta au cinquième étage, le dernier, les portes s'ouvrirent et Leo avança dans l'étroit couloir. Des odeurs de cuisine flottaient dans l'air. Il était sept heures du soir, moment où beaucoup de familles partageaient l'*uzhin*, dernier repas de la journée. En passant devant les appartements, il entendait les préparatifs du dîner à travers les minces portes d'entrée en contreplaqué. Plus il approchait de l'appartement de ses parents, plus il se sentait épuisé. Il venait de passer des heures à parcourir la ville en tous sens. Après avoir semé l'agent qui le filait à la station Teatralnaïa, il était rentré chez lui dans l'appartement 124, avait allumé les lampes et la radio, tiré les rideaux – précautions nécessaires, même au quatorzième étage. Puis il était reparti, faisant délibérément un large détour pour reprendre le métro et retourner en ville. Il n'avait pas changé de vêtements et le regrettait. Sa chemise imprégnée de sueur collait à son dos. Elle devait sentir mauvais, même si lui-même n'en était pas incommodé. Il chassa ces préoccupations. Ses parents ne remarqueraient rien, trop surpris qu'il leur demande conseil : ce n'était pas arrivé depuis longtemps.

Leurs rapports s'étaient inversés : désormais c'était lui qui les aidait. Il s'en réjouissait. Il se félicitait d'avoir pu leur garantir un poste moins pénible sur leur lieu de travail. Suite à une simple requête de sa part, son père avait quitté la chaîne de montage pour devenir contremaître dans son usine de munitions tandis que sa mère, qui passait ses journées à assembler des parachutes, était montée en grade elle aussi. Il leur avait également facilité l'accès à la nourriture – plus besoin pour eux de faire la queue des heures durant pour se procurer des aliments de première nécessité comme le pain et le sarrasin... Ils pouvaient se rendre dans les *spetztorgi*, ces magasins spéciaux interdits au grand public. Là, on trouvait des mets aussi exotiques que du poisson frais, du safran, voire des tablettes de vrai chocolat noir, au lieu de l'ersatz où le cacao était remplacé par un mélange de seigle, d'orge, de froment et de pois. Si ses parents avaient des problèmes avec un voisin irascible, celui-ci ne leur cherchait pas longtemps querelle. Sans violence ni menaces, on lui faisait savoir qu'il avait affaire à une famille plus influente que la sienne.

Le logement que Leo leur avait fait attribuer se trouvait dans une zone résidentielle au nord de Moscou, dans un petit immeuble où chaque appartement bénéficiait d'une salle de bains et de toilettes privées, ainsi que d'un balcon surplombant un carré de pelouse et une rue calme. Ils ne le partageaient avec personne, privilège extraordinaire. Après un demi-siècle de labeur, ils jouissaient enfin d'une existence protégée, ce qu'ils appréciaient grandement. Ils s'étaient habitués au confort. Tout cela grâce à la carrière de Leo.

Il frappa. Quand Anna, sa mère, ouvrit la porte, elle eut l'air interloqué. Sa surprise ne tarda pas à se dissiper. Elle s'avança vers son fils et le serra dans ses bras en lui parlant avec animation :

— Pourquoi ne pas nous avoir prévenus que tu venais ? On a appris que tu étais souffrant. On t'a rendu visite, mais tu dormais. Raïssa nous a fait entrer. On est allés à ton chevet, je t'ai même tenu la main, mais que faire de plus ? Tu avais besoin de repos. Tu dormais comme un bébé.

— Raïssa m'a dit que vous étiez passés. Merci pour les fruits – les oranges et les citrons.

— On ne t'a pas apporté de fruits. Enfin je ne crois pas. Je vieillis. Peut-être que si !

Entendant cette conversation, Stepan, le père de Leo, sortit de la cuisine, écartant doucement sa femme. Elle avait pris un peu de poids récemment. Comme lui, d'ailleurs. Ils semblaient en bonne santé.

Stepan embrassa son fils.

— Tu vas mieux ?

— Oui, beaucoup mieux.

— Bonne nouvelle. On s'est fait du souci pour toi.

— Comment va ton dos ?

— Je n'en souffre pas trop ces derniers temps. C'est un des avantages de faire partie de l'encadrement : je me contente de surveiller le travail des autres. Je me promène avec un stylo et un bloc-notes.

— Inutile de culpabiliser. Tu as fait ta part.

— Peut-être, mais les gens ne te regardent plus de la même façon quand tu n'es plus des leurs. Mes amis sont moins chaleureux qu'avant. Si quelqu'un arrive en retard, c'est à moi de le dénoncer. Heureusement, personne ne l'est pour le moment.

Leo s'arrêta sur cette phrase.

— Tu ferais quoi, si c'était le cas ? Tu les dénoncerais ?

— Je me contente de leur répéter chaque soir : « Arrivez à l'heure. »

En d'autres termes, son père ne les dénoncerait pas. Sans doute avait-il déjà fermé les yeux sur quelques cas. Ce n'était pas le moment de le mettre en garde, mais ce genre de faveur risquait d'être découvert.

Dans la cuisine, un chou bouillait au fond d'une marmite en cuivre remplie d'eau. Ses parents étaient en train de préparer du *golubsty* et Leo les pria de continuer : ils pouvaient parler dans la cuisine. Il resta un peu à l'écart, regardant son père confectionner une farce à base de viande hachée (fraîche, grâce à Leo), de carottes râpées (fraîches également, toujours grâce à Leo) et de riz cuit. Sa mère entreprit de détacher une à une les feuilles du chou, décolorées par la cuisson. Conscients qu'il y avait un problème, ses parents attendaient patiemment qu'il reprenne la parole. Il se réjouit de les voir absorbés par la préparation du repas.

— On n'a jamais beaucoup parlé de mon travail. Tant mieux. À certains moments, j'ai trouvé ma tâche difficile. J'ai fait des choses dont je ne suis pas fier, mais qui étaient toujours nécessaires.

Il marqua une pause, cherchant comment aborder le sujet. Il demanda :

— Certains de vos amis ont-ils été arrêtés ?

Question gênante, il en avait conscience. Stepan et Anna échangèrent un regard avant de se replonger dans leurs préparatifs, visiblement soulagés d'avoir à s'occuper. Anna haussa les épaules.

— Tout le monde connaît quelqu'un qui s'est fait arrêter. Mais on ne se pose pas de questions. Je me dis que vous autres, officiers, avez des preuves. Moi, je ne connais des gens que ce que j'en vois, et il est très facile d'avoir l'air aimable, normal et loyal. C'est votre travail d'aller au-delà des apparences. Vous savez ce qui vaut le mieux pour ce pays. Ce n'est pas à des gens comme nous de juger.

Leo opina du chef :

— Ce pays a beaucoup d'ennemis. Notre révolution est haïe par le reste du monde. Il faut la protéger. Même contre nous-mêmes, hélas.

Il se tut. Il n'était pas venu là pour reprendre la rhétorique du MGB. Ses parents s'interrompirent et se tournèrent vers lui, les doigts huileux à cause de la farce.

— Hier, on m'a demandé de dénoncer Raïssa. Mon supérieur croit qu'elle a trahi. On l'accuse d'espionnage pour une agence étrangère. J'ai reçu l'ordre d'enquêter sur elle.

Une goutte d'huile tomba de l'index de Stepan sur le sol. Il la contempla, puis demanda à Leo :

— Elle a vraiment trahi ?

— Elle est enseignante, papa. Elle travaille. Elle rentre chez nous. Elle travaille. Elle rentre chez nous.

— Alors dis-le à tes supérieurs. Ils ont des preuves ? Pourquoi diable l'accusent-ils ?

— À cause de la confession d'un espion qui a été exécuté. C'est lui qui a donné son nom. Il a prétendu qu'elle travaillait pour lui. Mais je sais que cette confession est un faux. Je sais aussi que cet espion n'était en réalité qu'un vétérinaire. On l'a arrêté à tort. Je crois que sa confession est l'œuvre d'un autre officier qui veut me compromettre. Je sais que ma femme est innocente. Toute cette affaire est une vengeance.

Stepan s'essuya les mains sur le tablier d'Anna.

— Dis-leur la vérité. Oblige-les à t'écouter. Dénonce cet officier. Tu jouis d'une certaine autorité.

— Cette confession, qu'elle soit ou non fabriquée de toutes pièces, est considérée comme authentique. C'est un document officiel et le nom de Raïssa y figure. En défendant ma femme, je conteste l'authenticité d'un document d'État. Admettre que l'un d'entre eux comporte des erreurs, c'est admettre qu'ils en comportent tous. Mes supérieurs ne peuvent pas faire machine arrière. Les répercussions seraient considérables. Cela signifierait que toutes les confessions sont sujettes à caution.

— Tu ne peux pas dire que cet espion, ce vétérinaire, s'est trompé ?

— Si. C'est ce que j'ai l'intention de faire. Mais si j'argumente en ce sens et qu'ils ne me croient pas, non seulement ils vont arrêter Raïssa, mais ils m'arrêteront moi aussi. Si elle est coupable et que je la déclare innocente, alors je suis moi aussi coupable. Ce n'est pas tout. Je sais comment ce genre d'affaire se termine. Vous risquez d'être arrêtés tous les deux. Le code pénal incrimine tous les proches d'un condamné. Pour complicité.

— Et si tu la dénonces ?
— Je ne sais pas.
— Bien sûr que si.
— On s'en tirera. Mais pas elle.

L'eau bouillait toujours sur le fourneau.

— Tu es venu parce que tu ne sais pas quoi faire. Parce que tu es quelqu'un de bien et que tu veux nous entendre te recommander de faire ton devoir, d'agir dignement. Tu veux que nous te donnions un conseil juste. En l'occurrence, dire à tes supérieurs qu'ils se trompent, que Raïssa est innocente. Et affronter les conséquences qui s'ensuivront.

— Exactement.

Stepan secoua la tête, consulta Anna du regard. Quelques instants plus tard, il reprit :

— Je ne peux pas te donner un tel conseil. Et je ne pense pas que tu m'en croyais capable. Comment le pourrais-je ? La vérité, c'est que je veux que ma femme reste en vie. Que mon fils reste en vie. Et moi aussi. Je suis prêt à faire tout ce qu'il faut pour ça. Si je comprends bien, c'est une vie contre trois. Je suis désolé. Je sais que tu attendais davantage de moi. Mais nous sommes vieux, Leo. On ne survivrait pas au goulag. On serait séparés. On mourrait seuls.

— Et si vous étiez plus jeunes, tu me donnerais quel conseil ?

Stepan hocha la tête.

— Tu as raison. Je te donnerais le même. Mais il ne faut pas m'en vouloir. Tu espérais quoi, en venant ici ? Nous entendre dire : « D'accord, on veut bien mourir » ? À quoi servirait notre mort ? Ta femme serait-elle sauvée ? Pourriez-vous vivre heureux ensemble ? Si c'était le cas, je serais prêt à donner ma vie pour vous deux. Mais les choses ne se passeraient pas comme ça. Le seul résultat, c'est qu'on mourrait tous – tous les quatre –, à ceci près que tu mourrais en ayant le sentiment d'avoir fait ton devoir.

Leo regarda sa mère. Elle était aussi pâle que les feuilles de chou qu'elle avait à la main. Elle semblait très calme. Elle ne contredit pas Stepan, se contenta d'une question :

— Tu dois prendre ta décision quand ?

— J'ai deux jours pour réunir des preuves. Ensuite je dois faire mon rapport.

Ses parents continuèrent à préparer le dîner, enveloppant la farce dans les feuilles de chou, les alignant sur un plat comme une rangée d'énormes pouces désarticulés. Personne ne souffla mot tant que le plat ne fut pas rempli. Stepan demanda :

— Tu dînes avec nous ?

Suivant sa mère dans le salon, Leo vit que le couvert était mis pour trois.

— Vous attendez quelqu'un ?

— Oui, Raïssa.

— Ma femme ?

— Elle vient dîner avec nous. Quand tu as frappé, on a cru que c'était elle.

Anna ajouta une assiette sur la table, expliquant :

— Elle vient presque chaque semaine. Elle ne voulait pas que tu saches combien elle se sent seule quand elle dîne avec la radio pour toute compagnie. On s'est attachés à elle.

Certes, Leo ne rentrait jamais avant dix-neuf heures. Le culte des longues journées de travail était encouragé par Staline, un insomniaque qui ne dormait pas plus de quatre heures par nuit. Leo avait entendu dire qu'au Politburo personne n'avait le droit de s'en aller tant que la lumière n'était pas éteinte dans le bureau de Staline, en général après minuit. Si cette règle ne s'appliquait pas vraiment à la Loubianka, on y attendait le même degré de dévouement. Rares étaient les officiers qui travaillaient moins de dix heures par jour, même si certaines de ces heures se passaient à ne rien faire.

On frappa. Stepan ouvrit la porte, fit entrer Raïssa dans le couloir. Elle fut aussi surprise que ses parents de voir Leo. Stepan expliqua :

— Il travaillait dans le voisinage. Pour une fois, on va pouvoir dîner en famille.

Raïssa enleva sa veste, dont Stepan la débarrassa. Elle s'approcha de Leo, l'inspecta des pieds à la tête.

— À qui sont ces vêtements ?

Leo contempla le pantalon et la chemise qu'il portait – ceux d'un mort.

— Je les ai empruntés, au travail.

Raïssa s'approcha plus près et lui parla à l'oreille.

— Cette chemise sent mauvais.

Leo se dirigea vers la salle de bains. À la porte, il se retourna et regarda Raïssa finir de mettre le couvert avec ses parents.

Il avait grandi sans robinet d'eau chaude. Ses parents partageaient leur vieil appartement avec l'oncle de son père et sa famille. Il n'y avait que deux chambres, une par famille. En l'absence de salle de bains et de toilettes, les habitants de l'immeuble devaient utiliser les commodités extérieures. Le matin, la file d'attente était longue, et en hiver il fallait patienter sous la neige. Un lavabo privé rempli d'eau chaude était un luxe, un rêve impossible. Leo retira sa chemise, fit sa toilette. Lorsqu'il eut terminé, il demanda à son père de lui prêter une chemise. Même si le corps de Stepan était usé par le travail – aussi courbé par les chaînes de montage que les obus qu'il fabriquait –, il avait plus ou moins la même stature que son fils, le même torse musclé, bien charpenté. Sa chemise semblait presque faite pour Leo.

Une fois changé, celui-ci s'assit pour dîner. Tandis que le *golubsty* finissait de cuire au four, ils mangèrent les *zakouski* – des cornichons, de la salade de champignons et, pour chacun, une fine tranche de langue de veau en gelée parfumée à l'origan, servie avec du raifort. Une entrée exceptionnellement riche et variée. Leo ne pouvait quitter ces plats des yeux, calculant le coût de chacun. Quelle mort avait permis de payer l'origan ? Cette tranche de langue de veau avait-elle été achetée au prix de la vie d'Anatoli Brodsky ? Écœuré, il lâcha :

— Je comprends pourquoi tu viens ici chaque semaine.

Raïssa sourit.

— Oui. Tes parents me gâtent. Je leur répète qu'un peu de *kasha* me suffirait, mais…

Stepan intervint :

— C'est un prétexte pour nous faire plaisir à nous aussi.

L'air de rien, Leo demanda à sa femme :

— Tu es venue ici après la classe ?

— Exactement.

Elle mentait. Elle était d'abord allée ailleurs avec Ivan. Mais avant que Leo puisse s'interroger davantage, Raïssa rectifia d'elle-même :

— Enfin, ce n'est pas tout à fait vrai. D'habitude je viens ici directement. Mais ce soir j'avais un rendez-vous, d'où mon léger retard.

— Un rendez-vous ?

— Chez le médecin.

Raïssa esquissa un sourire.

— Je comptais t'en parler quand on ne serait que tous les deux, mais puisqu'il en est question...

— Me parler de quoi ?

Anna se leva.

— Voulez-vous qu'on vous laisse seuls ?

Leo fit signe à sa mère de se rasseoir.

— Je t'en prie. On est en famille. Pas de secrets entre nous.

— Je suis enceinte.

20 février

Leo n'arrivait pas à s'endormir. Les yeux grands ouverts, il fixait le plafond, écoutait la respiration régulière de sa femme au dos blotti contre lui, non pas une marque de tendresse, mais la conséquence d'un mouvement involontaire. Elle avait toujours le sommeil agité. Était-ce une raison suffisante pour la dénoncer ? Il savait que oui. Il savait même comment tourner la phrase :

Incapable de dormir tranquille, le sommeil troublé par ses rêves : ma femme est à l'évidence tourmentée par un secret.

Il pouvait déléguer à un collègue la responsabilité de l'enquête. Faire comme si ce n'était pas à lui de porter un jugement. Il était trop proche, trop impliqué. Mais cette nouvelle enquête n'aboutirait qu'à une seule conclusion. Il existait un dossier à charge. Personne d'autre que lui ne s'élèverait contre une présomption de culpabilité.

Il se leva et alla se poster près de la fenêtre du salon, d'où l'on voyait non pas la ville, mais l'immeuble d'en face. Un mur de fenêtres dont trois seulement étaient éclairées, trois sur un millier, et il se demanda quels soucis préoccupaient ces trois habitants, quelles inquiétudes les tenaient éveillés. Il éprouvait une étrange sympathie pour ces trois carrés de lumière jaune pâle. Il était quatre heures du matin, l'heure des arrestations – le meilleur moment pour embarquer les gens, les arracher au sommeil. Ils étaient vulnérables, désorientés. Les remarques qui échappaient aux suspects tandis que les officiers envahissaient leur domicile étaient souvent utilisées contre eux lors des interrogatoires. Pas facile de se contenir quand on traîne votre femme sur le sol par les cheveux. Combien de fois Leo avait-il défoncé une porte à coups de botte ? Combien de fois avait-il vu un couple marié tiré du lit en pyjama, ébloui par une torche électrique ? Combien de fois avait-il entendu le rire narquois d'un officier à la vue des parties génitales d'un suspect ? Combien de personnes avait-il sorties de leur lit ? Combien d'appartements avait-il mis sens dessus dessous ? Et combien d'enfants avait-il retenus pendant qu'on emmenait leurs parents ? Il ne s'en souvenait plus. Il avait tout oublié : les noms, les visages. Sa mauvaise mémoire l'arrangeait bien. L'avait-il entretenue ? Avait-il pris des amphétamines non pas pour être capable de travailler plus longtemps, mais pour effacer tout souvenir de ce travail ?

Une histoire drôle avait les faveurs des officiers, qui la racontaient impunément. Un homme et une femme sont endormis dans leur lit quand un coup à la porte les réveille. Redoutant le pire, ils se lèvent, s'embrassent pour se dire au revoir.

Je t'aime, ma femme chérie.
Je t'aime, mon cher mari.

Leurs adieux faits, ils ouvrent la porte d'entrée. Ils découvrent leur voisin affolé, le couloir enfumé, des flammes qui montent jusqu'au plafond. Soulagés, l'homme et la femme sourient : Dieu merci, ce n'est qu'un incendie. Leo avait entendu de multiples versions de cette histoire. L'incendie était remplacé tantôt par des bandits armés, tantôt par un médecin porteur de terribles nouvelles. Dans le passé, il en riait, certain que ça ne lui arriverait jamais.

Sa femme était enceinte. Cela changerait-il quoi que ce soit ? Peut-être l'attitude de ses supérieurs envers Raïssa. Ils ne l'aimaient pas. Elle ne lui avait pas donné d'enfants. À l'époque, il était souhaitable, voire obligatoire, d'avoir des enfants. Après les millions de morts à la guerre, procréer était un devoir civique. Pourquoi Raïssa n'y arrivait-elle pas ? Cette interrogation avait hanté leur couple. Seule conclusion possible : Raïssa souffrait d'une anomalie quelconque. Récemment, la pression était montée d'un cran : les questions revenaient avec une plus grande fréquence. Raïssa voyait régulièrement un médecin pour tenter de remédier au problème. Les relations sexuelles entre elle et Leo étaient prosaïques, motivées par des pressions extérieures. L'ironie de la situation n'échappait pas à Leo : au moment même où ses supérieurs obtenaient ce qu'ils voulaient – que Raïssa soit enceinte –, ils cherchaient à se débarrasser d'elle. Peut-être devrait-il mentionner sa grossesse ? Il se ravisa. Un traître restait un traître : il n'y avait pas de circonstances atténuantes.

Il prit une douche. L'eau était froide. Il se changea et prépara du porridge pour le petit déjeuner. Il n'avait pas faim et regarda le porridge se figer dans le bol. Raïssa entra dans la cuisine, s'attabla, frotta ses yeux bouffis de sommeil. Leo se leva. Ni l'un ni l'autre ne parla tandis qu'il faisait réchauffer le porridge. Il posa un bol devant Raïssa. Elle se taisait toujours. Il fit du thé léger, le versa dans un verre qu'il plaça près du pot de confiture.

— J'essaierai de rentrer un peu plus tôt.
— Inutile de changer tes habitudes pour moi.
— J'essaierai quand même.
— Leo, tu n'as pas à changer tes habitudes pour moi.

Il ferma la porte d'entrée derrière lui. Le jour se levait à peine. Du couloir, il aperçut les gens qui attendaient le tram à une centaine de mètres en contrebas. Il se dirigea vers l'ascenseur. Il appuya sur le bouton du trentième et dernier étage. Arrivé à destination, il s'engagea dans un couloir menant à une porte de service sur laquelle une pancarte indiquait : ACCÈS INTERDIT. Voilà longtemps que le verrou avait été forcé. Derrière la porte, un escalier permettait d'aller sur le toit. Leo était déjà monté là-haut, juste après leur emménagement. Côté ouest on voyait la ville, côté est la zone en lisière des campagnes où Moscou cédait la place à des champs enneigés. Quatre ans plus tôt, admirant la vue, il se considérait comme le plus heureux des hommes. Il était un héros : la coupure de journal en sa possession le prouvait. Il avait un poste influent, une femme séduisante. Sa foi en l'État était sans faille. Regrettait-il ce sentiment – cette confiance absolue et inébranlable ? Oui, sans l'ombre d'un doute.

Il reprit l'ascenseur, redescendit au quatorzième étage, regagna son appartement. Raïssa était partie travailler. Elle avait laissé son bol sale. Il enleva sa veste, ses bottes, et se frotta les mains pour les réchauffer, prêt à entreprendre ses recherches.

Il avait organisé et supervisé la fouille d'un grand nombre de maisons, d'appartements et de bureaux. Au sein du MGB, c'était l'occasion de se distinguer. Des anecdotes circulaient sur le zèle extraordinaire affiché par certains officiers pour prouver leur dévouement. Objets précieux jetés à terre, portraits et tableaux découpés au ras du cadre, livres déchirés, murs entiers abattus. Même s'il s'agissait de son domicile et de ses biens, Leo se proposait de conduire cette fouille de la même façon. Il arracha les couvertures, draps et taies d'oreiller, retourna le matelas, le palpa centimètre par centimètre avec la même application qu'un aveugle lisant un texte en braille. Il pouvait contenir des documents cousus à l'intérieur pour les rendre invisibles. Seul le toucher permettait de localiser ce genre de cache secrète. Ne trouvant rien, Leo s'attaqua à la bibliothèque. Il passa en revue chaque livre pour s'assurer que rien n'était dissimulé entre les pages. Il découvrit cent roubles sous un bulletin de salaire. Il contempla les billets, se demandant ce qu'ils faisaient là, jusqu'à ce qu'il se rappelle que le livre en question lui appartenait et l'argent aussi, qu'il s'agissait de sa propre cache secrète. Un autre agent aurait pu y voir une preuve que le propriétaire était un spéculateur. Leo remit les billets en place. Il ouvrit les tiroirs, regarda les vêtements bien pliés de Raïssa. Il les prit un à un, les inspectant et les secouant avant de les laisser tomber en tas sur le sol. Quand tous les tiroirs furent vides, il passa la main au fond et sur les parois. Toujours bredouille, il se retourna, étudia la pièce. Le corps plaqué contre les murs, il les balaya du bras au cas où il percevrait une cavité ou les contours d'un coffre-fort. Il décrocha le cadre contenant la fameuse coupure de journal, avec une photo de lui devant le char Panzer en flammes. Dire que cet épisode, où la mort était omniprésente, apparaissait désormais comme un moment heureux ! Leo démonta le cadre. La coupure de journal s'en échappa et atterrit sur le sol. Après avoir réparé le cadre et replacé la coupure à l'intérieur, il renversa le lit, le poussa contre le mur. Il se mit à genoux. Les lattes du parquet étaient solidement vissées. Il alla dans la cuisine chercher un tournevis et les souleva méthodiquement. Dessous il ne trouva qu'un peu de poussière et la tuyauterie.

Il retourna dans la cuisine pour se laver les mains. Cette fois, au moins, il y avait de l'eau chaude. Il fit longuement mousser la petite savonnette, frottant ses paumes l'une contre l'autre alors que toute trace de crasse avait disparu. Qu'espérait-il effacer ? La trahison ? Non. Les métaphores n'apportaient rien. Il se lavait les mains parce qu'elles étaient sales. Il fouillait son appartement parce qu'il fallait le faire. Inutile de couper les cheveux en quatre.

On frappa à la porte. Il se rinça les mains, recouvertes jusqu'aux coudes d'une mousse couleur crème. On frappa de nouveau. Les bras dégoulinants, il s'avança dans le couloir.

— Qui est là ?
— Vassili.

Leo ferma les yeux, sentit les battements de son cœur s'accélérer et s'efforça de contenir la colère qui montait en lui. Vassili frappa une troisième fois. Leo alla ouvrir. Deux hommes accompagnaient son adjoint. Le premier était un jeune officier inconnu. Il avait le visage lisse et le teint pâle. Il jaugea Leo de ses yeux impassibles, pareils à deux billes enfoncées dans un morceau de pâte. Le second officier était Fiodor Andreïev. Vassili ne les avait pas choisis au hasard. L'homme au teint pâle, sûrement plein de vigueur, bon tireur et prompt à manier le couteau, était là pour le protéger. Il n'avait amené Fiodor que pour contrarier Leo.

— Qu'y a-t-il ?
— On vient t'aider. C'est le major Kuzmin qui nous envoie.
— Merci, mais je maîtrise la situation.
— Je n'en doute pas. On est là pour te donner un coup de main.
— Encore merci, mais ce n'est pas nécessaire.
— Allons, Leo. On vient de loin. Et il fait un froid de chien dans ce couloir.

Leo s'écarta pour les laisser entrer.

Aucun des trois hommes n'enleva ses bottes aux semelles incrustées de glace, qui se détachait par plaques et fondait sur le tapis. Leo referma la porte, conscient que Vassili était là pour le piéger. Il voulait le faire sortir de ses gonds. Il espérait provoquer une dispute, qu'il fasse une remarque déplacée, n'importe quoi pour conforter sa position.

Leo proposa du thé à ses hôtes, de la vodka s'ils préféraient. L'amour de Vassili pour la boisson était connu, mais passait pour le moindre de ses vices. Il refusa de la tête l'offre de Leo et jeta un coup d'œil dans la chambre à coucher.

— Qu'est-ce que tu as trouvé ?

Sans attendre la réponse, il pénétra dans la pièce, contempla le matelas retourné.

— Tu ne l'as même pas éventré.

Il se pencha et sortit son couteau, prêt à taillader le matelas. Leo l'arrêta d'un geste.

— Il y a un autre moyen de repérer des documents cousus à l'intérieur. Tu n'es pas obligé de l'éventrer.

— Donc tu comptes remettre l'appartement en état ?

— En effet.

— Tu crois toujours à l'innocence de ta femme ?

— Je n'ai trouvé aucune preuve du contraire.

— Tu veux un conseil ? Trouve-toi une autre femme. Raïssa est très belle mais il y a beaucoup de belles femmes. Tu serais peut-être mieux loti avec une femme un peu moins belle.

Vassili sortit de sa poche une liasse de photos pliées en deux. Il la tendit à Leo. C'étaient des photos de Raïssa avec Ivan, le professeur de littérature, prises à la sortie de l'école.

— Elle couche avec lui, Leo. Elle te trahit comme elle trahit l'État.

— Ces photos ont été prises devant l'école. Ils sont enseignants tous les deux. Il est facile de les photographier ensemble. Ça ne prouve rien.
— Tu sais comment il s'appelle ?
— Ivan, je crois.
— On l'a à l'œil depuis un bout de temps.
— On a beaucoup de gens à l'œil.
— Peut-être que tu fais toi aussi partie de ses amis ?
— Je ne l'ai jamais rencontré. Je ne lui ai jamais adressé la parole.

Apercevant le tas de vêtements sur le sol, Vassili se baissa et ramassa une culotte de Raïssa. Il la frotta entre ses doigts, la roula en boule et la huma sans quitter Leo des yeux. Au lieu de se mettre en colère devant cette provocation, Leo prit la peine d'observer son adjoint comme il ne l'avait encore jamais fait. Qui était au juste cet homme qui le haïssait tant ? Était-il aveuglé par la rivalité professionnelle ou par l'ambition pure et simple ? À le regarder renifler les dessous de Raïssa, Leo comprit que cette haine avait quelque chose de personnel.

— Je peux jeter un coup d'œil au reste de l'appartement ?

Redoutant un piège, Leo répondit :
— Je t'accompagne.
— Non, je préfère y aller seul.

Leo s'inclina. Vassili s'éloigna.

Le souffle court, la gorge nouée par la rage, Leo contempla le lit renversé. Il fut surpris d'entendre une voix douce tout près de lui. C'était Fiodor.
— Tu acceptes de faire tout ça ? De fouiller dans les vêtements de ta femme, de renverser ton lit, de démonter ton parquet... de mettre ta vie en pièces.

— On devrait tous être prêts à se soumettre à ce genre de fouille. Le généralissime Staline...

— J'ai déjà entendu ça. Notre chef suprême a dit que même son propre appartement pouvait être fouillé en cas de besoin.

— Non seulement on peut tous faire l'objet d'une enquête, mais on le doit.

— Et pourtant tu as refusé d'enquêter sur la mort de mon fils ? Tu es prêt à enquêter sur ta femme, sur toi-même, sur tes amis et tes voisins, mais tu n'as même pas voulu jeter un coup d'œil au cadavre d'Arkady ? Tu n'as même pas donné une heure de ton temps pour voir son ventre lacéré, sa bouche remplie de terre ?

Fiodor était calme : il s'exprimait posément, sa colère n'était plus à vif. Elle s'était glacée dans ses veines. Il pouvait parler ainsi – ouvertement, en toute franchise – parce qu'il savait que Leo ne représentait plus une menace.

— Tu n'as pas vu son cadavre non plus, Fiodor.

— J'ai parlé au vieillard qui l'a retrouvé. Il m'a raconté ce qu'il avait vu. J'ai lu dans ses yeux à quel point il était choqué. J'ai également parlé à l'autre témoin, cette femme que tu as intimidée. Un homme tenait mon fils par la main, il marchait avec lui sur la voie. Elle a vu son visage. Elle a pu me le décrire. Mais personne ne veut qu'elle en parle. Et maintenant elle a bien trop peur. Mon fils a été assassiné, Leo. La milice a obligé tous les témoins à modifier leur déposition. Ça ne m'a pas surpris. Mais toi, tu étais mon ami. Et tu es venu chez moi dire à mes proches de la fermer. Tu as menacé une famille en deuil. Tu nous as lu un tissu de mensonges et tu nous as demandé de les prendre pour des vérités. Au lieu de rechercher l'assassin de mon fils, tu as fait surveiller ses obsèques.

— J'essayais de t'aider, Fiodor.

— Admettons. Tu nous as donné le mode d'emploi pour rester en vie.

— Exactement.

— D'un certain point de vue, je t'en sais gré. Sans cela, celui qui a tué mon fils aurait également eu ma peau et celle de ma famille. Tu nous as sauvé la vie. Voilà pourquoi je suis là : non pas pour m'en féliciter, mais pour te rendre le même service. Vassili a raison. Tu dois sacrifier ta femme. Pas besoin de chercher des preuves. Dénonce-la et tu sauveras ta peau. Raïssa est une espionne, il en a été décidé ainsi. J'ai lu la confession d'Anatoli Brodsky. Elle est écrite d'une encre aussi noire que le rapport sur l'accident de mon fils.

Fiodor se trompait. La colère l'aveuglait. Leo se rappela qu'il avait un seul et unique objectif : enquêter sur sa femme et rendre ses conclusions. Or sa femme était innocente.

— Je suis convaincu que les remarques du traître concernant ma femme étaient motivées par la vengeance et rien d'autre. Jusqu'à présent, mon enquête le confirme.

Vassili était de retour dans la pièce. Impossible de dire ce qu'il avait entendu de leur conversation. Il enchaîna :

— À ceci près que les six autres personnes mentionnées par Brodsky ont toutes été arrêtées. Et qu'elles sont déjà passées aux aveux. Les informations fournies par Anatoli Brodsky se sont révélées précieuses.

— Je me félicite d'autant plus d'avoir procédé moi-même à son arrestation.

— Le nom de ta femme a été cité par un espion avéré.

— J'ai lu la confession, le nom de Raïssa est le dernier de la liste.

— Ils n'ont pas été donnés par ordre d'importance.

— Je pense qu'il l'a ajouté par dépit. Par désir de me nuire. Personne ne se laissera abuser par un procédé aussi grossier et désespéré. Je me réjouis que tu m'aides dans mes recherches, si tu es venu dans ce but. Comme tu le vois...

Leo désigna le parquet démantelé.

— ... Je n'ai rien négligé.

— Laisse tomber, Leo. Il faut être réaliste. D'un côté, tu as ta carrière, tes parents ; de l'autre, tu n'as qu'une espionne doublée d'une pute.

Leo jeta un coup d'œil à Fiodor. Nulle trace de jubilation, de sourire narquois sur son visage. Vassili poursuivit :

— Tu sais que c'est une pute. Raison pour laquelle tu l'as déjà fait suivre.

La colère de Leo fit place à la stupeur. Ils savaient. Depuis le début, ils savaient.

— Tu croyais que c'était un secret ? On est tous au courant. Dénonce-la, Leo. Finis-en une bonne fois. Lève le doute ; fais taire les questions qui te taraudent. Laisse tomber. Après, on ira boire un coup ensemble. Avant la fin de la nuit, tu auras une autre femme dans ton lit.

— Je rendrai mes conclusions demain. Si Raïssa a trahi, je le dirai. Si ce n'est pas le cas, je le dirai aussi.

— Alors bonne chance, camarade. Si tu survis à ce scandale, un jour tu dirigeras le MGB. J'en suis sûr. Et ce sera un honneur de travailler sous tes ordres.

Arrivé devant la porte d'entrée, Vassili se retourna :

— N'oublie pas ce que je t'ai dit. C'est ta vie et celle de tes parents contre la sienne. Le choix est vite fait.

Leo ferma la porte.

Tandis que les bruits de pas s'éloignaient, il s'aperçut qu'il avait les mains tremblantes. Il retourna dans la chambre, contempla l'étendue des dégâts. Il replaça les lattes du parquet, les revissa. Il refit le lit, tendit les draps, puis les froissa légèrement, comme il les avait trouvés. Il plia et mit tous les vêtements de Raïssa en pile, conscient d'avoir oublié dans quel ordre il les avait sortis des tiroirs. Il faudrait se contenter d'un rangement approximatif.

Tandis qu'il soulevait un chemisier en coton, un minuscule objet tomba sur son pied et roula par terre. Il se baissa pour le ramasser. C'était une pièce d'un rouble. Il la lança sur son chevet. La pièce s'ouvrit, les deux moitiés partirent dans des directions opposées. Leo s'approcha du petit meuble. À genoux, il récupéra les deux moitiés. L'intérieur de l'une d'elles était creuse. Reconstituée, la pièce ressemblait à un rouble ordinaire. Leo en avait déjà vu une du même genre. Elle servait à dissimuler un microfilm.

21 février

Trois hommes étaient présents pour entendre les conclusions de Leo : le major Kuzmin, Vassili Nikitin et Timour Raphaelovitch – l'officier qui avait remplacé Leo pendant l'interrogatoire de Brodsky. Leo ne le connaissait que de vue : un homme ambitieux et peu loquace, mais digne de foi. Le découvrant prêt à cautionner tous les éléments de la confession de Brodsky, y compris l'allusion à Raïssa, Leo fut consterné. Raphaelovitch n'était pas le larbin de Vassili. Il ne respectait pas plus ce dernier qu'il ne le craignait. Vassili avait-il vraiment pu ajouter lui-même le nom de Raïssa à la confession ? Il n'avait aucune prise sur Raphaelovitch, aucun pouvoir et, selon l'ordre hiérarchique, il ne faisait que l'assister lors de l'interrogatoire. Depuis deux jours, Leo croyait plus ou moins à une vengeance de Vassili. Il se trompait. Vassili n'y était pour rien. Une seule personne pouvait forger une fausse confession avec le soutien d'un témoin haut placé : c'était le major Kuzmin.

Il s'agissait donc d'un complot orchestré par le mentor de Leo en personne, par l'homme qui l'avait pris sous son aile. Leo n'avait pas écouté ses conseils au sujet d'Anatoli Brodsky et il en payait le prix. Que lui avait dit Kuzmin, déjà ?

On peut se laisser aveugler par les bons sentiments.

C'était un test. L'objet de l'expérience était la fiabilité de Leo en tant qu'officier : rien à voir avec Raïssa, absolument rien. Pourquoi charger le mari d'une femme suspecte d'enquêter sur elle si la préoccupation essentielle n'était pas la manière dont le mari lui-même conduirait l'enquête ? N'était-ce pas Leo qu'on avait fait suivre ? Vassili n'était-il pas venu vérifier qu'il fouillait bien l'appartement de fond en comble ? Ce n'était pas son contenu qui l'intéressait, mais la façon dont Leo procédait. Tout se tenait. Vassili l'avait leurré, lui avait demandé de dénoncer sa femme précisément dans l'espoir que Leo ferait le contraire et la défendrait. Il ne souhaitait pas que Leo la dénonce. Ni qu'il réussisse le test : il espérait que Leo ferait passer sa vie privée avant le Parti. C'était un piège. Il suffisait à Leo de prouver au major Kuzmin qu'il était prêt à dénoncer sa femme, que sa loyauté allait d'abord au MGB, que sa foi dans le Parti était inébranlable, qu'il pouvait se montrer cruel au besoin. Dans ce cas, ils seraient tous à l'abri : Raïssa, l'enfant qu'elle portait, ses parents. Son avenir au sein du MGB serait assuré et Vassili resterait dans l'ombre.

Et s'il s'agissait d'une pure hypothèse ? Et si le traître était bel et bien, conformément à ses aveux, un traître ? Et s'il travaillait d'une manière ou d'une autre avec Raïssa ? Peut-être avait-il dit la vérité.

Pourquoi Leo était-il si sûr de l'innocence de Brodsky ? Pourquoi croyait-il dur comme fer à celle de sa femme ? Après tout, pourquoi s'était-elle liée d'amitié avec un professeur de littérature dissident ? Que faisait cette fausse pièce d'un rouble dans l'appartement ? Les six autres personnes mentionnées dans la confession n'avaient-elles pas toutes été arrêtées, interrogées avec succès ? La liste était authentique et le nom de Raïssa y figurait. Oui, c'était bien une espionne, cette fausse pièce d'un rouble dans sa poche l'attestait. Il pouvait la poser sur le bureau du major Kuzmin en demandant que Raïssa comme Ivan Zhukov soient à leur tour arrêtés et interrogés. Il s'était fait berner. Vassili avait raison : Raïssa était la traîtrise incarnée. Elle portait l'enfant d'un autre homme. N'avait-il pas toujours su qu'elle lui était infidèle ? Elle ne l'aimait pas. Il en était sûr. Pourquoi tout risquer pour elle, cette femme si froide qui le supportait à peine ? Elle mettait en péril tout ce pour quoi il avait travaillé, tous les privilèges qu'il avait acquis pour ses parents comme pour lui-même. Elle représentait une menace pour ce pays, un pays que Leo s'était battu pour défendre.

Les choses étaient claires : si Leo la déclarait coupable, tout se terminerait bien pour ses parents et pour lui. Aucune crainte à avoir. C'était la seule décision sensée. Si l'objectif n'était que de mettre à l'épreuve la détermination de Leo, Raïssa serait elle aussi épargnée. Et elle ne se douterait de rien. Si c'était une espionne, de toute façon ces hommes avaient déjà des preuves, ils attendaient de voir si Leo était de mèche avec elle. Dans ce cas, il devait la dénoncer, elle méritait la mort. La seule attitude possible était donc de dénoncer sa femme.

Le major Kuzmin ouvrit la séance.

— Leo Stepanovitch, nous avons toutes les raisons de croire que votre femme travaille pour des agences étrangères. Aucun soupçon ne pèse sur vous personnellement. Voilà pourquoi vous avez été chargé d'enquêter sur ces allégations. Veuillez nous faire part de vos conclusions.

Leo avait la confirmation qu'il attendait. La proposition du major Kuzmin était limpide. S'il dénonçait sa femme, ses supérieurs lui renouvelleraient leur confiance. Qu'avait dit Vassili, déjà ?

Si tu survis à ce scandale, un jour tu dirigeras le MGB. J'en suis sûr.

Sa promotion était suspendue à une condamnation.

Le silence s'installa dans la pièce. Le major Kuzmin se pencha en avant.

— Leo ?

Leo se leva, tira sur la veste de son uniforme.

— Ma femme est innocente.

TROIS SEMAINES PLUS TARD

Ville de Voualsk
À l'ouest des monts Oural

13 mars

Sur la chaîne de montage de l'usine automobile, l'équipe de nuit prit le relais. Ilinaya quitta son poste de travail et alla se laver les mains avec un cube de savon noir qui sentait le rance, seul nettoyant disponible – quand il y en avait. L'eau était froide, le savon ne moussait pas – il se désintégrait en fragments graisseux –, mais Ilinaya ne pensait qu'aux heures la séparant du prochain changement d'équipe. La soirée serait sans surprise. D'abord finir d'enlever le cambouis et la limaille de fer incrustés sous ses ongles. Ensuite rentrer chez elle, se changer, se mettre une touche de fard à joues avant d'aller chez Basarov, le restaurant près de la gare.

Basarov avait la faveur des représentants et des fonctionnaires qui faisaient étape avant de poursuivre vers l'est ou l'ouest leur voyage dans le Transsibérien. On y servait de la soupe de millet, de la *kasha* d'orge et des harengs marinés – mets qu'Ilinaya dédaignait. Mais on pouvait surtout y boire de l'alcool. Puisqu'il était interdit d'en vendre sans servir à manger, les repas ne représentaient qu'un moyen au service d'une fin, un permis de s'enivrer. Le restaurant, qui faisait également office de lieu de rendez-vous, ignorait la loi stipulant qu'un décilitre de vodka par personne était le maximum autorisé. Basarov, ivrogne doublé d'une brute et patron de l'établissement auquel il avait donné son nom, laissait Ilinaya y vendre ses charmes à condition qu'elle lui reverse une partie de ses gains. Pas question qu'elle fasse semblant de venir boire pour le plaisir tout en s'éclipsant de temps à autre avec un client. D'ailleurs personne ne venait boire là pour le plaisir : on ne rencontrait que des gens de passage, aucun habitant de la ville. Pour Ilinaya, c'était un atout. Elle ne trouvait plus de clients parmi ces derniers. Récemment elle était tombée malade : des plaies, des rougeurs, des irritations. Deux de ses habitués avaient souffert plus ou moins des mêmes symptômes et fait passer le mot en ville. Elle en était réduite à draguer des inconnus qui restaient peu de temps, et ne découvraient le pus dans leurs urines qu'en arrivant à Moscou ou à Vladivostok. Elle ne tirait aucune satisfaction à l'idée de leur transmettre ce genre de microbe, même si c'étaient des individus peu fréquentables. Mais dans cette ville, consulter un médecin pour une maladie sexuellement transmissible était plus dangereux que l'infection elle-même. Pour une femme célibataire, cela équivalait à des aveux, authentifiés par le résultat des analyses. Ilinaya allait devoir trouver un traitement au marché noir. Pour cela, il fallait de l'argent, beaucoup d'argent sans doute, et dans l'immédiat elle économisait pour un projet qui lui tenait plus à cœur : fuir cet endroit.

À son arrivée, le restaurant était bondé, les vitres embuées. Des relents de *makhorka*, un tabac bon marché, flottaient dans l'air. Cinquante mètres avant de franchir la porte, elle avait entendu des rires gras. Sûrement des soldats. Elle ne s'était pas trompée. Des manœuvres se déroulaient régulièrement dans les montagnes et le restaurant était le point de ralliement des militaires en permission. Basarov se spécialisait dans ce genre de clientèle. Il servait de la vodka coupée d'eau, prétendant si quelqu'un protestait – ce qui arrivait souvent – qu'il s'agissait d'une tentative bien intentionnée pour lutter contre l'alcoolisme. Les bagarres étaient fréquentes. Malgré les plaintes de Basarov sur le coût de la vie et la grossièreté des clients, Ilinaya savait qu'il faisait des bénéfices confortables en revendant la vodka pure qu'il mettait de côté. C'était un spéculateur. Deux mois plus tôt, montant comme chaque semaine lui payer son dû, elle l'avait vu par une fente dans la porte compter et recompter les billets qu'il rangeait dans une boîte métallique avec une ficelle nouée autour. Retenant sa respiration, elle l'avait regardé envelopper la boîte dans un chiffon avant de la cacher dans la cheminée. Depuis, elle rêvait de voler cet argent et de s'enfuir. À coup sûr, Basarov lui tordrait le cou s'il retrouvait sa trace, mais elle pensait que le jour où il découvrirait sa boîte vide, il serait foudroyé sur place par une crise cardiaque, devant sa cheminée. Pour elle, le cœur de Basarov et cette boîte métallique ne faisaient qu'un.

À première vue, les soldats allaient continuer à boire pendant une heure ou deux. Pour le moment, ils se contentaient de la peloter sans payer, à moins de considérer comme paiement la vodka qu'on lui offrait – ce qu'elle refusait de faire. Elle passa en revue le reste de la clientèle, certaine de pouvoir gagner un peu plus d'argent que prévu avant que les soldats ne viennent la solliciter. Ces derniers occupaient les premières tables, reléguant au fond les clients restants – des hommes seuls devant leur verre et leur assiette, au contenu de laquelle ils n'avaient pas touché. Aucun doute : ils cherchaient un peu de compagnie. Il n'y avait pas d'autre raison de s'attarder en pareil lieu.

Ilinaya tira sur sa robe, abandonna son verre et se fraya un passage parmi les soldats, ignorant les gestes déplacés et les remarques salaces jusqu'à ce qu'elle atteigne une table du fond. L'homme qui y était installé devait avoir la quarantaine, peut-être un peu moins. Difficile à dire. Il était assez laid, donc il la paierait sûrement davantage. Les plus séduisants avaient parfois dans l'idée que l'argent était superflu, comme si ce genre d'échange pouvait être un plaisir partagé. Elle s'assit, glissa la jambe contre la cuisse de l'homme et lui sourit.

— Je m'appelle Tania.

Dans ce genre de circonstance, se faire passer pour quelqu'un d'autre l'aidait.

L'homme alluma une cigarette et posa la main sur le genou d'Ilinaya. Plutôt que de lui commander à boire, il versa la moitié de sa vodka dans l'un des nombreux verres sales autour de lui et le poussa vers elle. Elle joua avec, attendant qu'il dise quelque chose. Visiblement peu enclin à faire la conversation, il vida son verre. Se retenant pour ne pas lever les yeux au ciel, elle prit les devants :

— Comment tu t'appelles ?

Sans répondre, il fouilla dans la poche de sa veste. Il ressortit sa main, le poing serré. Elle comprit qu'il s'agissait d'un jeu et qu'elle était censée s'y prêter. Elle lui tapota les jointures. Il retourna son poing, déplia lentement les doigts, un à un.

Au creux de sa paume se trouvait une petite pépite d'or. Ilinaya se pencha en avant. Avant qu'elle ait pu regarder de plus près, l'homme referma la main et la remit dans sa poche. Toujours sans mot dire. Elle étudia son visage. Il avait les yeux injectés de sang et ne lui inspirait aucune confiance. Mais elle n'aimait pas grand-monde, et encore moins les hommes avec qui elle couchait. Si elle faisait la difficile, il ne lui restait plus qu'à se ranger, à épouser un garçon du coin et à finir ses jours sur place, dans la résignation. Elle n'avait qu'un seul moyen de retourner à Leningrad où vivait sa famille, où elle-même avait passé sa vie jusqu'à ce qu'on lui ordonne de s'installer là, dans une ville dont elle n'avait jamais entendu parler : économiser assez d'argent pour verser un pot-de-vin à un fonctionnaire. Faute de pouvoir compter sur des relations haut placées pour obtenir son transfert, il lui fallait cet or.

L'homme donna un coup sur le verre d'Ilinaya et prononça son premier mot :

— Bois !

— Paye-moi d'abord. Après, tu auras le droit de me donner des ordres. C'est la règle. Il n'y en a pas d'autre.

Le visage de son interlocuteur tressaillit comme si elle lui avait jeté un caillou. L'espace d'un instant, elle surprit une expression déplaisante sous son air impassible et ses grosses joues, une expression qui lui donna envie de détourner le regard. Mais à cause de l'or elle n'en fit rien et resta assise à sa place. Il sortit la pépite de sa poche, la lui donna. Lorsqu'elle voulut la prendre dans sa paume moite, il referma la main sur la sienne. Elle n'avait pas mal, mais ses doigts étaient prisonniers. Ou bien elle se laissait faire, ou bien elle retirait sa main et se passait de l'or. Devinant ce qu'il attendait d'elle, elle gloussa comme une petite fille et n'opposa aucune résistance. Il relâcha son étreinte. Elle saisit la pépite et la contempla. Elle avait la forme d'une dent. Ilinaya dévisagea l'homme.

— Tu l'as trouvée où ?
— Quand les temps sont durs, les gens vendent tout ce qu'ils possèdent.

Il lui sourit. Elle eut un haut-le-cœur. De quel genre de monnaie d'échange s'agissait-il ? Il donna encore un coup sur son verre de vodka. Cette dent serait son billet pour quitter cette ville. Elle vida son verre.

Ilinaya s'arrêta.
— Tu travailles à l'usine ?
Elle savait bien que non, mais autour d'eux il n'y avait que des maisons d'ouvriers. Il ne prit même pas la peine de répondre.

— Hé, où tu m'emmènes ?

— On est presque arrivés.

Il l'avait conduite jusqu'à la gare, en lisière de la ville. Même si le bâtiment était de construction récente, il se trouvait dans l'un des quartiers les plus anciens, fait de cabanes au toit de tôle et aux murs en rondins, serrées les unes contre les autres le long de rues où flottait l'odeur des égouts. Ces cabanes appartenaient aux ouvriers de la scierie, qui y vivaient à cinq ou six par pièce : aucune utilité pour ce qu'elle et l'inconnu avaient en tête.

Il faisait un froid polaire. Ilinaya se dégrisait rapidement. Ses jambes avaient du mal à la porter.

— C'est toi qui vois. Cet or te donne droit à une heure. On a passé un marché. Si tu enlèves le temps qu'il me faut pour retourner au restaurant, ça te laisse vingt minutes.

— C'est derrière la gare.

— Il n'y a que la forêt.

— Tu verras.

Il continua droit devant lui, contourna la gare et désigna un point dans l'obscurité. Elle enfonça les mains dans les poches de son manteau, le rattrapa, scruta l'endroit qu'il indiquait. Il n'y avait que les rails qui disparaissaient dans la forêt, rien d'autre.

— Je suis censée voir quoi ?

— Là.

Il lui montra une petite cabane en rondins le long de la voie ferrée, en bordure de la forêt.

— Je suis ingénieur. Je travaille sur les voies. C'est un local pour l'entretien. On ne sera pas dérangés.

— On n'aurait pas été dérangés dans une chambre.

— Je ne peux pas t'emmener où je loge.

— Je connais plusieurs endroits où on aurait pu aller.

— C'est mieux comme ça.

— Pas pour moi.

— On avait une seule règle : je paye, tu obéis. Alors soit tu me rends mon or, soit tu fais ce que je te dis.

Tout ça ne présageait rien de bon, sauf l'or. Il tendit la main pour le récupérer. Sans manifester de colère, de déception ni d'impatience. Ilinaya trouva cette indifférence rassurante. Elle se dirigea vers la cabane.

— À l'intérieur, tu as dix minutes, d'accord ?

Pas de réponse. Elle conclut que c'était oui.

La cabane était fermée, mais il possédait un trousseau de clés. Après avoir cherché celle qui convenait, il se débattit avec la serrure.

— Elle est gelée.

Ilinaya se contenta de hocher la tête et de soupirer en signe de réprobation. La discrétion était une chose, et il y avait de fortes chances qu'il soit marié. Mais puisqu'il n'habitait pas la ville, elle se demandait ce qu'il redoutait. Peut-être logeait-il dans sa famille, ou chez des amis ; à moins que ce ne soit un haut dignitaire du Parti. Peu importait. Elle voulait juste voir la fin de ces dix minutes.

Il s'accroupit, entoura la serrure de ses mains, souffla dessus. La clé tourna ; la porte s'ouvrit. Ilinaya resta dehors. S'il n'y avait pas de lumière, le marché ne tenait plus et elle garderait l'or en prime. Elle avait déjà accordé assez de temps à ce type. S'il préférait le gaspiller en l'emmenant dans un coin perdu, libre à lui.

Il pénétra dans la cabane, disparut dans l'obscurité. Elle entendit le bruit d'une allumette qu'on gratte. Une lueur apparut à l'intérieur d'une lampe-tempête. L'homme la suspendit à un crochet qui dépassait de la charpente. Ilinaya jeta un coup d'œil dans la cabane. Elle était remplie de tronçons de rails, de boulons, de vis, de traverses et d'outils. Elle sentait le goudron. Son compagnon entreprit de dégager un établi. Ilinaya pouffa de rire.

— Je vais avoir les fesses pleines d'échardes.

À sa grande surprise, il rougit. Spontanément il étendit sa parka sur le plan de travail. Ilinaya le rejoignit.

— Un vrai gentleman...

Normalement, elle enlevait son manteau, s'asseyait parfois au bord du lit pour retirer langoureusement un de ses bas. Mais en l'absence de lit et de chauffage, il faudrait qu'il se contente de lui soulever sa robe. Elle ne se déshabillerait pas.

— J'espère que ça ne te dérange pas si je garde mon manteau ?

Elle ferma la porte, ce qui n'aurait sans doute aucun effet sur la température de la pièce, où il faisait presque aussi froid que dehors. Elle se retourna.

L'homme s'était considérablement rapproché. Elle vit quelque chose de métallique arriver sur elle – sans avoir le temps d'identifier de quoi il s'agissait. L'objet lui transperça la joue. La douleur irradia dans tout son corps, parcourut sa colonne vertébrale, descendit jusqu'à ses pieds. Ses muscles se ramollirent ; ses jambes se dérobèrent sous elle comme si les tendons étaient sectionnés. Elle s'écroula contre la porte de la cabane. Elle voyait trouble, avait le visage en feu et du sang plein la bouche. Près de s'évanouir, elle lutta pour rester consciente, se concentra sur la voix qui lui parlait.

— Fais exactement ce que je te dis.

Sa soumission suffirait-elle à le calmer ? Les éclats de dent plantés dans sa gencive la persuadèrent du contraire. Cet homme était incapable de pitié. Si elle devait mourir dans cette ville qu'elle détestait, où elle avait été transférée par décret d'État, à mille sept cents kilomètres de sa famille, alors elle arracherait d'abord les yeux à ce salaud.

Il la prit par les bras, s'attendant sûrement à ce qu'elle n'oppose aucune résistance. Elle lui cracha au visage le sang et les glaires qui lui emplissaient la bouche. Aveuglé, il lâcha prise. Elle sentit la porte derrière elle et poussa de tout son poids. Elle s'ouvrit brutalement. Ilinaya tomba à la renverse dans la neige, découvrant le ciel au-dessus d'elle. L'homme l'attrapa par les chevilles. Elle se débattit frénétiquement pour lui échapper. Il la traîna par un pied à l'intérieur de la cabane. Visant de son mieux, elle lui projeta le talon de l'autre pied en pleine mâchoire. Sa tête pivota sous le coup. Il poussa un cri. Elle se dégagea, roula sur le ventre, se releva et s'enfuit.

Titubant dans le noir, il lui fallut quelques secondes pour s'apercevoir qu'au sortir de la cabane elle s'était élancée sur la voie en tournant le dos à la ville, à la gare. Son instinct lui avait dicté de fuir. Mais pas dans la bonne direction. Elle s'éloignait de la sécurité. Elle jeta un coup d'œil derrière elle.

L'homme la poursuivait. Ou bien elle continuait droit devant elle, ou bien elle faisait demi-tour. Elle tomberait forcément sur lui. Elle voulut crier, mais sa bouche pleine de sang l'en empêcha. Elle hoqueta, cracha, ralentissant sa course et réduisant son avance sur lui. Il la rattrapait.

Le sol se mit soudain à vibrer. Elle leva la tête. Un train de marchandises approchait à toute vitesse, précédé par des panaches de fumée. Ilinaya leva les bras et les agita frénétiquement. Mais en admettant que le conducteur l'aperçoive, jamais il ne pourrait s'arrêter à temps alors que moins de cinq cents mètres les séparaient. Dans quelques secondes, ce serait la collision. Ilinaya resta pourtant sur la voie, elle courait toujours vers le train, de plus en plus vite – prête à se jeter sous ses roues. Il ne ralentissait pas. Il n'y avait aucun crissement de freins, aucun sifflement. Elle était si près que les vibrations la faisaient vaciller.

Le train allait la percuter. Elle se jeta de côté, plongea dans l'épaisse couche neigeuse. La locomotive et les wagons passèrent dans un rugissement, faisant tomber la neige qui recouvrait les arbres en bordure de la voie. Hors d'haleine, Ilinaya scruta l'obscurité derrière elle, dans l'espoir que son poursuivant ait été déchiqueté, broyé par le train, ou bloqué de l'autre côté de la voie. Mais il avait gardé son sang-froid. Il avait sauté du même côté qu'elle et était couché dans la neige. Il se releva, se dirigea vers elle d'un pas chancelant.

Elle cracha encore du sang et hurla, appelant à l'aide avec l'énergie du désespoir. C'était un train de marchandises : personne ne pouvait la voir ni l'entendre. Elle se leva et courut sans s'arrêter jusqu'à la forêt, malgré les branches qui lui cinglaient le visage. Elle comptait faire une boucle, s'éloigner de la voie et la retrouver un peu plus loin pour repartir vers la ville. Impossible de se cacher ici : l'homme était trop près, le clair de lune trop intense. Elle avait beau savoir qu'elle devait se concentrer sur sa course, elle céda à la tentation. Il fallait qu'elle regarde, qu'elle sache où il était. Elle se retourna.

Il avait disparu. Elle ne le voyait plus. Le train roulait toujours dans un bruit de tonnerre. Elle avait dû le semer en pénétrant dans la forêt. Elle fit demi-tour et s'élança vers la ville, vers la sécurité.

L'homme surgit de derrière un arbre et la saisit par la taille. Ils s'écroulèrent ensemble dans la neige. Couché sur elle, il déchirait son manteau en hurlant. Le rugissement du train couvrait ses cris. Elle ne voyait que ses dents et sa langue. Puis elle se souvint qu'elle s'était préparée à ce genre d'épisode. Elle fouilla dans la poche de son manteau, chercha le burin volé à l'usine. Elle s'en était déjà servie, pour menacer seulement, pour prouver qu'elle n'hésiterait pas à se battre. Elle serra la poignée en bois. Elle n'aurait pas de seconde chance. Tandis qu'il glissait la main sous sa robe, elle lui enfonça la pointe de métal dans le crâne. Il se redressa brusquement, porta la main à son oreille. Elle le frappa une nouvelle fois, entailla la main posée sur son oreille. Elle aurait dû continuer à le frapper, elle aurait même dû le tuer, mais son désir de s'enfuir était trop fort. Elle recula précipitamment à quatre pattes comme un insecte, tenant toujours son burin ensanglanté.

À quatre pattes lui aussi, l'homme rampait vers elle. Le lobe de son oreille pendait, retenu par un bout de peau. La colère lui déformait les traits. Il plongea vers ses chevilles. Alors qu'elle parvenait tant bien que mal à rester hors d'atteinte, son dos heurta un tronc d'arbre. Elle s'immobilisa et il la rattrapa, lui empoigna la cheville. Elle lui planta plusieurs fois le burin dans la main. Il lui prit le poignet, la tira vers lui. Ils étaient face à face. Elle se pencha pour lui mordre le nez. De sa main libre, il la saisit à la gorge, l'étrangla tout en la tenant à distance. Elle eut un hoquet, tenta de se libérer, mais il serrait trop fort. Elle suffoquait. Elle se laissa tomber de tout son poids sur le côté. Ils basculèrent tous les deux, roulèrent plusieurs fois ensemble dans la neige.

Contre toute attente, il lâcha prise, lui dégagea le cou. Elle toussa, reprit son souffle. Encore étendu sur elle, il la plaquait au sol, mais regardait ailleurs. Quelque chose retenait son attention, juste à côté d'eux. Elle tourna la tête.

Dans la neige gisait le corps nu d'une jeune fille. Sa peau était pâle, translucide. Elle avait les cheveux blond cendré, la bouche grande ouverte et pleine de terre. Une masse sombre entre ses lèvres bleuâtres. Ses bras et ses jambes, visiblement intacts, étaient recouverts d'une fine couche de neige qu'ils avaient bousculée en roulant contre elle. On s'était acharné sur son ventre. Il avait été dépecé, éviscéré. La peau en grande partie lacérée ou arrachée, comme si l'adolescente avait été attaquée par une meute de loups.

Ilinaya leva les yeux vers son agresseur. Il semblait avoir oublié son existence. Il contemplait le cadavre de la jeune fille. Il eut un haut-le-corps, se plia en deux, se mit à vomir. Sans réfléchir, elle lui posa la main sur l'épaule pour le réconforter. Reprenant ses esprits, se rappelant qui il était, ce qu'il lui avait fait, elle retira sa main, se leva et s'enfuit à toutes jambes. Cette fois, son instinct la guida dans la bonne direction. Elle sortit de la forêt, courut vers la gare. Elle ignorait si l'homme la poursuivait ou non. Cette fois, elle ne hurla pas, ne ralentit pas, ne regarda pas en arrière.

Moscou

14 mars

Leo ouvrit les yeux. Une torche électrique l'aveugla. Pas besoin de regarder sa montre pour savoir quelle heure il était. Celle des arrestations : quatre heures du matin. Il se leva, le cœur battant. Désorienté, il tituba dans la pénombre, entra en collision avec quelqu'un qui le bouscula. Il trébucha, se rétablit de justesse. Une lampe s'alluma. Clignant des yeux, il découvrit trois officiers : des hommes jeunes, dix-huit ans à peine. Armés. Leo ne les avait jamais vus, mais il connaissait ce genre d'officiers de rang inférieur et d'une obéissance servile. Ils exécutaient les ordres, quels qu'ils soient. Ils n'hésiteraient pas à recourir à la violence, ils réprimeraient toute résistance avec une brutalité extrême. Ils sentaient la fumée de cigarette et l'alcool. Peut-être ne s'étaient-ils même pas couchés : ils avaient bu toute la nuit pour rester éveillés en prévision de leur mission. L'alcool les rendrait imprévisibles, irritables. Pour survivre aux minutes suivantes, Leo devrait se montrer prudent, docile. Il espérait que Raïssa l'avait compris elle aussi.

Debout dans sa chemise de nuit, elle tremblait, mais pas de froid. Elle ignorait si c'était de frayeur ou de colère. Elle ne pouvait s'en empêcher, mais elle ne baissait pas les yeux. Elle n'avait pas honte : aux intrus d'avoir honte ! Qu'ils la voient dans sa chemise de nuit fripée, les cheveux en désordre ! Non, ça leur était égal : ça faisait partie de leur travail. Aucune lueur d'humanité dans leurs yeux, aucune expression : ils balayaient la pièce de droite à gauche comme ceux d'un lézard – oui, des yeux de reptile. Où le MGB avait-il déniché ces jeunes gens sans âme ? Il les fabriquait, elle en était sûre. Elle jeta un coup d'œil à Leo. Il se tenait les bras ballants, tête baissée pour éviter de croiser leur regard. Humilité, soumission : c'était sans doute l'attitude la plus intelligente. Mais dans l'immédiat, elle n'avait pas envie d'être intelligente. Il y avait trois brutes dans leur chambre à coucher. Elle aurait voulu que Leo les défie, qu'il se mette en colère. Ce serait une réaction naturelle, non ? N'importe quel homme se sentirait offensé. Même dans un moment comme celui-là, Leo faisait passer la politique avant tout.

L'un des trois officiers quitta la pièce, pour revenir presque aussitôt avec deux petites valises.

— C'est tout ce que vous avez le droit d'emporter. Vous ne pouvez rien garder sur vous, sauf vos vêtements et vos papiers. On part dans une heure, que vous soyez prêts ou pas.

Leo contempla les valises, en toile tendue sur un cadre de bois. Pas beaucoup de place, juste assez pour une excursion d'une journée. Il se tourna vers sa femme.

— Mets sur toi autant de vêtements que tu peux.

Il jeta un coup d'œil par-dessus son épaule. Un officier l'observait, sa cigarette aux lèvres.

— Vous pourriez attendre dehors ?

— Ne perdez pas de temps à poser des questions. La réponse sera toujours négative.

Raïssa se changea, se sentant déshabillée du regard par les yeux reptiliens de l'officier. Elle enfila autant de vêtements qu'elle pouvait raisonnablement en porter, superposés les uns sur les autres. Leo l'imita. En d'autres circonstances, ils auraient ri de leurs corps boudinés dans plusieurs épaisseurs de laine et de coton. Une fois habillée, Raïssa s'interrogea pour savoir quels biens emporter, quels biens abandonner. Elle examina sa valise. Pas plus de quatre-vingt-dix centimètres de long sur soixante de large, et une vingtaine de centimètres de profondeur. Elle devait faire tenir sa vie dedans.

Leo savait que l'ordre de faire leurs bagages avait peut-être pour seul but d'éviter les débordements d'émotion et toute résistance à la perspective d'être envoyés à la mort. Il est toujours plus facile d'embarquer les gens s'ils peuvent se raccrocher à l'idée qu'ils ont une chance de survivre, si infime soit-elle. De toute façon, que pouvait-il faire ? S'incliner ? Se battre ? Il se livra à de rapides calculs. Il fallait accepter de perdre une place précieuse en prenant *Le Livre des propagandistes* et le *Cours abrégé du parti bolchevique*, ouvrages dont l'oubli serait aussitôt interprété comme un acte de dissidence. Dans leur situation présente, une telle audace serait rien de moins que suicidaire. Il se saisit des deux livres et les plaça dans la valise – les tout premiers objets que sa femme et lui mettaient dans leurs bagages.

Le jeune officier suivait la scène des yeux, enregistrant ce qu'ils prenaient avec eux, les choix qu'ils opéraient. Leo posa la main sur le bras de Raïssa.

— Emporte tes chaussures. Les plus solides, une paire de chaque.

Les bonnes chaussures étaient une rareté, une monnaie d'échange possible.

Leo rassembla quelques vêtements et objets précieux, leur collection de photos : celles de leur mariage, de Stepan et Anna, ses parents, mais aucune de la famille de Raïssa. Ses parents avaient été tués durant la Grande Guerre patriotique, son village rasé. Elle avait tout perdu sauf les vêtements qu'elle portait. Sa valise faite, Leo posa les yeux sur la coupure de journal encadrée et accrochée au mur : cette photo de lui en héros de la guerre, destructeur de tanks et libérateur du pays occupé. Pour ces officiers, son passé ne comptait pas : la signature d'un mandat d'amener rendait sans valeur tout acte d'héroïsme, tout sacrifice personnel. Il sortit la coupure de son cadre. Après l'avoir conservée avec un soin jaloux pendant des années, l'avoir vénérée telle une icône, il la plia en deux et la jeta dans sa valise.

L'heure touchait à sa fin. Leo boucla sa valise, Raïssa la sienne. Il se demanda s'ils reverraient un jour cet appartement. C'était peu probable.

Escortés par les trois officiers, ils s'entassèrent dans l'ascenseur. Une voiture les attendait en bas. Deux officiers s'assirent à l'avant. Le troisième, à l'haleine pestilentielle, s'installa à l'arrière entre Leo et Raïssa.

— Puis-je voir mes parents, leur faire mes adieux ?
— J'ai dit pas de questions, bordel !

À cinq heures du matin, le hall des départs grouillait déjà de monde. Soldats, civils et cheminots allaient et venaient autour du Transsibérien. Sur la locomotive, toujours recouverte de son blindage datant de la guerre, étaient gravés les mots : VIVE LE COMMUNISME ! Pendant que les passagers prenaient place à bord, Leo et Raïssa attendirent au début du quai, leur valise à la main, encadrés par leur escorte armée. Comme s'ils étaient porteurs d'un dangereux virus, personne n'approchait de ce couple, isolé dans la gare bondée. On ne leur avait donné aucune explication, et Leo n'en avait pas demandé. Il n'avait pas la moindre idée de l'endroit où on les emmenait, de la personne qu'ils attendaient. Ils risquaient d'être envoyés dans deux goulags différents, de ne jamais se revoir. Pourtant il s'agissait de toute évidence d'un train de voyageurs, pas de ces wagons à bétail de couleur rouge qui servaient au transport des prisonniers. Se pouvait-il que Raïssa et lui aient la vie sauve ? Ils avaient eu de la chance jusqu'à présent. Ils étaient encore vivants, encore ensemble... plus que Leo n'aurait osé espérer.

Après avoir remis ses conclusions au major Kuzmin, il avait été renvoyé chez lui et assigné à résidence le temps qu'on statue sur son sort. Il croyait que cela prendrait vingt-quatre heures au plus. En rentrant chez lui, dans le couloir du quatorzième étage, conscient que la fausse pièce compromettante se trouvait toujours dans sa poche, Leo l'avait jetée dans le vide. Peut-être Vassili l'avait-il cachée lui-même dans les vêtements de Raïssa, ou peut-être que non, ça n'avait plus d'importance. À son retour de l'école, Raïssa avait trouvé deux officiers armés à leur porte ; ils l'avaient fouillée et lui avaient interdit de sortir. Leo lui avait tout expliqué : les allégations contre elle, l'enquête dont on l'avait chargé, ses efforts pour nier ces accusations. En revanche, il n'avait pas eu besoin d'expliquer que leurs chances de survie étaient minces. Tout le temps qu'il parlait, elle l'avait écouté le visage impassible, sans le questionner ni faire de commentaire. Quand il eut terminé, sa réaction le surprit :

— On a été bien naïfs de croire que ça ne pouvait pas nous arriver.

Ils n'avaient pas quitté leur appartement, s'attendant à recevoir d'une minute à l'autre la visite du MGB. Ils n'avaient pas non plus fait de cuisine : ni Raïssa ni lui n'avaient faim, même s'il aurait mieux valu qu'ils mangent tout leur soûl en prévision de ce qui pouvait leur arriver. Ils ne s'étaient pas déshabillés pour aller se coucher, n'avaient pas bougé de la table de la cuisine. Ils étaient restés assis en silence – à attendre. Puisqu'ils ne se reverraient peut-être jamais, Leo avait éprouvé le besoin de parler avec sa femme, de lui dire les choses qui devaient être dites. Mais il avait été incapable de les formuler. Au fil des heures, il avait pris conscience que depuis une éternité, c'était la première fois qu'ils passaient autant de temps ensemble, en tête-à-tête, sans être interrompus. Ni l'un ni l'autre ne sut mettre ce temps à profit.

Pas de coups à la porte cette nuit-là. À quatre heures du matin, pas d'arrestation non plus. Le lendemain vers midi, Leo avait préparé le petit déjeuner, se demandant pourquoi cette attente se prolongeait. Quand le premier coup à la porte avait fini par retentir, Raïssa et lui s'étaient levés, le souffle court, prêts au pire, à l'irruption d'officiers venus les arrêter, les séparer pour les emmener vers des lieux d'interrogatoire différents. En fait, il s'agissait d'un problème trivial : la relève des officiers en faction, le besoin qu'avait l'un d'eux d'utiliser les toilettes, la question de l'achat de la nourriture. Peut-être le MGB ne trouvait-il aucune preuve, peut-être seraient-ils innocentés et la procédure engagée contre eux abandonnée. Leo n'avait pas caressé cet espoir longtemps : jamais on n'abandonnait une procédure par manque de preuves. Quoi qu'il en soit, l'attente s'était prolongée un jour de plus, puis deux, puis trois.

Après une semaine de cette réclusion, un officier avait surgi dans l'appartement, le visage blême. Alors qu'en le voyant Leo croyait que leur heure était venue, ils l'entendirent annoncer, d'une voix brisée par l'émotion, la mort de leur chef suprême, Staline. À partir de ce moment-là seulement, Leo s'autorisa à envisager la possibilité de sauver leur peau.

N'ayant obtenu que de vagues détails sur le décès du Généralissime – les officiers cédaient à la même hystérie que les journaux –, Leo en avait conclu que Staline était mort paisiblement dans son lit. Ses dernières paroles auraient été pour louer leur grand pays et son avenir radieux. Leo n'y croyait pas une seconde, trop habitué à la paranoïa et à la théorie du complot pour ne pas déceler des failles dans ce récit. Il savait que Staline avait récemment fait arrêter plusieurs médecins éminents du pays – qui avaient pourtant passé leur vie professionnelle à le maintenir en bonne santé –, dans le cadre d'une purge dirigée contre les personnalités juives les plus en vue. Pour Leo, le fait que Staline soit mort de causes apparemment naturelles en l'absence de médecins capables d'identifier l'origine de sa maladie foudroyante ne devait rien au hasard. Sans parler de son caractère immoral, cette purge décidée par le Chef suprême était une erreur tactique. Elle l'avait rendu vulnérable. Leo ignorait si Staline avait été assassiné ou non. Certes, le fait de mettre les médecins sous les verrous laissait tous les assassins potentiels libres d'agir à leur guise, en l'occurrence de regarder le Chef suprême mourir sans rien faire, rassurés de savoir que les hommes et les femmes susceptibles d'intervenir se trouvaient derrière les barreaux. Cela dit, il se pouvait tout aussi bien que Staline soit tombé malade et que personne n'ait osé désobéir à ses ordres en libérant les médecins. Et s'il s'était rétabli, les intéressés auraient pu être exécutés pour désobéissance.

Cet imbroglio avait peu d'importance aux yeux de Leo. L'essentiel était que Staline soit mort. Toutes les certitudes et toutes les priorités venaient de voler en éclats. Qui allait s'emparer du pouvoir ? Comment le pays serait-il gouverné ? Quelles décisions seraient prises ? Quels officiers auraient les faveurs du nouveau régime, lesquels tomberaient en disgrâce ? Ce qui était acceptable sous Staline ne le serait peut-être plus. L'absence de Chef suprême entraînerait sans doute une paralysie temporaire du pays. Personne ne voudrait prendre de décision sans savoir si elle serait approuvée. Depuis plusieurs décennies, les gens n'agissaient plus selon leur conception du bien et du mal, mais en fonction de ce qui pouvait plaire ou non à Staline. Leur vie ou leur mort dépendait de ses annotations sur une liste : un trait devant leur nom les sauvait, l'absence de trait les condamnait. Voilà à quoi se résumait le système judiciaire. Fermant les yeux, Leo s'était imaginé la panique muette dans les couloirs de la Loubianka. Les fonctionnaires négligeaient depuis si longtemps leur sens moral que la boussole s'affolait : le nord était au sud, l'est à l'ouest. Quant à distinguer le bien du mal, ils en étaient incapables. Ils avaient oublié comment prendre une décision. Dans une période comme celle-là, le plus sûr était d'en faire le moins possible.

En pareil cas, autant laisser de côté le dossier de Leo Demidov et de son épouse Raïssa, sans doute source de dissensions et de polémiques. D'où l'attente. Personne ne voulait s'en charger : tout le monde était trop occupé à se repositionner au sein des nouveaux groupes d'influence au Kremlin. Pour compliquer encore les choses, Lavrenti Beria, le bras droit de Staline – si quelqu'un avait empoisonné Staline, se disait Leo, c'était sûrement lui –, s'était déjà attribué le rôle de Chef suprême et, réfutant l'existence d'un complot, avait ordonné la libération des médecins. Des suspects relâchés parce qu'ils étaient innocents ? On n'avait jamais vu ça ! En tout cas, Leo ne connaissait aucun précédent. Dans ces conditions, poursuivre sans preuves un héros de la guerre couvert de décorations, un homme qui avait fait la une de la *Pravda*, pouvait sembler risqué. Voilà pourquoi le 6 mars, au lieu d'un coup à la porte leur apportant des nouvelles de leur sort, Leo et Raïssa avaient reçu l'autorisation d'assister aux funérailles nationales du Petit Père des Peuples.

Toujours assignés à résidence, en théorie du moins, Leo, Raïssa et leurs deux gardiens s'étaient donc docilement joints à la foule qui se dirigeait vers la place Rouge. Alors que beaucoup avaient les yeux rougis par les larmes et que certains – hommes, femmes et enfants – sanglotaient ouvertement, Leo se demanda si, parmi ces centaines de milliers de gens, il y en avait un seul n'ayant pas perdu un ami ou un proche à cause de celui dont on pleurait apparemment la mort. L'atmosphère pesante, encore alourdie par un sentiment de tristesse écrasant, s'expliquait peut-être par l'idolâtrie dont le défunt faisait l'objet. Leo avait entendu plus d'un suspect s'écrier, même lors des interrogatoires les plus musclés, que si seulement Staline connaissait les « excès » du MGB, il y mettrait bon ordre. Quelle que soit la véritable raison de cette tristesse, les funérailles de Staline servirent d'exutoire à ces longues années de malheur refoulé : elles offrirent l'occasion de pleurer, d'étreindre son voisin, d'exprimer un chagrin qui n'avait jamais eu droit de cité jusque-là, parce qu'il représentait une critique implicite de l'État.

La foule était si compacte dans les principales artères autour de la Douma qu'on avait du mal à respirer, qu'il fallait se laisser porter comme une pierre entraînée par un glissement de terrain. Leo n'avait pas lâché la main de Raïssa et, malgré les coups d'épaule qu'il recevait de toutes parts, il veillait à ce qu'ils ne soient pas séparés. Très vite, ils avaient perdu la trace de leurs gardiens. À l'approche de la place Rouge, la foule était devenue encore plus dense. Devant la pression et l'hystérie croissantes, Leo avait décidé que ça suffisait. Par chance, ils avaient été repoussés en lisière de la foule et, réfugié sous une porte cochère, il aida Raïssa à le rejoindre. Ils restèrent là, à regarder ce flot de gens ininterrompu. Ils avaient eu raison. En tête, certains moururent étouffés.

Dans ce chaos, Raïssa et lui auraient pu tenter de s'échapper. Ils y avaient songé, avaient pesé le pour et le contre à voix basse sous cette porte cochère. Leurs gardiens avaient définitivement disparu. Raïssa voulait s'enfuir. Mais une telle fuite aurait donné au MGB une bonne raison de les exécuter. Et d'un point de vue pratique, ils n'avaient ni argent ni amis, aucun endroit où se cacher. S'ils avaient pris cette décision, les parents de Leo auraient été exécutés eux aussi. La chance leur avait souri jusqu'à présent. Leo préférait s'en remettre à elle pour qu'ils aient tous la vie sauve.

Les derniers passagers étaient montés dans le train. Le chef de gare, à la vue des uniformes sur le quai près de la locomotive, tardait à donner le signal du départ. Le conducteur passa la tête à la fenêtre de sa cabine pour comprendre ce qui se passait. Derrière les vitres, les passagers les plus curieux regardaient furtivement ce jeune couple qui visiblement avait des ennuis.

Un officier en uniforme approchait. Vassili. Leo n'en fut pas surpris. Pour rien au monde, son adjoint n'aurait raté une telle occasion de triompher. Même si la colère le gagnait, Leo savait qu'il devait absolument se contenir. On leur avait peut-être tendu un piège.

Raïssa ne connaissait pas Vassili, mais elle avait entendu les descriptions de Leo : *Un visage de héros avec une âme de tueur.*

Au premier coup d'œil, elle sut que quelque chose clochait chez lui. Un bel homme, certes, mais il souriait comme si le sourire n'avait été inventé que pour exprimer la malveillance. Lorsqu'il les rejoignit, elle nota à la fois sa satisfaction de voir Leo humilié et sa déception qu'il ne paraisse pas plus atteint.

Vassili sourit encore plus ostensiblement.

— J'ai demandé qu'on attende, pour pouvoir te dire au revoir. Et t'expliquer ce qui a été décidé à ton sujet. Je tenais à le faire personnellement, tu comprends ?

Il jubilait. Malgré sa consternation, Leo savait qu'il serait stupide de le provoquer alors que Raïssa et lui s'en étaient si bien sortis jusqu'à présent. D'une voix à peine audible, il marmonna :

— J'apprécie.

— Tu as été muté. Il devenait impossible de te garder au MGB avec toutes ces questions sans réponse te concernant. Tu vas intégrer la milice. Pas comme détective, mais en bas de l'échelle, comme *uchastkovyy*. Tu seras chargé de nettoyer les cellules, de prendre des notes : l'homme à tout faire. Pour sauver ta peau, tu devras apprendre à obéir aux ordres.

Leo comprenait la déception de Vassili. Ce châtiment – une mutation au sein d'une force de police locale – était léger. Compte tenu de la gravité des allégations retenues contre eux, Raïssa et lui auraient pu écoper de vingt-cinq ans dans les mines d'or de la Kolyma, où la température descendait jusqu'à moins cinquante, où les prisonniers avaient les mains déformées par les engelures et où l'espérance de vie ne dépassait pas trois mois. Non seulement ils avaient la vie sauve, mais ils étaient libres. Leo ne se faisait aucune illusion : le major Kuzmin n'avait pas agi par bonté d'âme. En vérité, il se serait mis dans une situation gênante en obtenant la tête de son protégé. Dans une période d'instabilité politique, il était beaucoup plus habile de se contenter d'éloigner Leo sous couvert de mutation. Kuzmin ne souhaitait pas qu'on s'intéresse de trop près à ses conclusions : après tout, si Leo était un espion, pourquoi Kuzmin avait-il favorisé son ascension ? Question gênante. Il était plus facile et plus sûr de le mettre discrètement à l'écart. Conscient que toute manifestation de soulagement agacerait Vassili, Leo prit son air le plus accablé.

— Je ferai mon devoir partout où on aura besoin de moi.

Vassili s'avança, mit les billets et une liasse de formulaires dans les mains de Leo. Celui-ci prit le tout et se dirigea vers le train.

Au moment où Raïssa montait dans le wagon, Vassili l'interpella :

— Ça n'a pas dû être facile d'apprendre que votre mari vous avait fait suivre. Et pas qu'une fois, il a dû vous le dire. Deux fois, en fait. La première fois, ce n'était pas pour une affaire d'État. Il ne vous soupçonnait pas d'être une espionne, mais une traînée. Il faudra lui pardonner. Tout le monde peut avoir des doutes. Vous êtes si jolie. Personnellement, je comprends qu'on soit prêt à tout abandonner pour vous. Mais quand votre mari comprendra dans quel trou perdu on l'envoie à cause de vous, j'ai peur qu'il finisse par vous haïr. À sa place, j'aurais gardé l'appartement et je vous aurais fait exécuter pour trahison. Tout ce que je peux en conclure, c'est que vous devez être un bon coup au lit.

Raïssa s'interrogea sur les raisons de cet acharnement contre Leo. Elle garda pourtant le silence : une insolence pouvait leur coûter la vie. Elle reprit sa valise et ouvrit la portière.

Leo la suivit en prenant soin de ne pas se retourner. Si Vassili avait encore son sale sourire, il n'était pas sûr de pouvoir se contrôler.

Raïssa regardait par la fenêtre. Le train quittait la gare. Il n'y avait plus de places assises et ils avaient dû rester debout, serrés l'un contre l'autre. Ils restèrent muets quelque temps, contemplant la ville qui défilait sous leurs yeux. Enfin, Leo prit la parole :

— Désolé.

— Je suis sûre qu'il mentait. Il aurait dit n'importe quoi pour te provoquer.

— Il avait raison. Je t'ai fait suivre. Et ça n'avait rien à voir avec mon travail. Je croyais…

— Que je couchais avec un autre homme ?

— À une époque, tu me parlais à peine. Tu ne me touchais pas. On vivait comme des étrangers. Et je ne comprenais pas pourquoi.

— On n'épouse pas un officier du MGB sans s'attendre à être suivie. Mais comment aurais-je pu avoir une liaison, Leo ? Dis-le-moi. J'aurais risqué ma vie. On ne se serait même pas disputés. Tu m'aurais simplement fait arrêter.

— Tu crois que ça se passerait comme ça ?

— Tu ne te souviens pas de mon amie Zoya ? Tu l'as rencontrée une fois, non ?

— Peut-être, je ne sais plus.

— Si, tu l'as rencontrée… tu ne te rappelles jamais les noms propres. Je me demande pourquoi. C'est comme ça que tu arrives à trouver le sommeil ? En effaçant de ton esprit ce qui s'est passé dans la journée ?

Raïssa parlait vite, avec un calme et une conviction que Leo ne lui connaissait pas. Elle poursuivit :

— Tu as bel et bien rencontré Zoya. Elle n'a pas dû te faire grande impression : ce n'était pas quelqu'un d'influent au sein du Parti. Elle a été condamnée à vingt ans de travaux forcés. Ils l'ont arrêtée à la sortie d'une église, pour prières antistaliniennes. Des prières, Leo. Ils l'ont condamnée pour des prières qu'ils n'avaient même pas entendues. Elle a été arrêtée pour ses idées.

— Pourquoi tu ne m'as rien dit ? J'aurais peut-être pu faire quelque chose.

Raïssa secoua la tête.

— Tu crois que c'est moi qui l'ai dénoncée ?

— T'en serais-tu seulement rendu compte ? Tu ne te souviens même pas d'elle.

Leo fut pris de court : jamais sa femme et lui n'avaient eu ce genre de conversation. Ils ne parlaient que de tâches ménagères, des conversations polies. Jamais ils ne haussaient le ton, jamais ils ne se disputaient.

— Même si ce n'est pas toi qui l'as dénoncée, Leo, comment aurais-tu pu faire quelque chose ? Ceux qui l'ont arrêtée étaient des hommes comme toi, des serviteurs entièrement dévoués à l'État. Ce soir-là, tu n'es pas rentré. Et j'ai pris conscience que tu étais sans doute en train d'arrêter la meilleure amie de quelqu'un d'autre, ou bien ses parents, ou bien ses enfants. D'ailleurs, combien de personnes as-tu arrêtées, au juste ? En as-tu la moindre idée ? Donne-moi un chiffre : cinquante ? Deux cents ? Mille ?

— J'ai refusé de te livrer à mes supérieurs.

— Ce n'est pas moi qu'ils voulaient. C'est toi. À force d'arrêter des inconnus, tu avais fini par croire qu'ils étaient forcément coupables. Que tu servais une juste cause. Mais ça ne leur a pas suffi. Il leur fallait la preuve que tu étais prêt à faire tout ce qu'ils te demandaient, même si tu savais en ton for intérieur que c'était mal, que ça n'avait aucun sens. Il leur fallait la preuve que tu leur vouais une obéissance aveugle. Je suppose qu'une épouse est un bon test pour le savoir.

— Tu as sans doute raison, mais maintenant on est débarrassés de tout ça. Tu comprends ce que ça représente d'avoir une seconde chance ? J'ai envie qu'on prenne un nouveau départ, qu'on fonde une famille.

— Ce n'est pas si simple, Leo.

Raïssa s'interrompit et dévisagea son mari comme s'ils se rencontraient pour la première fois.

— Ce fameux soir où on a dîné chez tes parents, je t'ai entendu parler à travers la porte. J'étais dans le couloir. J'ai écouté toute votre discussion pour décider si tu devais ou non me dénoncer pour espionnage. Je ne savais que faire. Alors je suis redescendue dans la rue et j'ai marché quelque temps pour tenter de reprendre mes esprits. Je me répétais : « Est-ce qu'il en est capable ? Est-ce qu'il va me livrer ? » Ton père avait développé une argumentation convaincante.

— Il était mort de peur.

— Trois vies contre une ? Difficile de faire le poids face à ce genre de chiffres. Mais s'il s'agissait de trois vies contre deux ?

— Tu n'es pas enceinte ?

— Tu m'aurais défendue si je ne l'avais pas été ?

— Et tu as attendu jusqu'à maintenant pour me le dire ?

— J'avais peur que tu changes d'avis.

Voilà donc à quoi se réduisait leur relation. Leo avait l'impression que tout vacillait. Le train où il se trouvait, les passagers autour de lui, les valises, ses vêtements, la ville au-dehors : rien de tout cela n'avait aucun sens. Il doutait de tout, même de ce qu'il pouvait voir, toucher, sentir. Tout ce en quoi il avait cru n'était qu'un mensonge.

— Est-ce que tu m'as jamais aimé, Raïssa ?

Pendant quelques instants, la question resta en suspens comme une mauvaise odeur, Raïssa et lui oscillant au rythme du train. Enfin, pour toute réponse, sa femme se baissa et rattacha son lacet.

Voualsk

15 mars

Varlam Babinitch était assis en tailleur sur le sol en béton crasseux dans un angle du dortoir surpeuplé, tournant le dos à la porte pour cacher de son corps les objets disposés devant lui. Il ne voulait pas que les autres garçons l'interrompent, comme à leur habitude dès que quelque chose excitait leur intérêt. Il inspecta la pièce du regard. La trentaine d'occupants du dortoir ne faisaient pas attention à lui : la plupart étaient étendus côte à côte sur les huit lits trempés d'urine qu'ils devaient partager. Deux d'entre eux se grattaient mutuellement le dos, couvert de piqûres d'insectes. Rassuré de voir que personne ne viendrait le déranger, il se concentra sur l'assemblage d'objets qu'il collectionnait depuis des années, tous plus précieux pour lui les uns que les autres, y compris sa dernière trouvaille, volée le matin même : un bébé de quatre mois.

Varlam avait vaguement conscience qu'en volant ce bébé il avait fait quelque chose de mal, et que s'il se faisait prendre, il aurait des ennuis, plus d'ennuis qu'il n'en avait jamais eu. Il se rendait également compte que le bébé n'était pas content. Il pleurait. Varlam ne s'inquiétait pas spécialement du bruit, puisque personne ne remarquerait qu'un enfant de plus braillait. En fait, il s'intéressait moins au bébé lui-même qu'à la couverture jaune dans laquelle il était enveloppé. Fier de sa nouvelle acquisition, il installa le bébé au centre de sa collection, entre une boîte de métal jaune, une vieille chemise jaune, une brique peinte en jaune, un fragment d'affiche sur fond jaune, un crayon jaune et un livre à couverture souple en papier jaune. L'été, il ajoutait à sa collection les fleurs jaunes qu'il cueillait dans la forêt. Elles ne duraient jamais longtemps, et rien ne le rendait plus triste que de voir leurs différentes nuances de jaune se ternir, leurs pétales se faner et brunir. Il se posait toujours la même question : *Où va le jaune ?*

Il n'en avait pas la moindre idée, mais il espérait qu'un jour il irait dans cet endroit, après sa mort, peut-être. La couleur jaune avait plus d'importance pour lui que n'importe quoi d'autre. C'était à cause d'elle qu'il avait atterri à l'internat de Voualsk, un foyer de l'État pour jeunes handicapés mentaux.

Petit garçon, il pourchassait le soleil, certain que s'il courait assez vite il finirait par le rattraper, le détacher du ciel et le rapporter chez lui. Il pouvait courir cinq heures d'affilée avant qu'on le retrouve et qu'on le ramène, fou de rage d'avoir été interrompu dans sa quête. Ses parents, qui le battaient dans l'espoir de le faire rentrer dans le rang, avaient fini par admettre l'échec de leur méthode et par le confier à l'État, qui avait adopté plus ou moins la même. Il avait passé les deux premières années de son séjour à l'internat enchaîné au sommier de son lit comme un chien à un arbre. C'était malgré tout un enfant vigoureux à la carrure imposante et à la détermination sans faille. Au fil des mois, il avait réussi à briser son sommier, à se libérer de sa chaîne et à s'enfuir. Il s'était retrouvé en lisière de la ville, courant pour rattraper le wagon jaune d'un train en marche. Quelqu'un l'avait ramené à l'internat, épuisé et déshydraté. Cette fois, on l'avait enfermé dans un placard. Mais c'était de l'histoire ancienne : le personnel lui faisait confiance, maintenant qu'il avait dix-sept ans et assez de jugeote pour comprendre qu'il ne courrait jamais assez loin pour atteindre le soleil, ni assez haut pour le détacher du ciel. Au lieu de quoi, il s'appliquait désormais à trouver du jaune plus près de chez lui, comme ce bébé qu'il avait volé en le prenant par une fenêtre ouverte. S'il avait eu un peu plus de temps, il aurait pu essayer de défaire la couverture et de laisser le bébé. Mais, affolé à l'idée qu'on le surprenne, il avait pris le tout. À présent, contemplant le nourrisson en pleurs, il remarquait que la couverture donnait un vague reflet jaune à sa peau. Alors il se réjouit de les avoir volés tous les deux.

Deux voitures s'arrêtèrent et six membres armés de la milice de Voualsk en descendirent, conduits par le général Nesterov, un homme entre deux âges, bâti comme un kolkhozien. Il fit signe à son équipe d'encercler le bâtiment pendant que lui et son adjoint, un lieutenant, s'approchaient de l'entrée.

Bien qu'en règle générale la milice ne soit pas armée, Nesterov avait donné l'ordre à ses hommes de prendre leurs pistolets. Et de tirer sans sommation.

Le bureau de l'établissement était ouvert : radio allumée à faible volume, jeu de cartes abandonné sur une table, relents d'alcool flottant dans l'air. Et pas un seul membre du personnel en vue. Nesterov et son lieutenant pénétrèrent plus avant, s'engagèrent dans un couloir. Les relents d'alcool firent place à une odeur de soufre et d'excréments. Le soufre servait à éloigner les insectes. Nul besoin d'explication pour l'autre odeur. Le sol et les murs étaient maculés de fèces. Les dortoirs que les deux hommes traversèrent grouillaient de jeunes enfants, peut-être une quarantaine par pièce, seulement vêtus d'une chemise sale ou d'un short tout aussi sale, mais jamais les deux ensemble, apparemment. Ils étaient affalés sur leur lit, entassés à trois ou quatre en travers d'un mince matelas crasseux. Immobiles pour la plupart, ils regardaient le plafond. Nesterov se demanda si certains d'entre eux n'étaient pas morts. Difficile à dire. Ceux qui étaient debout s'élancèrent vers eux, essayant de s'emparer de leur pistolet, de toucher leur uniforme, peu habitués à rencontrer des adultes. Très vite, les deux hommes furent assaillis par une marée de mains. Même si Nesterov s'était préparé à un spectacle sordide, il comprenait mal comment les choses avaient pu en arriver là. Il comptait en toucher un mot au directeur de l'établissement. Mais ce serait pour une autre fois.

Après avoir inspecté le rez-de-chaussée, il monta à l'étage pendant que son lieutenant s'efforçait d'empêcher les enfants de le suivre, communiquant avec force gestes et regards sévères qui les faisaient surtout rire, comme s'il s'agissait d'un jeu. Lorsqu'il les repoussa doucement, ils revinrent aussitôt à la charge pour qu'il les repousse à nouveau. Nesterov s'impatienta :

— Tant pis, laisse tomber !

Ils montèrent, les enfants sur leurs talons.

Ceux des chambres à l'étage étaient plus âgés. Nesterov en déduisit que les dortoirs étaient attribués plus ou moins selon l'âge. Leur suspect avait dix-sept ans – âge limite dans cette institution, et au-delà duquel on dirigeait les pensionnaires vers les emplois les plus éreintants et les plus ingrats, ceux dont ne voudrait aucun individu sain d'esprit, et où l'espérance de vie ne dépassait pas trente ans. Nesterov et son adjoint atteignirent le bout du couloir. Il ne leur restait qu'un dortoir à fouiller.

Tournant toujours le dos à la porte, Varlam caressait mécaniquement la couverture et se demandait pourquoi le bébé ne pleurait plus. Il le tâta de son index sale. Soudain une voix traversa la pièce, le figeant :

— Varlam ! Lève-toi et retourne-toi très lentement.

Il retint son souffle et ferma les yeux, comme si cela pouvait faire taire la voix. Sans succès.

— Je ne le répéterai pas. Lève-toi et retourne-toi.

Nesterov s'approcha de Varlam. Il ne voyait pas ce que l'adolescent dissimulait. Il n'entendait rien qui ressemble aux pleurs d'un bébé. Assis bien droit, les autres garçons du dortoir observaient la scène, fascinés. Sans prévenir, Varlam se redressa, prit quelque chose dans ses bras, se leva et se retourna. Il tenait le bébé. Celui-ci se mit à pleurer. Nesterov fut soulagé : au moins l'enfant était-il encore en vie. Mais pas hors de danger. Varlam le serrait contre lui, bras croisés sur la nuque fragile.

Nesterov jeta un coup d'œil en arrière. Son adjoint était resté à la porte, avec les autres enfants agglutinés autour de lui, pleins de curiosité. Il visa la tête de Varlam, arma son pistolet, prêt à tuer, n'attendant qu'un ordre. Sa cible semblait parfaitement dans l'axe, mais il était au mieux un tireur médiocre. À la vue de son pistolet, certains enfants se mirent à hurler, d'autres à rire et à marteler leur matelas de leurs poings. La situation devenait incontrôlable. Varlam commençait à s'affoler. Nesterov remit son arme dans son holster, leva les bras pour tenter de calmer Varlam et s'efforça de couvrir le vacarme :

— Donne-moi cet enfant.

— Je vais avoir plein d'ennuis.

— Mais non. Je vois que le bébé va bien. Je suis très content de toi. Tu t'es bien débrouillé. Tu t'es occupé de lui. Je suis venu te féliciter.

— Je me suis bien débrouillé ?

— Parfaitement.

— Je peux le garder ?

— Je dois vérifier que ce bébé est en bonne santé, par précaution. Après on parlera. Je peux vérifier ?

Varlam savait qu'ils étaient en colère, qu'ils allaient lui prendre le bébé et qu'ils l'enfermeraient dans une pièce où il n'y aurait pas de jaune. Il serra le nourrisson plus fort, si fort qu'il sentait la couverture jaune contre sa bouche. Il recula en direction de la fenêtre, aperçut les voitures de la milice garées dans la rue et les hommes armés qui encerclaient le bâtiment.

— Je vais avoir tellement d'ennuis.

Nesterov avançait lentement. Il n'avait aucun moyen de soustraire ce bébé à l'étreinte de Varlam par la force – l'enfant pouvait être étouffé dans la bagarre. Il échangea un regard avec son lieutenant qui indiqua d'un geste qu'il était prêt à tirer. Nesterov secoua la tête. Le bébé était trop proche du visage de Varlam, le risque d'accident trop grand. Il devait y avoir un autre moyen.

— Varlam, personne ne va te frapper ni te faire de mal. Donne-moi l'enfant et on pourra parler. Personne ne se mettra en colère. Tu as ma parole. Je te le promets.

Nesterov s'approcha encore d'un pas, dans la ligne de mire de son lieutenant. Il jeta un coup d'œil à la collection d'objets jaunes sur le sol. Il avait fait la connaissance de Varlam lors d'un autre incident, où une robe jaune avait disparu d'un fil à linge. Il ne lui avait pas échappé que le bébé était enveloppé dans une couverture jaune.

— Si tu me donnes cet enfant, je demanderai à sa mère si tu peux avoir la couverture jaune. Je suis sûr qu'elle acceptera. Le bébé est la seule chose qui m'intéresse.

À l'annonce de ce qui lui paraissait un marché honnête, Varlam se détendit. Il présenta spontanément l'enfant. Nesterov bondit en avant, lui prit le bébé des mains. Il vérifia qu'il n'était pas blessé avant de le confier à son adjoint.

— Emmène-le à l'hôpital.

Le lieutenant sortit aussitôt.

Comme si de rien n'était, Varlam se rassit en tournant le dos à la porte, déplaçant les objets de sa collection de façon à occuper l'espace laissé vacant par la disparition du bébé. Les autres enfants du dortoir se turent. Nesterov s'agenouilla près de lui. Varlam l'interrogea :

— Quand est-ce que j'aurai la couverture ?

— Il va d'abord falloir que tu viennes avec moi.

Varlam continuait à ranger sa collection. Nesterov posa les yeux sur le livre à couverture jaune. C'était un manuel de l'armée, un document confidentiel.

— Tu l'as eu comment ?

— Je l'ai trouvé.

— Il faut que j'y jette un coup d'œil. Tu vas rester calme ?

— Vous avez les mains propres ?

Nesterov remarqua que celles de Varlam étaient noires de crasse.

— Oui, j'ai les mains propres.

Nesterov prit le manuel, le feuilleta avec soin. Il y avait quelque chose à l'intérieur, coincé entre deux pages. Il retourna l'ouvrage et le secoua. Une épaisse mèche de cheveux blonds tomba sur le sol. Il la ramassa, la frotta entre ses doigts. Varlam rougit.

— Je vais avoir tellement d'ennuis.

Huit cents kilomètres à l'est de Moscou

16 mars

Lorsqu'il lui avait demandé si elle l'aimait, Raïssa avait refusé de répondre. Comme elle venait d'avouer qu'elle n'était pas enceinte, même si elle avait juré : « Oui, je t'aime, je t'ai toujours aimé », Leo ne l'aurait pas crue. En tout cas, elle n'allait sûrement pas le regarder droit dans les yeux et lui faire une déclaration. À quoi bon cette question, de toute façon ? Leo semblait avoir eu une sorte de révélation, une prise de conscience que leur mariage ne reposait ni sur l'amour ni sur la tendresse. Si elle avait répondu en toute sincérité : « Non, je ne t'ai jamais aimé », son mari se serait soudain retrouvé dans le rôle de la victime, car elle se serait jouée de lui en l'épousant. Elle aurait été l'intrigante qui avait abusé de son cœur crédule. Contre toute attente, il se découvrait romantique. Peut-être à cause du traumatisme représenté par la perte de son emploi. Mais depuis quand l'amour faisait-il partie du marché ? Jamais il n'avait posé à Raïssa cette question. Pas plus qu'il ne lui avait dit : *Je t'aime.*

Elle n'attendait pas de lui cette déclaration. Certes, il lui avait demandé de l'épouser. Et elle avait accepté. Il avait voulu se marier, avoir une femme, cette femme-là, et il était arrivé à ses fins. Désormais, ça ne lui suffisait plus. Privé de son autorité, du pouvoir d'arrêter qui il voulait, voilà qu'il était pris d'un accès de sentimentalisme. Mais pourquoi était-ce le mensonge tactique de sa grossesse plutôt que sa jalousie à lui qui venait de faire voler en éclats l'illusion de l'amour conjugal ? Pourquoi ne lui demandait-elle pas de prouver son amour pour elle ? Après tout, il l'avait soupçonnée à tort d'être infidèle, l'avait fait filer par ses hommes, processus qui aurait facilement pu entraîner son arrestation. Il avait brisé toute confiance entre eux longtemps avant qu'elle-même n'ait été contrainte de le faire. Elle n'avait agi que par instinct de survie. Lui avait eu la réaction pathétique d'un mari jaloux.

Depuis qu'ils avaient signé le registre des mariages, et même avant cela, depuis leur première rencontre, elle savait que si elle lui déplaisait d'une façon ou d'une autre, il pourrait se débarrasser d'elle. C'était une réalité incontournable de son existence. Elle était condamnée à le rendre heureux. Au moment de l'arrestation de Zoya, la seule présence de Leo – son uniforme, ses discours sur l'État – la mettait tellement en colère qu'elle se sentait incapable d'articuler plus de quelques mots. En fin de compte, tout se résumait à cette unique question : voulait-elle rester en vie ? Or elle se définissait par son instinct de survie, par le fait même d'être encore là, d'être la seule de sa famille à avoir survécu. Son indignation à l'annonce de l'arrestation de Zoya était un luxe. Inutile, de surcroît. Alors Raïssa avait partagé le lit de Leo, elle avait dormi près de lui, avec lui. Elle lui préparait son dîner – même si elle détestait le bruit qu'il faisait en mangeant. Elle lui lavait son linge – même si elle détestait son odeur.

Ces dernières semaines, elle était restée sans rien faire dans leur appartement, parfaitement consciente qu'il s'interrogeait sur le bien-fondé de sa décision. Avait-il eu raison de l'épargner ? Méritait-elle qu'il prenne autant de risques pour elle ? Était-elle assez jolie, assez aimable, assez bonne épouse ? Au moindre geste ou regard qui lui déplairait, elle serait en danger de mort. Eh bien, cette époque était révolue. Elle ne voulait plus être ainsi réduite à l'impuissance, dépendre de ses bonnes grâces. Mais voilà qu'il se comportait comme si elle lui était redevable. Il avait fini par se rendre à l'évidence : elle n'était pas une espionne internationale, mais un professeur d'école secondaire. Et en contrepartie il lui demandait une déclaration d'amour. C'était insultant. Il n'était plus en mesure de lui réclamer quoi que ce soit. Il n'avait aucun pouvoir sur elle, de même qu'elle n'en avait aucun sur lui. Ils partageaient tous les deux le même triste sort : exilés dans une ville lointaine, avec toute leur vie contenue dans une seule valise chacun. Jamais ils n'avaient été sur un tel pied d'égalité. S'il voulait entendre parler d'amour, qu'il fasse le premier pas.

De son côté, Leo se repassait en boucle les remarques de Raïssa. Elle s'était visiblement arrogé le droit de le juger, de le regarder de haut comme si elle n'avait rien à se reprocher. Or elle l'avait épousé en sachant parfaitement comment il gagnait sa vie ;

elle avait bénéficié des avantages inhérents à sa profession, dégusté les mets exotiques qu'il rapportait, s'était acheté quelques vêtements dans les magasins réservés à l'élite. Si elle méprisait tant le métier qu'il faisait, pourquoi n'avait-elle pas repoussé ses avances ? Tout le monde savait qu'il fallait faire des compromis pour survivre. Lui-même avait commis des actes condamnables, moralement répréhensibles. Vivre en accord avec sa conscience était un luxe impossible pour la majorité de la population, luxe que Raïssa pouvait difficilement s'offrir. Son enseignement reflétait-il ses convictions profondes ? Évidemment que non – compte tenu de son indignation devant les méthodes du MGB –, mais en cours elle avait dû exprimer son soutien à l'État, expliquer son fonctionnement, y applaudir, inciter ses élèves à s'y conformer, au besoin en se dénonçant les uns les autres. Dans le cas contraire, elle aurait certainement été dénoncée elle-même par l'un d'eux. Elle avait non seulement eu pour mission de suivre la ligne du Parti, mais d'étouffer tout sens critique chez ses élèves. Et elle devrait recommencer dans leur nouvelle ville. Aux yeux de Leo, sa femme et lui étaient deux rouages du même engrenage.

Le train s'arrêta une heure à Mutava. Raïssa rompit le silence qui s'était installé entre eux depuis le début de la journée :

— On devrait manger quelque chose.

Façon de dire qu'ils devaient s'en tenir aux préoccupations pratiques, comme ils l'avaient toujours fait. Ce serait leur volonté de survivre aux épreuves à venir, et non l'amour, qui cimenterait leur union.

Ils descendirent du wagon. Une femme arpentait le quai avec un panier d'osier. Ils lui achetèrent des œufs durs, un sachet de sel, quelques tranches de pain de seigle. Assis côte à côte sur un banc, ils écalèrent leurs œufs, recueillant les coquilles sur leurs genoux, partageant le sel sans échanger un mot.

Le train perdit de la vitesse à l'approche des montagnes, traversa des forêts de pins sombres. Au loin, les sommets dépassaient de la cime des arbres comme autant de dents mal plantées.

La voie ferrée déboucha dans une clairière où se dressaient, en pleine nature, une immense usine, des cheminées géantes et plusieurs entrepôts reliés entre eux. Comme si Dieu s'était assis sur les monts Oural, avait tapé du poing sur le paysage devant Lui, rasé la forêt et demandé qu'on remplace les arbres par des hauts-fourneaux et des laminoirs. Pour Leo, ce fut le premier aperçu de leur nouveau cadre de vie.

Il ne connaissait la ville que par la propagande et la littérature officielle. Autrefois composée de scieries et d'un grand nombre de cabanes en rondins pour les ouvriers qui y travaillaient, cette modeste localité de vingt mille habitants avait attiré l'attention de Staline. Après avoir étudié de plus près ses ressources naturelles et humaines, il avait déclaré sa productivité insuffisante. Outre le fleuve Oufa, à proximité, les aciéries de Sverdlovsk à seulement cent soixante kilomètres à l'est et les mines de fer dans les montagnes, la ville se trouvait sur la ligne du Transsibérien : d'énormes locomotives la traversaient chaque jour sans avoir autre chose à tracter que des planches. Staline avait décidé que ce serait l'endroit idéal pour assembler la GAZ-20, automobile construite selon les normes les plus exigeantes et destinée à concurrencer les véhicules produits en Occident. Sa petite sœur, la Volga GAZ-21 – encore dans les cartons des ingénieurs et présentée comme le plus beau fleuron de l'industrie soviétique –, était conçue pour affronter les rigueurs du climat : garde au sol élevée, suspension enviable, moteur à l'épreuve des balles et traitement antirouille d'une efficacité inconnue même aux États-Unis. Mythe ou réalité ? Leo n'avait aucun moyen de le savoir. Il savait en revanche que seul un pourcentage infime de citoyens soviétiques aurait les moyens de se l'offrir, et qu'elle serait inabordable pour les ouvriers et les ouvrières qui l'assembleraient.

Les travaux débutèrent peu après la guerre et dix-huit mois plus tard, l'usine Volga se dressait au milieu des forêts de pins. Leo avait oublié le nombre de prisonniers morts pendant sa construction. De toute façon, les chiffres n'étaient pas fiables. Leo était entré au MGB alors que l'usine était déjà terminée. Dans toutes les villes du pays, des milliers de travailleurs « libres » avaient été réquisitionnés et transférés d'un trait de plume pour répondre aux nouveaux besoins en main-d'œuvre : en l'espace de cinq ans, la population avait été multipliée par cinq. Leo avait enquêté sur les antécédents de certains ouvriers moscovites mutés à Voualsk. Ceux qui avaient un passé sans histoire étaient mis dans le train avant la fin de la semaine. Les autres étaient arrêtés. Il avait été l'un des gardiens de cette ville.

Sûrement l'une des raisons pour lesquelles Vassili l'avait choisie. L'ironie de la situation avait dû l'amuser.

Raïssa avait raté cette vision de leur nouveau lieu de résidence. Elle dormait, enveloppée dans son manteau, la tête appuyée contre la vitre, bercée par le balancement du train. S'installant près de sa femme, dans le sens de la marche, il découvrit que la ville proprement dite s'était développée à côté de l'immense usine comme une tique sur le cou d'un chien. C'était avant tout un site de production, et ensuite seulement un lieu de vie. Les lumières orangées des immeubles se détachaient sur le ciel gris. Leo donna un petit coup de coude à Raïssa. Elle se réveilla, regarda Leo puis jeta un coup d'œil au-dehors.

— On est arrivés.

Le train entra en gare. Ils prirent leur valise, descendirent sur le quai. Il faisait plus froid qu'à Moscou – au moins deux ou trois degrés de moins. Ils ressemblaient à deux enfants réfugiés arrivant dans leur nouveau pays, contemplant un environnement inconnu. On ne leur avait pas donné de consignes. Ils n'avaient aucune connaissance, pas même un numéro de téléphone. Et personne ne les attendait.

La gare était déserte, à l'exception d'un homme assis derrière son guichet. Il était jeune, guère plus de vingt ans. Il les dévisagea lorsqu'ils pénétrèrent dans le hall. Raïssa se dirigea vers lui.

— Bonsoir. On doit se rendre au siège de la milice.

— Vous êtes de Moscou ?

— En effet.

L'homme ouvrit la porte de son bureau, les rejoignit dans le hall. Il désigna les portes vitrées qui donnaient sur la rue.

— Vous êtes attendus.

Une voiture de la milice était garée à une cinquantaine de mètres de l'entrée de la gare.

Dépassant le profil enneigé de Staline, sculpté dans un bloc de pierre comme un fossile, Raïssa et Leo rejoignirent le véhicule, une GAZ-20, produite sur place sans aucun doute. En s'approchant, ils virent deux hommes assis à l'avant. Une portière s'ouvrit, l'un des hommes descendit, un militaire entre deux âges à la carrure impressionnante.

— Leo Demidov ?
— Oui.
— Je suis le général Nesterov, chef de la milice de Voualsk.

Leo se demanda pourquoi il avait pris la peine de venir à leur rencontre. Vassili avait sûrement donné des instructions pour qu'on leur rende la vie aussi désagréable que possible. Mais ce qu'avait dit Vassili importait peu : avec l'arrivée d'un ancien agent du MGB, les miliciens seraient sur la défensive. Personne ne croirait que Leo venait simplement rejoindre leurs rangs. On le soupçonnait certainement d'avoir une mission cachée et on supposait qu'il retournerait tôt ou tard faire un rapport à Moscou. Plus Vassili aurait tenté de les convaincre du contraire, plus il aurait accru leurs soupçons. Pourquoi un agent du MGB ferait-il des centaines de kilomètres uniquement pour participer aux opérations d'une modeste milice ? Ça ne tenait pas debout : dans une société sans classes, la milice était presque en bas de l'échelle.

Chaque écolier apprenait que les meurtres, les cambriolages et les viols étaient des maux propres à la société capitaliste, et le rôle dévolu à la milice reflétait cette croyance. Les vols et la violence entre citoyens n'avaient pas lieu d'être puisque l'égalité régnait. La police était inutile dans un État communiste. Raison pour laquelle la milice n'était qu'une modeste sous-section du ministère de l'Intérieur : mal payée et mal considérée, elle se composait de jeunes gens ayant quitté l'école sans diplôme, d'ouvriers agricoles renvoyés de leur kolkhoze, de soldats démobilisés et d'hommes prêts à se laisser corrompre pour une demi-bouteille de vodka. Officiellement, le taux de criminalité en URSS était proche de zéro. Les journaux titraient fréquemment sur les sommes d'argent colossales que les États-Unis devaient engloutir pour prévenir la délinquance, pour financer les véhicules de police rutilants et les policiers en uniforme impeccable sans lesquels la société américaine s'écroulerait. L'Occident employait un grand nombre de ses hommes et de ses femmes les plus courageux pour lutter contre la criminalité, autant de citoyens qui auraient été plus utiles à la production. Ce gaspillage de main-d'œuvre n'existait pas en Union soviétique : il suffisait d'un groupe de gros bras seulement bons à séparer les combattants lors des rixes entre ivrognes. En théorie. Leo ignorait le taux exact de criminalité. Et il n'avait aucune envie de le connaître, puisqu'on liquidait sans doute périodiquement ceux qui étaient dans le secret. Non seulement les chiffres de la productivité industrielle faisaient la une de la *Pravda*, mais ils remplissaient aussi les pages intérieures, et même la dernière. Seules les bonnes nouvelles méritaient d'être publiées : la hausse du taux de natalité, la construction de nouveaux canaux, et de voies ferrées qui escaladaient les montagnes.

De ce point de vue, l'arrivée de Leo représentait une anomalie évidente. Un poste au MGB valait plus de *blat*, de respect, de pouvoir et d'avantages matériels que n'importe quel autre emploi ou presque. Jamais un officier ne démissionnerait volontairement. Et s'il était en disgrâce, pourquoi ne pas l'avoir tout bonnement arrêté ? Même désavoué par le MGB, il conservait son aura – un atout pouvant se révéler précieux.

Nesterov transporta leurs valises jusqu'à la voiture sans effort, comme si elles étaient vides. Il les plaça dans le coffre avant de leur ouvrir la portière arrière. Une fois installé, Leo regarda son nouveau supérieur se caler dans le siège passager. Il était trop grand et massif, même pour l'imposant véhicule. Ses genoux lui arrivaient presque sous le menton. Un jeune officier était au volant. Nesterov ne prit pas la peine de faire les présentations. Comme au MGB, un chauffeur était attaché à chaque véhicule. Les officiers n'avaient pas de voiture attitrée et ne conduisaient jamais eux-mêmes. Le chauffeur passa la première et s'engagea sur une route déserte.

Sans doute pour ne pas avoir l'air de soumettre sa nouvelle recrue à un interrogatoire, Nesterov attendit quelques minutes avant de lui jeter un coup d'œil dans le rétroviseur.

— On nous a prévenus de votre arrivée il y a trois jours. Pas courant, comme mutation.

— On va partout où on a besoin de nous.

— Personne n'a été muté ici depuis un bout de temps. Et ce n'est pas moi qui ai demandé des effectifs supplémentaires.

— La productivité de l'usine est considérée comme une priorité. Vous n'aurez jamais trop d'hommes pour assurer la sécurité de cette ville.

Raïssa se tourna vers son mari, se doutant qu'il répondait délibérément par énigmes. Même rétrogradé, même muté, il continuait à jouer de la crainte inspirée par le MGB. Étant donné la précarité de leur situation, cela semblait une attitude raisonnable. Nesterov insista :

— Dites-moi : êtes-vous censé travailler comme inspecteur ? Les ordres n'étaient pas clairs. Ils disaient que non. Apparemment on doit vous employer comme *uchastkovyy*, ce qui représente une perte de responsabilités importante pour quelqu'un de votre stature.

— On m'a placé sous vos ordres. Pour l'attribution de mes fonctions, je m'en remets à vous.

Le silence s'installa. Raïssa supposa que le général n'aimait pas qu'on élude ses questions. Gêné par cette situation inhabituelle, il bougonna :

— Dans l'immédiat, vous logerez à l'hôtel. Dès qu'un appartement se libérera, il vous sera attribué. Je vous préviens que la liste d'attente est longue. Le fait d'être milicien ne donne aucun avantage.

La voiture s'arrêta devant ce qui ressemblait à un restaurant. Nesterov ouvrit le coffre, prit les deux valises et les déposa sur le trottoir. Leo et Raïssa attendirent les consignes. Nesterov s'adressa à Leo :

— Dès que vous aurez apporté vos valises dans votre chambre, revenez à la voiture, je vous prie. Votre femme n'a pas besoin de vous accompagner.

Raïssa réprima son irritation en l'entendant parler d'elle comme si elle était absente. Elle regarda Leo imiter Nesterov et empoigner leurs valises. Étonnée d'une telle galanterie, elle préféra ne pas le mettre dans l'embarras en l'aidant. Qu'il se débatte avec deux valises si ça l'amusait. Le devançant, elle poussa la porte et entra dans le restaurant.

À l'intérieur, il faisait sombre, les volets étaient fermés et l'air empestait le tabac froid. Les verres sales de la veille encombraient le comptoir. Leo posa les valises et frappa sur une table poisseuse. La silhouette d'un homme apparut à la porte.

— L'établissement n'est pas ouvert.

— Je m'appelle Leo Demidov. Je vous présente mon épouse, Raïssa. Nous arrivons de Moscou.

— Danil Basarov.

— Le général Nesterov m'a dit que vous pouviez nous loger.

— Vous parlez de la chambre à l'étage ?

— Je ne sais pas. Enfin, je suppose que oui.

Basarov gratta son ventre boudiné.

— Je vais vous montrer le chemin.

La chambre était minuscule. On avait rapproché deux lits d'une personne, mais il restait un trou au milieu. Les deux matelas s'affaissaient. La tapisserie était cloquée comme une peau acnéique et vaguement grasse au toucher. Sans doute de l'huile de friture, se dit Leo, puisque la chambre se trouvait juste au-dessus de la cuisine que l'on apercevait entre les fentes du plancher, par lesquelles arrivait l'odeur de tout ce qui avait cuit ou était en train de cuire : tripes bouillies, couennes, graisses animales.

Basarov était contrarié par la requête de Nesterov. Ces lits et cette chambre servaient à son « personnel », c'est-à-dire aux femmes qui montaient avec ses clients. Il n'avait toutefois pas pu refuser. L'établissement ne lui appartenait pas. Et il avait besoin de la bienveillance de la milice pour continuer son petit commerce. Les miliciens savaient qu'il faisait des bénéfices, mais fermaient les yeux du moment qu'ils touchaient leur part. Rien de déclaré ni d'officiel : le système fonctionnait en circuit fermé. À dire vrai, Basarov s'inquiétait vaguement de la présence de ses hôtes, ayant appris qu'ils appartenaient au MGB. Il s'efforça d'être moins grossier qu'à son habitude. Il désigna une porte entrouverte au fond du couloir :

— Les toilettes. Elles sont à l'intérieur.

Raïssa tenta d'ouvrir la fenêtre. On l'avait clouée pour la bloquer. La jeune femme contempla la vue. Des maisons délabrées, de la neige sale : son nouveau cadre de vie.

Leo se sentait épuisé. Il avait supporté l'humiliation tant que c'était resté une notion abstraite, mais maintenant qu'elle se concrétisait – sous la forme de cette chambre –, il n'avait qu'une envie : dormir, fermer les yeux sur le monde qui l'entourait. Contraint de ressortir, il posa sa valise sur le lit, incapable de croiser le regard de Raïssa, non pas à cause de la colère, mais de la honte. Il quitta la pièce sans dire un mot.

Conduit au central téléphonique, Leo se laissa guider à l'intérieur. Plusieurs centaines de gens faisaient la queue pour les deux ou trois minutes auxquelles ils avaient droit. Comme la plupart d'entre eux avaient dû quitter leur famille pour venir travailler ici, Leo mesurait ce que ces quelques minutes pouvaient avoir de précieux. Nesterov, qui n'avait pas besoin de prendre son tour dans la file, se dirigea vers une cabine.

Une fois la communication établie, et après une conversation dont Leo n'entendit rien, Nesterov lui tendit le combiné. Leo le porta à son oreille. Il attendit.

— Comment trouves-tu ton nouveau logement ?

C'était Vassili. Il poursuivit :

— Tu as envie de raccrocher, non ? Mais tu ne peux pas. Tu n'as même pas cette possibilité.

— Qu'est-ce que tu veux ?

— Garder le contact pour que tu puisses me parler de ta vie là-bas et moi de la mienne ici. Avant que j'oublie : l'appartement confortable que tu avais obtenu pour tes parents, il leur a été retiré. On leur en a trouvé un davantage en rapport avec leur statut. Un peu froid et surpeuplé, peut-être. Sale, sûrement. Ils le partagent avec une famille de sept personnes, je crois, dont cinq jeunes enfants. À propos, j'ignorais que ton père souffrait terriblement du dos. Dommage qu'il doive retourner travailler sur une chaîne de montage à un an de la retraite : une année peut en valoir dix quand on n'a pas le cœur à l'ouvrage. Mais tu auras bientôt tous les détails.

— Mes parents sont de braves gens. Ils ont travaillé dur. Ils ne t'ont rien fait.

— Ça ne m'empêchera pas de leur empoisonner la vie.

— Qu'est-ce que tu attends de moi ?
— Des excuses.
— Vassili, je te présente mes excuses.
— Tu ne sais même pas pour quoi tu t'excuses.

— Je me suis mal conduit avec toi. Je te prie de m'en excuser.

— De quoi ? Sois plus précis. Le sort de tes parents en dépend.

— Je n'aurais pas dû te frapper.
— Ça ne suffit pas. Essaie de me convaincre.
La voix de Leo tremblait de désespoir.
— Je ne comprends pas ce que tu veux de plus. Tu as tout. Je n'ai rien.

— C'est pourtant simple. Je veux t'entendre me supplier.

— Je te supplie, Vassili, tu n'as qu'à écouter ma voix. Je te supplie de laisser mes parents tranquilles. Par pitié…

Vassili avait raccroché.

Voualsk

17 mars

Après avoir marché toute la nuit, les pieds couverts d'ampoules, les chaussettes trempées de sang, Leo s'assit sur un banc dans un jardin public, se prit la tête à deux mains et se mit à pleurer.

Il n'avait ni dormi ni dîné. La veille au soir, quand Raïssa avait essayé de lui parler, il l'avait ignorée. Quand elle lui avait monté du restaurant de quoi manger, il avait continué de l'ignorer. Incapable de rester une minute de plus dans leur minuscule chambre, il était descendu, s'était frayé tant bien que mal un passage dans la foule des clients pour sortir. Il avait marché au hasard, trop frustré et en colère pour rester assis sans rien faire, même s'il prenait conscience qu'il en était réduit à ça : ne rien pouvoir faire. Une fois encore, il se heurtait à une injustice, mais là, impossible pour lui d'intervenir. Ses parents ne seraient pas exécutés d'une balle dans la nuque : ce serait trop rapide, trop proche d'un acte de charité. À la place, on les persécuterait à petit feu. Il voyait d'ici toutes les possibilités qui s'offraient à un esprit mesquin, sadique et méthodique. Dans leurs usines respectives, ses parents redescendraient au bas de l'échelle ; on leur réserverait les tâches les plus pénibles et les plus sales – celles que même un homme ou une femme plus jeunes auraient du mal à accomplir. On les narguerait en leur racontant l'exil pitoyable de Leo, sa disgrâce et l'humiliation qui lui était infligée. Peut-être même leur ferait-on croire qu'il était au goulag, condamné à vingt ans de travaux forcés. Quant à la famille avec laquelle ils étaient obligés de partager leur appartement, elle serait sans nul doute aussi envahissante et désagréable que possible. On promettrait du chocolat aux enfants à condition qu'ils fassent du bruit, un appartement en propre aux adultes s'ils volaient de la nourriture aux parents de Leo, se disputaient avec eux et leur rendaient la vie impossible. Nul besoin d'imaginer les détails. Vassili se ferait un plaisir de les lui donner, sachant parfaitement que Leo n'oserait pas raccrocher, de peur que les tracasseries infligées à ses parents s'en trouvent doublées. Vassili le briserait à distance, s'en prenant systématiquement à ce qui le ferait le plus souffrir : sa famille. Il n'y avait aucune défense possible. Après quelques recherches, Leo découvrirait l'adresse de ses parents, mais tout ce qu'il pourrait faire, en admettant que ses lettres ne soient ni interceptées ni brûlées, serait de leur assurer qu'il était sain et sauf. L'existence confortable qu'il leur avait ménagée venait de leur être arrachée, au moment où ils pouvaient le moins faire face à ce changement.

Il se leva, grelottant de froid. Avec difficulté, et sans la moindre idée de ce qu'il ferait ensuite, il revint lentement sur ses pas, vers son nouveau domicile.

Raïssa était au rez-de-chaussée, assise à une table. Elle avait attendu toute la nuit. Comme Vassili l'avait prédit, elle savait que Leo regrettait à présent sa décision de ne pas la dénoncer. Le prix à payer était trop élevé. Qu'était-elle censée faire ? Lui laisser croire qu'il avait tout risqué pour le parfait amour ? Elle ne pouvait pas donner le change sur commande. Même si elle l'avait voulu, elle ignorait comment : elle ne voyait pas que dire, quelles initiatives prendre. Elle aurait pu se montrer plus indulgente avec lui. En vérité, une partie d'elle-même se félicitait sans doute qu'il ait été muté. Ni par dépit ni par méchanceté, mais parce qu'elle voulait qu'il sache :

Voilà ce que je ressens tous les jours.

Ce sentiment d'impuissance, de crainte : elle voulait qu'il l'éprouve lui aussi. Qu'il comprenne, qu'il en fasse l'expérience à son tour.

Épuisée, les paupières lourdes, elle redressa la tête quand Leo entra dans le restaurant. Elle se leva, alla à sa rencontre, remarqua ses yeux rougis. Jamais encore, elle ne l'avait vu pleurer. Il détourna le regard, prit la bouteille la plus proche et se servit à boire. Elle lui posa la main sur l'épaule. Tout se passa en un éclair : Leo pivota sur lui-même, la prit à la gorge, serra de toutes ses forces.

— Tout ça est de ta faute !

Ses veines saillirent, son visage devint écarlate. Elle ne pouvait plus respirer, elle étouffait. Leo la souleva : elle était sur la pointe des pieds. De ses mains, elle tenta de se dégager. Mais il ne lâchait pas prise et elle ne put lui échapper.

Elle tendit le bras vers une table et, voyant de plus en plus trouble, chercha un verre à tâtons. Elle en effleura un, le renversa. Il tomba à sa portée. Elle s'en saisit et l'écrasa contre la joue de Leo. Le verre se brisa dans sa main, lui entailla la paume. Comme si Leo revenait soudain à lui, il relâcha son étreinte. Elle faillit tomber à la renverse, toussa, se massa la nuque. Ils se dévisagèrent tels deux inconnus, comme si toute leur histoire avait été balayée en une fraction de seconde. Un éclat de verre était planté dans la joue de Leo. Il le retira et le contempla au creux de sa paume. Sans se retourner, Raïssa se dirigea vers l'escalier, se dépêcha de monter, abandonnant Leo à son sort.

Au lieu de la suivre, il vida le verre qu'il s'était servi et s'en versa un autre, puis un troisième, et lorsqu'il entendit la voiture de Nesterov à l'extérieur, il avait presque fini la bouteille. Il titubait, ni lavé ni rasé, abruti par l'alcool et en proie à un désir de violence aveugle : il lui avait fallu moins de vingt-quatre heures pour sombrer au niveau du milicien moyen.

Durant le trajet en voiture, Nesterov ne fit aucune allusion à l'entaille que Leo avait sur la joue. Il donna brièvement quelques précisions sur la ville.

Leo n'écoutait pas, à peine conscient de son environnement, uniquement préoccupé de l'acte qu'il venait de commettre. Avait-il bel et bien tenté d'étrangler sa femme, ou n'était-ce qu'un tour joué par son cerveau après une nuit blanche ? Il tâta la coupure, vit du sang au bout de son index : c'était donc vrai, il l'avait fait et il aurait pu commettre pire encore. Quelques secondes de plus, une pression accrue, et il l'aurait tuée. Parce qu'il avait renoncé à tout – parents, carrière – pour un faux prétexte, la promesse de fonder une famille, l'idée qu'il existait un lien entre sa femme et lui. Elle l'avait abusé, avait pipé les dés pour influer sur sa décision. Une fois sa sécurité assurée au détriment des parents de Leo, alors seulement elle avait avoué qu'elle n'était pas enceinte. Comme si ça ne suffisait pas, elle lui avait ouvertement décrit le mépris qu'il lui inspirait. Après avoir joué sur ses sentiments, elle lui crachait au visage. En échange de ses sacrifices, de sa cécité volontaire quant aux preuves compromettantes, il se retrouvait sans rien.

Leo ne se leurrait pas. Le temps des justifications complaisantes était révolu. Ce qu'il avait fait était impardonnable. Et Raïssa avait raison de le mépriser. Combien de frères et de sœurs, de mères et de pères avait-il arrêtés ? En quoi était-il différent de l'homme qu'il considérait comme son exact opposé, Vassili Nikitin ? La différence venait-elle de ce que Vassili était foncièrement cruel alors que lui-même l'était par idéalisme ? Une cruauté aveugle, vide de sens, contre une cruauté de principe se présentant comme raisonnable et nécessaire ? Mais concrètement, en termes de capacité de nuisance, peu de choses les séparaient. Avait-il manqué d'imagination pour se représenter ce dont il se rendait complice ? Ou bien – pire encore – avait-il préféré ne rien imaginer ? Il chassa ces pensées, les balaya d'un geste.

Dans les décombres de ses certitudes, un fait demeurait. Après avoir risqué sa vie pour Raïssa, il avait tenté de la tuer. C'était de la folie. À ce rythme, il n'arriverait même pas à garder la femme à laquelle il était marié. Il aurait voulu pouvoir dire : « la femme qu'il aimait ». L'aimait-il réellement ? Il l'avait épousée : cela ne revenait-il pas au même ? Non, pas vraiment : il l'avait épousée parce qu'il la trouvait belle, intelligente, et qu'il était fier de l'avoir auprès de lui, fier de pouvoir la faire sienne. C'était un pas de plus vers l'idéal de vie soviétique : travail, famille, enfants. À bien des égards, elle n'était qu'un pion sur le damier de ses ambitions, l'arrière-plan domestique nécessaire à l'avancement de sa carrière, à son statut de Citoyen Modèle. Mais Vassili n'avait-il pas eu raison de dire qu'elle était facilement remplaçable ? Dans le train, Leo lui avait demandé de lui déclarer son amour, de le rassurer, de lui donner l'illusion qu'il était un héros. Pathétique. Il poussa un profond soupir, se gratta le front. Il se retrouvait hors jeu – et c'était exactement à quoi se résumait la situation pour Vassili, un jeu où chaque jeton représentait une certaine somme de malheur. Vassili n'avait pas eu besoin de frapper Raïssa, de lui faire du mal. Leo s'en était chargé à sa place, jouant le rôle qu'on attendait de lui.

Ils étaient arrivés à destination. La voiture s'était immobilisée. Nesterov venait de descendre et attendait dehors. Se demandant combien de temps il était resté assis, Leo ouvrit la portière, sortit du véhicule et suivit son supérieur dans les bureaux de la milice pour entamer sa première journée de travail. Présentation au personnel, échange de poignées de main, hochements de tête approbateurs sans réussir à enregistrer quoi que ce soit, ni les noms ni les détails – tout glissait sur lui. Ce ne fut qu'en se retrouvant seul devant son casier, avec un uniforme suspendu devant lui, qu'il commença à reprendre conscience de sa situation. Il enleva ses chaussures, décolla lentement ses chaussettes de ses orteils en sang, se passa les pieds sous l'eau qui se teinta de rouge. Faute d'avoir des chaussettes de rechange ou de pouvoir en demander une paire neuve, il dut remettre les mêmes, grimaçant de douleur au contact de la laine rêche sur ses ampoules. Il se déshabilla, laissa ses vêtements civils en tas au fond de son casier, boutonna son nouvel uniforme – pantalon en toile grossière à liseré rouge et lourde veste militaire. Il se regarda dans la glace. Ses yeux étaient cernés de noir, une plaie ouverte lui barrait la joue gauche. Il jeta un coup d'œil à l'insigne sur sa veste. Il était *uchastkovyy*, c'est-à-dire rien.

Les murs du bureau de Nesterov étaient décorés de distinctions et de diplômes dans des cadres. En les lisant, Leo découvrit que son supérieur avait remporté un grand nombre de tournois amateurs de lutte et de tir à la carabine, et qu'il avait été décoré du titre d'Officier du Mois à plusieurs reprises, à Voualsk comme à Rostov, son ancien lieu de résidence. C'était un affichage ostentatoire mais compréhensible, compte tenu du peu d'estime que lui valaient ses fonctions.

Nesterov étudiait sa nouvelle recrue, incapable de se faire une opinion. Pourquoi cet ancien officier supérieur du MGB, couvert de décorations de guerre, offrait-il l'image du laissez-aller – les ongles noirs, le visage en sang, les cheveux sales, empestant l'alcool et apparemment indifférent à sa mutation disciplinaire ? Peut-être correspondait-il en tout point à la description faite de lui : grossièrement incompétent et incapable d'assumer des responsabilités. Son apparence donnait en tout cas cette impression. Mais Nesterov n'était pas convaincu : cette allure débraillée pouvait très bien n'être qu'un stratagème. Il se posait des questions depuis qu'on l'avait prévenu de ce transfert. Cet inconnu pouvait leur nuire, à lui et à ses hommes, dans des proportions considérables. Un rapport incendiaire suffirait. Nesterov avait décidé que le plus sage serait d'observer le nouveau venu, de le mettre à l'épreuve et de ne pas le lâcher d'une semelle. Il finirait bien par abattre ses cartes.

Nesterov lui remit un dossier. Leo le contempla longuement, s'efforçant de comprendre ce qu'on attendait de lui. Pourquoi lui confiait-on ce document ? Quoi qu'il en soit, il s'en fichait. Il soupira, se força à l'ouvrir. Il contenait des photos noir et blanc d'une jeune fille. Elle gisait sur le dos, entourée de neige noirâtre... Pourquoi noirâtre ? Parce qu'elle était imprégnée de sang. L'adolescente avait l'air de hurler. À y regarder de plus près, elle avait quelque chose dans la bouche. Nesterov expliqua :

— Elle avait la bouche pleine de terre. Elle n'a pas pu appeler à l'aide.

Les doigts de Leo se crispèrent sur la photo : toutes ses inquiétudes concernant Raïssa, ses parents et son propre sort s'évanouirent tandis qu'il fixait la jeune fille. Il étudia le cliché suivant. L'adolescente était nue : sa peau – du moins ce qu'il en restait – semblait aussi blanche que la neige. Son ventre avait été dépecé, éviscéré. Il passa en revue les photos restantes sans plus voir la jeune fille, mais le petit garçon de Fiodor, qui n'avait pas été dévêtu ni éventré, qui n'avait pas eu la bouche remplie de terre – ce petit garçon qui n'avait en aucun cas été assassiné. Leo reposa les photos sur la table. Il contempla en silence les cadres accrochés au mur.

Même jour

Les deux incidents – la mort du fils de Fiodor et le meurtre de cette adolescente – n'avaient aucun rapport, c'était impossible. Ils avaient eu lieu à des centaines de kilomètres de distance. L'ironie du sort, rien de plus. Leo n'en avait pas moins eu tort de rejeter les allégations de Fiodor. Il avait sous les yeux une adolescente dont le meurtre correspondait à la description de Fiodor. Une telle chose était possible. Difficile de savoir ce qui était réellement arrivé à Arkady, le fils de Fiodor, puisque Leo n'avait pas pris la peine d'examiner lui-même le cadavre du garçonnet. Peut-être sa mort était-elle accidentelle. À moins qu'on n'ait voulu étouffer l'affaire. Si tel était le cas, Leo avait contribué à entraver la recherche de la vérité. Sans le moindre état d'âme, il avait ridiculisé, intimidé et même menacé une famille endeuillée.

Le général Nesterov lui donna tous les détails relatifs au meurtre, n'hésitant pas à prononcer le mot et ne cherchant visiblement pas à faire croire qu'il s'agissait d'autre chose que d'un crime atroce et barbare. Sa franchise inquiéta Leo. Comment pouvait-il parler si librement ? Les statistiques annuelles de ses services devaient se conformer aux courbes préétablies : baisse de la criminalité, harmonie sociale en hausse. Même si la ville avait vu sa population augmenter brusquement avec l'afflux de quatre-vingt mille ouvriers déracinés, la criminalité devait décliner, puisqu'il y avait en théorie plus de travail, plus d'équité, et moins d'exploitation.

La victime s'appelait Larissa Petrova : on l'avait retrouvée quatre jours plus tôt dans la forêt, à proximité de la gare. Les circonstances entourant la découverte du cadavre étaient vagues, et quand Leo avait tenté d'en savoir plus, Nesterov s'était empressé de changer de sujet. Tout ce que Leo avait pu tirer de lui, c'est que le cadavre avait été découvert par un couple pris de boisson, qui s'était caché dans la forêt pour forniquer. Ils étaient tombés sur la jeune fille enfouie dans la neige depuis plusieurs mois, le corps parfaitement conservé par le froid glacial. C'était une écolière âgée de quatorze ans, connue de la milice. Elle avait la réputation d'être assez dévergondée, non seulement avec les garçons de son âge, mais avec des hommes plus mûrs. Elle se vendait pour un litre de vodka. Le jour de sa disparition, Larissa s'était disputée avec sa mère. Nul ne s'était inquiété de son absence : elle avait menacé de s'enfuir et avait selon toute vraisemblance mis son projet à exécution. Personne n'était parti à sa recherche. D'après Nesterov, ses parents étaient des citoyens respectables. Son père travaillait comme comptable à l'usine. Lui et sa femme avaient honte de leur fille et ne voulaient pas être mêlés à l'enquête, qui devait rester secrète : pas question d'étouffer l'affaire, mais pas de publicité non plus. Ils avaient renoncé à organiser des obsèques pour leur enfant, prêts à faire croire qu'elle avait simplement disparu. Le reste de la ville n'avait pas besoin de connaître la vérité. En dehors de la milice, seule une poignée de gens était au courant du meurtre. On avait averti ces quelques personnes, dont le couple ayant trouvé le cadavre, des risques qu'elles encouraient à se montrer trop bavardes. L'affaire serait vite bouclée, car on avait déjà arrêté un suspect.

Leo savait que la milice ne pouvait enquêter qu'après ouverture d'une procédure criminelle, qui intervenait seulement si on avait la certitude de condamner le suspect. Tout échec était inacceptable et avait de graves conséquences. Porter une affaire devant le tribunal signait la culpabilité du suspect. Si un dossier était trop complexe, trop ambigu, on le refermait purement et simplement. Le calme de Nesterov et de ses subordonnés ne pouvait signifier qu'une chose : ils étaient convaincus de tenir le coupable. Ils avaient rempli leur mission. Le travail d'investigation, la recherche de preuves, les interrogatoires et le procès lui-même incombaient à l'État, au bureau du procureur et à son équipe d'avocats. On ne demandait pas son aide à Leo : on lui offrait une visite guidée pour qu'il s'émerveille de l'efficacité de la milice.

La cellule exiguë ne bénéficiait d'aucun des aménagements ingénieux propres à la Loubianka. Les murs et le sol étaient en béton. Le suspect était assis, mains menottées dans le dos. Jeune, seize ou dix-sept ans au plus, il avait une carrure d'adulte et un visage d'enfant. Il parcourait la pièce du regard sans but précis. Il ne semblait pas avoir peur. Calme, l'air plutôt hébété, il ne donnait pas l'impression d'avoir été brutalisé. Certes, il existait des moyens de maltraiter quelqu'un sans laisser de traces visibles, mais Leo eut l'impression que l'adolescent n'avait pas subi de sévices. Nesterov le désigna :

— Voici Varlam Babinitch.

Entendant son nom, l'intéressé leva les yeux comme un bon chien. Nesterov poursuivit :

— On l'a trouvé en possession d'une mèche de cheveux de Larissa. Il avait pour habitude de suivre la jeune fille – de rôder autour de chez elle, de l'aborder dans la rue. La mère de Larissa se rappelle l'avoir vu en plusieurs occasions. Elle se rappelle aussi avoir entendu sa fille se plaindre de lui. Il essayait souvent de lui caresser les cheveux.

Nesterov se tourna vers le suspect et lui parla d'une voix douce :

— Raconte-nous ce qui s'est passé, Varlam, dis-nous comment cette mèche de cheveux s'est retrouvée en ta possession.

— Je l'ai coupée. C'est ma faute.

— Explique pourquoi à cet officier.

— J'aimais ses cheveux. Je les voulais. J'ai un livre jaune, une chemise jaune, une boîte jaune et des cheveux jaunes. Voilà pourquoi je l'ai coupée. Je suis désolé. Je n'aurais pas dû faire ça. Quand est-ce que j'aurai la couverture ?

— On en parlera plus tard.

Leo intervint :

— Quelle couverture ?

— Il y a deux jours, il a enlevé un bébé. L'enfant était enveloppé dans une couverture jaune. Varlam est obsédé par la couleur jaune. Heureusement, le bébé était indemne. Mais Varlam est incapable de distinguer le bien du mal. Il fait tout ce qui lui passe par la tête sans réfléchir aux conséquences.

Nesterov s'approcha du suspect.

— Quand j'ai trouvé les cheveux de Larissa dans ton livre, pourquoi as-tu dit que tu allais avoir des ennuis ? Répète à cet officier ce que tu m'as raconté.

— Elle ne m'aimait pas, elle me disait toujours de m'en aller, mais je voulais ses cheveux. Je les voulais tellement... Et quand je les ai coupés, elle n'a rien dit.

Nesterov se tourna vers Leo :

— Vous avez des questions ?

Qu'était-il censé dire ? Il réfléchit quelques instants avant de demander :

— Pourquoi est-ce que tu lui as rempli la bouche de terre ?

Varlam ne répondit pas aussitôt. Il semblait perplexe.

— Oui, il y avait quelque chose dans sa bouche. Je m'en souviens, maintenant. Ne me tapez pas.

Nesterov reprit la parole :

— Personne ne va te frapper. Réponds à la question.

— Je ne sais pas. J'oublie beaucoup de choses. Mais elle avait de la terre dans la bouche, ça oui.

Leo continua :

— Explique-moi ce qui s'est passé quand tu l'as tuée.

— Je l'ai coupée.

— Elle, ou ses cheveux ?

— Je l'ai coupée. Je suis désolé.

— Écoute-moi bien. Tu as coupé son corps ou ses cheveux ?

— Je l'ai trouvée et je l'ai coupée. J'aurais dû en parler à quelqu'un, mais ça m'inquiétait. Je voulais pas avoir d'ennuis.

Varlam se mit à pleurer.

— Je vais avoir tellement d'ennuis. Je suis désolé. Je voulais juste ses cheveux.

Nesterov s'interposa.

— Ça suffit pour le moment.

Rassuré par ces mots, Varlam cessa de pleurer. Il retrouva son calme. Rien dans son expression ne disait qu'il s'agissait d'un homme interpellé pour meurtre.

Leo et Nesterov sortirent de la cellule. Nesterov referma la porte derrière lui.

— On a la preuve qu'il se trouvait sur le lieu du crime. Les empreintes de pas correspondent aux siennes. Vous savez qu'il vient de l'internat ? C'est un demeuré.

Leo comprenait mieux le courage avec lequel Nesterov s'attaquait à cette affaire de meurtre. Il tenait un suspect handicapé mental. Varlam Babinitch était en dehors de la société soviétique, en dehors du communisme, de la politique. Son cas défiait l'entendement. Ses actes n'avaient aucune répercussion sur le Parti, ils ne remettaient pas en cause les idées reçues sur la criminalité parce qu'il n'était pas un vrai citoyen soviétique. Il représentait une anomalie. Nesterov ajouta :

— N'allez pas imaginer pour autant qu'il est incapable de violence. Il a avoué avoir tué la victime. Il a un mobile, certes irrationnel, mais un mobile quand même. Il voulait quelque chose qu'elle lui refusait : ses cheveux blonds. Il est connu pour avoir commis plusieurs délits, vols, enlèvements quand il ne pouvait pas obtenir ce qu'il voulait. Et maintenant, un meurtre. Pour lui, tuer Larissa n'était pas plus grave que voler un bébé. Il n'a pratiquement pas de sens moral. C'est triste. Il devrait être enfermé depuis longtemps. Au procureur de s'occuper de lui.

Leo avait compris. L'enquête était terminée. L'adolescent était promis à la mort.

Même jour

La chambre était vide. Leo tomba à genoux, s'inclinant jusqu'à toucher le plancher de son front. La valise de Raïssa avait disparu. Il se releva, sortit de la pièce en trombe, dévala l'escalier et entra dans la cuisine du restaurant. Basarov était occupé à dégraisser une pièce de viande jaunâtre, d'une origine indéfinissable.
— Où est ma femme ?
— Payez cette bouteille et je vous le dirai.
Il désigna la bouteille de vodka bon marché que Leo avait vidée aux premières heures de la journée, et ajouta :
— Je ne veux pas savoir si c'est votre femme ou vous qui l'avez bue.
— Je vous en prie, dites-moi juste où est ma femme.
— Payez d'abord la bouteille.
Leo n'avait pas d'argent sur lui. Toujours en uniforme, il avait laissé toutes ses affaires dans son casier.
— Je paierai plus tard. La somme que vous voulez.
— Bien sûr. Plus tard, vous me paierez des millions de roubles.

Basarov continuait à découper la viande, signe qu'il ne céderait pas.

Leo remonta l'escalier quatre à quatre, fouilla dans sa valise, la vida de son contenu. Entre les dernières pages du *Livre des propagandistes*, il avait caché quatre billets de vingt-cinq roubles, en cas d'urgence. Il se releva d'un bond, ressortit, redescendit en courant et fourra un billet dans la main de l'homme, beaucoup plus que le prix d'une malheureuse bouteille.

— Où est ma femme ?

— Elle est partie il y a quelques heures. Avec sa valise.

— Pour aller où ?

— Elle ne m'a rien dit. Et je ne lui ai rien demandé.

— Il y a combien de temps exactement ?

— Deux ou trois heures...

Trois heures : elle avait peut-être quitté la ville. Impossible pour Leo de deviner où elle allait, quelle direction elle avait pris.

D'humeur généreuse après sa récompense substantielle, Basarov fournit quelques informations supplémentaires.

— Il y a peu de chances qu'elle ait pu attraper le train de la fin d'après-midi. À ma connaissance, il n'y en a pas d'autre avant celui du soir.

— À quelle heure ?

— Sept heures et demie...

Leo avait dix minutes devant lui.

Oubliant sa fatigue, il courut aussi vite qu'il le pouvait. Mais le désespoir lui nouait la gorge. Hors d'haleine, il n'avait qu'une vague idée de l'endroit où se trouvait la gare. Il courait à l'aveuglette, essayant de se rappeler l'itinéraire suivi par la voiture de Nesterov. La neige fondue qui recouvrait la chaussée éclaboussait son uniforme, alourdissant la toile grossière. Le frottement faisait éclater ses ampoules, ses orteils se remettaient à saigner, ses chaussures s'emplissaient de sang. À chaque pas, une douleur fulgurante lui cisaillait les jambes.

Au coin de la rue, il se retrouva dans un cul-de-sac : une rangée de maisons en rondins. Il s'était perdu. Trop tard. Sa femme était partie : il n'y pouvait plus rien. Le dos courbé pour tenter de reprendre son souffle, il se rappela ces cabanes délabrées, l'odeur excrémentielle. Il approchait de la gare, il en était sûr. Plutôt que de revenir sur ses pas, il continua droit devant lui, pénétra dans une maison par la porte de derrière, tomba sur une famille en train de dîner, assise à même le sol autour du poêle. On le dévisagea en silence, l'air inquiet à la vue de son uniforme. Sans un mot, il enjamba les enfants, sortit en courant par l'autre porte et se retrouva dans la rue principale – celle-là même qu'ils avaient longée le jour de son arrivée. La gare était en vue. Il avait beau tenter d'accélérer l'allure, il ralentissait. L'adrénaline ne compensait plus son épuisement. Il n'avait plus de réserves.

Il fit irruption dans le bâtiment, ouvrant les portes vitrées d'un coup d'épaule. La pendule annonçait huit heures moins le quart. Il avait quinze minutes de retard. Il prit soudain conscience que Raïssa était partie, sans doute pour toujours. Contre tout espoir, il se raccrocha à l'idée qu'elle était encore sur le quai, que par miracle elle n'était pas montée dans le train. Il s'avança, regarda à droite et à gauche. Pas trace de sa femme ni du train. Pris de vertige, il se pencha en avant, les mains sur les genoux, le visage ruisselant de sueur. En lisière de son champ de vision, un homme était assis sur un banc. Que faisait-il encore sur le quai ? Attendait-il un train ? Leo se redressa.

Raïssa était à l'autre extrémité du quai, dans l'obscurité. Il dut faire un effort surhumain pour ne pas s'élancer vers elle et prendre ses mains dans les siennes. Retenant son souffle, il tenta de réfléchir à ce qu'il pourrait lui dire. Il vérifia son apparence : il était débraillé, sale et en sueur. De toute façon, ce n'était pas lui qu'elle regardait, mais quelque chose derrière lui. Il se retourna. De lourds panaches de fumée s'élevaient au-dessus des arbres. Le train, en retard, entrait en gare.

Leo s'était imaginé pouvoir réfléchir à ses excuses, trouver les mots qui sonneraient juste. Or il ne lui restait que quelques secondes pour convaincre Raïssa. Les paroles se bousculèrent :

— Je te demande pardon. Je n'ai pas réfléchi. Je t'ai prise à la gorge, mais ce n'était pas moi, ce n'était pas l'homme que je voudrais être.

Pitoyable – il devait faire mieux. Ralentir, se concentrer. Il n'aurait pas de seconde chance.

— Tu veux me quitter, Raïssa. Tu as raison. Je pourrais te parler des difficultés qui t'attendent si tu pars seule. Tu risques de te faire arrêter, interroger, emprisonner. Tes papiers ne sont pas en règle. Tu seras accusée de vagabondage. Mais ce n'est pas une raison suffisante pour que tu restes avec moi. Je sais que tu préfères tenter ta chance.

— On peut falsifier des papiers, Leo. Je préfère de faux papiers à un faux mariage.

Tout était dit. Leur mariage n'était qu'une imposture. Leo en resta muet. Le train s'arrêta près d'eux. Le visage de Raïssa était impassible. Leo s'écarta. Elle se dirigea vers le wagon. Pouvait-il vraiment la laisser partir ? Il haussa la voix pour couvrir le crissement des freins.

— Si je ne t'ai pas dénoncée, ce n'est ni parce que je te croyais enceinte ni parce que je suis quelqu'un de bien. Mais parce que ma famille est la seule partie de ma vie dont je n'ai pas honte.

Contre toute attente, Raïssa se retourna.

— Et d'où te vient cette lucidité soudaine ? J'ai du mal à y croire. Maintenant que tu as perdu ton bel uniforme, ton bureau et le pouvoir qui va avec, il faut que tu te contentes de moi. C'est bien ça ? Quelque chose qui ne comptait pas beaucoup pour toi – nous deux – prend subitement de l'importance parce que c'est tout ce qui te reste ?

— Tu ne m'aimes pas, je l'ai compris. Mais si on s'est mariés, il y avait une raison : il existait quelque chose entre nous, un lien. On l'a perdu. Par ma faute. On peut le retrouver.

Les portières s'ouvraient, quelques passagers descendaient. Il ne restait plus beaucoup de temps. Raïssa contempla le wagon, pesant le pour et le contre. Le choix était vite fait. Elle n'avait ni amis chez qui se réfugier, ni argent, ni moyen d'en gagner. Pas même un billet de train. L'analyse de Leo était juste. Si elle partait, elle se ferait sûrement arrêter. Les forces lui manquaient rien que d'y penser. Elle regarda son mari. Qu'ils s'aiment ou non, il n'avait qu'elle et elle n'avait que lui.

Elle posa sa valise. Leo sourit, les croyant à l'évidence réconciliés. Agacée par cette interprétation, elle doucha son enthousiasme d'un geste.

— Je t'ai épousé parce que j'avais peur, peur d'être arrêtée si je repoussais tes avances, peut-être pas tout de suite, mais un peu plus tard, sous un prétexte quelconque. J'étais jeune, Leo, et tu étais puissant. Voilà pourquoi on s'est mariés. Et cette histoire que tu racontes sur moi, sur le jour où je t'ai fait croire que je m'appelais Lena... Tu la trouves drôle, romantique ? Si je t'ai donné un faux prénom, c'est uniquement parce que je redoutais que tu réussisses à retrouver ma trace. Là où tu as vu de la séduction, je ne pensais qu'à déjouer ta surveillance. Notre relation s'est construite sur la peur. Sans doute pas de ton point de vue : tu n'avais aucune raison de me craindre, je n'avais aucun pouvoir. Quel pouvoir ai-je d'ailleurs jamais eu ? Tu m'as demandé de t'épouser et j'ai dit oui, parce que c'est ce qui se fait. On s'accommode ; on subit pour survivre. Tu ne m'as jamais frappée ni insultée, tu n'es jamais rentré ivre. Alors dans l'ensemble, je me trouvais plutôt mieux lotie que la plupart. En essayant de m'étrangler, Leo, tu m'as retiré l'unique raison que j'avais de rester avec toi.

Le train s'ébranla. Leo le regarda partir, essayant de digérer ce que Raïssa venait de lui dire. Mais elle ne lui en laissa pas le temps, intarissable comme si un flot de paroles se formait dans sa tête depuis des années. Maintenant que les vannes étaient ouvertes, les mots s'écoulaient librement.

— Le problème quand on perd tout pouvoir, comme ça t'arrive maintenant, c'est que les gens se mettent à te dire la vérité. Tu n'en as pas l'habitude, après avoir vécu dans un monde protégé par la crainte que tu inspirais. Mais si on doit rester ensemble, alors pas de grandes déclarations romantiques. Seules les circonstances nous rapprochent. Je t'ai. Tu m'as. On n'a pas grand-chose d'autre. Si on doit rester ensemble, à partir de maintenant je te dis la vérité : finis, les mensonges rassurants, on sera égaux comme on ne l'a jamais été. Soit tu acceptes, soit j'attends le train suivant.

Leo n'avait rien à répondre. Il était pris de court, réduit au silence, anéanti. Dans le passé, ses fonctions lui avaient permis de mieux se loger, de mieux se nourrir. Il ne s'était pas imaginé qu'elles lui avaient aussi permis de trouver une épouse. Raïssa reprit plus doucement :

— Il y a bien assez de choses dont il faut avoir peur. Pas question que tu en fasses partie.

— Je ne recommencerai plus jamais.

— J'ai froid, Leo. Voilà trois heures que j'attends sur ce quai. Je retourne à notre chambre. Tu viens ?

Non, il n'avait pas envie qu'ils rentrent à pied côte à côte, séparés par un abîme.

— Je reste encore un peu. Je te rejoindrai là-bas.

Sa valise à la main, Raïssa entra dans la gare. Leo s'assit sur un banc pour contempler la forêt. Il passa en revue les souvenirs de leur vie commune, s'arrêtant sur chacun, l'examinant sous un jour nouveau, récrivant son passé.

Alors qu'il était assis là depuis une durée indéterminée, il prit conscience de la présence de quelqu'un à côté de lui. Il leva les yeux. C'était le guichetier, le même jeune homme qu'à leur arrivée.

— Il n'y a plus de trains ce soir, monsieur.

— Vous n'auriez pas une cigarette ?

— Je ne fume pas. Je peux aller vous en chercher une dans notre appartement. C'est juste au-dessus.

— Pas la peine. Merci quand même.

— Je m'appelle Aleksandr.

— Et moi Leo. Ça ne vous dérange pas que je reste encore un peu ?

— Pas du tout. Je vais vous chercher une cigarette.

Avant que Leo ait eu le temps de répondre, le jeune homme avait disparu.

Leo s'adossa au banc et attendit. Il aperçut une cabane en rondins derrière les voies. C'est là qu'on avait découvert le cadavre de l'adolescente. Il distinguait la lisière de la forêt, la scène du crime : la neige piétinée par les inspecteurs, les photographes, les avocats du bureau du procureur, tous venus examiner cette jeune fille morte, sa bouche béante pleine de terre.

Une idée lui vint à l'esprit. Il se leva, descendit du quai sur les voies, les traversa et se dirigea vers les arbres. Derrière lui, une voix s'éleva :

— Qu'est-ce que vous faites ?

Il se retourna et vit Aleksandr au bord du quai, brandissant une cigarette. Il lui fit signe de le suivre.

Il atteignit la zone où la neige avait été piétinée. Des empreintes de bottes zigzaguaient dans toutes les directions. Il pénétra dans la forêt, marcha quelques minutes, jusqu'à l'endroit où le cadavre de la jeune fille avait dû être abandonné. Il s'accroupit. Aleksandr le rattrapa. Leo releva la tête.

— Vous savez ce qui s'est passé ici ?

— C'est moi qui ai vu Ilinaya courir vers la gare. Elle avait été salement amochée, elle tremblait de tous ses membres. Elle n'a rien pu dire pendant un bout de temps. J'ai appelé la milice.

— Ilinaya ?

— C'est elle qui a trouvé le cadavre, en trébuchant dessus. Elle et l'homme avec qui elle était.

Le fameux couple caché dans la forêt : Leo savait bien que quelque chose clochait.

— Pourquoi avait-elle été frappée ?

Aleksandr parut mal à l'aise.

— C'est une prostituée. L'homme avec elle cette nuit-là est un dignitaire du Parti. S'il vous plaît, ne m'en demandez pas plus.

Leo comprit. Le dignitaire en question ne voulait pas que son nom apparaisse dans les documents officiels. Mais pouvait-il être suspect du meurtre de l'adolescente ? Leo fit un signe de tête entendu pour tenter de rassurer le jeune homme.

— Je ne parlerai pas de vous, c'est promis.

Leo enfonça la main dans la mince couche de neige.

— La bouche de la jeune fille était pleine de terre, de la terre meuble. Imaginez que je me batte avec vous, ici même, et que je tende le bras pour chercher de quoi vous remplir la bouche, de peur que vous vous mettiez à hurler et que quelqu'un vous entende.

Les doigts de Leo palpèrent le sol : dur comme de la pierre. Il recommença ailleurs, tout autour de lui. Il n'y avait pas de terre meuble. Le sol était complètement gelé.

18 mars

Debout devant l'hôpital 379, Leo relisait le rapport d'autopsie dont il avait recopié l'essentiel à la main, à partir de l'original :

*Blessures multiples à l'arme blanche
Lame d'une longueur indéterminée
Abdomen et viscères lacérés
Victime violée avant ou après le décès
Bouche pleine de terre, mais pas de mort par asphyxie, voies respiratoires dégagées.
La terre était destinée à autre chose : étouffer les cris de la victime ?*

Leo avait encerclé ce dernier point. Le sol étant gelé, le meurtrier avait sans doute apporté la terre. Il n'avait rien laissé au hasard. Il y avait eu l'intention de donner la mort. Mais pourquoi avoir apporté de la terre ? Pas très pratique pour empêcher quelqu'un de crier ; un bâillon, un chiffon, voire une main plaquée sur la bouche auraient mieux fait l'affaire. En l'absence de réponse, Leo avait finalement décidé de suivre le conseil de Fiodor et d'examiner lui-même le cadavre.

Quand il avait demandé où celui-ci était conservé, on l'avait envoyé à l'hôpital 379. Leo ne s'attendait à trouver ni laboratoires spécialisés, ni médecins légistes, ni morgue digne de ce nom. Il savait qu'il n'existait aucun dispositif spécifique pour s'occuper des victimes d'actes criminels. À quoi bon, puisqu'il n'y avait pas d'actes criminels ? À l'hôpital, la milice devait frapper à toutes les portes pour solliciter un médecin pendant un temps de pause : à l'heure des repas ou quelques minutes avant une intervention chirurgicale. Sans formation particulière en dehors de leur spécialité, les intéressés ne pouvaient qu'émettre une hypothèse sur les causes du décès. Le rapport d'autopsie lu par Leo était fondé sur les notes prises lors d'un de ces entretiens improvisés avec un médecin, notes sûrement dactylographiées quelques jours plus tard par une personne différente. Nul doute qu'une bonne partie de la vérité s'était perdue en chemin.

L'hôpital 379, l'un des plus célèbres du pays, avait la réputation d'être un des meilleurs hôpitaux publics au monde. Situé tout au bout de la rue Chkalova, il s'étendait jusqu'à la forêt sur plusieurs hectares de pelouses. Leo fut impressionné. Ce n'était pas seulement de la propagande. On avait investi des sommes considérables dans cet établissement : pas étonnant que, d'après la rumeur, de hauts dignitaires fassent des kilomètres pour venir passer leur convalescence dans un cadre si verdoyant. Leo pensait toutefois que cette débauche de subventions était surtout destinée à garantir la bonne santé et la productivité de la main-d'œuvre de l'usine Volga.

À l'accueil, il demanda à s'entretenir avec un médecin, expliquant qu'il avait besoin d'aide pour examiner la victime d'un meurtre, une jeune fille dont le cadavre se trouvait à la morgue de l'hôpital. L'air gêné, le préposé demanda si c'était urgent et s'il ne pourrait pas revenir quand il y aurait moins de monde. Leo en déduisit qu'il ne voulait pas être mêlé à cette affaire.

— C'est urgent.

À contrecœur, l'homme partit chercher quelqu'un de disponible.

Leo pianotait nerveusement sur le comptoir. Mal à l'aise, il surveillait l'entrée par-dessus son épaule. Il était venu de sa propre initiative, sans autorisation. Qu'espérait-il ? Il avait pour mission de trouver des preuves confirmant la culpabilité d'un suspect, pas de remettre en cause cette culpabilité. Même s'il avait été exilé du monde prestigieux des crimes politiques vers celui, plus sordide et secret, de la criminalité conventionnelle, la procédure restait la même ou presque. Il avait décrété que la mort du fils de Fiodor était un accident non pas au vu des preuves, mais pour obéir à la ligne du Parti. Il avait procédé à quantité d'arrestations en se fiant aux listes de noms qu'on lui remettait – listes établies derrière des portes closes. C'était sa méthode. Il n'avait pas la naïveté de croire qu'il pouvait changer le cours de cette enquête. Ce n'était pas de son ressort. Eût-il été le chef de la milice qu'il ne l'aurait pas pu. La machine était lancée, le suspect désigné. Varlam Babinitch serait forcément coupable, et forcément exécuté. Le système ne permettait ni de dévier de la ligne choisie ni de reconnaître ses erreurs. Une efficacité de façade importait cent fois plus que la vérité.

De toute façon, en quoi tout cela le concernait-il ? Ce n'était pas sa ville. Ni sa famille. Il n'avait pas promis aux parents de la victime de retrouver le meurtrier de leur fille. Il ne l'avait pas connue, n'était pas spécialement ému par son histoire. En outre, le suspect représentait un danger pour la société : il avait enlevé un bébé. Autant de bonnes raisons de ne rien faire, sans compter celle-ci : qu'est-ce que j'y peux ?

Le préposé revint, accompagné d'un homme d'une quarantaine d'années, le docteur Tyapkin, qui accepta de conduire Leo à la morgue, à condition qu'il n'y ait aucun formulaire à remplir et que son nom n'apparaisse sur aucun document officiel.

En chemin, le médecin exprima des doutes sur la présence prolongée du cadavre à la morgue.

— On ne les garde jamais longtemps, sauf si on nous le demande. On pensait que la milice avait toutes les informations requises.

— C'est vous qui avez pratiqué l'autopsie ?

— Non, mais j'ai entendu parler de ce meurtre. Je croyais que vous teniez déjà le coupable.

— Ça se pourrait.

— Sans vouloir être indiscret, je ne vous ai encore jamais vu.

— Je viens d'arriver.

— Vous êtes d'où ?

— De Moscou.

— Vous avez été muté ?

— Oui.

— J'ai été muté moi aussi il y a trois ans, de Moscou, comme vous. Vous devez être déçu de vous retrouver ici.

Leo ne répondit pas.

— Vous avez raison de vous taire. Moi, j'ai été déçu, à l'époque. J'avais une réputation, des relations, une famille. J'étais très ami avec le professeur Vovsi. J'ai pris ma mutation pour une sanction. Bien sûr, elle s'est révélée une bénédiction.

Leo reconnut le nom : le professeur Vovsi faisait partie des nombreux médecins juifs en vue arrêtés par Staline. Son arrestation et celle de ses collègues avaient marqué le début d'une des plus grandes purges staliniennes contre les juifs. Tout avait été planifié. Leo avait vu les documents. L'élimination des juifs ayant des responsabilités au sein des cercles du pouvoir devait être suivie d'une purge à plus grande échelle, visant tout citoyen juif, qu'il occupe un poste clé ou non. La mort de Staline avait mis un terme au projet.

N'ayant pas conscience du tour pris par les pensées de son interlocuteur, Tyapkin poursuivit avec enthousiasme :

— Je redoutais d'avoir été envoyé dans une petite clinique en rase campagne. Mais l'hôpital 379 fait la fierté de toute la région. Il a presque trop de succès. Beaucoup d'ouvriers préfèrent passer la nuit dans nos chambres, avec des lits propres, des toilettes intérieures et l'eau courante, plutôt que chez eux. On s'est aperçus qu'ils n'étaient pas tous aussi malades qu'ils le prétendaient. Certains sont même allés jusqu'à se couper un doigt pour pouvoir séjourner une semaine ici. La seule solution a été de faire surveiller les différents services par des officiers du MGB. Non qu'on manque de compassion pour les ouvriers. On a tous vu leurs maisons. Mais si la productivité chutait à cause des congés maladie, on serait accusés de négligence. Maintenir les gens en bonne santé est devenu une question de vie ou de mort non seulement pour les patients, mais aussi pour nous autres médecins.

— Je comprends.

— Vous apparteniez à la milice de Moscou ?

Leo devait-il avouer avoir été membre du MGB ou feindre d'être un simple milicien ? Autant mentir. Il ne voulait pas contrarier l'humeur loquace du docteur Tyapkin.

— En effet.

La morgue était située au sous-sol, creusée dans une terre qui restait gelée tout l'hiver. Un froid glacial régnait donc en permanence dans les couloirs. Tyapkin conduisit Leo dans une vaste salle carrelée et basse de plafond. D'un côté se trouvait un bassin rectangulaire pareil à une piscine. À l'autre extrémité, une porte d'acier menait à la morgue proprement dite.

— Sauf si les proches peuvent prendre d'autres dispositions, on incinère les cadavres dans les douze heures et les victimes de la tuberculose dans l'heure qui suit. On n'a pas besoin d'une grande capacité de stockage. Attendez ici, je reviens.

Le docteur déverrouilla la porte d'acier et pénétra à l'intérieur de la morgue. En l'attendant, Leo s'approcha du bassin, jeta un coup d'œil à son contenu. Il était rempli d'un liquide sombre et gélatineux. Leo ne vit que son propre reflet. La surface était immobile et noire, même si, à la couleur des taches sur les parois en béton, on devinait que le liquide était en réalité orange sombre. Sur le rebord était posée une longue perche métallique se terminant par un crochet. Leo s'en saisit, effleura la surface. Comme du sirop, elle se troubla, puis redevint parfaitement lisse. Leo plongea le crochet plus profond, sentit quelque chose bouger – quelque chose de lourd. Il enfonça encore le crochet. Un corps nu remonta à la surface et pivota lentement sur lui-même avant de disparaître à nouveau. Tyapkin revint de la morgue en poussant un brancard.

— Ces cadavres vont être mis dans la glace et expédiés à Sverdlovsk pour être disséqués. Là-bas, il y a une faculté de médecine. J'ai trouvé votre jeune fille.

Larissa Petrova reposait sur le dos. Sa peau pâle était parcourue de veines bleues aussi fines qu'une toile d'araignée. Ses cheveux étaient blonds. Il y avait un trou dans sa frange, à l'endroit où Varlam avait coupé la mèche. Sa bouche était vide – la terre avait été enlevée –, mais encore béante, les mâchoires bloquées dans la même position. Elle avait les dents et la langue salies par des traces de terre.

— Il y avait de la terre dans sa bouche.

— Ah bon ? Désolé, mais c'est la première fois que je vois le corps.

— Elle avait vraiment la bouche pleine de terre.

— Le médecin qui l'a autopsiée a dû tout enlever pour pouvoir lui examiner la gorge.

— La terre n'a pas été conservée ?

— C'est peu probable.

La jeune fille avait les yeux ouverts. Des yeux très bleus. Peut-être sa mère venait-elle d'une ville proche de la frontière finlandaise, ou d'un pays balte. Se rappelant la superstition qui veut que le visage du meurtrier se reflète dans les yeux de sa victime, Leo se pencha pour voir de plus près ce regard bleu pâle. Soudain gêné, il se redressa. Tyapkin sourit.

— On vérifie tous – les médecins comme les inspecteurs. On a beau se raisonner et se dire qu'il n'y aura rien, on veut tous s'en assurer. Notre tâche serait tellement plus facile si c'était vrai.

— Dans ce cas, les meurtriers arracheraient les yeux de leur victime.

N'ayant encore jamais examiné de cadavre, du moins pas pour l'autopsier, Leo ne savait trop comment procéder. De son point de vue, les mutilations étaient si barbares qu'elles ne pouvaient être que l'œuvre d'un fou. L'abdomen était éviscéré. Leo en avait assez vu. Varlam Babinitch faisait un coupable plausible. Il avait dû apporter la terre pour des raisons qu'il était seul à connaître.

Leo s'apprêtait à partir, mais Tyapkin, à présent qu'il était descendu jusque-là, ne semblait pas pressé. Il se pencha à son tour, inspectant ce qui présentait l'apparence d'un mélange de chair et d'étoffe. Du bout de son stylo, il tâta le ventre déchiqueté, étudia les plaies.

— Vous pouvez me rappeler ce que disait le rapport d'autopsie ?

Leo sortit ses notes et les lut à voix haute. Tyapkin poursuivit son examen.

— Il n'est pas question de la disparition de l'estomac. Or il a été tranché net, détaché de l'œsophage.

— Avec quelle précision ? Je veux dire, sur le plan...

— Vous vous demandez si le coupable ne serait pas médecin ?

Le docteur Tyapkin sourit, avant d'ajouter :

— Possible, mais les incisions sont irrégulières, pas chirurgicales. Leur auteur n'est pas un homme de l'art. Encore qu'à mon avis ce ne soit pas la première fois qu'il se servait d'un couteau, du moins pour prélever un organe. Les incisions sont approximatives, mais le geste était sûr. Elles n'ont pas été faites au hasard.

— Ce ne serait donc pas un coup d'essai ?

— Sans doute pas.

Leo porta la main à son front : malgré le froid, il transpirait à grosses gouttes. Comment ces deux meurtres, celui du fils de Fiodor et celui de cette jeune fille, pouvaient-ils avoir quelque chose en commun ?

— L'estomac faisait quelle taille ?

Tyapkin dessina grossièrement du bout de son stylo la forme d'un estomac sur l'abdomen de l'adolescente, puis il demanda :

— On ne l'a pas retrouvé à proximité ?

— Non.

Ou bien il avait échappé aux enquêteurs, ce qui semblait peu probable, ou bien il avait été emporté par le meurtrier.

Leo se tut quelques instants avant de reprendre la parole :

— La victime a été violée ?
Typkin examina le vagin de la jeune fille.
— Elle n'était pas vierge.
— Ce qui ne veut pas dire qu'elle ait été violée.
— Elle avait déjà eu des rapports sexuels ?
— C'est ce qu'on m'a dit.
— Ses organes génitaux sont intacts. Pas de tuméfactions ni d'incisions. Notez aussi qu'ils n'ont été la cible d'aucune blessure. Ses seins et son visage ne présentent aucune plaie. Le meurtrier ne s'intéressait qu'à une bande étroite située entre la cage thoracique et le pelvis – c'est-à-dire aux organes digestifs. Ce meurtre paraît barbare, mais en fait il est très maîtrisé.

Leo avait trop vite conclu à un acte de folie meurtrière. Dans son esprit, ce sang et ces mutilations étaient synonymes de chaos. Mais apparemment rien de tel. Tout était ordonné, précis, prémédité.

— Vous étiquetez les cadavres à leur arrivée ?
— Pas que je sache.
— Qu'est-ce que c'est que ça ?

Un bout de ficelle entourait la cheville de l'adolescente. Il formait un nœud coulant dont l'extrémité dépassait du brancard. On aurait dit une sorte de bracelet de mendiant. Il y avait comme des brûlures aux endroits où la ficelle avait frotté contre la peau.

Tyapkin fut le premier à voir le général Nesterov. Il était debout à la porte. Impossible de dire depuis combien de temps il les observait. Leo s'écarta du cadavre.

— Je suis venu pour me familiariser avec la procédure.

Nesterov s'adressa à Tyapkin :
— Vous pourriez nous laisser seuls ?
— Oui, naturellement.

Tyapkin échangea un regard avec Leo avant de quitter la pièce, comme s'il lui souhaitait bonne chance. Nesterov s'approcha. Pour tenter de faire diversion, Leo entreprit de résumer ses observations :

— Le rapport d'autopsie ne mentionne pas la disparition de l'estomac de la victime. On a donc une question précise à poser à Varlam : pourquoi lui a-t-il prélevé l'estomac, et qu'en a-t-il fait ensuite ?

— Et vous, que faites-vous au juste à Voualsk ?

Nesterov était face à Leo. Le cadavre de l'adolescente les séparait.

— J'ai été muté.
— Pourquoi ?
— Je ne peux rien dire.
— Je crois que vous appartenez toujours au MGB.

Leo garda le silence. Nesterov poursuivit :

— Ça n'explique pas votre intérêt pour cette affaire. On a relâché Mikoyan sans l'inquiéter, conformément aux instructions.

Leo ignorait qui était Mikoyan.

— Je sais.
— Il n'avait rien à voir avec le meurtre de cette gamine.

Mikoyan devait être le nom du dignitaire du Parti. Il jouissait de protections en haut lieu. Mais l'homme qui avait frappé une prostituée et celui qui avait assassiné une adolescente étaient-ils une seule et même personne ? Leo ne le croyait pas. Nesterov insista :

— Je n'ai pas arrêté Varlam parce qu'il a tenu des propos subversifs ou qu'il a oublié d'assister à un défilé sur la place Rouge. Je l'ai arrêté parce qu'il a tué cette fille, parce qu'il est dangereux et que la ville sera plus sûre s'il est sous les verrous.

— Ce n'est pas lui le coupable.

Nesterov se gratta la joue.

— Quelle que soit la raison pour laquelle on vous envoie, rappelez-vous que vous n'êtes plus à Moscou. Ici, c'est donnant, donnant. Mes hommes sont fiables. Aucun d'eux n'a jamais été arrêté et ne le sera jamais. Si vous faites quoi que ce soit pour nuire à mon équipe, si vous transmettez un seul rapport qui sape mon autorité, si vous désobéissez à un seul de mes ordres, si une seule enquête capote à cause de vous, si vous faites passer mes officiers pour des incompétents, si vous portez la moindre critique contre eux, alors je vous tuerai.

20 mars

Raïssa passa la main sur l'encadrement de la fenêtre. Les clous qui la maintenaient fermée avaient tous été arrachés avec une pince. Elle se retourna et alla ouvrir la porte. Du couloir, elle entendit le brouhaha du restaurant au rez-de-chaussée, mais il n'y avait pas trace de Basarov. C'était la fin de la soirée, moment où il était le plus occupé. Après avoir refermé la porte et donné un tour de clé, Raïssa regagna la fenêtre, l'ouvrit, jeta un coup d'œil au-dehors. En contrebas se trouvait le toit de la cuisine, légèrement incliné. Des empreintes de pas dans la neige indiquaient l'endroit par où Leo était descendu. Elle était furieuse. Alors qu'ils avaient survécu de justesse, il mettait leurs deux vies en danger.

Elle venait de terminer sa deuxième journée de cours à l'école secondaire 151. Le directeur, Vitali Kozlovitch Kapler, qui approchait de la cinquantaine, se félicitait que Raïssa rejoigne son équipe, car elle le déchargerait d'une bonne partie de ses cours, lui permettant, prétendait-il, de régler des formalités administratives en retard. Que son arrivée donne en effet au directeur la possibilité d'accomplir d'autres tâches ou simplement de travailler moins, Raïssa n'aurait pu le dire. À première vue, il préférait le travail administratif à l'enseignement. Quoi qu'il en soit, elle s'était réjouie de commencer aussitôt. À en juger par les quelques cours qu'elle avait donnés jusqu'à présent, ses élèves avaient une conscience politique moins développée que ceux de Moscou. Ils n'applaudissaient pas en entendant le nom des personnages clés du Kremlin, ne faisaient pas de zèle pour prouver leur loyauté au Parti et, de manière générale, ils se comportaient davantage comme des enfants. Appartenant à des milieux très différents, à des familles recrutées aux quatre coins du pays, ils avaient des expériences contrastées de la vie en société. Cela valait aussi pour l'équipe enseignante. Presque tous les professeurs venaient d'autres régions et avaient été mutés à Voualsk. Leur vie ayant été aussi bouleversée que celle de Raïssa, ils la traitaient avec sympathie. Certes, ils se méfiaient d'elle. Qui était-elle ? Pourquoi l'avait-on envoyée là ? Pouvait-on vraiment lui faire confiance ? Mais elle ne s'en formalisait pas : tout le monde se posait ce genre de questions. Pour la première fois, elle s'imaginait pouvoir vivre là.

Elle était restée à l'école tard dans la soirée, pour lire et préparer ses cours. L'école 151 était cent fois plus confortable qu'une chambre bruyante au-dessus d'un restaurant malodorant. Ces conditions de vie sordides représentaient leur châtiment, mais si elles atteignaient Leo, elles se révélaient une arme inefficace contre Raïssa. D'abord et avant tout, elle était suprêmement adaptable. Elle ne s'attachait ni aux bâtiments, ni aux villes, ni aux objets. Ces sentiments s'étaient brutalement volatilisés le jour où elle avait assisté à la destruction de la maison de son enfance. Au début de la guerre, âgée de dix-sept ans, elle faisait la cueillette dans la forêt, des champignons dans une poche, des baies sauvages dans l'autre, quand les premiers obus étaient tombés. Pas tout près d'elle, au loin. Grimpant dans l'arbre le plus proche et sentant le tronc vibrer, elle s'était perchée tel un oiseau sur la plus haute branche d'où elle avait vu, à plusieurs kilomètres de là, sa ville natale se transformer en nuage de fumée et de poussière de brique – une ville littéralement soufflée dans les airs. L'horizon avait disparu derrière ce brouillard créé par les hommes et qui semblait monter du sol. La destruction était trop rapide, trop étendue, trop complète pour lui laisser le moindre espoir de revoir sa famille. Le bombardement terminé, elle était redescendue de son arbre et avait retraversé la forêt en état de choc, le jus des baies écrasées s'écoulant de sa poche droite. Ses yeux ruisselaient de larmes, pas de tristesse, car elle n'avait pleuré ni sur le moment ni depuis, mais à cause de la poussière. Dans ce nuage âcre qui la faisait tousser, unique vestige de sa maison et de sa famille, elle avait découvert que les obus ne venaient pas des lignes allemandes, mais qu'ils arrivaient en sifflant de la ligne de front russe. Plus tard, devenue réfugiée, elle eut la confirmation que l'armée de son pays avait reçu l'ordre de détruire toutes les villes et tous les villages susceptibles de tomber aux mains des Allemands.

Une mesure de précaution. Voilà à quoi se résumait l'annihilation de la maison de son enfance. Ces quelques mots suffisaient à justifier toutes les morts. Mieux valait détruire son propre peuple que de laisser à un soldat allemand la possibilité de trouver un morceau de pain. Il n'y avait eu ni regrets ni excuses, et il ne fallait surtout pas poser de questions. Protester contre cette tuerie aurait été une trahison. Ainsi les leçons d'amour et d'affection données par ses parents, ces leçons qu'un enfant apprend en vivant au contact de deux personnes qui s'aiment, en les observant et en les écoutant, avaient-elles sombré dans les profondeurs de son esprit. Elles appartenaient à une époque révolue. Posséder une maison, être de quelque part : seuls les enfants se cramponnaient encore à ce genre de rêve.

S'écartant de la fenêtre, Raïssa s'efforça de garder son calme. Leo l'avait suppliée de rester avec lui, énumérant tous les risques qu'elle courrait si elle partait. Elle avait renoncé pour une seule raison : parce que c'était sa meilleure carte, pas formidable, mais quand même la meilleure. Et voilà qu'il mettait cette seconde chance en péril. S'ils voulaient survivre ici, ils devaient se montrer discrets, ne rien faire qui sorte de l'ordinaire – ne rien dire et ne pas attirer l'attention. Ils étaient certainement surveillés. Basarov était certainement un informateur. Vassili avait certainement des agents dans cette ville pour les espionner, guetter l'occasion d'aller plus loin, de faire passer leur châtiment de l'exil à l'internement, puis à l'exécution.

Elle éteignit la lumière. Debout dans l'obscurité, elle regarda par la fenêtre. Il n'y avait personne dehors. Si des agents la surveillaient, ils devaient se trouver au rez-de-chaussée. Sans doute la raison pour laquelle la fenêtre avait été clouée. Elle allait devoir veiller à ce que Leo rapporte les clous et les remette en place. Basarov risquait de vérifier pendant qu'ils seraient au travail. Elle enfila ses gants, son manteau, sortit par la fenêtre sur le toit verglacé en s'efforçant de ne pas faire de bruit. Elle referma la fenêtre derrière elle et sauta à terre. Elle avait posé une seule condition à Leo : ils devaient être égaux comme ils ne l'avaient jamais été. Et déjà il ne tenait pas parole. S'il croyait qu'elle allait rester près de lui sans rien dire, en épouse docile et bienveillante, pendant qu'il la mettait en danger pour des raisons personnelles, il se trompait.

Même jour

Dans le cadre de l'enquête officielle, les alentours de l'endroit où on avait retrouvé le corps de Larissa avaient été ratissés dans un rayon d'environ cinq cents mètres. Même si Leo manquait d'expérience en matière criminelle, la zone lui semblait insuffisante. On n'avait rien découvert hormis les vêtements de la jeune fille, abandonnés à une vingtaine de mètres du cadavre dans le sous-bois. Pourquoi ces vêtements – son chemisier, sa jupe, son bonnet, son manteau et ses gants – se trouvaient-ils soigneusement empilés si loin d'elle ? Ils n'étaient ni tachés de sang, ni tailladés, ni déchirés. Ou bien on avait déshabillé Larissa, ou bien elle l'avait fait elle-même. Peut-être avait-elle tenté de s'enfuir, de sortir de la forêt, pour être rattrapée juste avant d'atteindre la lisière. Si toutefois elle courait nue. Le meurtrier avait dû la convaincre de l'accompagner, sans doute en lui offrant de l'argent pour ses services. Dans les profondeurs de la forêt, une fois qu'elle s'était dévêtue, il se serait jeté sur elle. Mais Leo avait du mal à trouver une logique à ce meurtre. Tous ces détails incompréhensibles – la terre, la disparition de l'estomac, la ficelle – le laissaient perplexe, et pourtant il ne cessait d'y penser.

Il y avait peu de chances de découvrir quoi que ce soit de nouveau concernant la mort de Larissa, même en tenant compte de l'incompétence et de la négligence de la milice. Leo se trouvait donc dans une situation paradoxale : il lui fallait un second cadavre. Durant l'hiver, ces forêts étaient désertes, un corps pouvait y rester des mois en l'état, comme celui de Larissa. Leo avait toutes les raisons de croire qu'elle n'était pas la première victime. Le docteur Tyapkin avait laissé entendre que le meurtrier savait ce qu'il faisait, qu'il possédait une assurance et une compétence nées de la pratique. La méthode supposait l'habitude, qui supposait elle-même la répétition. Et puis il y avait bien sûr la mort d'Arkady, sur laquelle Leo s'interrogeait toujours.

Il poursuivait ses recherches au clair de lune, s'aidant discrètement de sa torche électrique, conscient qu'il risquait sa vie s'il était découvert. Il prenait très au sérieux les menaces de mort du général Nesterov. Cette nécessité de garder le secret avait toutefois été compromise quand Aleksandr, le guichetier de la gare, l'avait vu s'enfoncer dans les bois. Il l'avait appelé, et Leo, faute de pouvoir fournir un mensonge plausible, avait dû dire la vérité, avouer qu'il cherchait des preuves relatives au meurtre de la jeune fille. Il avait demandé à Aleksandr de n'en parler à personne, prétendant que cela pourrait compromettre la réussite de l'enquête. Aleksandr s'y était engagé et lui avait souhaité bonne chance, ajoutant qu'il avait toujours pensé que le meurtrier voyageait par le train. Sinon, pourquoi le cadavre aurait-il été si près de la gare ?

Un habitant de la ville aurait choisi un endroit de la forêt beaucoup plus reculé. Leo avait reconnu que cet emplacement était un indice, tout en se promettant d'effectuer quelques recherches sur le jeune homme. Même s'il paraissait sympathique, on ne pouvait pas se fier à son innocence apparente. Encore que l'innocence même ne pesât pas lourd, songea Leo.

À l'aide d'une carte volée au siège de la milice, il avait divisé la forêt autour de la gare en quatre zones. Il n'avait rien trouvé dans la première, où le corps de la victime avait été retrouvé. Le sol avait été presque entièrement piétiné par des centaines de bottes. Même la neige noire de sang avait disparu, sans doute évacuée pour tenter d'effacer toute trace du meurtre. Pour autant que Leo puisse en juger, personne n'avait inspecté les trois autres zones : la neige était immaculée. Il lui avait fallu environ une heure pour couvrir la deuxième zone, après quoi il ne sentait plus ses doigts, engourdis par le froid. La neige présentait toutefois un avantage : il pouvait se déplacer relativement vite, parcourir une vaste superficie à la recherche d'empreintes, se servant des siennes pour délimiter les surfaces où il était passé.

Alors qu'il en avait presque fini avec la troisième zone, il marqua une pause. Il entendit des pas – des crissements dans la neige. Éteignant sa torche, il alla s'accroupir derrière un arbre. Mais impossible de se cacher : on semblait suivre ses traces. Devait-il s'enfuir ? Il n'avait pas le choix.

— Leo ?

Il se releva, ralluma sa torche. C'était Raïssa.

Il écarta le faisceau lumineux de son visage.

— Tu n'as pas été suivie ?

— Non.
— Que fais-tu ici ?
— C'est la question que j'allais te poser.
— Je te l'ai déjà dit. Une jeune fille a été assassinée, la milice a un suspect, mais je ne…

Agacée, Raïssa l'interrompit sèchement :
— Tu ne le crois pas coupable ?
— Non.
— Depuis quand ça te pose un problème ?
— Raïssa, j'essaie juste…
— Arrête, Leo, je supporterai mal de t'entendre me dire que tu es là par devoir, pour jouer les justiciers ou sauver ton honneur. Soyons clairs : ça finira mal, et si ça finit mal pour toi, ça finit mal pour moi.
— Tu préfères que je ne fasse rien ?

Raïssa se mit en colère.
— Donc, je devrais me sacrifier pour ton enquête ? Il y a des innocents qui souffrent partout dans le pays et je n'y peux rien, sauf essayer de ne pas devenir comme eux.
— Tu crois que le fait de courber l'échine, de ne rien faire de mal nous protège ? Alors que tu n'avais jamais rien fait de mal, on a voulu t'exécuter pour trahison. Ne rien faire ne nous met pas à l'abri d'une arrestation. Je suis bien placé pour le savoir.
— On dirait un gosse avec un nouveau jouet. Tout le monde sait que personne n'est à l'abri. C'est une question de risques. Et celui-là est inacceptable. Tu crois qu'en attrapant un vrai coupable tu ne penseras plus à tous ces innocents, hommes et femmes, que tu as arrêtés ? Tu n'es pas ici pour cette jeune fille ni pour une autre, mais pour toi-même.

— Tu me détestes quand j'obéis aux ordres. Mais tu me détestes tout autant quand j'agis en mon âme et conscience.

De nouveau, Leo éteignit sa torche. Il ne voulait pas que Raïssa soit témoin de son dépit. Bien sûr qu'elle avait raison, tout ce qu'elle avait dit était juste. Leurs destinées étaient indissociables : il n'avait aucun droit de s'embarquer dans cette enquête sans son accord. Et il était mal placé pour donner des leçons de morale.

— Ils ne nous laisseront jamais tranquilles, Raïssa. Selon toute vraisemblance, ils attendront quelques mois, voire un an, entre mon arrivée et mon arrestation.

— Tu n'en sais rien.

— Ils n'abandonnent jamais. Peut-être qu'ils ont besoin de faire un exemple avec moi. À moins qu'ils préfèrent me laisser moisir dans l'ombre avant de m'achever. Mais je n'ai pas beaucoup de temps devant moi. Et je veux le consacrer à tenter de retrouver celui qui a fait ça. Il faut qu'il soit arrêté. Je me rends compte que ça ne t'aide pas. Tu auras quand même un moyen de sauver ta peau. Juste avant qu'ils m'arrêtent, je serai deux fois plus surveillé. À ce moment-là, tu pourras aller les voir, leur raconter ce que tu veux sur moi, faire semblant de me trahir.

— Et dans l'immédiat, je suis censée faire quoi ? Rester assise dans cette chambre et attendre ? Mentir pour te couvrir ?

— Désolé.

Raïssa hocha la tête, tourna les talons et repartit d'où elle était venue. Resté seul, Leo ralluma sa torche. Il se sentait vidé de son énergie, marchait au ralenti, n'arrivait plus à se concentrer sur le meurtre. Ne s'agissait-il vraiment que d'une entreprise futile, égoïste ? Il n'était pas allé très loin quand il entendit une fois encore des bruits de pas dans la neige. Raïssa était revenue.

— Tu es sûre que cet homme a déjà tué ?

— Oui. Et si on trouve une autre victime, on peut rouvrir l'enquête. Les preuves contre Varlam Babinitch ne concernent que la jeune fille. S'il y a eu un second meurtre, les charges retenues contre lui ne tiennent plus.

— Tu m'as dit que ce Varlam était demeuré. Ça fait de lui un coupable potentiel pour n'importe quel crime. Ils peuvent très bien lui mettre les deux meurtres sur le dos.

— Tu as raison. C'est le risque. Mais un second cadavre est ma seule chance de rouvrir l'enquête.

— Donc si on en trouve un, tu as ton enquête. Sinon, si on ne trouve rien, tu me promets de tout laisser tomber ?

— Oui.

— Dans ce cas, d'accord. Je te suis.

Après quelques hésitations, ils s'enfoncèrent dans la forêt.

Une demi-heure plus tard, tandis qu'ils marchaient côte à côte, Raïssa désigna quelque chose devant eux. Deux séries de traces de pas croisaient leur chemin, celles d'un adulte et celles d'un enfant, deux trajectoires parallèles. Autour d'elles, la neige était intacte. L'enfant n'avait pas été entraîné de force. Les empreintes de l'adulte étaient énormes et profondes. Sûrement un homme grand et fort. Celles de l'enfant, presque invisibles. Il devait être de petite taille.

Raïssa se tourna vers Leo.

— Elles peuvent très bien continuer jusqu'au village le plus proche.

— Peut-être.

Elle comprit. Leo comptait les suivre jusqu'au bout.

Ils continuèrent à marcher quelque temps sans rien remarquer d'anormal. Leo commençait à se demander si Raïssa n'avait pas raison. Peut-être y avait-il une explication innocente. Soudain il se figea. Un peu plus loin, la neige était tassée, comme si quelqu'un s'était allongé. Leo s'avança. Les empreintes se brouillaient, donnant l'impression qu'il y avait eu une bagarre. L'adulte s'était écarté de l'endroit, tandis que les traces de l'enfant partaient dans la direction opposée, indistinctes, irrégulières : il s'était mis à courir. À l'évidence, il était tombé : on voyait l'empreinte d'une main. Il s'était relevé, avait repris sa course avant de tomber à nouveau. Et à nouveau il s'était débattu, même s'il était impossible de déterminer avec qui ou avec quoi. Il n'y avait que ces deux séries de traces de pas. Quoi qu'il se soit passé, l'enfant avait réussi à se relever, à reprendre sa course. Son désespoir se lisait sur la neige. Les empreintes de l'adulte restaient toutefois invisibles. Et puis, à plusieurs mètres de là, elles réapparurent. De profondes empreintes de bottes surgissant de derrière les arbres. Il y avait quelque chose de bizarre : l'adulte avait couru en zigzag, ralentissant sa progression vers l'enfant. Ça ne tenait pas debout. Après s'être éloigné de l'enfant, il avait changé d'avis et était revenu vers lui à l'aveuglette. À en juger par l'orientation des empreintes, il l'avait rattrapé un peu après l'arbre suivant.

Raïssa s'arrêta, fixant des yeux le point où les deux trajectoires devaient se rejoindre. Leo posa la main sur son épaule.

— Reste là.

Leo s'avança, contourna l'arbre. Il vit d'abord la neige rouge de sang, puis les jambes nues, l'abdomen mutilé. Un jeune garçon, sans doute guère plus de treize ou quatorze ans. Il était petit et mince. Comme la jeune fille, il gisait sur le dos, les yeux regardant vers le ciel. Il avait quelque chose dans la bouche. Du coin de l'œil, Leo perçut un mouvement. Il se retourna et vit Raïssa debout derrière lui, en train de contempler le corps.

— Ça va ?

Lentement, Raïssa porta la main à ses lèvres. Elle hocha lentement la tête.

Leo s'agenouilla près du cadavre. Une ficelle était attachée autour d'une des chevilles. Elle avait été coupée : seul un petit morceau traînait dans la neige. La peau était rougeâtre à l'endroit où la ficelle était rentrée dans la chair. Se préparant au pire, Leo se tourna pour voir le visage du jeune garçon. Sa bouche était pleine de terre. Il avait l'air de hurler. Contrairement à Larissa, il n'avait pas de neige sur le corps. Il avait été tué après elle, peut-être au cours des deux semaines écoulées. Leo se pencha pour prendre une pincée de terre sombre dans la bouche du mort. Il la frotta entre son pouce et son index. Elle était sèche et rugueuse. La texture n'était pas celle de la terre. Il y avait de gros fragments irréguliers. Ils s'effritèrent entre les doigts de Leo. Rien à voir avec de la terre. C'était de l'écorce.

22 mars

Trente-six heures environ après avoir trouvé le corps du jeune garçon, Leo n'avait toujours pas signalé sa découverte. Raïssa avait raison. Au lieu de permettre la réouverture de l'enquête, ce second meurtre risquait d'être attribué à Varlam Babinitch. Le jeune homme n'avait aucun instinct de survie, il était influençable : qu'on lui souffle quelque chose à l'oreille, et il le reprendrait à son compte. Il apportait une solution pratique et rapide à deux horribles meurtres. Pourquoi chercher un second suspect quand on en avait déjà un sous les verrous ? Babinitch n'aurait sûrement pas d'alibi, car le personnel de l'internat ne se souviendrait pas de ses allées et venues, et refuserait de se porter garant. À coup sûr, ou presque, les charges pesant sur lui passeraient d'un homicide volontaire à deux.

Leo ne pouvait pas se contenter d'annoncer la découverte d'un second cadavre. Il devait d'abord établir que Varlam Babinitch n'était au courant de rien. Ce serait le seul moyen de le sauver : rendre nulle et non avenue la procédure contre le premier – et le seul – suspect de la milice. Exactement ce contre quoi Nesterov avait mis Leo en garde. Cela entraînerait l'ouverture d'une enquête criminelle contre X. Le fait que Babinitch ait déjà avoué compliquait encore le problème. Les agents locaux du MGB interviendraient certainement s'ils apprenaient qu'une confession avait été remise en cause par la milice. Les aveux étant la pierre angulaire du système judiciaire, il fallait protéger leur caractère sacré par tous les moyens. Si quelqu'un découvrait l'existence du second meurtre avant que Leo ait prouvé l'ignorance de Babinitch, il pouvait décréter qu'il était plus facile et plus sûr pour toutes les personnes concernées de modifier la confession du suspect en lui dictant les détails nécessaires : garçon de treize ans poignardé dans les bois, derrière les voies, plusieurs semaines auparavant. Cette solution simple et efficace ne choquerait personne, pas même Babinitch, puisqu'il ne comprendrait sans doute pas ce qui se passait. Il n'y avait qu'un moyen d'empêcher la nouvelle du second meurtre de filtrer : que Leo garde le silence. En regagnant la gare, il n'avait ni donné l'alarme ni appelé ses supérieurs. Il n'avait pas signalé le meurtre ni délimité de périmètre autour du lieu du crime. Il n'avait rien fait. À la grande perplexité de Raïssa, il lui avait demandé de ne rien dire à personne, expliquant qu'il ne pouvait rencontrer Babinitch avant le lendemain matin, ce qui supposait de laisser le cadavre dans les bois toute la nuit. Leo ne voyait pas d'autre solution pour que Babinitch ait une chance d'obtenir justice.

L'intéressé ne se trouvait plus aux mains de la milice : il avait été confié aux *sledovatyels* du bureau du procureur. Une équipe de magistrats avait déjà recueilli ses aveux pour le meurtre de Larissa Petrova. Leo avait lu le document. Les éléments qui y figuraient différaient en partie de ceux obtenus par la milice, mais peu importait. La conclusion était plus ou moins la même : Babinitch était coupable. De toute façon, le document de la milice n'avait rien d'officiel et ne serait pas cité lors du procès. La milice n'avait eu pour mission que de désigner le suspect le plus crédible. Lorsque Leo avait demandé l'autorisation de parler au prisonnier, l'enquête était pratiquement terminée. Le procès allait s'ouvrir.

Leo avait dû faire valoir que le suspect avait pu tuer d'autres jeunes filles, et que la milice et les magistrats devraient l'interroger conjointement avant qu'il passe en jugement pour s'assurer qu'il n'y avait pas d'autres victimes. Nesterov avait concédé que cela aurait déjà dû être fait. Il avait insisté pour assister à l'interrogatoire, ce qui arrangeait Leo : plus il y aurait de témoins, mieux ce serait. En présence de deux magistrats et de deux officiers de la milice, Babinitch avait nié connaître l'existence d'autres victimes. Les quatre hommes conclurent que l'accusé n'avait probablement tué personne d'autre. Aucune autre jeune fille blonde – la couleur des cheveux étant le mobile du crime – n'avait été portée disparue. Devant cette unanimité, Leo avait feint de nourrir encore des doutes et suggéré de ratisser la forêt par précaution, en élargissant les recherches à toutes les zones situées à moins d'une demi-heure de marche de la ville. Conscient que sa nouvelle recrue avait une idée derrière la tête,

Nesterov s'était montré de plus en plus réticent. Sans le passé de Leo au sein du MGB, sa requête aurait été rejetée. L'idée d'employer les forces de la milice à rechercher activement la victime d'un meurtre éventuel était ridicule. Malgré sa méfiance, Nesterov n'avait pourtant pas osé s'opposer ouvertement à la suggestion de Leo, l'ordre pouvant venir de Moscou. Les recherches devaient commencer ce jour-là, trente-six heures après la découverte par Leo et Raïssa du corps du jeune garçon dans la neige.

Ces dernières heures, son souvenir obsédait Leo. Il avait fait un cauchemar où, dans la forêt, un enfant nu, éviscéré, demandait pourquoi on l'avait abandonné.

Pourquoi me laissez-vous tout seul ?

L'enfant du cauchemar était Arkady, le fils de Fiodor.

Raïssa avait confié à Leo sa difficulté à se concentrer en classe, à faire comme si de rien n'était en sachant qu'un enfant mort gisait dans la forêt. Elle éprouvait le besoin irrépressible de prévenir ses élèves, d'avertir d'une façon ou d'une autre les habitants de la ville. Les parents ignoraient tout du danger. Aucun d'eux n'avait signalé la disparition d'un enfant. Aucune absence inexpliquée n'apparaissait sur les registres de l'établissement. Qui était le garçon dans la forêt ? Elle aurait voulu l'identifier, retrouver sa famille. Leo ne pouvait rien faire d'autre que lui demander d'attendre. Malgré son sentiment de malaise, Raïssa s'en remettait à son jugement :

c'était le seul moyen de libérer un innocent et de traquer le véritable coupable. Dans son absurdité, ce raisonnement paraissait plausible.

Après avoir recruté des ouvriers pour compléter les équipes de recherche, Nesterov les répartit, hommes et femmes confondus, en sept groupes de dix. Leo faisait partie du groupe chargé de ratisser la forêt derrière l'hôpital 379, à l'opposé de l'endroit où gisait le corps. Une décision idéale, car il valait mieux que Leo ne le découvre pas lui-même. Il se pouvait également qu'il y ait d'autres cadavres. Leo avait la conviction que ces deux victimes n'étaient pas les premières.

Les dix membres de son équipe se séparèrent pour former deux groupes de trois et un groupe de quatre. Il se retrouva avec l'adjoint de Nesterov – qui avait sans doute pour consigne de le surveiller de près – et une ouvrière. Il leur fallut la journée entière pour couvrir leur zone, plusieurs kilomètres carrés de congères qu'il fallait transpercer à l'aide de bâtons pour vérifier que rien n'était caché dessous. Pas trace de cadavre. Lorsque les deux autres groupes les rejoignirent derrière l'hôpital, ils étaient eux aussi bredouilles. Cette partie de la forêt était déserte. Leo était impatient de savoir comment les choses se passaient de l'autre côté de la ville.

Nesterov se tenait en lisière de la forêt, près de la cabane servant à la maintenance des voies, réquisitionnée et transformée en quartier général. Leo s'approcha lentement, de son air le plus détaché. Nesterov l'interrogea :

— Qu'est-ce que vous avez trouvé ?

— Rien.

Leo attendit quelques secondes avant d'ajouter :

— Et ici ?

— Rien non plus, absolument rien.

Leo n'arrivait plus à feindre l'indifférence. Conscient que Nesterov guettait ses réactions, il détourna le regard, s'efforçant de comprendre ce qui avait pu se passer. Comment le corps avait-il pu leur échapper ? Était-il toujours là ? Les traces de pas étaient bien visibles. Peut-être le périmètre des recherches ne s'étendait-il pas jusqu'au cadavre, mais il incluait au moins ces deux séries de traces. L'équipe en question ne les avait-elle pas suivies jusqu'au bout ? Par manque de motivation, elle avait pu abandonner la partie en atteignant la limite de la zone de recherches. La plupart des équipes revenaient : dans quelques minutes, l'opération se terminerait, et le cadavre du jeune garçon serait encore dans la forêt.

Leo entreprit de questionner les hommes qui arrivaient, deux officiers de la milice, entre dix-huit et vingt ans, qui faisaient partie de l'équipe chargée de ratisser la zone la plus proche de l'endroit où gisait le corps. Ils reconnurent avoir vu des traces de pas, mais apparemment rien de suspect, puisqu'il y en avait quatre sortes, et non pas deux : ils avaient supposé qu'il s'agissait d'une famille en promenade. Leo avait négligé le fait que ses empreintes et celles de Raïssa étaient venues s'ajouter à celles de la victime et du meurtrier. Luttant contre l'exaspération, il oublia qu'il n'avait pas autorité sur les deux hommes et leur ordonna de retourner dans les bois pour suivre les traces jusqu'au bout. Les deux officiers renâclèrent. Ces traces pouvaient se poursuivre pendant des kilomètres. Et de quel droit Leo leur donnait-il des ordres ?

Celui-ci n'eut d'autre solution que de s'adresser à Nesterov, démontrant à l'aide d'une carte qu'il n'y avait aucun village à proximité, que ces traces de pas étaient suspectes. Mais Nesterov donna raison aux deux officiers. La présence de quatre sortes de traces ne constituait pas une piste fiable qui méritait d'être suivie. Incapable de masquer sa déception, Leo répliqua :

— Dans ce cas, j'y vais tout seul.

Nesterov le dévisagea.

— Je viens avec vous.

Leo s'enfonça dans la forêt en marchant sur ses propres traces, seulement accompagné de Nesterov. Un peu tard, il prit conscience du danger qu'il y avait à se retrouver seul et sans arme avec un homme qui l'avait menacé de mort. C'était l'endroit rêvé pour se débarrasser de lui. Nesterov semblait calme. Il tirait sur sa cigarette.

— Dites-moi, Leo, ces traces vont nous mener où ?

— Aucune idée.

— On dirait pourtant les vôtres.

Nesterov désigna les empreintes de pas devant eux, puis celles que Leo venait de laisser. Elles étaient identiques.

— On va trouver le cadavre d'un gosse.

— Que vous avez déjà découvert ?

— Il y a deux jours.

— Mais vous ne l'avez pas signalé ?
— Je voulais d'abord établir le fait que Varlam Babinitch ignorait tout de ce meurtre.
— Vous redoutiez qu'on l'accuse ?
— Je le redoute toujours.

Nesterov allait-il sortir son arme ? Leo attendit. Nesterov finit sa cigarette et se remit à marcher. Ils ne dirent rien de plus avant d'avoir atteint le cadavre. Il avait exactement la même position que dans les souvenirs de Leo : étendu sur le dos, entièrement nu, la bouche pleine d'écorce, l'abdomen sauvagement éventré. Leo resta à l'écart pendant que Nesterov l'examinait. Il prenait son temps, visiblement choqué par ce meurtre. Au moins une source de réconfort.

Il finit par rejoindre Leo.

— Je veux que vous alliez appeler le bureau du procureur. Je reste près du corps.

Se rappelant les craintes de Leo, il ajouta :

— Il est évident que Varlam Babinitch n'a rien à voir avec ce meurtre.
— Tout à fait d'accord.
— Ce sont deux affaires distinctes.

Interloqué, Leo le dévisagea.

— Mais ces deux adolescents ont été assassinés par le même homme !
— Une jeune fille a été violée et assassinée. Un garçon a été violé et assassiné. Ce sont deux crimes différents. Deux formes de déviance.
— On ignore si ce gosse a été violé.
— Il suffit de le regarder !
— Je ne crois pas que la jeune fille ait été violée, et le médecin à qui j'en ai parlé non plus.

— Elle était nue.

— Mais les deux victimes ont eu la bouche remplie d'écorce, d'écorce broyée !

— Larissa avait la bouche pleine de terre.

— C'est faux.

— Varlam Babinitch a avoué lui avoir rempli la bouche de terre.

— Raison pour laquelle il ne peut pas l'avoir tuée : le sol est gelé. S'il s'agissait bel et bien de terre, où l'aurait-il prise ? La bouche de Larissa était pleine d'écorce, comme celle de ce gosse. Cette écorce a été broyée à l'avance, j'ignore pourquoi.

— Babinitch a avoué.

— Il est prêt à avouer n'importe quoi si on lui pose la question un nombre de fois suffisant.

— Pourquoi êtes-vous si sûr qu'on a affaire au même meurtrier ? L'adolescente a été tuée près de la gare : un acte imprudent, à peine dissimulé. Les hurlements auraient pu être entendus des passagers. C'était le crime d'un idiot, et l'idiot a avoué. Mais ce jeune garçon a été conduit presque une heure à travers bois. Le meurtrier a pris des précautions pour ne pas être interrompu. Ce n'est pas le même homme.

— Qui sait ce qui s'est passé avec la jeune fille ? Il comptait peut-être l'emmener dans la forêt, mais elle a changé d'avis et il a dû la tuer sur place. Pourquoi les deux victimes ont-elles un bout de ficelle autour de la cheville ?

— Ce meurtre est différent du premier.

— Dites-moi que vous n'êtes pas pressé de conclure cette affaire au point de dire et de croire n'importe quoi.

— Dites-moi plutôt quel genre d'individu est capable de violer une jeune fille, de la tuer, et ensuite de violer un gosse et de le tuer ? De qui peut-il bien s'agir ? Voilà vingt ans que je travaille dans la milice, et jamais je n'ai rencontré un tel individu. Jamais je n'en ai entendu parler. Vous avez un seul exemple à me donner ?

— La jeune fille n'a pas été violée.

— Vous avez raison. Son meurtrier avait un mobile : elle a été tuée à cause de ses cheveux blonds. Tuée par un malade. Ce gosse a été tué pour un autre mobile, par un autre malade.

23 mars

Aleksandr ferma son guichet, baissa le rideau et se cala dans son fauteuil. Même si ce bureau était exigu, deux ou trois mètres carrés au plus, il appréciait que ce soit le sien. Il ne le partageait avec personne, n'avait personne sur le dos. Il jouissait d'une certaine liberté, échappait aux quotas et aux contraintes de la productivité. Cet emploi présentait un seul inconvénient. Pour tous ceux qui le connaissaient, Aleksandr ne pouvait qu'être déçu du tour pris par son existence.

Cinq ans plus tôt, Aleksandr était le sprinter le plus rapide de l'école secondaire 151. On le croyait promis aux plus grands succès sur le plan national, voire international si l'Union soviétique participait aux jeux Olympiques. Au lieu de quoi, il se retrouvait dans un emploi sédentaire de guichetier, à voir les autres partir en voyage alors que lui-même n'allait nulle part. Des années durant, il avait suivi un entraînement draconien, remporté des compétitions régionales. Et tout ça pour quoi ? Pour distribuer des horaires et vendre des billets de train : un travail à la portée du premier venu. Aleksandr se rappelait le moment exact où son rêve s'était envolé. Son père et lui avaient pris le train pour Moscou, où il devait participer aux éliminatoires organisées par le club sportif de l'armée, le CSKA – qui dépendait du ministère de la Défense. Le CSKA avait la réputation de sélectionner les meilleurs athlètes du pays et de les amener à des performances exceptionnelles. Quatre-vingt-dix pour cent des candidats étaient éliminés. Aleksandr avait couru jusqu'à s'en rendre malade, jusqu'à vomir au bord de la piste. Il avait couru plus vite que jamais, battant son propre record. Et il n'avait pas été retenu. Durant le voyage de retour, son père avait tenté de voir cette élimination sous un jour positif. Elle allait inciter Aleksandr à s'entraîner encore davantage : à coup sûr, il serait sélectionné l'année suivante, plus fort d'avoir dû se battre pour réaliser son rêve. Mais Aleksandr avait donné tout ce qu'il avait, et ça n'avait pas suffi. Il n'y aurait pas d'année suivante. Malgré ces encouragements, il n'avait pas le cœur à s'entraîner, et son père avait fini par se laisser abattre lui aussi. Aleksandr avait quitté l'école 151, trouvé un emploi, sombré dans une routine rassurante.

Il terminait sa journée à vingt heures. Il quitta son guichet, ferma la porte à clé derrière lui. Il n'avait pas beaucoup de chemin à faire : ses parents et lui habitaient au-dessus de la gare. Son père était le chef de gare en titre, mais il n'allait pas bien. Personne à l'hôpital ne lui trouvait d'autre maladie que l'alcoolisme et l'obésité. La mère d'Aleksandr était en meilleure santé et, malgré l'état de son mari, plutôt satisfaite de son sort. Elle avait toutes les raisons de l'être : leur famille n'était pas à plaindre. Le salaire d'un employé des chemins de fer était modeste et son pouvoir limité, mais il y avait un gros avantage : le logement. Au lieu de devoir le partager avec une autre famille, Aleksandr et ses parents étaient les seuls occupants d'un appartement bien isolé avec sanitaires et eau chaude, un appartement de construction récente, comme la gare. En contrepartie ils étaient d'astreinte vingt-quatre heures sur vingt-quatre. De la gare, on pouvait sonner directement chez eux. En cas de passage d'un train la nuit ou à l'aube, ils devaient être à pied d'œuvre. Ces inconvénients étaient toutefois négligeables et, une fois répartis entre les membres de la famille, largement compensés par le confort relatif dont ceux-ci bénéficiaient. Leur appartement était assez vaste pour loger deux familles. La sœur d'Aleksandr avait épousé un balayeur employé à l'usine Volga où elle-même travaillait, et venait d'emménager avec lui dans un quartier agréable. Ils attendaient leur premier enfant. Aleksandr, à vingt-deux ans, n'avait donc aucun souci à se faire. Un jour, la direction de la gare et le logement lui reviendraient.

Dans sa chambre, il quitta son uniforme, enfila ses vêtements ordinaires et s'attabla pour dîner avec ses parents : soupe de pois au haddock et *kasha* grillée. Son père mangeait une petite tranche de foie de génisse. Quoique cher et difficile à trouver, le foie lui avait été conseillé par les médecins. Il suivait un régime strictement sans alcool, dont il avait la conviction qu'il aggravait son état. Pas une parole ne fut échangée à la table du dîner. Le père d'Aleksandr semblait mal en point. Il toucha à peine à sa nourriture. La vaisselle faite, Aleksandr pria ses parents de l'excuser : il allait au cinéma. Son père était déjà couché. Aleksandr l'embrassa pour lui souhaiter bonne nuit, lui disant de ne pas s'inquiéter, qu'il serait debout pour l'arrivée du premier train.

Voualsk ne possédait qu'une seule salle de cinéma. Trois ans plus tôt, il n'y en avait aucune. Une église avait été transformée en auditorium de six cents places où l'on projetait de vieux longs-métrages subventionnés par l'État, et inconnus de la plupart des habitants. Certains, comme *Les Combattants*, *Non coupable*, *Secrets du contre-espionnage* ou *Rendez-vous sur l'Elbe*, étaient des films à succès de la dernière décennie, qu'Aleksandr avait tous vus et revus. Depuis l'ouverture de cette salle, le cinéma était son passe-temps favori. L'athlétisme l'avait empêché de se tourner vers la boisson, et il n'était pas spécialement sociable. À l'entrée, il vit qu'on passait *Notre Dieu*. Il l'avait déjà vu deux soirs plus tôt, ainsi que plusieurs fois auparavant. Il l'avait trouvé passionnant, moins le film lui-même que la performance du comédien qui incarnait Staline. Il se demandait si ce dernier avait eu son mot à dire sur le choix de l'acteur. Il se demandait également ce qu'on ressentait en voyant un autre homme jouer votre rôle, en lui disant ce qui allait et ce qui n'allait pas. Cette fois, il n'entra pas. Au lieu de prendre son tour dans la file d'attente, il se dirigea vers le jardin public.

Au centre du parc de la Victoire se trouvaient trois soldats en bronze qui brandissaient le poing vers le ciel, leur fusil en bandoulière. Officiellement, le parc était fermé la nuit. Mais, en l'absence de grilles, personne ne respectait l'interdiction. Aleksandr connaissait le chemin : un sentier loin de la rue et à l'abri des regards, caché derrière les arbres et les bosquets. Le cœur battant, comme toujours, il fit lentement son tour habituel. Apparemment il était seul ce soir-là, et s'apprêtait à rentrer chez lui après avoir fait une dernière fois le tour du parc.

Il aperçut alors un homme devant lui. Il se figea. L'homme se retourna. Leur silence gêné indiquait qu'ils étaient là pour la même raison. Aleksandr s'avança tandis que l'homme restait immobile, attendant qu'il le rejoigne. Une fois côte à côte, ils vérifièrent furtivement qu'ils étaient seuls avant de se dévisager. Plus jeune qu'Aleksandr, l'inconnu devait avoir dix-neuf ou vingt ans. À son air intimidé, Aleksandr devina que ce devait être la première fois pour lui. Il rompit le silence :

— Je connais un endroit où on peut aller.

Après avoir regardé une dernière fois autour de lui, le jeune homme acquiesça sans rien dire. Aleksandr ajouta :

— Suis-moi de loin.

Ils se mirent en route séparément. Aleksandr prit une centaine de mètres d'avance. Il jeta un coup d'œil par-dessus son épaule. L'inconnu le suivait toujours.

Une fois à la gare, Aleksandr vérifia que ses parents n'étaient pas à la fenêtre de leur appartement. Il pénétra discrètement dans la gare, comme s'il comptait prendre le train. Sans allumer, il ouvrit d'un tour de clé la porte de son bureau, la laissa entrouverte derrière lui. Il rangea le fauteuil dans un coin. Il y avait peu d'espace, mais ça suffirait. Il attendit, regarda sa montre et se demanda pourquoi le jeune homme mettait si longtemps, avant de se rappeler que lui-même marchait vite. Enfin il entendit quelqu'un entrer dans la gare. La porte du bureau s'ouvrit. L'inconnu avança à l'intérieur, et pour la première fois les deux hommes se virent de près. Aleksandr alla fermer la porte à clé. Le bruit de la serrure l'excita. Ils étaient en sécurité. Ils se touchaient presque, mais pas tout à fait, chacun se demandant qui devait faire le premier pas. Aleksandr aimait ces instants, et il fit durer le plaisir avant de se pencher pour embrasser l'inconnu.

Quelqu'un frappa à la porte. Aleksandr crut d'abord que c'était son père : il avait dû tout voir, devait s'en douter depuis longtemps. Mais les coups ne venaient pas de l'extérieur. C'était son partenaire qui martelait la porte de ses poings en appelant à l'aide. Avait-il changé d'avis ? À qui s'adressait-il ? Aleksandr ne savait plus que penser. Il entendit des voix dans la gare. Le jeune homme n'était plus ni docile ni intimidé. Une transformation radicale avait eu lieu. Il paraissait en colère, dégoûté. Il lui cracha au visage. La glaire colla à la joue d'Aleksandr. Il s'essuya. Sans réfléchir ni comprendre ce qui se passait, il bourra l'inconnu de coups de poing, le projeta au sol.

Quelqu'un essayait de forcer la poignée de la porte. Une voix s'éleva :

— Aleksandr, c'est le général Nesterov. L'homme qui se trouve avec toi est un officier de la milice. Je t'ordonne d'ouvrir cette porte. Soit tu m'obéis, soit j'appelle tes parents, et je les fais descendre pour qu'ils assistent à ton arrestation. Ton père est malade, non ? Ça le tuera, s'il découvre la vérité.

C'était vrai : ça tuerait son père. En toute hâte, Aleksandr tenta d'ouvrir, mais le bureau était si exigu que le corps affaissé de l'officier bloquait la porte. Dès qu'elle s'ouvrit, des mains le saisirent, l'entraînèrent dans le hall.

Leo contempla Aleksandr, la première personne qu'il ait rencontrée en descendant du train de Moscou, l'homme qui était allé lui chercher une cigarette, qui l'avait aidé à ratisser la forêt. Il ne pouvait rien pour lui.

Nesterov passa la tête à l'intérieur du bureau, jeta un coup d'œil à son subordonné encore étendu sur le sol, l'air gêné qu'il n'ait pas eu le dessus.

— Qu'on le sorte d'ici.

Deux officiers aidèrent leur collègue blessé à regagner une voiture garée dehors. Découvrant le traitement réservé par Aleksandr à l'un de ses hommes, l'adjoint de Nesterov lui envoya un coup de poing en plein visage. Nesterov intervint avant qu'il recommence.

— Ça suffit !

Il menotta le suspect, s'adressa à lui en pesant ses mots.

— Je suis déçu de t'arrêter pour ce genre de délit. Jamais je n'aurais cru ça de toi.

Aleksandr cracha par terre sans répondre. Nesterov insista.

— Explique-moi.

— Pourquoi ? Ça ne s'explique pas.

— C'est un délit très grave. Et tu auras beau t'excuser, un juge te condamnera à cinq ans minimum.

— Je ne compte pas m'excuser.

— Tu es courageux, Aleksandr, mais seras-tu aussi courageux quand tout le monde sera au courant ? Tu seras humilié, traîné dans la boue. Même après avoir fait tes cinq ans de prison, tu ne pourras plus vivre ni travailler ici. Tu perdras tout.

Leo fit un pas en avant.

— Demande à cet officier. Tu as un moyen de t'épargner ce genre d'humiliation. On veut la liste de tous les hommes de cette ville qui couchent avec des jeunes gens, de très jeunes garçons. Tu vas nous aider à l'établir.

— Je ne connais personne d'autre. C'est la première fois que…

— Si tu refuses de nous aider, on t'arrête, tu passes en procès et on invite tes parents. Ils ne seraient pas en train de se coucher, à l'heure qu'il est ? Je peux envoyer un de mes hommes les chercher.

— Non.

— Alors aide-nous, et peut-être qu'on n'aura pas besoin de prévenir tes parents. Peut-être que tu n'iras pas devant le juge. Peut-être que tes pratiques honteuses resteront un secret.

— De quoi s'agit-il ?

— Du meurtre d'un jeune garçon. L'occasion pour toi de rendre service à la société et de te racheter. Tu acceptes de faire cette liste ?

Aleksandr toucha le sang qui s'écoulait de sa bouche.

— Que va-t-il arriver aux hommes qui seront dessus ?

29 mars

Assis au bord de son lit, Leo se demandait comment sa tentative pour faire rouvrir l'enquête avait pu déclencher une rafle à grande échelle. Au cours de la semaine écoulée, la milice avait mis cent cinquante homosexuels sous les verrous. Aujourd'hui encore, lui-même en avait arrêté six, ce qui portait à vingt son tableau de chasse. Certains avaient été menottés sur leur lieu de travail, emmenés sous les yeux de leurs collègues. D'autres avaient été interpellés chez eux, dans leur appartement, arrachés à leur famille, malgré les supplications de leurs épouses, convaincues qu'il s'agissait d'une erreur, incapables de comprendre de quoi on accusait leur mari.

Nesterov avait toutes les raisons de se féliciter. Par le plus grand des hasards, il avait déniché un second type d'indésirables : des suspects sur lesquels il pouvait mettre l'étiquette « meurtrier » sans bouleverser les théories sociales. Un meurtre était une aberration. Ces hommes représentaient une aberration. Tout concordait. Il avait pu annoncer que ses services lançaient la plus grande chasse à l'homme de l'histoire de la milice de Voualsk, annonce qui lui aurait coûté sa carrière s'il n'avait pas pris pour cible un sous-groupe aussi méprisé. Faute d'espace, on avait converti certains bureaux en cellules de détention et en salles d'interrogatoire. Malgré ces mesures improvisées, il avait fallu enfermer plusieurs hommes par cellule, en donnant aux gardiens l'ordre d'assurer une surveillance de tous les instants. L'objectif était d'éviter tout acte incontrôlé de déviance sexuelle. Personne ne savait au juste ce qu'il fallait craindre. Mais les officiers avaient la certitude que si de telles pratiques se déroulaient au siège de la milice, l'établissement resterait marqué à jamais. Ce serait un affront à l'idée même de justice. Outre ce haut niveau de surveillance, chaque officier travaillait douze heures d'affilée avant d'être relayé, les suspects étant interrogés en permanence, vingt-quatre heures sur vingt-quatre. Leo devait répéter les mêmes questions à l'infini, chercher la moindre variation entre deux réponses. Il accomplissait sa tâche comme un automate, convaincu avant même qu'une seule arrestation ait eu lieu de l'innocence de tous ces hommes.

Les noms figurant sur la liste d'Aleksandr avaient été épluchés un à un. En la remettant, il avait expliqué que s'il avait pu l'établir, ce n'était pas à cause du nombre de ses partenaires, bien loin d'atteindre la centaine. D'ailleurs elle comportait beaucoup de noms d'hommes qu'il n'avait jamais rencontrés. Ses informations provenaient de la dizaine d'entre eux avec qui il avait couché. Chacun évoquait ses différentes liaisons, de sorte qu'en les ajoutant, on obtenait une sorte de constellation où chaque homme se situait par rapport aux autres. Leo avait écouté cette explication qui laissait entrevoir un monde caché, une existence en circuit fermé au sein même de la société. De l'étanchéité du circuit dépendait sa survie. Aleksandr avait décrit la façon dont les hommes présents sur la liste se rencontraient au hasard de situations quotidiennes, dans une file d'attente devant une boulangerie ou à la cantine de l'usine. Dans ce cadre ordinaire, toute conversation était impossible, il fallait se contenter d'un échange de regards, et encore, à la dérobée. Ces règles n'avaient pas été instaurées d'un commun accord ou de manière autoritaire – personne n'avait besoin d'en être informé –, elles étaient dictées par l'instinct de survie.

Dès le début de la première vague d'arrestations, la nouvelle de la rafle s'était répandue dans les rangs des homosexuels. Leurs lieux de rendez-vous – qui n'avaient désormais plus rien de secret – avaient été abandonnés. Mais cette mesure désespérée était restée sans effet. Il y avait la liste. Le circuit n'était plus étanche. Nesterov n'avait pas besoin de prendre quiconque en flagrant délit de relations sexuelles illicites. Voyant leurs noms imprimés noir sur blanc les uns à la suite des autres et prenant conscience que leur solidarité était rompue, la plupart de ces hommes succombaient eux aussi à la trahison. Tels des sous-marins longtemps restés invisibles, ils découvraient soudain que toutes leurs positions étaient connues. Contraints de remonter à la surface, ils devaient faire un choix – aussi limité soit-il. Ou bien ils rejetaient l'accusation de sodomie et encouraient des poursuites judiciaires, suivies à coup sûr d'une condamnation et d'une peine de prison, ou bien ils identifiaient l'homosexuel coupable de cet horrible crime : le meurtre d'un jeune garçon.

Pour autant que Leo puisse en juger, Nesterov semblait croire que tous ces hommes souffraient d'une maladie. Si certains n'étaient que légèrement touchés, affligés d'une attirance pour d'autres hommes de la même façon qu'un individu normal peut souffrir de migraines, d'autres étaient dangereusement atteints, leurs symptômes se manifestant par un besoin de coucher avec de jeunes garçons. C'était l'homosexualité sous sa forme la plus extrême. Le meurtrier était l'un de ces malades.

Lorsque Leo leur avait montré des photos du lieu du crime, du garçon éventré, tous les suspects avaient réagi exactement de la même manière : ils avaient été horrifiés – c'est du moins l'impression qu'ils donnaient. Qui avait pu faire une chose pareille ? Pas un des leurs, ni personne de leur entourage. Aucun d'entre eux ne s'intéressait aux jeunes garçons. La plupart avaient des enfants. Toutes les réponses se ressemblaient. Chacun était catégorique : ils ne connaissaient aucun meurtrier et, en admettant que ce soit le cas, ils ne le couvriraient pas. Nesterov s'attendait à disposer d'un suspect fiable en moins d'une semaine. La semaine était écoulée, et le travail de la milice n'avait abouti qu'à une liste encore plus longue. D'autres noms s'y étaient ajoutés, certains uniquement par dépit. Cette liste était devenue une arme d'une efficacité redoutable. Les officiers de la milice y faisaient figurer leurs ennemis, affirmant que les intéressés avaient été cités pendant les interrogatoires. Une fois qu'on avait son nom sur la liste, impossible de clamer son innocence. Aussi le nombre de prévenus était-il passé d'une centaine à près de cent cinquante.

Agacés par la lenteur de l'enquête, les agents locaux du MGB avaient proposé de se charger des interrogatoires, en d'autres termes de torturer les suspects. Au grand désespoir de Leo, Nesterov avait accepté. Malgré les taches de sang sur le sol, il n'y avait eu aucune avancée. Nesterov avait dû se résoudre à poursuivre en justice les cent cinquante prévenus dans l'espoir que l'un d'eux parle. Il ne suffisait pas de les humilier, de les discréditer et de les torturer : ils devaient comprendre que leur vie était en jeu. Si le juge en recevait l'ordre, il les condamnerait non pas à cinq ans de détention pour sodomie, mais à vingt-cinq ans de travaux forcés pour dissidence. Leur sexualité était considérée comme un crime contre la société. À cette perspective, trois suspects avaient craqué et désigné quelqu'un. Aucun n'avait toutefois choisi le même homme. Refusant l'idée que son enquête était mal engagée, Nesterov se croyait victime d'une sorte de solidarité entre pervers sexuels, d'une conspiration des déviants.

Exaspéré, Leo était allé voir son supérieur.

— Ces hommes sont innocents.

Nesterov l'avait dévisagé avec perplexité.

— Tous ces hommes sont coupables. La question est de savoir lequel est également coupable de meurtre.

Raïssa regardait Leo cogner nerveusement les talons de ses bottes l'un contre l'autre. Des fragments de neige sale tombèrent sur le sol. Il les fixa des yeux, oubliant la présence de Raïssa dans la pièce. Elle trouvait sa déception impossible à supporter. Il avait cru, sincèrement cru, que son enquête pouvait réussir. Il avait mis tous ses espoirs dans un impossible rêve de rédemption : que la justice triomphe enfin, idée sur laquelle Raïssa avait ironisé cette fameuse nuit dans la forêt. Mais l'ironie du tour pris par les événements était bien plus cruelle encore. Pour que justice soit faite, Leo avait déchaîné la terreur. Pour qu'un tueur soit arrêté, cent cinquante hommes allaient perdre la vie, sinon au sens propre, du moins au sens figuré : ils perdraient leur famille, leur logement. Elle prit alors conscience, devant le dos voûté de son mari, devant son visage fermé, qu'il ne faisait jamais rien sans y croire. Aucun cynisme chez lui, aucun calcul. Si c'était vrai, alors il avait également dû croire à leur union, croire qu'il s'agissait d'un mariage d'amour. Lentement, mais sûrement, toutes ses illusions – sur l'État, sur leur couple – avaient volé en éclats. Raïssa l'enviait. Même à cet instant précis, après tout ce qui s'était passé, il espérait encore. Il voulait encore croire en quelque chose. Elle s'approcha, s'assit à côté de lui sur le lit. D'un geste hésitant, elle prit sa main dans les siennes. Surpris, il leva les yeux vers elle sans rien dire, mais il ne retira pas sa main. Ensemble, ils regardèrent la neige qui commençait à fondre.

30 mars

L'orphelinat 80, un bâtiment de brique à cinq étages, s'ornait sur un pignon d'une inscription peinte en lettres d'un blanc délavé : LE TRAVAIL C'EST LA SANTÉ. Le toit était surmonté d'un alignement de cheminées. L'orphelinat occupait une ancienne usine. Derrière les fenêtres à barreaux, des rideaux de fortune en lambeaux empêchaient de voir à l'intérieur. Leo frappa à la porte. Pas de réponse. Il tourna la poignée. C'était fermé à clé. S'approchant de la fenêtre, il cogna contre la vitre. Les rideaux s'écartèrent. L'espace d'une fraction de seconde, le visage d'une fillette apparut, noir de crasse, puis les rideaux se refermèrent. Leo était accompagné de Moïseïev, un officier de la milice qu'il considérait comme une brute en uniforme. Après une longue attente, la porte d'entrée s'ouvrit. Un vieillard, son trousseau de clés en cuivre à la main, dévisagea les deux officiers. À la vue de leur uniforme, son expression passa de l'agacement à la déférence. Il s'inclina légèrement.

— Que puis-je faire pour vous ?
— On vient au sujet du jeune garçon assassiné.

Le grande salle de l'orphelinat abritait autrefois les ateliers. Toutes les machines avaient été déménagées et on l'avait convertie en réfectoire, non pas en y ajoutant des tables et des chaises, car il n'y en avait pas, mais en la remplissant d'enfants qui, assis en tailleur à même le sol, blottis les uns contre les autres, essayaient de se nourrir. Chacun serrait dans ses mains une écuelle pleine de ce qui avait l'air d'une soupe aux choux inconsistante. Seuls les plus âgés semblaient avoir une cuiller. Les autres en attendaient une ou buvaient à même leur écuelle. Dès qu'un enfant avait fini, il léchait sa cuiller de haut en bas avant de la passer à son voisin.

C'était la première fois que Leo voyait un orphelinat d'État. Il s'approcha, parcourut la pièce du regard. Difficile de deviner combien de gosses se trouvaient là : deux cents, trois cents peut-être, âgés de quatre à quatorze ans. Aucun d'eux ne prêtait attention à lui : ils étaient trop occupés à manger ou à observer leur voisin, guettant sa cuiller. Personne ne soufflait mot. On n'entendait que le raclement du métal dans les écuelles et les bruits de déglutition. Leo se tourna vers le vieillard.

— Vous êtes le directeur de l'établissement ?

Son bureau, situé au premier étage, avait vue sur les anciens ateliers, au sol recouvert d'enfants, comme si on les produisait à la chaîne. Plusieurs adolescents étaient dans le bureau, en train de jouer aux cartes. Le directeur frappa dans ses mains.

— Allez finir la partie dans votre chambre, s'il vous plaît.

Les adolescents foudroyèrent Leo et Moïseïev du regard. Ils n'avaient visiblement pas l'habitude de recevoir des ordres. Ils paraissaient intelligents, plus mûrs que leur âge. Ils se levèrent ensemble sans un mot, comme une meute de chiens sauvages, ramassèrent leurs cartes à jouer, leurs allumettes – qui servaient de jetons – et quittèrent la pièce.

Après leur départ, le directeur se servit à boire et fit signe à Leo et à Moïseïev de prendre un siège. Moïseïev s'assit. Leo resta debout à étudier la pièce. Il n'y avait qu'une armoire métallique. Le tiroir du bas avait été défoncé d'un coup de pied. Du tiroir du haut, mal fermé, dépassaient des documents en désordre.

— Un jeune garçon a été assassiné dans la forêt. Ça vous dit quelque chose ?

— Plusieurs officiers sont venus me montrer des photos de lui, me demander si je le connaissais. Hélas, non.

— Mais s'il vous manquait un enfant, vous ne le sauriez pas forcément ?

Le directeur se gratta l'oreille.

— Nous sommes quatre pour nous occuper d'environ trois cents gosses. Ils vont et viennent. Il en arrive sans cesse de nouveaux. Il faut excuser nos manquements aux formalités administratives.

— Certains enfants de cet orphelinat se livrent-ils à la prostitution ?

— Les plus âgés font ce qu'ils veulent. Je ne peux pas les suivre à la trace. Est-ce qu'ils boivent de l'alcool ? Oui. Est-ce qu'ils se prostituent ? C'est possible, bien que je ne cautionne pas cela, que je ne m'en mêle ni de près ni de loin, et que je n'en tire strictement aucun profit. Ma tâche est de veiller à ce qu'ils aient de quoi manger et un endroit où dormir. Compte tenu des ressources dont je dispose, je m'en sors plutôt bien. Même si je n'attends aucun compliment.

Il les conduisit à l'étage pour leur montrer les dortoirs. Tandis qu'ils passaient devant les douches, il précisa :

— Vous croyez que je me désintéresse du sort de ces gosses ? Ce n'est pas le cas, je fais de mon mieux. Je veille à ce qu'ils se douchent une fois par semaine, à ce qu'ils aient le crâne rasé et un traitement contre les poux une fois par mois. À ce qu'on fasse bouillir leurs vêtements. Je ne veux pas de poux dans mon établissement. Allez dans n'importe quel orphelinat, et les cheveux des enfants grouillent de poux, leurs sourcils aussi. C'est dégoûtant. Rien de tel ici. Encore qu'ils n'en aient aucune reconnaissance.

— Serait-il possible de leur parler sans vous ? Votre présence risque de les intimider.

Le directeur sourit.

— Ma présence ne les intimide pas. Mais faites donc...

Il désigna l'escalier.

— Les plus âgés vivent au dernier étage. C'est leur fief, là-haut.

Nichées sous les combles, les chambres contenaient seulement quelques paillasses posées à même le sol, sans sommier. De toute évidence, leurs occupants déjeunaient à l'heure qu'ils voulaient : ils avaient sûrement déjà mangé, en s'octroyant la meilleure part.

Leo pénétra dans la première chambre qui se présentait. Il aperçut une adolescente cachée derrière la porte, puis un reflet métallique. Elle était armée d'un couteau. À la vue de l'uniforme de Leo, elle le cacha dans les plis de sa robe.

— On croyait que c'étaient les garçons. Ils n'ont pas le droit de venir ici.

Environ vingt jeunes filles d'une quinzaine d'années dévisagèrent Leo sans aménité. Il se souvint de sa promesse à Anatoli Brodsky de mettre les deux filles de Zinoviev en sécurité dans un orphelinat moscovite. Une promesse vide de sens, et qui témoignait seulement de son ignorance, il le comprenait à présent. Brodsky avait raison. Il aurait mieux valu laisser les deux fillettes se débrouiller seules.

— Les garçons dorment où ?

Les plus âgés, dont certains étaient présents dans le bureau du directeur, attendaient leur venue, rassemblés au fond de la chambre. Leo entra dans la pièce et, s'agenouillant, il plaça devant eux un classeur rempli de photos.

— J'aimerais que vous regardiez toutes ces photos, que vous me disiez si l'un de ces hommes vous a approchés, s'il vous a offert de l'argent contre des relations sexuelles.

Aucun des adolescents ne bougea ni ne donna la moindre indication que la supposition de Leo était correcte.

— On ne vous accuse de rien. On a besoin de votre aide.

Leo ouvrit le classeur, tourna lentement les pages jusqu'à la dernière. Les adolescents contemplèrent les photos sans réagir. Il revint au début du classeur, page à page. Toujours pas de réaction. Il allait le refermer quand un garçon à l'arrière du groupe tendit le bras et posa l'index sur une des photos.

— Cet homme t'a fait des propositions ?
— Payez.
— Il t'a payé ?
— Non, mais payez-moi et je vous répondrai.

À eux deux, Leo et Moïseïev donnèrent trois roubles au garçon. Il feuilleta le classeur, désigna de nouveau la même photo.

— Il ressemblait à cet homme.
— Donc ce n'était pas lui ?
— Non, mais il lui ressemblait.
— Tu connais son nom ?
— Non.
— Tu peux nous en dire plus sur lui ?
— Si vous me payez.

Moïseïev secoua la tête, refusant de donner davantage d'argent.

— On pourrait t'arrêter pour profits illicites.

Coupant court à cette menace, Leo sortit l'argent qui lui restait et le remit à l'adolescent.

— C'est tout ce que j'ai.
— Il travaille à l'hôpital.

Le même jour

Leo sortit son pistolet. Ils étaient au dernier étage de l'immeuble 7 ; l'appartement 14 se trouvait au fond du couloir. Un membre du personnel de l'hôpital leur avait donné l'adresse. Le suspect était en congé de maladie depuis une semaine, durée qui à elle seule, si tous les officiers du MGB n'avaient pas été occupés par leurs interrogatoires, lui aurait sûrement valu d'être inquiété. Il s'était avéré que le début de sa maladie coïncidait avec la première vague d'arrestations contre la population homosexuelle de la ville.

Leo frappa à la porte. Pas de réponse. Il appela, donna son nom et son grade ainsi que ceux de son collègue. Toujours rien. Moïseïev se préparait à donner un coup de botte dans la serrure. La porte s'ouvrit.

À la vue des armes braquées sur lui, le docteur Tyapkin leva les mains et recula d'un pas. Leo le reconnut à peine. C'était pourtant le prestigieux médecin moscovite muté à Voualsk, l'homme qui l'avait aidé à examiner le cadavre de l'adolescente. L'air hagard, les cheveux en bataille, il avait maigri.

Ses vêtements étaient fripés. Leo avait déjà vu des hommes brisés par l'appréhension ; leurs muscles fondaient, comme rongés par la peur.

Il poussa la porte du pied, inspecta l'appartement du regard.

— Vous êtes seul ?
— Avec mon plus jeune fils. Mais il dort.
— Quel âge a-t-il ?
— Quatre mois.

Moïseïev s'en mêla, enfonçant le canon de son arme dans le nez de Tyapkin. Le médecin tomba à genoux, les mains jointes pour recueillir le sang qui lui coulait du nez. Moïseïev interpella Leo :

— Fouille-le !

Pendant que son collègue inspectait l'appartement, Leo s'accroupit, aida Tyapkin à se remettre debout, l'emmena dans la cuisine où il le fit asseoir.

— Où est votre femme ?
— Partie faire les courses… Elle va bientôt rentrer.
— À l'hôpital, on nous a dit que vous étiez malade.
— D'une certaine façon, c'est vrai. J'ai entendu parler des arrestations. Je savais que ce n'était qu'une question de temps avant que vous remontiez jusqu'à moi.
— Racontez-moi ce qui s'est passé.
— Un coup de folie, c'est la seule explication. J'ignorais son âge. Il était jeune. Quinze ou seize ans. Je ne voulais pas de quelqu'un qui me parle ou qui parle de moi à d'autres. Je ne voulais pas rencontrer à nouveau ce genre d'individus. Ni les revoir. Ni leur parler. Je voulais l'anonymat le plus total. Je me suis dit que personne n'écouterait un

orphelin. Que son témoignage n'aurait aucune valeur. Je n'aurais qu'à lui donner un peu d'argent et ça n'irait pas plus loin. Je voulais quelqu'un d'invisible, vous comprenez ?

La fouille de l'appartement terminée, Moïseïev les rejoignit dans la cuisine. Il remit son pistolet dans son holster, saisit Tyapkin par le nez et tortilla l'os fracturé dans tous les sens, faisant hurler de douleur le médecin. Dans la pièce voisine, le bébé se réveilla et se mit à pleurer.

— Tu encules ces gosses et après tu les tues ?

Moïseïev lâcha le nez de Tyapkin. L'homme s'écroula sur le sol, recroquevillé sur lui-même. Il fallut un certain temps pour qu'il puisse articuler quelques mots.

— Je n'ai pas couché avec lui. Je ne suis pas allé jusqu'au bout. Je n'ai pas pu. Je l'ai dragué, je l'ai payé, mais c'est tout. Je suis parti.

— Debout ! On s'en va.

— Il faut attendre le retour de ma femme. On ne peut pas laisser mon fils seul.

— Il n'en mourra pas. Debout !

— Laissez-moi au moins stopper ce saignement.

Moïseïev opina du chef.

— Ne ferme pas la porte de la salle de bains.

Tyapkin sortit de la cuisine et alla d'un pas chancelant dans la salle de bains, laissant l'empreinte sanglante de sa main sur la porte ouverte. Moïseïev étudiait l'appartement avec intérêt. Leo avait la certitude qu'il était jaloux. Le médecin avait un logement agréable. Tyapkin ouvrit le robinet, fit couler de l'eau et enfouit son nez dans une serviette tout en continuant à parler, le dos tourné.

— Je regrette ce que j'ai fait. Mais je n'ai tué personne. Il faut me croire. Pas parce que j'espère sauver ma réputation. Je sais que je suis fini. Mais parce que quelqu'un d'autre que moi a tué ce gosse, et il faut l'arrêter.

Moïseïev s'impatientait.

— Allez.

— Je vous souhaite bonne chance.

Entendant ces mots, Leo se précipita dans la salle de bains, fit pivoter Tyapkin sur lui-même. Il avait une seringue plantée dans le bras. Ses jambes se dérobèrent sous lui. Il tomba à la renverse. Leo le rattrapa, l'allongea sur le sol, lui retira la seringue du bras. Il vérifia son pouls. Tyapkin était mort. Moïseïev contempla le corps.

— Ça va nous faciliter la tâche.

Leo leva la tête. L'épouse du médecin venait de rentrer. Elle était à la porte de l'appartement, les provisions pour nourrir sa famille dans les bras.

1er avril

Aleksandr ferma le guichet. Pour autant qu'il puisse en juger, Nesterov avait tenu parole. Le secret sur ses préférences sexuelles avait été bien gardé. Aucun client ne le regardait bizarrement. Personne n'échangeait de commentaires à voix basse sur son compte. Sa famille ne l'avait pas exclu. Sa mère l'aimait encore. Son père continuait à le remercier de travailler si dur. Ils étaient toujours aussi fiers de lui. Ce statu quo avait été obtenu en échange des noms de plus de cent hommes, arrêtés pendant qu'Aleksandr continuait à vendre des billets, à répondre aux questions des passagers et à veiller au bon fonctionnement de la gare. Sa vie avait repris son cours. Il avait retrouvé presque toutes ses habitudes. Il dînait avec ses parents, conduisait son père à l'hôpital. Il balayait la gare, lisait le journal. Il n'allait cependant plus au cinéma. Il ne mettait même plus les pieds en ville, de peur de faire de mauvaises rencontres : un officier de la milice qui lui adresserait un sourire narquois, par exemple. Son univers s'était rétréci. Mais il s'était déjà rétréci lorsqu'il avait renoncé à son rêve de devenir un grand athlète, et il se répétait qu'il s'adapterait, comme il s'était adapté alors.

À vrai dire, il se demandait sans cesse si tous ces hommes avaient deviné que c'était lui qui les avait trahis. Peut-être le leur avait-on dit. À cause du nombre d'arrestations, ils s'entassaient sans doute à plusieurs par cellule. À quoi pouvaient-ils passer leur temps, sinon à spéculer sur l'identité de l'auteur de la liste ? C'était la première fois de leur vie qu'ils n'avaient plus à se cacher. Et Aleksandr s'était surpris à regretter de ne pouvoir troquer sa liberté contre l'humiliation publique que représentait cette détention. Il n'aurait toutefois pas été le bienvenu. Il n'était plus chez lui nulle part, ni dans le monde ordinaire ni dans leur monde à eux.

Il ferma la porte à clé derrière lui, vérifia l'heure à la grande horloge du hall. Il fourra les clés dans sa poche et alla sur le quai. Un couple attendait. Il les reconnut sans pouvoir mettre un nom sur leur visage. Ils le saluèrent de la main et il les salua à son tour, marcha jusqu'au bout du quai, regarda le train approcher. Il était à l'heure. Aleksandr descendit du quai, se coucha en travers de la voie, leva les yeux vers le ciel étoilé.

Il espérait que ses parents croiraient ce que disait la courte lettre qu'il leur avait laissée. Il y expliquait qu'il ne s'était jamais remis de son échec à devenir un grand sprinter. Et qu'il ne s'était jamais pardonné d'avoir déçu les attentes de son père.

Le même jour

Voilà quatre ans que Nesterov promettait à sa famille un logement plus spacieux, promesse régulièrement renouvelée jusqu'à une période récente. Il ne croyait plus désormais qu'on leur attribuerait un appartement plus confortable, ni que s'il travaillait dur, et sa femme aussi, ils en tireraient un quelconque avantage matériel. Ils vivaient rue Kropotkinsky, près des scieries en lisière de la ville. Les maisons avaient été construites au petit bonheur la chance, de taille et de forme différentes. Nesterov consacrait presque tous ses loisirs à aménager la sienne. Grâce à ses talents de menuisier, il avait remplacé les huisseries. Mais au fil des ans la maison s'était affaissée et penchait légèrement vers l'avant, de sorte que la porte d'entrée se coinçait dans la terre au lieu de s'ouvrir à fond. Quelques années plus tôt, il avait construit un appentis qui lui servait d'atelier. Sa femme Inessa et lui fabriquaient eux-mêmes des tables, des chaises, tous les meubles dont ils avaient besoin. Ils dépannaient les autres familles de la rue. Il suffisait de leur apporter le bois et parfois, à titre de remerciement, quelque chose à manger ou à boire.

Aucun bricolage ne pouvait toutefois compenser les inconvénients de leur maison. Elle n'avait pas l'eau courante et le puits le plus proche se trouvait à dix minutes à pied. Pas de sanitaires non plus : il n'y avait que des W-C extérieurs derrière la maison. À leur arrivée, ils étaient d'une saleté répugnante et tombaient en ruine. La fosse manquait de profondeur et l'odeur donnait la nausée. En une nuit, Nesterov avait édifié de nouvelles toilettes un peu plus loin, avec des murs dignes de ce nom, une fosse plus profonde et un seau rempli de sciure qu'on jetait dessus après. Il avait cependant conscience que sa famille vivait à l'écart des nouvelles normes de confort et d'hygiène, sans assurance de connaître un avenir meilleur. À quarante ans, il gagnait moins bien sa vie que beaucoup d'ouvriers d'une vingtaine d'années à l'usine Volga. Ses aspirations – fournir un logement décent à sa famille – ne s'étaient jamais réalisées.

On frappa à la porte. Il était tard. Nesterov, encore en uniforme, entendit Inessa ouvrir. Quelques instants plus tard, elle apparut dans la cuisine.

— C'est pour toi. Un collègue de travail. Je ne l'ai jamais vu.

Il alla dans l'entrée. Leo attendait dehors. Nesterov se tourna vers sa femme.

— Je m'en occupe.
— Tu le fais entrer ?
— Non, on n'en aura pas pour longtemps.

Inessa jeta un coup d'œil à Leo et s'éloigna. Nesterov sortit, fermant la porte derrière lui.

Leo avait couru tout le long du chemin. La nouvelle de la mort d'Aleksandr lui avait fait perdre toute retenue. Il ne ressentait plus ni la déception ni la mélancolie qui le poursuivaient depuis une semaine. Il avait l'impression de perdre la tête, de participer à une atroce comédie, de jouer un rôle dans une farce grotesque – celui du rêveur naïf, assoiffé de justice, qui détruit tout sur son passage. En cherchant à atteindre son objectif – l'arrestation d'un meurtrier –, il avait provoqué un bain de sang. Raïssa s'en doutait depuis cette fameuse nuit dans la forêt, l'avant-veille au soir encore elle avait tenté de le mettre en garde, mais il s'était obstiné, comme un enfant impatient d'aller au bout de l'aventure.

Que peut faire un homme seul ?

Il avait la réponse : deux cents vies détruites, le suicide d'un médecin et celui d'un homme. Un corps coupé en deux par un train : tel était le fruit de ses efforts. Voilà pourquoi il avait risqué sa vie et celle de Raïssa. Voilà le prix de sa rédemption.
— Aleksandr est mort. Il s'est jeté sous un train.
Nesterov baissa la tête.
— Désolé de l'apprendre. On lui avait donné une chance de repartir du bon pied. Peut-être qu'il n'a pas pu. Peut-être qu'il était trop atteint.
— On est responsables de sa mort.
— Non, il était malade.
— Il n'avait que vingt-deux ans. Il avait un père et une mère, il aimait aller au cinéma. Et maintenant il est mort. Enfin, la bonne nouvelle c'est que si on trouve le cadavre d'un autre gosse, on pourra toujours accuser Aleksandr et résoudre l'affaire en un temps record.

— Ça suffit.

— Pourquoi vous abaissez-vous à ça ? Pas pour l'argent ou les avantages liés à la fonction, en tout cas !

Leo regardait la maison bancale. Nesterov répliqua :

— Tyapkin s'est tué parce qu'il était coupable.

— Dès qu'on a commencé à arrêter tous ces hommes, il a su qu'on questionnerait les gosses de l'orphelinat et qu'on remonterait jusqu'à lui.

— Il avait les compétences médicales nécessaires pour prélever un estomac. Il vous a donné un faux témoignage sur le meurtre de l'adolescente pour nous égarer. C'était un manipulateur, un cynique.

— Il m'a dit la vérité. L'estomac de l'adolescente avait bel et bien disparu et on lui avait rempli la bouche d'écorce broyée. Comme à ce jeune garçon. Comme lui, elle avait un bout de ficelle autour de la cheville. Ils ont tous les deux été tués par le même homme. Et ce n'était ni le docteur Tyapkin ni le jeune Varlam Babinitch.

— Rentrez chez vous.

— À Moscou aussi, on a découvert un cadavre. Celui d'un petit garçon qui s'appelait Arkady – il n'avait même pas cinq ans. Je n'ai pas vu le corps, mais on m'a dit qu'il avait été retrouvé nu, éventré, la bouche pleine de terre. J'imagine qu'en fait c'était de l'écorce.

— Alors maintenant il y a un autre enfant assassiné à Moscou ? Comme c'est pratique, Leo ! Je ne le crois pas une seconde.

— Moi non plus, je ne le croyais pas. J'ai eu beau avoir toute une famille endeuillée devant moi, qui me répétait que ce gamin avait été assassiné, je ne l'ai pas cru. Je leur ai affirmé qu'ils se trompaient. Combien d'autres crimes ont été étouffés ? On n'a aucun moyen de le savoir, aucun moyen de le découvrir. Notre système est ainsi fait qu'il permet à cet homme de tuer autant de fois qu'il voudra. Il va recommencer, et nous on continuera d'arrêter des innocents, des gens qui nous déplaisent ou dont on désapprouve la conduite, et pendant ce temps-là il assassinera d'autres gosses.

Nesterov n'avait aucune confiance en l'homme qui était devant lui. Depuis le début, il s'en méfiait, et il n'allait pas se laisser entraîner à critiquer l'État. Il tourna les talons pour rentrer chez lui.

Leo le prit par l'épaule et l'obligea à lui faire face. Son intention était d'argumenter, de convaincre son supérieur par la logique de son raisonnement, mais, à court de mots, il lui envoya son poing en pleine figure. De toutes ses forces. La tête de Nesterov pivota avec un craquement. Il resta quelques instants dans cette position. Puis il se tourna lentement vers son subordonné. Leo tenta d'empêcher sa voix de trembler.

— On n'a rien élucidé.

Le coup de poing de Nesterov fit décoller Leo du sol. Il atterrit sur le dos. Il n'avait pas mal, pas encore. Nesterov le contempla en se palpant la mâchoire.

— Rentrez chez vous.

Leo se releva.

— On n'a rien élucidé du tout.

Il envoya un second coup de poing. Nesterov l'arrêta et répliqua. Leo esquiva. C'était un adversaire redoutable, agile et bien entraîné. Mais Nesterov était plus grand, et rapide malgré sa corpulence. Un coup au ventre plia Leo en deux. Nesterov le frappa de nouveau au visage, le mettant à genoux et lui ouvrant la joue. Leo voyait trouble, il perdit l'équilibre et tomba la tête la première. Il roula sur le dos, à bout de souffle. Nesterov le dominait de toute sa hauteur.

— Rentrez chez vous.

Pour toute réponse, Leo lui décocha un coup de pied dans le bas-ventre. Nesterov battit en retraite, recroquevillé sur lui-même. Leo se remit debout tant bien que mal.

— On n'a rien…

Sans lui laisser le temps de terminer, Nesterov s'élança vers lui, le projeta au sol et atterrit sur lui. Il le roua de coups au ventre et au visage. Immobile, Leo encaissait, incapable de se dégager. Nesterov avait les jointures en sang. Il s'interrompit le temps de reprendre sa respiration. Leo ne bougeait plus. Il avait les yeux fermés – une mare de sang se formait sur son œil droit, alimentée par une plaie au front. Nesterov se releva, hocha la tête devant ce spectacle. Il se dirigea vers la porte d'entrée en essuyant ses mains pleines de sang sur son pantalon. Alors qu'il allait tourner la poignée, il entendit un son derrière lui.

Grimaçant de douleur, Leo s'était remis debout. Tenant à peine sur ses jambes, il leva les poings, l'air prêt à se battre. Il tanguait comme sur un bateau en pleine mer. Il voyait à peine où se trouvait Nesterov. Sa voix n'était plus qu'un murmure.

— On n'a… rien… élucidé.

Nesterov le regarda avancer vers lui en titubant, poings serrés, déterminé à avoir le dessus. Leo lui donna un coup de poing pitoyable. Nesterov fit un pas de côté et le rattrapa sous son bras juste avant qu'il ne s'écroule.

Leo était assis à la table de la cuisine. Inessa avait fait chauffer de l'eau sur le fourneau. Elle la versa dans un bol. Nesterov y trempa un linge et laissa Leo se laver le visage. Il avait la lèvre éclatée. Son arcade sourcilière saignait. Mais son ventre lui faisait moins mal. Il se palpa le torse et les côtes pour vérifier qu'il n'avait rien de cassé. Son œil droit était gonflé. Impossible à ouvrir. Ce n'était pourtant pas cher payé pour obliger Nesterov à l'écouter. Leo se demanda si son argumentation paraîtrait plus convaincante à l'intérieur que dehors, et si Nesterov pourrait se montrer aussi expéditif devant sa femme, avec ses gosses endormis dans la pièce voisine.

— Vous avez combien d'enfants ?
Ce fut Inessa qui répondit.
— Deux fils.
— Ils vont à l'école à pied en traversant la forêt ?
— Avant, oui.
— Plus maintenant ?
— On préfère qu'ils rentrent par la ville. C'est plus long et ils protestent. Je suis obligée de les accompagner pour veiller à ce qu'ils ne traversent pas la forêt. Pour le retour, on n'a pas d'autre solution que de leur faire confiance. On travaille tous les deux.

— Alors demain ils passeront par la forêt, maintenant que le tueur est arrêté ?

Nesterov se leva, servit le thé, posa un verre devant Leo.

— Voulez-vous quelque chose de plus fort ?

— Si vous avez.

Nesterov sortit une bouteille de vodka à moitié pleine et remplit trois verres.

L'alcool réveilla la douleur à l'intérieur de la bouche tuméfiée de Leo. Peut-être que ça lui ferait du bien. Nesterov se rassit, le resservit.

— Pourquoi êtes-vous à Voualsk ?

Leo trempa le linge sanglant dans le bol d'eau chaude, le rinça, l'appliqua sur son œil droit.

— Pour enquêter sur le meurtre de ces gosses.

— Vous mentez.

Il fallait que Leo gagne la confiance de cet homme. Sans son aide, il ne pourrait rien faire.

— C'est vrai. Mais il y a bel et bien eu un meurtre à Moscou. On ne m'a pas demandé d'ouvrir une enquête. Au contraire, on m'a ordonné d'étouffer l'affaire. J'ai fait mon devoir. Mon erreur a été de refuser de dénoncer ma femme accusée d'espionnage. On y a vu une compromission. On m'a muté ici comme châtiment.

— Donc vous êtes réellement un officier en disgrâce ?

— Oui.

— Alors pourquoi vous faites tout ça ?

— Parce que trois gosses ont été assassinés.

— Vous ne croyez pas que Varlam a tué Larissa parce que vous êtes sûr que Larissa n'était pas la première victime du tueur. C'est ça ?

— Larissa n'était pas la première victime. C'est impossible. Il avait déjà tué. Il se peut que le petit garçon de Moscou ne soit pas non plus la première victime.

— Larissa est la première adolescente assassinée que nous ayons eue dans cette ville. C'est la vérité, je vous le jure.

— Le tueur n'habite pas Voualsk. Les meurtres ont eu lieu près de la gare. C'est un voyageur.

— Un voyageur ? Qui assassine des gosses ? Mais qu'est-ce que c'est que ce type ?

— Je n'en sais rien. À Moscou, en revanche, il y a une femme qui l'a vu. Avec la victime. Un témoin peut nous le décrire. Mais il nous faut le fichier des affaires criminelles de toutes les grandes villes entre Sverdlovsk et Leningrad.

— Il n'y a pas de fichier central.

— Raison pour laquelle vous devez vous rendre dans chaque ville et consulter ces fichiers un par un. Il vous faudra convaincre les autorités, et si elles refusent, il faudra parler aux habitants. Découvrir la vérité grâce à eux.

C'était une idée invraisemblable. Nesterov aurait dû en rire. Il aurait dû arrêter Leo. Au lieu de quoi il demanda :

— Pourquoi je devrais faire ça pour vous ?

— Pas pour moi. Vous avez vu de quoi ce type est capable. Faites-le pour les gens avec qui on vit. Pour nos voisins, pour ceux à côté de qui on s'assoit dans le train ; faites-le pour les enfants qu'on n'a jamais rencontrés et qu'on ne rencontrera jamais. Je n'ai pas le pouvoir de demander à consulter ces fichiers. Je ne connais personne de la milice, contrairement à vous. Ces hommes sont vos collègues, ils ont confiance en vous. Vous pouvez obtenir ces fichiers. Il faut chercher les rapports sur les meurtres d'enfants – élucidés ou non. Il y aura des constantes : la bouche pleine d'écorce broyée et la disparition de l'estomac. Les cadavres auront sans doute été retrouvés en plein air, dans la forêt, au bord d'une rivière, peut-être près d'une gare. Ils auront un bout de ficelle noué autour de la cheville.

— Et si je ne trouve rien ?

— S'il y en a déjà trois, sur lesquels je suis tombé par hasard, il y en aura d'autres.

— Ce serait prendre beaucoup de risques.

— Certes. Et vous serez obligé de mentir. Vous ne pourrez donner à personne la véritable raison. Ni informer aucun de vos officiers. Vous ne pourrez faire confiance à personne. Et en guise de récompense pour votre courage, votre famille peut finir au goulag, et vous-même au cimetière. C'est la proposition que je vous fais.

Leo lui tendit la main par-dessus la table.

— Acceptez-vous de m'aider ?

Nesterov alla rejoindre sa femme près de la fenêtre. Elle détourna le regard, faisant lentement tourner la vodka au fond de son verre. Allait-il mettre en péril sa famille, sa maison, tout ce pour quoi il avait travaillé ?

— Non.

Région sud-est de Rostov
À l'ouest de la ville de Gukovo

2 avril

Petya s'était levé avant l'aube. Assis sur la pierre froide de l'escalier de la ferme, il attendait impatiemment le lever du soleil pour demander à ses parents la permission d'aller en ville. Après avoir économisé pendant des mois, il avait enfin de quoi s'acheter le timbre qui lui permettrait de compléter la dernière page de son album. Son père lui avait offert sa première pochette philatélique pour son cinquième anniversaire. Il n'avait rien demandé, mais c'était devenu un passe-temps qui avait fini par se transformer en passion, puis en véritable obsession. Depuis deux ans, il collectionnait les timbres donnés par les autres familles du kolkhoze 12, la ferme collective dont dépendaient ses parents. Il s'était même fait des amis à Gukovo, la ville la plus proche, dans l'espoir d'obtenir de nouveaux spécimens. Comme sa collection s'agrandissait, il s'était acheté un album bon marché dans lequel il collait ses timbres en rangs serrés. Il le rangeait dans le coffret de bois que son père lui avait fabriqué à cet effet. Ce coffret était devenu nécessaire : Petya ne fermait plus l'œil de la nuit pour vérifier que le toit ne prenait pas l'eau, que les rats n'avaient pas grignoté les précieuses pages. De tous les timbres de sa collection, c'étaient les quatre premiers offerts par son père qu'il préférait.

De temps à autre, ses parents lui donnaient un kopeck, pas vraiment à titre d'argent de poche : Petya était assez grand pour savoir qu'ils n'en avaient pas les moyens. En échange, il s'arrangeait pour aider davantage à la ferme. Il lui fallait des mois pour économiser, des mois durant lesquels il devait se contenter de rêver des timbres qu'il achèterait. La veille au soir, il avait reçu un kopeck de plus, moment mal choisi aux yeux de sa mère, non qu'elle soit opposée à ce qu'il s'achète des timbres, mais parce qu'elle redoutait qu'il ne dorme pas de la nuit. Elle avait raison.

Dès les premiers rayons du soleil, Petya se dépêcha de regagner l'intérieur de la ferme. Sa mère insista pour qu'il mange un bol de gruau d'avoine avant de partir. Il l'engloutit à toute vitesse, ignorant les mises en garde maternelles contre d'éventuels maux de ventre. Son bol vide, il sortit en trombe de la maison et courut vers la voie ferrée qui serpentait à travers champs vers la ville. Il ralentit l'allure et continua d'un bon pas. Les magasins ne seraient pas encore ouverts. Autant profiter de la jubilation de l'attente.

À Gukovo, le kiosque à journaux, qui vendait également des timbres, était fermé. Petya n'avait pas de montre. Il ignorait à quelle heure ouvrait le kiosque, mais ça ne le gênait pas de patienter. Ravi d'être en ville avec assez d'argent en poche pour assouvir sa passion, il allait de rue en rue sans but précis. Il s'arrêta à la gare, se rappelant qu'il y avait une horloge à l'intérieur. Huit heures moins dix. Un *elektrichka* venait d'arriver et Petya alla sur le quai, s'asseyant sur un banc pour le regarder partir. Il avait déjà voyagé à bord de cet omnibus qui s'arrêtait dans toutes les gares jusqu'à Rostov-sur-le-Don. Même si Petya n'était allé qu'une fois à Rostov avec ses parents, il prenait parfois l'*elektrichka* avec ses camarades de classe pour la simple et unique raison que c'était gratuit. On contrôlait rarement les billets.

Il s'apprêtait à retourner au kiosque à journaux quand un homme élégamment vêtu vint s'asseoir près de lui. Il posa sa mallette noire par terre entre ses jambes comme s'il avait peur que quelqu'un s'enfuie avec. Petya le dévisagea. Il avait d'épaisses lunettes à monture carrée, des cheveux noirs coupés court. Il portait un costume. Impossible de dire quel âge il avait. Il n'était pas vraiment vieux avec des cheveux grisonnants, mais pas vraiment jeune non plus. Il ne semblait pas s'apercevoir que quelqu'un était assis à côté de lui. Alors que Petya allait se lever, l'homme tourna soudain la tête vers lui avec un large sourire.

— Et tu vas où, comme ça ?

— Nulle part, monsieur. Pas en train, je veux dire. Je voulais juste m'asseoir un peu.

On avait appris à Petya à être poli et respectueux avec les adultes.

— Drôle d'endroit pour s'asseoir sans raison.

— J'attends pour m'acheter des timbres, mais le kiosque à journaux n'est pas encore ouvert. Enfin, peut-être que maintenant il l'est. J'y vais.

À ces mots, l'homme se tourna complètement.

— Tu collectionnes les timbres ?

— Oui, monsieur.

— Moi aussi, je les collectionnais, quand j'avais ton âge.

Petya s'adossa au banc, rassuré : il ne connaissait aucun autre collectionneur de timbres.

— Vous collectionniez les timbres neufs ou oblitérés ? Moi, je collectionne les deux.

— Tous les miens étaient neufs. Je les achetais dans un kiosque à journaux. Comme toi.

— Je préférerais n'en avoir que des neufs. Les miens sont presque tous oblitérés. Je les découpe sur de vieilles enveloppes.

Petya fouilla dans sa poche, sortit sa poignée de kopecks et les montra à l'inconnu.

— J'ai dû économiser pendant trois mois.

L'homme jeta un coup d'œil au petit tas de pièces.

— Si longtemps pour si peu de chose…

Petya contempla ses kopecks. Cet homme avait raison. Il n'avait pas beaucoup d'argent. Et il n'en aurait jamais beaucoup plus. Sa joie en fut ternie. Il n'aurait jamais une magnifique collection. D'autres auraient toujours plus que lui : il aurait beau travailler dur, jamais il ne les rattraperait. Gagné par le découragement, il eut envie de partir, mais tandis qu'il se levait, l'homme lui demanda :

— Es-tu un garçon soigneux ?

— Oui, monsieur.

— Tu t'occupes bien de tes timbres ?

— J'en prends soin. Je les colle dans un album. Et mon père m'a fabriqué un coffret en bois. Pour mettre l'album à l'abri. Parfois notre toit prend l'eau. Et il y a aussi des rats.

— C'est une bonne idée de mettre ton album à l'abri. Je faisais la même chose, quand j'avais ton âge. Je rangeais le mien dans un tiroir.

L'homme sembla réfléchir quelques instants.

— Écoute, j'ai des enfants moi aussi. Deux petites filles, et aucune ne s'intéresse aux timbres. Elles ne sont pas très soigneuses. Quant à moi, je n'ai plus le temps de m'occuper de ma collection : j'ai trop de travail, tu comprends ? Je suis sûr que tes parents aussi sont très occupés.

— Tout le temps, monsieur. Ils travaillent très dur.

— Eux non plus n'ont pas le temps de collectionner des timbres, hein ?

— Non, monsieur.

— J'ai une idée : j'aimerais que ma collection aille à quelqu'un qui l'apprécierait, qui en prendrait soin, quelqu'un comme toi.

Petya s'imagina en possession d'un album rempli de timbres neufs. Les plus anciens devaient dater de l'époque où cet homme avait commencé sa collection. La collection dont Petya avait toujours rêvé. Il se taisait, n'arrivant pas à y croire.

— Alors ? Ça t'intéresse ?

— Oui, monsieur. Je la rangerais dans mon coffret et elle serait à l'abri.

L'homme hocha la tête, l'air hésitant.

— Mais mon album est tellement rempli de timbres qu'il risque d'être trop grand pour ton coffret.

— Alors mon père m'en fabriquera un autre. Il est très adroit de ses mains. Ça ne le dérangera pas. Il adore bricoler. Il est vraiment très habile.

— Tu es sûr que tu prendrais soin de mes timbres ?

— Oui, monsieur.

— Promets-le-moi.

— Je vous le promets, monsieur.

L'homme sourit.

— Tu m'as convaincu. Je te donne ma collection. J'habite à trois gares d'ici. Viens, je t'achète le billet.

Petya faillit dire qu'il n'avait pas besoin de billet, mais il se ravisa. Il ne voulait pas avouer qu'il avait enfreint la loi. Tant qu'il n'aurait pas les timbres, il préférait faire bonne impression à cet inconnu.

Assis sur la banquette en bois de l'*elektrichka*, Petya regardait la forêt défiler derrière la vitre et balançait les jambes d'avant en arrière, ses pieds touchant à peine le sol. La question était maintenant de savoir s'il devait quand même dépenser ses kopecks pour acheter un nouveau timbre. Compte tenu de tous ceux qu'il allait recevoir, ça ne semblait plus nécessaire, et il décida de rendre l'argent à ses parents. Ce serait bien qu'ils partagent sa bonne fortune. L'homme mit fin à ses interrogations en lui donnant une petite tape sur l'épaule.

— On est arrivés.

L'*elektrichka* s'était arrêté dans une gare en pleine forêt, bien avant la ville de Shakhty. Petya s'interrogea. C'était un arrêt pour touristes, pour les gens qui voulaient fuir la ville. Il y avait de nombreux sentiers de randonnée. Mais ce n'était pas la saison.

La fonte des neiges se terminait tout juste. Les sous-bois semblaient sombres et peu attirants. Petya se tourna vers son compagnon, contempla ses chaussures de ville et sa mallette noire.

— Vous habitez là ?

L'homme secoua la tête.

— J'ai une datcha ici. Je ne peux pas garder mes timbres chez moi. J'ai bien trop peur que mes filles les trouvent et les touchent avec leurs doigts sales. Mais je vais devoir vendre cette datcha, vois-tu. Donc je n'aurai plus d'endroit où mettre ma collection.

Il descendit du train. Petya lui emboîta le pas. Il n'y avait personne d'autre sur le quai.

L'homme pénétra dans la forêt, Petya sur ses talons. Pas étonnant qu'il ait une datcha. Petya ne connaissait personne d'assez riche pour posséder une maison d'été, mais il savait qu'elles étaient souvent situées dans les bois, au bord de la mer ou sur les rives d'un lac. L'homme continuait de parler tout en marchant.

— Bien sûr, j'aurais préféré que mes filles s'intéressent aux timbres, mais elles ne sont vraiment pas assez soigneuses.

Petya eut envie de lui dire que ses filles avaient peut-être besoin d'un peu de temps. Lui-même n'était pas devenu un collectionneur soigneux du jour au lendemain. Mais il comprit qu'il avait intérêt à ce qu'elles ne s'intéressent pas aux timbres. Aussi garda-t-il ses réflexions pour lui.

L'homme quitta le sentier, s'enfonça dans le sous-bois en accélérant l'allure. Difficile de le suivre. Il faisait de trop grandes enjambées. Petya était presque obligé de courir.

— Vous vous appelez comment, monsieur ? J'aimerais pouvoir donner votre nom à mes parents, au cas où ils ne croiraient pas que vous m'offrez votre collection.

— Ne t'inquiète pas pour tes parents. Je leur ferai un mot expliquant comment tu es entré en possession de mon album. Je leur donnerai même mon adresse au cas où ils voudraient vérifier.

— Merci beaucoup, monsieur.

— Tu peux m'appeler Andreï.

Au bout de quelque temps, l'homme s'arrêta et se baissa pour ouvrir sa mallette. Petya s'arrêta lui aussi, cherchant des yeux la datcha. Il n'en voyait aucune. Peut-être fallait-il marcher encore un peu. Le temps de reprendre son souffle, il regarda les branches nues des grands arbres s'entrelacer sur le ciel gris.

Andreï contempla le corps à ses pieds. Du sang coulait depuis le haut du crâne jusque sur la joue. Il s'agenouilla, posa l'index sur le cou de l'enfant pour prendre son pouls. Encore vivant. Parfait. Il le fit rouler sur le dos et entreprit de le dévêtir comme si c'était une poupée. Il lui enleva son manteau, sa chemise, ses chaussures et ses chaussettes. Puis son pantalon et ses sous-vêtements. Il en fit une pile, prit sa mallette, s'éloigna. Après avoir parcouru une dizaine de mètres, il s'arrêta près d'un arbre abattu. Il se débarrassa du petit tas de vêtements, posa sa mallette, l'ouvrit, en sortit une longue ficelle. Il retourna vers l'enfant, lui noua l'extrémité de la ficelle autour de la cheville. Il serra fort, tira pour vérifier. Le nœud était solide. Marchant à reculons, il déroula la ficelle avec précaution, comme si c'était la mèche d'une charge de dynamite. Il alla ensuite se cacher derrière le tronc d'arbre, à plat ventre.

Il avait bien choisi l'endroit. La position de l'arbre le rendrait invisible quand l'enfant reprendrait connaissance. Il suivit des yeux le trajet de la ficelle sur le sol depuis sa main jusqu'à la cheville du garçonnet. Il lui en restait une bonne longueur dans la main, sept ou huit mètres. Son dispositif en place, l'excitation lui donnait envie de pisser. De peur de rater le réveil de l'enfant, il roula sur le côté, déboutonna sa braguette et se soulagea sans même se lever. Il s'éloigna de la zone humide, ajusta légèrement sa position. Le gamin était toujours évanoui. L'heure des ultimes préparatifs avait sonné. Andreï enleva ses lunettes, les remit dans leur étui, glissa celui-ci dans la poche de sa veste. Lorsqu'il se retourna, il vit l'enfant dans un halo. Même en écarquillant les yeux, il ne distinguait qu'une silhouette, vague étendue de peau rose qui tranchait sur le sol sombre. Il cassa une petite branche de l'arbre le plus proche, se mit à en ronger l'écorce qui lui teinta les dents et lui agaça les gencives.

Petya ouvrit les yeux, se concentra sur le ciel gris, sur les branches nues des arbres. Du sang poissait ses cheveux. Il les palpa, regarda ses doigts, se mit à pleurer. Il avait froid. Il était tout nu. Que s'était-il passé ? Désorienté, il n'osait pas se redresser pour s'asseoir, de peur de voir l'homme à côté de lui. Il avait la certitude qu'il était tout près. Pour le moment, il ne voyait que le ciel. Mais il ne pouvait pas rester comme ça, tout nu par terre. Il aurait voulu être chez lui, avec ses parents. Il les aimait tant, et il était sûr qu'ils l'aimaient. Claquant des dents, tremblant de tout son corps, il finit par s'asseoir, par jeter un coup d'œil autour de lui, osant à peine respirer. Personne. Il regarda derrière lui, à droite, puis à gauche. L'homme avait disparu. Petya s'accroupit, scruta le sous-bois. Il était tout seul. Soulagé, il respira à fond. Il n'y comprenait rien. Mais il préférait ne pas comprendre.

Il chercha ses vêtements du regard. Disparus eux aussi. Tant pis. Il se releva et se mit à courir aussi vite qu'il le pouvait, écrasant les branches mortes, s'enfonçant dans la neige fondue et le sol détrempé par la pluie. Quand ils n'écrasaient pas les branches, ses pieds nus faisaient un bruit de succion. Il ne savait pas s'il allait dans la bonne direction. Il savait seulement qu'il devait fuir.

Soudain son pied fut tiré en arrière comme si on lui avait fait un croche-pied. Il perdit l'équilibre, tomba de tout son long. Sans même reprendre son souffle, il roula sur le dos et jeta un coup d'œil derrière lui. Toujours personne. Il avait dû trébucher, et il s'apprêtait à se relever quand il découvrit la ficelle nouée autour de sa cheville droite. Il la suivit des yeux jusque sous le couvert, où elle se tendait sur le sol comme la ligne d'une canne à pêche. Elle aboutissait à un tronc d'arbre abattu, distant d'une vingtaine de mètres.

Il empoigna la ficelle, tenta de la faire glisser sur sa cheville et de libérer son pied, mais elle était si serrée qu'elle lui cisaillait la peau. Elle se tendit à nouveau, plus brutalement cette fois. Petya fut traîné par terre, le dos dans la boue, avant de s'immobiliser. Il leva les yeux. L'homme était là, debout derrière l'arbre, il le tirait vers lui. Petya tentait de se retenir aux branches, au tapis de feuilles mortes. En vain : il se rapprochait. Il se concentra sur le nœud. Impossible de le défaire. Impossible de rompre la ficelle. Il fallait qu'il s'en débarrasse, quitte à s'arracher la peau de la cheville. La ficelle se tendit encore, pénétrant dans la chair. Il serra les dents pour ne pas hurler. Il prit une poignée de boue, s'en servit pour lubrifier la ficelle. Au moment où l'homme recommençait à tirer, Petya se libéra du nœud coulant. Il se leva d'un bond et s'enfuit à toutes jambes.

La ficelle s'était détendue dans les mains d'Andreï. Il n'y avait plus rien au bout. Il tira de toutes ses forces, sentit le sang lui monter au visage. Il écarquilla les yeux, mais la distance était trop grande, il ne voyait rien. Il s'était toujours fié à la ficelle. Devait-il remettre ses lunettes ? Non. Enfant, il n'avait pas eu le choix.

Il s'était retrouvé dans la même situation : presque aveugle, seul pour traverser la forêt en trébuchant à chaque pas.

Il t'a abandonné.

D'un bond, Andreï enjamba l'arbre abattu. À quatre pattes, le nez au ras du sol, il suivit la ficelle.

Petya courait plus vite qu'il n'avait jamais couru. Il allait atteindre la gare, le train serait là. Il y monterait. Et le train partirait avant l'arrivée de l'homme. Il allait survivre.

Je vais m'en sortir.

Il se retourna. L'homme courait derrière lui, mais à quatre pattes, comme s'il cherchait quelque chose qu'il avait fait tomber. Et il ne partait pas dans la bonne direction. La distance entre eux se creusait. Il allait s'en sortir, lui échapper.

Andreï atteignit le nœud coulant au bout de la ficelle. Le cœur battant, il se figea et regarda autour de lui, sourcils froncés. Les larmes lui montèrent aux yeux : il ne voyait pas trace de l'enfant. Disparu. Andreï était seul, abandonné. Soudain, à droite, un mouvement : une couleur claire, la couleur de la peau, un enfant.

Petya jeta un coup d'œil par-dessus son épaule, espérant avoir pris encore plus d'avance. Mais cette fois il vit l'homme courir dans sa direction. À grandes enjambées. Les pans de sa veste battaient au vent. Il avait un sourire cruel. Pour une raison mystérieuse, ses dents étaient brun sombre et Petya stoppa sa course, conscient qu'il ne lui échapperait pas. Il ne tenait plus sur ses jambes. Il porta les mains à son visage comme si ce geste pouvait suffire à le protéger et il ferma les yeux, s'imaginant dans les bras de ses parents.

La collision fut si violente qu'elle les projeta tous les deux à terre. Andreï avait atterri sur l'enfant qui se débattait sous son poids, griffant et mordant sa veste. Le plaquant au sol pour l'empêcher de s'enfuir, Andreï marmonna :

— Il est encore vivant !

Il sortit le couteau de chasse attaché à sa ceinture. Les yeux clos, il en donna plusieurs coups sous lui, d'abord prudemment, du bout de la lame, guettant les cris. Il attendit, savourant chaque instant, chaque vibration du corps qui luttait sous son ventre. Quelle jubilation ! Tout à son excitation, il frappa plus vite, plus fort, encore et encore, jusqu'à ce que la lame s'enfonce jusqu'au manche. Mais l'enfant ne bougeait déjà plus.

TROIS MOIS PLUS TARD

Région sud-est de Rostov-sur-le-Don
Mer d'Azov

4 juillet

Nesterov était assis les pieds enfouis dans le sable. Cette plage avait la faveur des habitants de la ville voisine de Rostov-sur-le-Don, située à une quarantaine de kilomètres au nord-est. Ce jour-là ne faisait pas exception. Il y avait foule. Comme si les citadins émergeaient de leur hibernation, le corps décoloré par l'interminable hiver. Pouvait-on deviner à leur morphologie quel emploi ils occupaient ? Les plus gros d'entre eux étaient forcément des personnages importants. Directeurs d'usine, hauts dignitaires du Parti ou officiers supérieurs du MGB, peut-être, de ceux qui signaient les formulaires au lieu d'enfoncer les portes à coups de botte. Nesterov veillait à ne pas attirer leur attention. Il regardait sa famille. Ses deux fils jouaient au bord de l'eau, sa femme dormait près de lui, allongée sur le côté – les yeux clos, un bras replié sous la tête. À première vue, ils avaient tout pour être heureux : une famille soviétique modèle. D'ailleurs ils avaient toutes les raisons de se détendre, ils étaient en vacances, avec la voiture de fonction de Nesterov et des bons d'essence accordés à titre de récompense pour la discrétion et l'efficacité avec lesquelles il avait mené à bien les enquêtes sur ces deux meurtres successifs. On lui avait dit de prendre du repos. C'étaient les ordres. Il se répétait ces mots en son for intérieur, conscient de leur ironie.

Le procès de Varlam Babinitch avait duré deux jours, durant lesquels son avocat avait plaidé l'irresponsabilité. La procédure voulait que les avocats de la défense s'appuient sur les témoignages des mêmes experts que ceux de l'accusation. Ils n'avaient pas le droit d'appeler à la barre des témoins indépendants. Nul besoin d'être avocat pour comprendre l'énorme avantage que ce dispositif conférait au procureur. Dans le cas de Babinitch, la défense devait prouver l'irresponsabilité sans pouvoir faire appel à un témoin qui n'ait pas d'abord été conditionné par l'accusation. En l'absence de psychiatres à l'hôpital 379, le procureur avait demandé à un non-spécialiste d'établir un diagnostic. Le médecin en question avait conclu que Varlam Babinitch était capable de distinguer le bien du mal et savait qu'il ne fallait pas tuer son prochain : son intelligence était certes limitée, mais suffisante pour comprendre la notion de crime. Après tout, il avait dit lors de son arrestation : « Je vais avoir tellement d'ennuis. »

Contrainte d'appeler le même médecin à la barre, la défense avait tenté de faire valoir un point de vue contradictoire. Varlam Babinitch avait finalement été reconnu coupable. Nesterov avait reçu une lettre dactylographiée confirmant que le jeune homme, âgé de dix-sept ans, était mort à genoux d'une balle dans la nuque.

Le cas du docteur Tyapkin avait été expédié encore plus rapidement, en moins d'une journée. Son épouse avait témoigné qu'il était violent, habité par des fantasmes malsains, et qu'elle ne s'était pas manifestée plus tôt à cause de ses craintes pour sa vie et celle de son bébé. Elle avait également annoncé au juge qu'elle reniait sa religion, le judaïsme. Elle ferait de ses enfants de bons communistes. Moyennant quoi, elle avait été mutée à Shakhty, en Ukraine, où elle pourrait refaire sa vie sans que le crime de son mari la poursuive. Puisque personne à l'extérieur de Voualsk n'avait entendu parler du meurtre, elle n'aurait même pas besoin de changer de nom.

Une fois ces deux affaires closes, la cour avait statué sur le cas de plus de cent cinquante homosexuels accusés de pratiques antisoviétiques. Chacun d'eux avait été condamné à une peine allant de cinq à vingt-cinq ans de travaux forcés. À cause de cette quantité impressionnante de dossiers, le juge avait établi un barème tenant compte des états de service, du nombre d'enfants de chaque prévenu et de celui des liaisons homosexuelles qu'on lui imputait. Le fait d'être membre du Parti était retenu comme élément à charge puisque l'accusé entachait la réputation du Parti. Pour cette raison, il était frappé d'exclusion. Malgré le caractère répétitif des quelque cent cinquante audiences, Nesterov n'en avait manqué aucune. En quittant le tribunal une fois la dernière condamnation prononcée, il avait reçu les félicitations des dignitaires locaux du Parti. Il s'était distingué. Il avait la quasi-certitude de se voir attribuer un nouveau logement dans les deux ou trois mois, avant la fin de l'année au plus tard.

Après la fin des procès, alors que nuit après nuit il ne trouvait pas le sommeil, sa femme lui avait dit que tôt ou tard il finirait par aider Leo. Autant le faire sans tarder. Il n'attendait quand même pas sa permission ? Peut-être que si. Il allait mettre en péril non seulement sa propre vie, mais celle des autres membres de sa famille. Théoriquement il ne ferait rien de mal en posant des questions et en menant l'enquête, mais il agirait de son propre chef. Initiative risquée : c'était insinuer qu'il y avait eu erreur judiciaire, et qu'un seul homme pouvait réussir là où l'État avait échoué. Nesterov se sentait néanmoins capable d'enquêter discrètement, en conversant avec ses collègues. S'il ne découvrait aucun autre cas similaire, aucun autre meurtre d'enfant, alors il aurait la certitude que les châtiments brutaux dont il avait été l'artisan étaient justes et nécessaires. Il avait beau se méfier de Leo et lui en vouloir d'avoir semé le doute dans son esprit, impossible de nier que celui-ci posait une question essentielle. Son travail avait-il un sens ou bien n'était-ce qu'un simple gagne-pain ? Il n'y avait aucune honte à tenter de gagner sa vie, comme la majorité de la population. Mais pouvait-on se contenter de vivre dans des conditions sordides sans tirer la moindre fierté de son travail, sans même être réconforté par le sentiment du devoir accompli ?

Pendant dix semaines, Nesterov avait opéré seul, sans discuter ni collaborer avec Leo. Puisque celui-ci était sans doute surveillé, moins il y avait de contacts entre eux, mieux c'était. Il s'était borné à lui adresser un petit mot – *J'accepte de vous aider* –, avec la consigne de le détruire aussitôt.

Il était difficile d'accéder aux fichiers criminels de chaque région. Nesterov avait passé plusieurs coups de téléphone, écrit de nombreuses lettres. Quel que soit le mode de communication, il n'abordait le sujet que de manière indirecte, louant l'efficacité de ses propres services pour l'élucidation rapide des deux meurtres, dans l'espoir d'obtenir des réactions d'autosatisfaction similaires. Les réponses reçues l'avaient amené à prendre plusieurs fois le train sur son temps de loisir pour rencontrer ses collègues dans différentes villes, boire un verre avec eux, discuter brièvement des meurtres qui l'intéressaient avant d'évoquer d'autres succès. C'était un moyen extraordinairement inefficace de réunir des informations. Trois heures autour d'un verre se soldaient généralement par deux minutes de conversation utile. Au bout de huit semaines, Nesterov n'avait pas exhumé un seul meurtre non élucidé. À ce stade, il fit venir Leo dans son bureau.

Leo entra, referma la porte derrière lui et s'assit. Nesterov ressortit vérifier que les couloirs étaient vides, donnant un tour de clé à son retour. Il déroula une carte de l'Union soviétique sur sa table de travail, posa un livre aux quatre coins pour la maintenir à plat. Il prit une poignée d'épingles. Il en planta deux sur Voualsk, deux sur Molotov, deux sur Vyatka, deux sur Gorki et deux sur Kazan – autant de villes qui suivaient la voie ferrée vers l'ouest jusqu'à Moscou. Nesterov n'était pas allé dans la capitale soviétique, redoutant les officiers de la milice locale qui risquaient d'accueillir toute question avec méfiance. À l'ouest de Moscou, il avait eu plus de mal à glaner des informations, mais il avait découvert un crime possible à Tver. En direction du sud, il planta trois épingles sur la ville de Tula, deux sur Orel et deux sur Belgorod. Pour l'Ukraine, il reprit sa boîte d'épingles et en fit glisser une bonne vingtaine dans sa paume. Il continua : trois épingles sur Kharkov et deux sur Gorlovka, quatre sur Zaporoshy, quatre sur Kramatorsk et une sur Kiev. Quittant l'Ukraine, il ajouta cinq épingles sur Taganrog et, enfin, six autour de Rostov.

Il comprenait la réaction de Leo, muet de stupeur. À bien des égards, lui-même avait réuni ces informations dans un état d'esprit comparable. Il avait d'abord tenté d'ignorer les similitudes : la substance broyée dans la bouche des gosses – qualifiée par les officiers de terre ou de poussière – et les torses mutilés. Mais ces similitudes étaient trop choquantes. Il y avait la ficelle nouée autour de la cheville, les cadavres toujours nus, les vêtements en tas un peu plus loin. Le lieu du crime se situait dans une forêt ou un jardin public, souvent à proximité d'une gare – jamais à l'intérieur, dans un cadre domestique. Il n'y avait eu aucun contact entre les différentes villes, alors que certains meurtres s'étaient produits à moins de cinquante kilomètres de distance. Aucun rapprochement n'avait été fait, aucune ligne tracée entre toutes ces épingles. On avait condamné des ivrognes, des voleurs ou des violeurs connus de la milice – des indésirables à qui on pouvait faire endosser n'importe quelle accusation.

Nesterov arrivait à un total de quarante-trois meurtres. Il avait pris une dernière épingle dans sa boîte, pour la planter au centre de Moscou : Arkady était l'enfant numéro 44.

Nesterov se réveilla la bouche ouverte, une moitié du visage dans le sable. Il se redressa, balaya de la main les grains de sable. Le soleil avait disparu derrière les nuages. Il chercha des yeux ses enfants, scruta la plage, passa en revue les baigneurs. Son fils aîné, Efim, âgé de sept ans, jouait assis au bord de l'eau. Mais le cadet – cinq ans seulement – était invisible. Nesterov se tourna vers sa femme. Elle découpait des tranches de viande séchée pour le déjeuner.

— Où est Vadim ?

Inessa regarda autour d'elle, repéra aussitôt leur fils aîné, mais pas le plus jeune. Son couteau à la main, elle se leva, pivota sur elle-même, vérifia derrière elle. Ne le voyant nulle part, elle lâcha son couteau. Elle et son mari coururent s'agenouiller près d'Efim, chacun d'un côté.

— Où est ton frère ?
— Il a dit qu'il retournait avec vous.
— Quand ça ?
— Je ne sais pas.
— Réfléchis.
— Il n'y a pas longtemps. Je ne sais plus.
— On vous avait demandé de rester ensemble.
— Mais il a dit qu'il retournait vous voir !
— Il n'est pas allé se baigner ?
— Il est parti par là, vers l'endroit où vous étiez.

Nesterov se releva, inspecta le rivage. Vadim n'était pas allé vers la mer, il n'aimait pas se baigner. Il se trouvait sur la plage, quelque part au milieu de ces centaines de gens. Nesterov revit certaines images de dossiers criminels : une adolescente assassinée à l'écart d'un sentier fréquenté au bord d'une rivière, une autre derrière une statue dans un jardin public, à cent mètres de chez elle. Il s'accroupit près de son fils.

— Retourne près des serviettes et restes-y. Peu importe si quelqu'un t'adresse la parole, peu importe ce qu'on te dit. Même s'il s'agit d'un adulte à qui tu dois le respect, ne bouge pas.

Au souvenir des nombreux enfants qui s'étaient laissé entraîner dans la forêt, il changea d'avis et prit son fils par la main.

— Viens avec moi. On va chercher ton frère ensemble.

Sa femme remonta le long de la plage tandis qu'il partait dans la direction opposée, se frayant un passage parmi les baigneurs et marchant vite, trop vite pour Efim. Il le souleva et le porta dans ses bras. La plage s'interrompait, le sable céda la place aux roseaux et aux herbes folles. Toujours aucune trace de Vadim.

Efim savait plus ou moins en quoi consistait le travail de son père. Il était au courant des deux meurtres dans sa ville natale parce que ses parents lui en avaient parlé, tout en lui faisant promettre de ne rien répéter. Plus personne n'était censé s'en inquiéter. En principe, ils avaient été élucidés. Efim comprit que son frère était en danger. C'était un petit garçon confiant et bavard. Il aurait du mal à ne pas répondre si on lui adressait la parole. Efim se reprocha de ne pas l'avoir mieux surveillé et se mit à pleurer, conscient de sa part de responsabilité.

À l'autre extrémité de la plage, Inessa appelait son fils. Elle avait lu les documents relatifs à l'enquête de son mari. Elle savait parfaitement ce qui était arrivé aux deux adolescents portés disparus. Prise de panique, elle s'accusa de tous les maux. C'était elle qui avait dit à son mari d'aider Leo, elle qui l'avait encouragé, qui lui avait conseillé quelques précautions élémentaires pour garder son enquête secrète. Elle avait relu ses lettres avant qu'il les envoie, suggéré l'insertion de certaines phrases au cas où le courrier serait intercepté. Lorsqu'il lui avait montré la carte couverte d'épingles, elle avait touché chacune d'elles une à une. Le nombre de meurtres était invraisemblable et le soir même, elle avait fait dormir ses fils dans le même lit qu'elle et son mari. L'idée de profiter de leurs vacances pour faire avancer l'enquête venait d'elle. Puisque la majorité de ces meurtres avaient eu lieu dans le sud du pays, le seul moyen pour Nesterov de se rendre sur place sans attirer l'attention était de prétexter des vacances en famille. Inessa prenait conscience qu'elle avait mis ses enfants en danger. Elle les avait emmenés dans l'antre du mal. Elle avait sous-estimé le pouvoir du monstre qu'ils recherchaient. Aucun enfant n'était à l'abri. Ils disparaissaient apparemment les uns après les autres, étaient assassinés à quelques mètres de chez eux. Et maintenant c'était au tour du plus jeune de ses fils.

Hors d'haleine, les yeux pleins de larmes, elle l'appelait de plus belle, criait son prénom au visage des baigneurs. Ils firent cercle autour d'elle, le regard bovin, l'air indifférent. Elle les supplia de l'aider :

— Il n'a que cinq ans. Il a été enlevé. Il faut le retrouver !

Une femme au visage sévère tenta de l'apaiser :

— Il doit bien être quelque part.

— Vous ne comprenez pas : il court un terrible danger.

— Quel genre de danger ?

Elle écarta l'inconnue, tournoya sur elle-même en continuant d'appeler son fils. Soudain les mains puissantes d'un homme se refermèrent sur ses poignets.

— Mon petit garçon a été enlevé. Je vous en prie, aidez-moi à le retrouver.

— Et si vous vous calmiez un peu ?

— Non, il va se faire tuer. Il va être assassiné. Il faut m'aider.

L'homme éclata de rire.

— Personne ne va se faire tuer. Il est sûrement en sécurité.

Elle eut beau se débattre, l'homme ne lâchait pas prise. Entourée de visages apitoyés, elle tenta de se dégager.

— Laissez-moi partir ! Je dois retrouver mon fils.

Nesterov écarta les badauds pour rejoindre sa femme. Il avait trouvé Vadim en train de jouer parmi les roseaux et portait à présent ses deux fils dans ses bras. L'homme lâcha les poignets d'Inessa. Elle s'empara de Vadim, lui protégeant la tête de ses mains comme si elle risquait de se briser. Leur famille enfin réunie était encerclée de visages hostiles. Pourquoi se donner ainsi en spectacle ? Qu'est-ce qui leur avait pris ? Efim murmura :

— Allons-nous-en.

Ils laissèrent la foule derrière eux, rassemblèrent précipitamment leurs affaires et regagnèrent leur voiture. Il n'y en avait que cinq garées près du sentier. Les autres baigneurs étaient venus en tram. Nesterov mit le contact et s'éloigna.

Sur la plage, une femme maigrichonne aux cheveux grisonnants regarda la voiture disparaître. Elle nota le numéro minéralogique, convaincue que cette famille devait faire l'objet d'une enquête.

Moscou

5 juillet

La veille encore, si Leo avait été arrêté, Raïssa n'aurait pas été directement mêlée à son enquête clandestine. Elle aurait pu le dénoncer et avoir une chance d'en sortir vivante. Ce n'était plus vrai. Dans le train qui les emmenait vers Moscou sous des noms d'emprunt, leur culpabilité était indivisible.

Pourquoi Raïssa était-elle montée dans ce train avec Leo ? Cette décision allait à l'encontre de l'unique principe qui gouvernait son existence : l'instinct de survie. Elle acceptait de prendre un risque incommensurable alors qu'une alternative existait. Elle aurait pu rester tranquillement à Voualsk, voire trahir Leo afin de ménager l'avenir. Une stratégie hypocrite et méprisable, mais pour survivre elle avait déjà fait des choses méprisables, dont son mariage avec Leo, alors qu'elle le détestait. D'où venait ce changement ? Elle n'avait pas agi par amour. Leo était son partenaire, mais seulement pour cette enquête, pas au sens conjugal du terme. Il lui faisait confiance, écoutait ses conseils – non par courtoisie, mais pour la traiter en égale. Ils faisaient équipe, unissaient leurs efforts pour atteindre un même objectif, dont l'importance transcendait celle de leurs deux vies. Son ardeur et son énergie retrouvées, Raïssa refusait de retourner au prosaïsme de son existence antérieure, se demandant quelle part supplémentaire de son âme il lui aurait fallu vendre pour assurer sa subsistance.

Le train entrait en gare de Iaroslavl. La valeur symbolique de ce retour à Moscou, sur ces voies où avait été découvert le corps d'Arkady, n'échappait pas à Leo. Raïssa et lui revenaient dans la capitale soviétique pour la première fois depuis leur exil quatre mois plus tôt. Officiellement, ils n'avaient rien à faire là. Leur salut et la réussite de leur enquête dépendraient de leur capacité à déjouer toute surveillance. S'ils se faisaient prendre, ils seraient exécutés. L'unique raison de leur retour était Galina Shaporina, seul témoin à pouvoir décrire l'assassin, évaluer son âge, fournir quelques détails : lui donner corps. Pour l'heure, ni Leo ni Raïssa n'avaient la moindre idée de ce à quoi ressemblait l'homme qu'ils recherchaient. Ils ignoraient s'il était jeune ou vieux, mince ou obèse, élégant ou dépenaillé. Ce pouvait être n'importe qui, ou presque.

Outre la rencontre avec Galina, Raïssa avait suggéré de s'adresser à Ivan, son collègue de l'école secondaire 7. Malgré la censure, il lisait des ouvrages occidentaux, avait accès à des publications confidentielles, à des articles de journaux et de magazines, à des traductions non autorisées. Peut-être serait-il au courant de meurtres similaires survenus à l'étranger, de crimes en série obéissant toujours au même rituel. Raïssa n'avait que de vagues notions à ce sujet. Elle connaissait l'existence d'Albert Fish, cet Américain qui mangeait les enfants qu'il assassinait. Elle avait également entendu parler du docteur Petiot, un Français qui attirait des juifs dans sa cave pendant la guerre en offrant de les cacher, puis les tuait et brûlait leur cadavre. Raïssa se demandait si ce n'était pas de la propagande soviétique sur la décadence de la civilisation occidentale, les meurtriers étant présentés comme le produit d'une société dégénérée et d'un système politique pervers. Pour l'enquête de Leo, ce genre de déterminisme ne serait d'aucune utilité. Il les orienterait fatalement vers un suspect étranger, à la personnalité forgée par la société capitaliste. Or ce meurtrier-là voyageait visiblement sans difficulté à travers le pays : il parlait russe et charmait les enfants. Tout ce que Leo et Raïssa savaient sur ce type de meurtres était faux ou inadéquat. Ils devaient oublier tous leurs présupposés et repartir de zéro. Selon Raïssa, l'accès d'Ivan à des informations sensibles était essentiel dans cette mise à jour de leurs connaissances.

Leo reconnaissait l'intérêt de ces informations, mais souhaitait restreindre au maximum le nombre de leurs rencontres. L'objectif principal était de s'entretenir avec Galina Shaporina, Ivan passerait après. Leo n'était même pas convaincu qu'il faille courir ce risque. Il avait conscience que des considérations subjectives faussaient son jugement. N'était-il pas jaloux de l'amitié entre Ivan et sa femme ? Si. Souhaitait-il associer Ivan à leur enquête ? Jamais de la vie.

Il jeta un coup d'œil par la fenêtre du train, attendit que tout le monde soit descendu. Des agents en civil et en uniforme patrouillaient dans les gares. Les centres de transit étaient considérés comme des points vulnérables. Il y avait des barrages sur les routes. Les différents ports restaient constamment sous surveillance. Nulle part le dispositif de sécurité n'était plus sophistiqué qu'à Moscou. Raïssa et lui tentaient de pénétrer clandestinement dans la ville du pays la plus quadrillée par les forces de police. Seul avantage : Vassili ne les croyait sans doute pas assez téméraires pour s'embarquer dans une telle aventure. Leo se tourna vers Raïssa.

— Si par hasard tu attires l'attention de quelqu'un, même en civil, ne détourne pas aussitôt les yeux. Ne lui souris pas, ne fais pas le moindre geste. Contente-toi de soutenir son regard avant de t'intéresser à autre chose.

À leur tour, ils descendirent sur le quai ; ni l'un ni l'autre n'avait beaucoup de bagages. Une grosse valise aurait pu éveiller les soupçons. Marchant trop vite, ils se forcèrent à ralentir l'allure. Leo se félicita de l'animation qui régnait dans la gare. Il sentait pourtant son col de chemise moite de sueur. Il tenta de se rassurer en se disant qu'il y avait peu de risques qu'ils soient recherchés. À Voualsk, ils s'étaient arrangés pour déjouer toute tentative de filature. Ils avaient prévenu qu'ils allaient faire une randonnée en montagne. Il fallait poser sa candidature pour pouvoir partir en vacances. À cause de leur statut subalterne, ils n'avaient obtenu que deux ou trois jours. Pressés par le temps, ils s'étaient enfoncés dans la forêt, avaient décrit une boucle pour vérifier qu'on ne les suivait pas. Une fois certains d'être seuls, ils étaient retournés en lisière de la forêt près de la gare. Ils s'étaient changés, avaient enterré leurs vêtements maculés de boue et leur matériel de camping, avaient attendu l'arrivée du train pour Moscou. Ils n'y étaient montés qu'à la dernière minute. Si tout se passait comme prévu, ils recueilleraient la déposition du témoin oculaire, rentreraient à Voualsk, disparaîtraient dans la forêt, récupéreraient leur matériel et remettraient leurs vêtements de randonnée. Ils regagneraient la ville par l'un des sentiers les plus au nord.

Ils atteignaient la sortie de la gare quand un homme derrière eux les interpella :

— Vos papiers !

Sans hésiter, Leo se retourna. Il ne sourit pas, ne chercha pas à prendre l'air détendu. L'officier appartenait au MGB, mais il ne le connaissait pas. Tant mieux. Il lui tendit ses papiers, Raïssa aussi.

Leo dévisagea l'homme. Il était grand, corpulent. Le regard éteint, les gestes lents. Il ne s'agissait que d'un contrôle de routine. Quoi qu'il en soit, leurs papiers étaient des faux, une imitation tout juste passable dans le meilleur des cas. En son temps, Leo ne s'y serait pas trompé. C'était Nesterov qui les avait fabriqués, avec son aide. Ils s'étaient donné du mal, mais plus ils s'appliquaient, plus Leo en voyait les imperfections : irrégularités du papier, encre baveuse, second coup de tampon visible par-dessus le premier. Comment avait-il pu avoir foi en des documents pareils ? En fait, il ne s'y était jamais fié : il espérait simplement que Raïssa et lui ne seraient pas contrôlés.

À la vue de l'officier penché sur les caractères, Raïssa comprit qu'il savait à peine lire. Il tentait de donner le change en faisant mine de se livrer à un examen minutieux, mais elle avait vu trop d'enfants se débattre avec le même problème pour être dupe. Ses lèvres bougeaient en même temps qu'il parcourait les lignes des yeux. De peur qu'il se venge s'il se sentait percé à jour, elle garda son air craintif. Il appréciait sûrement d'inspirer la crainte, sans doute une façon d'apaiser ses propres angoisses. Comme elle s'y attendait, il vérifia leur expression, non pas à cause de soupçons sur l'authenticité de leurs papiers, mais au cas où ils sembleraient moins inquiets. Rassuré de constater qu'on le craignait toujours, il fit claquer les documents contre sa paume, montrant bien qu'il jaugeait Raïssa et Leo, que leur vie était à sa merci.

— Vos bagages.

Ils ouvrirent leurs modestes sacs de voyage. Ils ne contenaient que des vêtements de rechange et quelques affaires de toilette. L'officier commençait à s'ennuyer. Il congédia Leo et Raïssa d'un haussement d'épaules. Ils le saluèrent de la tête avec déférence et se dirigèrent vers la sortie, essayant de ne pas marcher trop vite.

Même jour

Après avoir étouffé dans l'œuf la propre enquête de Fiodor sur le meurtre de son fils, après l'avoir contraint au silence par la persuasion et par la menace, Leo s'apprêtait à lui demander son aide pour cette même affaire. Il fallait absolument que Fiodor le conduise chez Galina Shaporina, puisqu'il n'avait pas son adresse. Peut-être même ne se rappelait-il pas correctement son nom. Il n'avait pas fait très attention à l'époque, et il s'était passé tant de choses depuis. Sans Fiodor, il avait peu d'espoir de la retrouver.

Pour obtenir ce témoignage, il était prêt à s'humilier, à perdre la face, à essuyer la colère et le mépris de son ancien collègue. Fiodor avait beau être un agent du MGB, Leo pariait sur sa fidélité à la mémoire de son fils. Malgré toute la haine qu'il portait sans doute à Leo, sa soif de justice l'amènerait sûrement à conclure une alliance. Cela dit, Leo avait correctement jaugé la situation quatre mois plus tôt. Une enquête non autorisée sur la mort d'Arkady mettrait toute la famille en danger. Peut-être Fiodor avait-il fini par se ranger à cet avis.

Mieux valait protéger les vivants et livrer Leo aux autorités : ainsi Fiodor garantirait sa sécurité tout en assouvissant son désir de vengeance. Que déciderait-il ? Leo frappa à la porte. Il aurait bientôt la réponse.

Au quatrième étage de l'immeuble 18, une femme âgée lui ouvrit, celle-là même qui lui avait tenu tête, qui avait osé parler de meurtre.

— Je m'appelle Leo, et je vous présente mon épouse, Raïssa.

La vieille femme le foudroya du regard : la mémoire lui revenait, elle le détestait. Elle jeta un coup d'œil à Raïssa.

— Qu'est-ce que vous voulez ?

Ce fut Raïssa qui répondit à voix basse :

— On vient au sujet du meurtre d'Arkady.

Suivit un long silence, durant lequel la vieille femme les dévisagea tous les deux avant de déclarer :

— Vous vous trompez d'adresse. Aucun enfant n'a été assassiné ici.

Avant qu'elle ait eu le temps de fermer la porte, Leo mit le pied dans l'entrebâillement.

— C'est vous qui aviez raison.

Au lieu de la réaction de colère à laquelle il s'attendait, la vieille femme fondit en larmes.

Encadrée par Fiodor et son épouse – sorte de *troïka*, de tribunal populaire –, elle resta debout pendant que Leo se débarrassait de son manteau, le posait sur le dossier de sa chaise. Il retira son pull, déboutonna sa chemise. Scotchés à même la peau se trouvaient tous les documents relatifs aux meurtres : photos, descriptions, témoignages, carte en démontrant l'étendue géographique – les principales preuves en leur possession.

— J'ai dû prendre quelques précautions. Ces pièces portent sur plus de quarante meurtres, des enfants et des adolescents des deux sexes assassinés dans la moitié ouest du pays. Tous ont été tués de la même manière ou presque, comme Arkady, j'en suis convaincu.

Leo décolla de son torse les différents documents, certains trempés de sueur. Fiodor s'en saisit, les parcourut. Sa femme et sa mère s'approchèrent. Tous les trois se mirent à lire, échangeant les documents. Ce fut l'épouse de Fiodor qui parla la première :

— Et si vous l'attrapez, vous faites quoi ?

Curieusement, c'était la première fois qu'on posait la question à Leo. Jusqu'à présent, il se concentrait surtout sur les moyens de retrouver cet homme.

— Je le tue.

Quand Leo eut expliqué la nature de son enquête, Fiodor ne perdit pas de temps à se répandre en insultes ou en récriminations. Visiblement, il ne lui vint même pas à l'esprit de refuser son aide à Leo et à Raïssa, de douter de leur sincérité ou de s'inquiéter des conséquences. Ces craintes n'effleurèrent pas non plus l'épouse de Fiodor ni sa mère, du moins pas de manière significative. Fiodor décida de conduire immédiatement Leo et Raïssa chez Galina.

Le plus court chemin traversait la voie ferrée où avait été retrouvé le corps d'Arkady : en fait plusieurs voies se rejoignaient, immense espace bordé d'arbres et de fourrés. À la lumière déclinante du crépuscule, Leo mesura l'intérêt de ce no man's land. Au cœur même de la ville, il semblait étrangement désert. Le garçonnet avait-il couru sur ces traverses, poursuivi par l'inconnu ? Était-il tombé dans sa fuite désespérée ? Un train était-il passé en trombe dans l'obscurité, indifférent ? Leo laissa les voies derrière lui avec soulagement.

À l'approche de l'immeuble, Fiodor lui conseilla de rester dehors. La première fois, Galina avait été terrifiée : pas question de la réduire au silence en l'effrayant à nouveau. Leo se rangea à cet avis. Raïssa et Fiodor iraient seuls.

Raïssa suivit Fiodor dans l'escalier jusqu'à la porte de l'appartement. Il frappa. Des enfants jouaient à l'intérieur. Raïssa s'en réjouit. Certes, il n'était pas nécessaire d'être mère pour mesurer la gravité de la situation, mais le fait que les propres enfants de Galina étaient en danger devrait l'inciter à coopérer.

Une femme maigre d'une trentaine d'années leur ouvrit. Elle était emmitouflée comme en plein cœur de l'hiver. Elle paraissait souffrante. De son regard inquiet, elle détailla l'apparence de Raïssa et de Fiodor. Celui-ci sembla la reconnaître.

— Vous vous souvenez de moi, Galina ? Je suis Fiodor, le père d'Arkady, le petit garçon assassiné. Je vous présente mon amie Raïssa. Elle vit à Voualsk, une ville proche des monts Oural. Si on est ici, Galina, c'est que le meurtrier de mon fils a tué d'autres enfants, dans d'autres villes. Voilà pourquoi Raïssa est venue jusqu'à Moscou, pour qu'on puisse travailler ensemble. On a besoin de votre aide.

Galina répondit d'une voix douce, à peine audible :
— Comment pourrais-je vous aider ? Je ne sais rien.

S'attendant à cette fin de non-recevoir, Raïssa insista :

— Fiodor n'est pas ici en tant qu'officier du MGB. On est un groupe de pères et de mères de famille, de citoyens indignés par ces meurtres. Votre nom n'apparaîtra sur aucun document : il n'y a pas de documents. Vous ne nous reverrez jamais, vous n'entendrez plus jamais parler de nous. On a juste besoin de savoir à quoi il ressemble. Quel âge a-t-il ? Est-il grand ? Blond ou brun ? Portait-il des vêtements élégants ou bon marché ?

— Mais l'homme que j'ai vu n'était pas accompagné d'un enfant. Je vous l'ai déjà dit.

Fiodor intervint :

— S'il vous plaît, Galina, laissez-nous entrer quelques instants. Parlons ailleurs que dans ce couloir.

Elle secoua la tête.

— Je ne peux pas vous aider. Je ne sais rien.

Fiodor s'impatientait. Raïssa lui posa la main sur le bras pour l'apaiser. Ils devaient garder leur calme, ne pas effaroucher Galina. Seule la patience paierait.

— D'accord, Galina, c'est compris. Vous n'avez vu personne avec un enfant. Fiodor nous a expliqué que vous aviez aperçu un homme avec une sacoche à outils. C'est vrai ?

Galina fit oui de la tête.

— Vous pouvez nous le décrire ?

— Mais il n'était pas accompagné d'un enfant.

— Entendu. Pas d'enfant avec lui. C'est bien clair. Il n'avait qu'une sacoche à outils. Mais à quoi ressemblait-il ?

Galina réfléchit. Raïssa retint son souffle, consciente que son interlocutrice était sur le point de céder. Ils n'avaient pas besoin d'un témoignage écrit. Ni d'une signature. Juste d'une description spontanée, sans caractère définitif. Ça prendrait trente secondes, pas davantage.

Soudain Fiodor rompit le silence :

— Quel mal y a-t-il à nous dire à quoi ressemblait un homme avec une sacoche à outils ? Personne ne risque le moindre ennui en décrivant un cheminot.

Raïssa lui lança un regard noir. Il avait commis une erreur. On risquait bel et bien des ennuis en décrivant un cheminot. On pouvait même en avoir pour moins que ça. Le plus sûr était de se taire. Galina secoua la tête et recula.

— Désolée. Il faisait noir. Je ne l'ai pas vu. Il avait une sacoche, c'est tout ce dont je me souviens.

Fiodor retint la porte.

— Non, Galina, je vous en prie…

Galina secouait toujours la tête.

— Allez-vous-en.

— Je vous en prie…

Tel un animal pris de panique, elle se mit à crier d'une voix stridente :

— Allez-vous-en !

Le silence se fit. Les enfants cessèrent leurs jeux. Le mari de Galina apparut.

— Qu'y a-t-il ?

Dans le couloir, des portes s'ouvrirent, des gens les dévisagèrent, les montrèrent du doigt, inquiétant un peu plus la jeune femme. Consciente que la situation leur échappait, qu'ils risquaient de perdre leur unique témoin oculaire, Raïssa avança d'un pas et serra Galina dans ses bras comme pour prendre congé.

— À quoi ressemblait-il ?

Joue contre joue, elle attendit, fermant les yeux, espérant malgré tout. Elle sentait le souffle de la jeune femme. Mais Galina ne répondit pas.

Rostov-sur-le-Don

Même jour

Le chat alla se percher sur l'appui de fenêtre, agitant la queue, suivant de ses yeux verts les allées et venues de Nadia dans la pièce comme s'il allait lui bondir dessus, comme si elle n'était qu'un rat géant. Il était plus vieux qu'elle. Elle avait six ans, l'animal huit ou neuf. Voilà sans doute une des raisons pour lesquelles il adoptait une attitude si hautaine. D'après le père de Nadia, la région était infestée de rats, ce qui rendait les chats indispensables. C'était en partie vrai : Nadia avait vu beaucoup de rats, des rats énormes qui n'avaient peur de rien. Mais elle n'avait jamais vu ce chat faire quoi que ce soit pour les chasser. C'était un paresseux, pourri gâté par son père. Comment un chat pouvait-il se croire plus important qu'elle ? Il ne se laissait jamais approcher. Un jour qu'elle passait près de lui, elle lui avait caressé le dos et il avait répondu en pivotant sur lui-même, crachant et se précipitant dans un coin, les poils hérissés comme si elle avait commis un crime. Depuis, elle avait renoncé à l'apprivoiser.

Si ce chat voulait la détester, elle le détesterait deux fois plus.

Incapable de rester plus longtemps chez elle sous son regard vert, Nadia partit se promener, même s'il était tard et que tout le monde était dans la cuisine à préparer le dîner. Puisqu'on lui refuserait la permission, elle ne la demanda pas, enfila ses chaussures et sortit sans bruit par la porte d'entrée.

Son père et sa mère vivaient avec sa petite sœur et elle au bord du Don, dans un quartier en lisière de la ville composé de rues défoncées et de modestes maisons de brique. Les égouts et les déchets des usines se déversaient dans le fleuve en amont, et parfois Nadia s'asseyait pour regarder les hydrocarbures, les immondices et les produits chimiques se mélanger à la surface de l'eau. Un sentier fréquenté par les promeneurs longeait toute la berge. Nadia partit vers l'aval, en direction de la campagne. Malgré le manque de lumière, elle était sûre de retrouver son chemin. Elle avait le sens de l'orientation et jamais elle ne s'était perdue, pas une seule fois. Elle se demanda quel emploi une fille ayant le sens de l'orientation pourrait trouver plus tard. Elle serait peut-être pilote de chasse. Inutile de devenir conductrice de train, puisqu'il n'y avait pas besoin de savoir s'orienter : un train pouvait difficilement se perdre. Son père lui avait parlé des aviatrices de la dernière guerre. Elle les admirait, rêvait d'être des leurs, d'avoir sa photo en première page d'un journal, d'être décorée de l'ordre de Lénine. Au moins, son père s'occuperait d'elle ; il serait fier d'elle. Il oublierait un peu son idiot de chat.

Elle marchait depuis un certain temps en chantonnant, heureuse d'être loin de chez elle et du chat, quand elle s'arrêta soudain. Au loin, la silhouette d'un homme se dirigeait vers elle. Un homme très grand, mais à cause de l'obscurité elle ne pouvait pas en dire plus. Il portait une sorte de valise. Normalement elle ne se serait pas inquiétée le moins du monde à l'idée de rencontrer un inconnu. Pourquoi avoir peur ? Mais récemment sa mère avait fait quelque chose de bizarre : après avoir demandé à Nadia et à sa sœur de s'asseoir, elle leur avait interdit d'adresser la parole à des inconnus. Elle avait même dit qu'il valait mieux être impolie et ne pas répondre qu'obéir à un inconnu. Nadia jeta un coup d'œil en direction de sa maison. Elle n'était pas si loin de chez elle : en courant, elle pouvait rentrer en moins de dix minutes. Le problème, c'est qu'elle avait envie de continuer encore un peu, jusqu'à son arbre préféré. Elle aimait grimper sur une branche, s'y asseoir et rêver. Tant qu'elle ne l'avait pas fait, qu'elle n'avait pas atteint son arbre, elle n'avait pas l'impression d'avoir réussi sa promenade. Pour elle, c'était comme une mission militaire : si elle atteignait son arbre, tout irait bien. Sans réfléchir davantage, elle décida de ne pas adresser la parole à cet homme : elle se contenterait de marcher droit devant elle et s'il lui parlait, elle dirait « Bonsoir » sans s'arrêter.

Elle continua son chemin tandis que l'inconnu se rapprochait. Est-ce qu'il ne marchait pas plus vite ? On aurait dit que si. Il faisait trop sombre pour voir son visage. Il portait une espèce de chapeau. Elle s'écarta pour lui laisser la place de passer. Deux ou trois mètres seulement les séparaient. Soudain inquiète, Nadia ressentit un inexplicable besoin de le croiser le plus vite possible. Elle ne comprenait pas pourquoi. C'était la faute de sa mère. Les pilotes de chasse n'avaient peur de rien. Elle se mit à courir. Pour ne pas offenser l'inconnu, elle dit bien fort :

— Bonsoir !

De son bras libre, Andreï l'attrapa par la taille, souleva son petit corps, approcha son visage du sien, la regarda droit dans les yeux. Terrifiée, elle retint son souffle, incapable de bouger.

Soudain elle éclata de rire. Remise de sa frayeur, elle passa les bras autour du cou de son père et le serra de toutes ses forces.

— Tu m'as fait peur !
— Que fais-tu dehors à une heure pareille ?
— J'avais envie de me promener.
— Ta mère sait que tu es sortie ?
— Oui.
— Tu mens.
— Non, je ne mens pas. Pourquoi tu viens de par là ? Tu ne prends jamais ce chemin. Tu étais où ?
— Je travaillais. J'avais quelque chose à faire dans un village à l'extérieur de la ville. J'ai été obligé de rentrer à pied. Ça m'a pris environ deux heures.
— Tu dois être fatigué !
— Pour ça, oui.
— Je peux porter ta mallette ?
— Comme c'est moi qui te porte, si je te la donne, je sentirai quand même son poids.
— Je pourrais marcher toute seule et la porter.
— Je crois que je peux me débrouiller.

— Je suis contente que tu sois revenu, papa.

Sa fille toujours dans les bras, il poussa la porte d'entrée à l'aide de sa mallette. Il pénétra dans la cuisine. La plus jeune de ses filles courut vers lui avec tendresse. Il se réjouit du plaisir qu'avait sa famille à le voir rentrer. Tout le monde tenait pour acquis que s'il partait, il revenait toujours.

Nadia surveillait le chat. Visiblement jaloux de l'attention dont elle était l'objet, il descendit de la fenêtre d'un bond pour participer aux retrouvailles, se frottant contre la jambe d'Andreï. Tandis que celui-ci déposait sa fille sur le sol, elle posa « accidentellement » le pied sur une patte de l'animal qui s'enfuit en miaulant. Avant que Nadia ait pu en tirer la moindre satisfaction, son père la saisit par le poignet, s'accroupit et la foudroya du regard derrière les verres épais de ses lunettes, le visage tremblant de colère.

— Ne lui refais jamais ça !

Nadia en aurait pleuré. Elle se mordit la lèvre à la place. Elle avait déjà compris que son père était insensible aux larmes.

Andreï lâcha le poignet de sa fille et se releva. Il avait les joues en feu. Il se tourna vers sa femme. Elle n'avait pas bougé, mais elle lui sourit.

— Tu as mangé ?

— Il faut que je range mes affaires. Je ne dînerai pas.

Elle ne chercha pas à le prendre par le cou ni à l'embrasser, pas devant les enfants. Il était intraitable à ce sujet. Elle comprenait.

— Ta journée de travail s'est bien passée ?

— Ils veulent que je reparte dans deux ou trois jours. Je ne sais pas encore pour combien de temps.

Sans attendre sa réponse, et déjà oppressé par un sentiment de claustrophobie, il se dirigea vers la porte du sous-sol. Le chat lui emboîta le pas en agitant impatiemment la queue.

Andreï ferma la porte à clé derrière lui et descendit l'escalier, soulagé d'être seul. Un couple âgé habitait naguère la pièce, mais la femme était morte et le mari s'était installé chez son fils. Le service du logement n'avait pas envoyé de nouveau couple. Cette pièce n'avait rien d'agréable : un simple sous-sol enfoui dans la berge du fleuve. Les briques étaient toujours humides. En hiver, il y faisait un froid polaire. Elle possédait un *burzhuika*, poêle à bois que le vieux couple était obligé de garder allumé huit mois par an. Malgré tous ses défauts, ce sous-sol avait un avantage : c'était le domaine exclusif d'Andreï. Il y avait une chaise dans un coin et un lit étroit qui appartenait aux précédents occupants. Il arrivait à Andreï d'y dormir quand les conditions s'y prêtaient. Il alluma la lampe à pétrole, et peu après un second chat entra par le trou du mur dans lequel passait le tuyau du poêle.

Andreï ouvrit sa mallette. Parmi ses documents et les restes de son déjeuner se trouvait un bocal de verre fermé par un couvercle en métal. Il dévissa le couvercle. Le bocal contenait, enveloppé dans un vieux numéro de la *Pravda* trempé de sang, l'estomac de la fillette qu'il avait assassinée quelques heures plus tôt. Il retira le papier journal, s'assura qu'aucun fragment ne restait collé à la chair. Il posa l'estomac sur une assiette en métal, le découpa en lanières, puis en dés. Cette opération terminée, il mit le poêle en route. Quand celui-ci fut assez chaud pour y faire frire la viande, six chats entouraient Andreï. Il attendit que la viande soit bien grillée, la refit glisser dans l'assiette. Debout, il regarda les chats à ses pieds, s'amusa de les voir affamés, les allécha avec la viande, écouta leurs miaulements implorants. Ils étaient tenaillés par la faim, excités par l'odeur de la viande grillée.

Lorsqu'il les eut assez tenus en haleine, il déposa la nourriture devant eux. Ils firent cercle autour de l'assiette et se mirent à manger en ronronnant de plaisir.

Au rez-de-chaussée, Nadia contemplait la porte du sous-sol, se demandant quel genre de père pouvait préférer les chats aux enfants. Et il n'était là que pour deux jours. Non, elle avait tort de lui en vouloir. Ce n'était pas sa faute à lui, mais celle des chats. Elle eut une idée. Tuer un chat ne serait pas très difficile. Le plus difficile serait de ne pas se faire prendre.

Même jour

Rue Vorovski, Leo et Raïssa prirent leur tour dans la file d'attente devant l'épicerie. Il leur faudrait plusieurs heures afin d'arriver à l'intérieur, où chaque client passait commande avant d'être dirigé vers une seconde file d'attente pour payer. On faisait la queue une troisième fois pour récupérer ses achats. Ils pourraient facilement rester plusieurs heures dans ces différentes files à guetter le retour d'Ivan sans attirer l'attention.

Faute d'avoir réussi à faire parler Galina Shaporina, ils risquaient de quitter Moscou bredouilles. Raïssa s'était fait claquer la porte au nez. Après s'être retrouvée dans le couloir, encerclée par des voisins curieux dont beaucoup étaient sans doute des informateurs, pas question pour elle de tenter à nouveau sa chance. Il se pouvait même que Galina et son mari aient déjà prévenu les forces de sécurité. Leo n'y croyait pas trop. De toute évidence, Galina pensait que moins on en faisait, plus on était à l'abri : en informant les autorités, elle risquait de se nuire à elle-même, d'éveiller les soupçons. Piètre consolation. Jusqu'à présent, leur unique sujet de satisfaction était d'avoir pu associer Fiodor et sa famille à leur enquête. Leo avait conseillé à Fiodor de transmettre à Nesterov les informations qu'il pourrait découvrir, le courrier adressé à Leo étant intercepté. Ils n'avaient toutefois aucun élément nouveau leur permettant d'identifier l'homme qu'ils cherchaient.

Dans ces conditions, Raïssa avait insisté pour parler à Ivan. À moins de repartir les mains vides, quelle autre solution leur restait-il ? À regret, Leo avait accepté. Raïssa n'avait pas pu prévenir Ivan. Impossible de lui téléphoner ou de lui envoyer une lettre. Elle en était donc réduite à parier qu'il serait là, mais elle savait qu'il quittait rarement Moscou, jamais très longtemps, en tout cas. Il ne prenait pas de vacances, n'aimait pas la campagne. *A priori*, s'il n'était pas chez lui, c'est qu'il avait été arrêté. Restait à espérer que non. Malgré son impatience de le revoir, Raïssa ne se faisait guère d'illusions : il s'agissait d'une rencontre à haut risque. Elle serait avec Leo, qu'Ivan détestait comme il détestait tous les officiers du MGB – règle ne souffrant aucune exception. Ils étaient tous haïssables. Ce n'était toutefois pas cette haine pour Leo qui inquiétait le plus Raïssa. C'était plutôt sa propre tendresse pour Ivan. Même s'ils n'avaient jamais été amants, elle avait trompé Leo avec lui sur presque tous les autres plans : intellectuellement, affectivement, allant même jusqu'à le critiquer derrière son dos. Elle s'était liée d'amitié avec quelqu'un qui combattait tout ce que Leo avait toujours défendu. Il y avait quelque chose d'effrayant à mettre ces deux hommes en présence. Elle aurait voulu pouvoir souffler à Ivan que Leo n'était plus le même, qu'il avait changé, que sa foi aveugle en l'État avait volé en éclats. Elle aurait voulu lui expliquer qu'elle avait mal jugé son mari. Elle aurait voulu leur faire prendre conscience à tous les deux que ce qui les séparait était bien moins important qu'ils ne l'imaginaient. Mais elle avait peu de chances d'y arriver.

De son côté, Leo n'était pas pressé de rencontrer Ivan, l'âme sœur de Raïssa. Il avait dû assister malgré lui à la naissance de leur amitié, voir de près l'homme que Raïssa aurait épousé si elle avait eu le choix. Il en souffrait encore, bien plus que d'avoir perdu son statut privilégié et sa foi en l'État. Il avait passionnément cru à l'amour. Il s'y était raccroché pour oublier la nature de son travail. Peut-être qu'inconsciemment il avait besoin de croire en l'amour pour s'humaniser un peu. D'où les explications incroyables qu'il avait trouvées pour justifier la froideur de Raïssa à son égard. Il s'était refusé à envisager qu'elle puisse ne pas l'aimer. Il avait préféré pratiquer la politique de l'autruche et se féliciter d'avoir tout ce qu'il fallait pour être heureux. Il avait dit à ses parents qu'elle était la femme dont il avait toujours rêvé. Il avait raison, d'ailleurs : elle n'était que cela, un rêve, une illusion qu'elle avait habilement contribué à entretenir, tout en tremblant pour sa sécurité et en confiant ses craintes à Ivan.

Cette illusion s'était brutalement dissipée plusieurs mois auparavant. Mais pourquoi les blessures ne guériraient-elles pas ? Pourquoi ne s'en relèverait-il pas, de même qu'il était sorti de sa dévotion au MGB ? Il avait bien réussi à se mettre au service d'une nouvelle cause – cette enquête. En revanche, il n'avait personne d'autre à aimer : il n'y avait jamais eu personne d'autre. À vrai dire, il n'arrivait pas à renoncer au mince mais fantastique espoir qu'un jour, peut-être, Raïssa l'aimerait vraiment. Même s'il hésitait à se fier à ses émotions après s'être si radicalement trompé, il avait le sentiment qu'elle et lui étaient plus proches qu'ils ne l'avaient jamais été. Était-ce uniquement le fait de travailler ensemble ? Certes, ils ne s'embrassaient plus, ne faisaient plus l'amour. Depuis que Raïssa lui avait dit la vérité sur les débuts de leur histoire, ça aurait paru déplacé. Il avait dû accepter l'idée que leur sexualité passée ne signifiait rien pour elle, ou, pis encore, qu'il s'agissait d'une expérience désagréable. Pourtant, au lieu de considérer que les circonstances les rapprochaient – *Je t'ai, tu m'as* –, Leo préférait penser que c'étaient précisément les circonstances qui les avaient éloignés l'un de l'autre. Leo avait symbolisé l'État, or Raïssa haïssait l'État. Mais à présent il ne symbolisait plus que lui-même, privé de tout pouvoir et rejeté par ce système qu'elle détestait tant.

Ils avaient presque atteint l'entrée du magasin quand ils virent Ivan arriver à l'autre bout de la rue. Ils ne l'appelèrent pas, n'attirèrent pas l'attention sur eux, le regardèrent entrer dans son immeuble sans quitter leur file d'attente. Raïssa s'apprêtait à le faire, mais Leo l'avait retenue. Ils allaient voir un dissident : il pouvait très bien être surveillé. Leo se demanda si la fausse pièce d'un rouble n'appartenait pas à Ivan : peut-être était-ce lui l'espion. Que faisait cette pièce dans les vêtements de Raïssa ? Se serait-elle déshabillée puis rhabillée dans l'appartement d'Ivan, emportant la pièce par erreur ? Leo chassa cette idée : sa jalousie lui jouait des tours.

Il inspecta la rue du regard. Pas trace d'agents venus se poster autour de l'immeuble. Il y avait pourtant plusieurs endroits possibles : le hall du cinéma, cette file d'attente, l'entrée d'autres immeubles. Même pour des agents bien entraînés, il était difficile d'assurer la surveillance d'un immeuble avec naturel – de rester des heures seul, immobile, sans rien faire. En quelques minutes, Leo eut la certitude qu'Ivan n'était pas suivi. Sans se justifier ni feindre d'avoir oublié leur portefeuille, Raïssa et lui quittèrent la file alors même qu'ils étaient sur le point de pénétrer dans le magasin. De quoi éveiller les soupçons, mais Leo comptait sur l'habitude qu'avaient la plupart des gens de ne pas se mêler des affaires d'autrui.

Ils entrèrent dans l'immeuble, montèrent par l'escalier. Raïssa frappa. Il y eut un bruit de pas. Une voix inquiète s'éleva derrière la porte :

— Oui ?

— Ivan, c'est Raïssa.

On tira un verrou. Ivan ouvrit avec précaution. À la vue de Raïssa, ses soupçons s'envolèrent et il eut un large sourire. Elle lui sourit en retour.

Resté quelques pas en arrière dans la pénombre du couloir, Leo assista à leurs retrouvailles. Raïssa était heureuse de revoir Ivan, on aurait dit de vieux amis. Ivan ouvrit toute grande la porte et prit Raïssa dans ses bras, soulagé qu'elle soit vivante.

Lorsqu'il remarqua la présence de Leo, son sourire disparut aussi vite qu'un tableau tombe d'un mur. Il lâcha Raïssa, soudain mal à l'aise, observant furtivement l'expression de la jeune femme, vérifiant qu'il ne s'agissait pas d'une trahison. Consciente de sa gêne, Raïssa s'expliqua :

— On a beaucoup de choses à te raconter.
— Que faites-vous à Moscou ?
— Il vaudrait mieux parler à l'intérieur.

Ivan ne parut pas convaincu. Raïssa le prit par le bras.

— Je t'en prie, fais-moi confiance.

L'appartement était petit, bien meublé, avec un parquet ciré. Il y avait beaucoup de livres, à première vue des textes autorisés : Gorki, Marx, des ouvrages politiques. La porte de la chambre était fermée et il n'y avait pas de lit dans la pièce principale. Leo voulut en avoir le cœur net :

— On est seuls ?
— Mes enfants sont chez mes parents. Ma femme est à l'hôpital. Elle a la tuberculose.

Raïssa lui posa de nouveau la main sur le bras.

— Ivan, je suis vraiment navrée.
— On a cru que tu t'étais fait arrêter. J'ai craint le pire.
— Nous avons eu de la chance. On nous a envoyés dans une ville à l'ouest des monts Oural. Leo a refusé de me dénoncer.

Ivan ne put dissimuler sa surprise, comme s'il n'en revenait pas. Piqué au vif, Leo se retint pour ne rien dire tandis qu'Ivan le dévisageait longuement, essayant de le jauger.

— Pourquoi avez-vous refusé ?
— Parce que Raïssa n'est pas une espionne.
— Depuis quand la vérité est-elle un obstacle pour vous ?

Raïssa intervint :

— On ne va pas se lancer dans ce genre de discussion.

— C'est pourtant une question importante. Vous êtes toujours au MGB ?

— Non, j'ai été muté. Dans la milice.

— Seulement muté ? Vous vous en tirez à bon compte.

Le ton était accusateur.

— Ce n'est qu'un sursis, la mutation avant l'exil... Un bannissement prolongé.

Pour l'apaiser, Raïssa ajouta :

— Personne ne nous a suivis jusqu'ici. On en est sûrs.

— Vous avez pris le train jusqu'à Moscou ? Pourquoi ?

— On a besoin d'aide.

Ivan parut perplexe.

— Mais en quoi je pourrais vous aider ?

Leo enleva son manteau, son pull, sa chemise, pour récupérer les documents scotchés à même sa peau. Il résuma l'affaire, tendit les documents à Ivan. Celui-ci les prit sans les regarder, s'assit et les posa sur la table à côté de lui. Quelques instants plus tard, il se releva, alla chercher sa pipe, la bourra avec soin.

— Si je comprends bien, la milice n'enquête pas elle-même sur ces meurtres ?

— Chaque fois, l'enquête a été bâclée, le meurtre étouffé ou attribué à un malade mental, à un adversaire politique, à un ivrogne ou à un vagabond. Aucun lien n'a été établi entre eux.

— Alors maintenant vous travaillez ensemble, tous les deux ?

Raïssa rougit.

— Oui, on travaille ensemble.

— Tu lui fais confiance ?

— Absolument.

Leo eut le plus grand mal à garder le silence pendant qu'Ivan interrogeait sa femme, vérifiait devant lui la solidité de leur couple.

— Et ensemble vous comptez élucider ces meurtres ?

Ce fut Leo qui répondit.

— Si l'État ne le fait pas, c'est aux citoyens de prendre les choses en main.

— Propos dignes d'un authentique révolutionnaire, Leo. À ceci près que vous avez passé votre vie à assassiner pour le compte de l'État, en temps de guerre comme en temps de paix, les Russes comme les Allemands, ou toute autre personne que l'État vous demandait de haïr. Et vous voudriez me faire croire que vous vous écartez de la ligne officielle pour penser par vous-même ! Je reste sceptique. Ça m'a tout l'air d'un piège. Désolé, Raïssa, mais je pense qu'il essaie de regagner les faveurs du MGB. Tu t'es laissé abuser, et maintenant c'est moi qu'il veut leur livrer.

— Non, Ivan. Regarde ces preuves. Elles sont bien réelles, ce n'est pas une supercherie.

— Voilà longtemps que je ne crois plus à ce genre de documents, et tu ne devrais pas donner dans le panneau.

— J'ai vu un de ces cadavres, celui d'un jeune garçon éventré, avec la bouche pleine d'écorce broyée. Je l'ai vu de mes yeux, Ivan. J'étais là. Quelqu'un a fait ça à un gosse, il y a pris plaisir, il ne va pas en rester là. Et ce n'est pas la milice qui l'arrêtera. Je sais que tu as toutes les raisons de te méfier de nous, mais je ne peux rien prouver. Si tu ne me fais pas confiance, alors je regrette d'être venue jusqu'ici.

Leo s'avança, prêt à récupérer ses documents. Ivan posa la main dessus pour l'en empêcher.

— Je vais y jeter un coup d'œil. Fermez les rideaux. Et asseyez-vous, tous les deux, vous me fatiguez.

Une fois la pièce coupée du reste du monde, Leo et Raïssa s'assirent près d'Ivan et lui racontèrent l'affaire, donnant toutes les informations qu'ils jugeaient utiles. Leo résuma ses propres conclusions :

— Il réussit à convaincre ces gosses de le suivre. Les traces de pas dans la neige étaient parallèles, le jeune garçon avait accepté de s'aventurer dans la forêt. Même si ce crime semble barbare, un meurtrier fou aurait erré sans but, au hasard, il aurait effrayé ces gosses.

Ivan opina du chef.

— En effet.

— Étant donné la difficulté de se déplacer dans ce pays sans raison valable, il doit avoir un emploi qui l'oblige à voyager. Et aussi des papiers d'identité, des documents officiels. Il doit être bien inséré dans la société : un homme fréquentable, respectable. La question qui reste sans réponse est…

— Pourquoi fait-il ça ?

— Comment l'arrêter si on ne comprend pas son mobile ? J'ignore à quoi il ressemble. De quel genre d'homme s'agit-il ? Jeune ou vieux ? Riche ou pauvre ? On n'a pas la moindre idée du type d'individu qu'on recherche, hormis quelques évidences. Comme le fait qu'il travaille, et qu'extérieurement, en tout cas, il doit avoir l'air sain d'esprit. Mais c'est pratiquement tout.

Ivan fumait sa pipe, enregistrant les informations données par Leo.

— J'ai peur de ne pas pouvoir vous aider.

Raïssa se redressa sur sa chaise.

— Mais tu n'avais pas des articles venus d'Occident sur ce genre de meurtre, dont le mobile sort de l'ordinaire ?

— Ils t'apprendront quoi ? Je peux sans doute en retrouver quelques-uns. Mais ils ne suffiront pas à brosser le portrait de cet homme. Tu ne pourras pas te faire une idée de lui à partir de deux ou trois articles de la presse occidentale à sensation.

Leo se cala contre le dossier de sa chaise : ils avaient perdu leur temps en venant ici. Plus inquiétant : ne se fixaient-ils pas un objectif impossible ? Ils étaient cruellement mal équipés, aussi bien sur le plan matériel qu'intellectuel, pour élucider ces meurtres.

Ivan tirait sur sa pipe, attendant une réaction.

— Cela dit, je connais quelqu'un qui pourrait vous être utile. C'est le professeur Zauzayez, un psychiatre en retraite, ancien spécialiste des interrogatoires au MGB. Il est devenu aveugle. Perdre la vue lui a fait changer son fusil d'épaule : une sorte de révélation, comme pour vous, Leo. Il milite désormais activement au sein des mouvements dissidents. Vous devriez lui raconter ce que vous venez de me dire. Il sera peut-être en mesure de vous aider.

— On peut lui faire confiance ?
— Autant qu'à n'importe qui.
— Que peut-il faire au juste ?
— Lisez-lui ces documents, décrivez-lui les photos : il pourra sans doute vous éclairer sur le genre d'individu susceptible de commettre ces crimes : son âge, par exemple, ou son milieu social, ce genre de chose.
— Il vit où ?
— Il ne vous laissera pas aller chez lui. Il se protège. Il viendra ici, en admettant qu'il accepte de se déplacer. Je ferai de mon mieux pour le convaincre, mais je ne garantis rien.

Raïssa sourit.
— Merci.

Leo était satisfait : un expert valait sûrement mieux que quelques entrefilets. Ivan se leva, posa sa pipe, alla vers le secrétaire où était posé le téléphone.

Le téléphone.

Ce type avait même un téléphone dans son appartement si impeccable, si bien meublé. Leo étudia la pièce en détail. Quelque chose clochait. Ce n'était pas un appartement familial. Pourquoi vivait-il dans ce luxe relatif ? Et comment se faisait-il qu'il n'ait pas été arrêté ? Après leur exil à Voualsk, il aurait dû être interpellé. Le MGB avait un dossier à son nom, après tout : Vassili avait montré des photos de lui à Leo. Comment avait-il échappé aux autorités ?

La communication était établie. Ivan parlait à son correspondant :

— Professeur Zauzayez, c'est Ivan Sukhov. J'ai une tâche intéressante pour laquelle j'aurais besoin de votre aide. Je ne peux pas en parler au téléphone. Vous êtes libre ? Pourriez-vous venir chez moi ? Oui, tout de suite si possible.

Leo se figea. Pourquoi Ivan l'appelait-il « professeur », s'ils étaient si proches ? Pourquoi, sinon pour Raïssa et pour lui ? Quelque chose clochait vraiment. D'ailleurs tout clochait.

Leo se leva d'un bond, envoyant promener sa chaise. Il traversa la pièce avant qu'Ivan ait pu réagir, empoigna le téléphone, passa le cordon autour du cou d'Ivan. Debout derrière lui, adossé à l'angle de la pièce, Leo l'étranglait, resserrait le cordon. Ivan dérapa sur le parquet ciré, il suffoquait, incapable d'articuler une parole. Abasourdie, Raïssa se leva de sa chaise.

— Leo !

Il lui fit signe de se taire. Sans desserrer le cordon autour du cou d'Ivan, il parla dans le combiné :

— Professeur Zauzayez ?

La communication fut coupée. On avait raccroché. Ils arrivaient.

— Enfin, Leo, lâche-le !

Leo serrait toujours. Le visage d'Ivan devenait écarlate.

— C'est un agent en civil. Regarde comment il vit. Regarde son appartement. Il n'y a pas de professeur Zauzayez. C'était son contact au MGB. Ils vont venir nous arrêter.

— Tu fais une grave erreur, Leo. Je connais cet homme.

— C'est un faux dissident, infiltré dans les milieux clandestins pour donner le nom des militants, pour accumuler des preuves contre eux.

— Tu te trompes, Leo.

— Il n'y a pas de professeur. Ils arrivent, Raïssa ! On a très peu de temps devant nous !

Ivan tentait frénétiquement de desserrer le cordon. Raïssa hocha la tête, glissa les doigts sous le cordon, réduisit la pression sur le cou d'Ivan.

— Lâche-le, Leo, donne-lui une chance de s'expliquer.

— Tes amis ont bien tous été arrêtés, absolument tous sauf lui ? Cette Zoya, comment crois-tu que le MGB a eu son nom ? Ils ne l'ont pas seulement interpellée à cause de ses prières. Ce n'était qu'un prétexte.

Dans l'impossibilité de se dégager, Ivan se laissait glisser sur le sol, pesant de tout son poids. Leo ne tiendrait plus très longtemps.

— Jamais tu ne me parlais de tes amis, Raïssa. Tu te méfiais de moi. Et à qui te confiais-tu ? Réfléchis !

Raïssa dévisagea Leo, puis Ivan. C'était vrai : tous ses amis avaient été tués ou arrêtés, tous, sauf Ivan. Elle secoua la tête, incrédule : c'était la paranoïa ambiante, entretenue par l'État, qui faisait que toute allégation, même la plus farfelue, pouvait coûter la vie à quelqu'un. La main d'Ivan se tendit vers le tiroir du secrétaire. Raïssa lâcha le cordon du téléphone.

— Attends, Leo !

— On n'a pas le temps !

— Attends !

Elle ouvrit le tiroir, fouilla dedans. Elle trouva un coupe-papier, mince et tranchant : l'objet qu'Ivan voulait récupérer pour se défendre. Difficile de le lui reprocher. Et juste à côté, un livre : son exemplaire de *Pour qui sonne le glas ?* Pourquoi ne le cachait-il pas ? Elle le prit. Une feuille de papier était glissée entre deux pages. Une liste de noms : les gens à qui ce livre avait été prêté. Certains étaient cochés, dont le sien. Au verso, Ivan avait inscrit la liste de ceux à qui il comptait encore prêter le livre.

Raïssa se tourna vers Ivan, lui brandit la feuille de papier sous le nez, les mains tremblantes. Y avait-il une explication innocente ? Elle savait déjà que non. Aucun dissident ne serait assez irresponsable pour écrire une liste de noms noir sur blanc. Il ne prêtait ce roman que pour compromettre ses victimes.

Leo peinait à soutenir Ivan.

— Tourne-toi, Raïssa.

Elle obéit et alla à l'autre bout de la pièce, le livre toujours à la main, au son des coups de pied frénétiques d'Ivan contre les meubles.

Même jour

Puisque Ivan était membre du MGB, sa mort serait aussitôt assimilée à un meurtre, à un crime commis par un opposant au régime, un élément antisoviétique. Le coupable était forcément un marginal, un renégat, ce qui justifierait l'ouverture d'une enquête en bonne et due forme. Nul besoin d'étouffer l'affaire. Heureusement pour Leo et Raïssa, Ivan devait avoir beaucoup d'ennemis. Il avait passé sa vie à trahir des citoyens trop crédules, à les attirer en leur promettant des ouvrages censurés comme un prédateur appâte ses proies. Les ouvrages censurés en question lui étaient fournis par l'État.

Avant de quitter l'appartement, Raïssa avait pris la liste de noms, l'avait roulée en boule au fond de sa poche. Leo avait récupéré ses documents en toute hâte. Ils n'avaient aucune idée du temps qu'il faudrait aux forces de sécurité pour répondre à l'appel d'Ivan. Ils avaient ouvert la porte et dévalé l'escalier avant de s'éloigner avec un calme approximatif. Arrivés au bout de la rue, ils avaient jeté un coup d'œil derrière eux. Des agents pénétraient dans l'immeuble.

Personne à Moscou n'avait la moindre raison de croire que Leo et Raïssa étaient de retour. On ne les soupçonnerait pas aussitôt. Les officiers chargés de l'enquête, en admettant qu'ils fassent le rapprochement, vérifieraient auprès du MGB à Voualsk et apprendraient que le couple était parti faire une randonnée. Cette excuse pouvait donner le change, à moins qu'un témoin n'ait vu un homme et une femme entrer dans l'immeuble. Auquel cas, on examinerait leur alibi de plus près. Mais Leo n'attachait guère d'importance à tous ces détails. Même en l'absence de preuves, même s'ils faisaient bel et bien une randonnée, ce meurtre pouvait servir de prétexte pour les arrêter. Les preuves ou leur absence n'étaient pas un critère pertinent.

Dans leur situation, c'était de l'inconscience d'essayer de voir les parents de Leo. Mais il n'y avait pas de train pour Voualsk avant cinq heures du matin, et Leo savait surtout que ce serait sa dernière chance de leur parler. Bien qu'on l'ait empêché de les contacter depuis son départ de Moscou, qu'on ne lui ait donné aucune indication sur l'endroit où ils vivaient, Leo s'était procuré leur adresse quelques semaines auparavant. Sachant que les différents ministères étaient plus ou moins autonomes, il avait parié sur le fait qu'une requête au sujet d'Anna et de Stepan auprès de celui du Logement ne serait pas automatiquement signalée et transmise au MGB. Par précaution, il avait donné un nom d'emprunt et présenté cette requête comme une démarche officielle, une enquête administrative sur toute une série de personnes, dont Galina Shaporina. Même si les autres recherches n'avaient pas abouti, il avait pu localiser ses parents. Vassili devait s'attendre à ce genre d'initiative ; peut-être avait-il lui-même donné l'ordre de communiquer cette adresse. Il savait qu'à Voualsk, le point faible de Leo serait ses parents. Si on voulait le surprendre en flagrant délit d'insubordination, ceux-ci représentaient le meilleur appât. Mais il semblait peu probable qu'Anna et Stepan soient encore étroitement surveillés au bout de quatre mois. Plus vraisemblablement, certains membres de la famille avec laquelle ils étaient contraints de partager leur appartement servaient d'informateurs. Leo devrait entrer en contact avec son père et sa mère sans être vu ni entendu, sans que personne en sache rien. Leur sécurité comme celle de Raïssa et la sienne en dépendaient. S'il se faisait prendre, on établirait le lien avec le meurtre d'Ivan et les parents de Leo seraient exécutés, peut-être même avant le lever du jour. Leo était prêt à courir ce risque. Il voulait absolument leur dire adieu.

Raïssa et lui étaient arrivés rue Vorontsovskaya. L'immeuble en question – de ceux qui avaient été divisés en une centaine d'appartements minuscules, avec des draps sales étendus sur un fil à linge en guise de cloisons – datait d'avant la Révolution. Il n'y avait aucune commodité, ni eau courante ni toilettes intérieures. Leo voyait les tuyaux dépassant des fenêtres pour évacuer la fumée des poêles à bois, forme de chauffage très polluante mais peu coûteuse. Debout à bonne distance, Raïssa et lui observaient le bâtiment. À force d'écraser les moustiques qui se posaient sur leur nuque, ils avaient les mains rougies par leur propre sang. Leo savait qu'il aurait beau attendre, rien ne lui permettrait de découvrir s'il s'agissait d'un piège. Il fallait y aller. Il se tourna vers Raïssa. Elle ne lui laissa pas le temps d'ouvrir la bouche.

— Je reste ici.

Elle avait honte. Elle avait fait confiance à Ivan : l'opinion qu'elle avait de lui reposait uniquement sur l'attrait de ses livres et de ses articles, sa connaissance de la culture occidentale, ses prétendus plans pour aider les écrivains dissidents à faire passer clandestinement leurs écrits à l'Ouest. Des mensonges et rien d'autre : combien d'écrivains et d'opposants au régime avait-il piégés ainsi ? Combien de manuscrits avait-il brûlés pour qu'ils soient définitivement perdus ? Combien d'artistes et d'intellectuels avait-il dirigés vers les tchékistes pour les faire arrêter ? Elle s'était laissé séduire par tout ce qui le séparait de Leo. Ces différences n'étaient qu'un leurre. Le dissident n'était qu'un flic et le flic était devenu contre-révolutionnaire. Le dissident l'avait trahie, le flic l'avait sauvée. Elle pouvait difficilement aller faire ses adieux aux parents de Leo comme si de rien n'était, en épouse loyale et aimante. Leo la prit par la main.

— Je préfère que tu m'accompagnes.

La porte de l'immeuble n'était pas fermée à clé. À l'intérieur, il faisait une chaleur étouffante et ils furent aussitôt en sueur : leurs vêtements leur collaient à la peau. À l'étage, la porte de l'appartement 27 était verrouillée. Leo était entré plus d'une fois dans un logement par effraction. Les serrures anciennes se révélaient souvent plus faciles à crocheter que les modèles récents. Avec la pointe d'une lame de canif, il dévissa la gâche, faisant apparaître le mécanisme. Il y inséra sa lame, mais la serrure résista. Il essuya son visage ruisselant de sueur et ferma les yeux, le souffle court. Il se sécha les mains sur son pantalon, indifférent aux moustiques : qu'ils se gorgent de son sang ! Il rouvrit les yeux. *Concentre-toi*. La serrure céda avec un déclic.

La seule source de lumière venait de la fenêtre donnant sur la rue. Une odeur âcre de corps endormis flottait dans la pièce. Leo et Raïssa attendirent à la porte, le temps de s'habituer à la pénombre. Ils distinguèrent les contours de trois lits : deux d'entre eux contenaient chacun un couple adulte. Dans le plus petit, ils comptèrent trois enfants. Dans le coin-cuisine, deux autres, plus jeunes, dormaient sur des couvertures posées à même le sol, comme des chiens sous une table. Leo s'avança vers les adultes endormis. Il ne reconnut pas ses parents. Et si on lui avait donné une mauvaise adresse ? Ce genre d'incompétence était monnaie courante. À moins qu'on ne la lui ait donnée délibérément.

Apercevant une seconde porte, il se dirigea vers elle, faisant grincer les lattes du parquet à chaque pas. Raïssa le suivit, la démarche plus légère. Le couple dans le lit le plus proche s'agita. Leo s'arrêta et attendit. Personne ne se réveilla. Il reprit sa progression, Raïssa toujours sur ses talons. Il tendit le bras, tourna la poignée.

Aucune fenêtre dans cette pièce, aucune lumière non plus. Leo dut maintenir la porte ouverte pour voir quelque chose. Il aperçut deux lits séparés par un mince espace. Pas même un drap sale pour servir de cloison. Deux enfants étaient couchés dans le premier, un couple adulte dans le second. Leo s'approcha. C'étaient ses parents, blottis l'un contre l'autre dans cet étroit lit d'une personne. Il se redressa, rejoignit Raïssa et murmura :

— Ferme la porte.

Dans l'obscurité totale, il dut longer le lit à tâtons pour aller s'accroupir près de ses parents. Il les écouta dormir, se félicitant qu'il fasse si noir. Il pleurait. L'unique pièce qu'on leur avait attribuée était plus petite que la chambre de leur précédent appartement. Ils n'avaient aucune intimité, aucun moyen de s'isoler de cette famille. On les avait envoyés là pour qu'ils meurent comme leur fils devait mourir : humiliés.

Au même instant, il plaqua une main sur la bouche de chacun. Il se réveillèrent, sursautèrent, se raidirent. Pour les empêcher de crier, il chuchota :

— C'est moi, Leo. Chut !

Ils se détendirent. Leo retira ses mains. Il entendit ses parents s'asseoir dans leur lit. Sa mère lui effleura le visage. Elle lui caressa la joue à l'aveuglette. Ses doigts se figèrent au contact des larmes de Leo. Sa voix était à peine audible.

— Leo...

Les mains de son père se joignirent à celles de sa mère. Leo les serra contre son visage. Il avait promis de veiller sur eux et il avait échoué. Il bafouilla lamentablement :

— Je vous demande pardon.

Son père lui répondit.

— Tu n'as rien à te faire pardonner. Sans toi, on aurait vécu ainsi toute notre vie.

Sa mère l'interrompit, brûlant de lui poser toutes les questions qui l'assaillaient :

— On te croyait mort. On nous a dit que vous aviez été arrêtés tous les deux.

— On vous a menti. On a été envoyés à Voualsk. J'ai été muté, pas emprisonné. Je travaille maintenant pour la milice. Je vous ai écrit plusieurs fois, demandant qu'on fasse suivre mes lettres, mais elles ont dû être interceptées et détruites.

Les occupants du lit voisin se retournèrent dans leur sommeil, les ressorts du sommier grincèrent. Leo et ses parents se turent. Leo attendit que les enfants retrouvent une respiration lente et régulière.

— Raïssa est là.

Il guida leurs mains vers elle. Ils s'étreignirent tous les quatre. La mère de Leo demanda :

— Et le bébé ?

— Il n'y en a pas.

Leo mentit pour ne pas compliquer les choses :

— Fausse couche.

Raïssa reprit la parole, la voix brisée par l'émotion :

— Je suis désolée.

— Ce n'est pas ta faute.

Anna ajouta :

— Combien de temps restez-vous à Moscou ? On peut se revoir demain ?

— Non, on ne devrait même pas être là. Si on se fait prendre, on sera jetés en prison et vous aussi. On repart demain à l'aube.

— Tu veux qu'on sorte pour pouvoir parler ?

Leo réfléchit. Jamais ils ne réussiraient à quitter l'appartement tous les quatre sans alerter un membre de cette famille.

— On ne peut pas risquer de les réveiller. Il faut qu'on parle ici.

Tout le monde se tut, quatre paires de mains serrées dans l'obscurité. Enfin, Leo rompit le silence :

— Il faut que je vous trouve un logement décent.

— Non, Leo. Écoute-moi. Tu t'es souvent comporté comme si notre amour dépendait de ce que tu pouvais faire pour nous. Dès ton enfance. Ce n'est pas vrai du tout. Il faut que Raïssa et toi pensiez un peu à vous. Nous sommes vieux. Peu importe où on habite. Notre seule raison de vivre, c'était l'espoir d'avoir de tes nouvelles. On doit se résoudre au fait que c'est notre dernière rencontre. Inutile de parler de projets irréalisables. Il faut se dire adieu tant qu'on peut. Je t'aime, Leo, et je suis fière de toi. Je regrette que tu n'aies pas pu servir un meilleur gouvernement.

La voix d'Anna avait retrouvé son calme.

— Chacun de vous a l'autre, vous vous aimez. Vous vivrez heureux, j'en suis sûre. Les choses seront différentes pour vous et vos enfants. La Russie va changer. J'ai beaucoup d'espoir.

Une illusion, mais elle y croyait, et Leo préféra ne pas la contredire.

Stepan glissa une enveloppe dans la main de Leo.

— C'est une lettre que je t'ai écrite il y a plusieurs mois. Je n'ai jamais pu te la donner à cause de ton départ forcé. Je ne voulais pas l'envoyer par la poste. Lis-la quand tu seras en sécurité dans le train. Promets de ne pas l'ouvrir avant. Promets-le-moi.

— De quoi s'agit-il ?

— Ta mère et moi avons longuement réfléchi avant de l'écrire. Elle contient tout ce qu'on aurait voulu te dire sans jamais y arriver pour diverses

raisons. Elle contient toutes les choses dont on aurait dû parler voilà longtemps.
— Papa...
— Prends-la, Leo, prends-la pour nous.
Leo obéit, et ils s'étreignirent une dernière fois tous les quatre dans l'obscurité.

6 juillet

Leo longeait le train avec Raïssa. N'y avait-il pas plus d'officiers que d'habitude sur le quai ? Se pouvait-il que Raïssa et lui soient déjà recherchés ? Elle marchait trop vite : il la prit brièvement par la main pour qu'elle ralentisse l'allure. La lettre écrite par ses parents était dissimulée sous ses vêtements avec les autres documents. Ils approchaient de leur wagon.

Ils montèrent dans le train bondé. Leo se pencha vers Raïssa.

— Reste ici.

Elle acquiesça de la tête. Il alla dans les toilettes exiguës, ferma la porte derrière lui, baissa le couvercle du siège afin d'atténuer la puanteur. Il enleva sa veste, déboutonna sa chemise, sortit le mince sac en coton qu'il avait cousu pour y ranger ses documents. Le tissu était trempé de sueur et l'encre des textes dactylographiés l'avait transpercé : Leo avait des bribes de mots imprimées en travers du torse.

Il prit la lettre, la retourna. Pas de nom sur l'enveloppe froissée, d'une propreté douteuse. Comment ses parents avaient-ils réussi à en cacher l'existence à l'autre famille, qui avait forcément fouillé dans leurs affaires ? L'un d'eux avait dû la porter sous ses vêtements en permanence, du matin au soir.

Le train s'ébranla, quittant Moscou. Leo avait tenu sa promesse. Il avait désormais le droit de lire cette lettre. Il attendit que la gare soit loin derrière eux pour ouvrir l'enveloppe et déplier la feuille. C'était l'écriture de son père.

Leo, ni ta mère ni moi ne regrettons rien. Nous t'aimons. Nous avons toujours cru qu'un jour viendrait où nous aborderions le sujet avec toi. À notre grande surprise, ce jour n'est jamais venu. Nous pensions que tu nous questionnerais quand tu te sentirais prêt. Mais tu n'as jamais posé de questions, tu as toujours fait comme si rien ne s'était passé. Peut-être était-ce plus facile pour toi d'essayer d'oublier ? Voilà pourquoi nous ne t'avons rien dit. Nous avons cru que c'était ta façon à toi d'accepter le passé. Nous avons eu peur que tu aies tourné la page et que le fait d'en reparler soit pour toi source de souffrance et d'angoisse. Bref, nous étions heureux tous les trois, et ta mère et moi n'avons pas voulu tout gâcher. Nous avons été lâches.
Je te le répète, ta mère et moi t'aimons très fort, et nous ne regrettons rien.
Leo…

Leo interrompit sa lecture, détourna le regard. Oui, le passé était encore présent à sa mémoire. Il savait ce qu'il allait lire dans cette lettre. Oui, il avait bel et bien passé sa vie à essayer d'oublier. Il replia la feuille avant de la déchirer méthodiquement en petits morceaux. Il se leva, ouvrit la fenêtre, les jeta au vent. Les minuscules carrés de papier aux formes irrégulières s'élevèrent et disparurent dans les airs.

Région sud-est de Rostov-sur-le-Don
Seize kilomètres au nord de la ville

Même jour

Nesterov avait passé sa dernière journée dans la région à visiter la ville de Gukovo. Il retournait à Rostov par l'*elektrichka*. Même si la presse ne parlait pas de ces meurtres d'enfants et d'adolescents, le bruit s'en répandait dans l'opinion publique sous forme de murmures et de rumeurs. Jusqu'à présent, la milice de chaque localité refusait de considérer chaque meurtre autrement que comme un événement isolé. Mais, au mépris des théories officielles sur la criminalité, la population commençait à les relier. Plusieurs hypothèses circulaient. On racontait qu'une bête sauvage assassinait des enfants dans les bois autour de Shakhty. Différents lieux suscitaient différentes créatures, et toutes sortes d'explications surnaturelles se propageaient dans la région. Nesterov avait entendu une mère effrayée dire que la créature en question, mi-homme, mi-animal, avait été élevée par des ours et détestait tous les enfants normaux, dont elle se nourrissait. Des villageois, certains d'avoir affaire à un esprit maléfique de la forêt, sacrifiaient à des rituels élaborés dans l'espoir d'amadouer ce démon.

Les habitants de la région de Rostov ignoraient que des crimes similaires avaient eu lieu à plusieurs centaines de kilomètres de là. Ils croyaient que c'était une malédiction, que le sort s'acharnait sur eux. D'une certaine façon, Nesterov était d'accord. Pour lui, il n'y avait aucun doute : il se trouvait dans l'antre du mal. Le nombre de meurtres était beaucoup plus élevé ici que nulle part ailleurs. Même s'il ne croyait pas aux explications surnaturelles, il était en partie séduit par la thèse la plus convaincante et la plus répandue, selon laquelle Hitler aurait laissé derrière lui, à titre d'ultime vengeance, des soldats nazis ayant pour ordre de tuer des enfants russes. Ces soldats auraient adopté le mode de vie soviétique, se seraient mêlés à la population tout en assassinant systématiquement les enfants selon un rituel prédéterminé. Cela expliquerait le nombre des meurtres, leur étendue géographique, leur barbarie, mais aussi l'absence de sévices sexuels. Il n'y aurait pas un seul meurtrier, mais plusieurs, dix ou douze peut-être, chacun agissant de son côté, se déplaçant de ville en ville et tuant sans discrimination. Cette thèse trouvait un tel écho que la milice, qui prétendait pourtant avoir résolu tous ces meurtres, avait entrepris dans certaines localités d'interroger tous les hommes parlant allemand.

Nesterov se leva pour se dégourdir les jambes. Il venait de passer trois heures dans le train. L'*elektrichka* était lent et inconfortable, et il n'avait pas l'habitude de rester si longtemps assis. Il arpenta le wagon, ouvrit la fenêtre, vit approcher les lumières de la ville. Après avoir entendu parler du meurtre d'un garçonnet prénommé Petya, qui vivait dans un kolkhoze près de Gukovo, il s'était rendu sur place le matin même. Sans trop de difficultés, il avait retrouvé les parents de l'enfant. Bien qu'il se soit présenté sous un faux nom, il leur avait expliqué en toute franchise qu'il enquêtait sur plusieurs autres meurtres similaires. Selon les parents du garçonnet, fervents avocats de la thèse des soldats nazis, les Allemands auraient même été aidés par des traîtres ukrainiens à s'intégrer dans la société avant d'assassiner des enfants au hasard. Le père avait montré à Nesterov l'album de timbres de Petya, que sa femme et lui gardaient sous leur lit dans son coffret en bois, autel à la mémoire de leur fils. Ni l'un ni l'autre ne pouvait le regarder sans pleurer. On leur avait refusé le droit de voir le corps de Petya, mais ils avaient entendu parler de ce qu'il avait subi. Il avait été sauvagement éventré comme par un animal et, ultime outrage, on lui avait rempli la bouche de terre. Le père, qui s'était battu pendant la Grande Guerre patriotique, savait qu'on distribuait des drogues aux soldats nazis pour les rendre encore plus bestiaux et cruels. Il soutenait que ces tueurs étaient le produit d'une telle pratique. Peut-être le sang des enfants était-il pour eux comme une drogue, sans laquelle ils mourraient. Sinon, comment auraient-ils pu commettre de tels meurtres ? Nesterov n'avait pu leur apporter aucune consolation, hormis la promesse que le coupable serait bientôt arrêté.

L'*elektrichka* entra en gare de Rostov. Nesterov descendit sur le quai avec une seule certitude : il avait trouvé la zone concentrant le plus grand nombre de meurtres. Membre de la milice de Rostov avant son transfert à Voualsk quatre ans plus tôt, il n'avait eu aucun mal à réunir des informations. D'après ses derniers calculs, cinquante-sept enfants et adolescents avaient été tués dans des circonstances apparemment comparables. La majorité de ces crimes avaient eu lieu dans cette région. Se pouvait-il que des soldats nazis aient infiltré toute la moitié ouest du pays ? La Wehrmacht avait occupé d'immenses territoires. Lui-même s'était battu en Ukraine, où il avait été témoin des viols et des meurtres commis par l'armée d'occupation dans sa retraite vers l'Allemagne. Ne voulant privilégier aucune thèse, il mit de côté ces explications. La mission de Leo à Moscou était essentielle pour spéculer avec un minimum de professionnalisme sur l'identité du meurtrier. De son côté, Nesterov avait pour tâche de rassembler tous les éléments permettant de le localiser.

Durant leurs vacances, sa famille et lui avaient séjourné chez sa mère dans un immeuble de la ville nouvelle, édifié avec les caractéristiques habituelles des programmes d'urbanisme de l'après-guerre : atteindre les quotas par tous les moyens, au détriment de la qualité. Ces immeubles étaient déjà délabrés : ils avaient commencé à se fissurer avant même d'être terminés. À l'image de sa maison de Voualsk, ils n'avaient ni le chauffage ni l'eau courante. Inessa et lui s'étaient entendus pour faire croire à sa mère qu'ils venaient d'emménager dans un nouveau logement. Ce mensonge l'avait réconfortée, comme si elle profitait elle-même de l'appartement en question. Devant l'immeuble, Nesterov regarda sa montre. Il avait pris le train à six heures du matin et il était déjà presque vingt et une heures. Quinze heures en tout, et pas la moindre révélation. Son séjour touchait à sa fin. Le lendemain, ils rentraient chez eux.

Il pénétra dans la cour intérieure. La lessive séchait sur des fils à linge. Il reconnut ses propres vêtements parmi eux. Il les palpa. Ils étaient secs. Évitant le linge, il alla jusqu'à la porte de l'appartement de sa mère, entra dans la cuisine.

Inessa était assise sur un tabouret de bois, le visage en sang, les mains ligotées dans le dos. Un inconnu montait la garde derrière elle. Sans chercher à comprendre ce qui avait pu se passer ni qui était cet homme, Nesterov s'élança vers lui, fou de rage. Peu importait l'uniforme : il le tuerait quand même. Il leva le poing. Avant qu'il ait pu s'approcher, une douleur fulgurante lui traversa la main. Il tourna la tête, découvrit une femme d'une quarantaine d'années. Elle brandissait une matraque noire. Il avait déjà vu ce visage. La mémoire lui revint : sur la plage, deux jours plus tôt. De l'autre main, elle tenait un pistolet, sûre de son pouvoir. Elle fit signe à l'officier sous ses ordres. Il s'avança, jeta une liasse de papiers sur le sol. Aux pieds de Nesterov se trouvaient tous les documents qu'il avait accumulés ces deux derniers mois : photos, descriptions, cartes – le dossier complet des meurtres d'enfants.

— Général Nesterov, je vous arrête.

Voualsk

7 juillet

Leo et Raïssa descendirent du train et restèrent sur le quai, feignant de vérifier leurs bagages tant que les autres passagers n'avaient pas disparu à l'intérieur de la gare. Malgré l'heure tardive, il ne faisait pas encore nuit : se sentant exposés aux regards, ils traversèrent les voies et s'enfoncèrent dans la forêt.

À l'endroit où ils avaient caché leurs affaires, Leo s'arrêta pour reprendre son souffle. Il leva les yeux vers la cime des arbres, s'interrogeant sur sa décision de détruire cette lettre. S'était-il comporté en mauvais fils ? Il comprenait que ses parents aient eu besoin de consigner leurs réflexions et leurs sentiments : ils voulaient être en paix avec leur conscience. Mais Raïssa avait vu juste le jour où elle lui avait demandé : « C'est comme ça que tu arrives à trouver le sommeil, en effaçant de ta mémoire les événements de la journée ? »

Elle avait vu plus juste qu'elle ne l'imaginait.

Elle lui posa la main sur le bras.

— Ça va ?

Elle avait voulu savoir ce que disait la lettre. Il avait failli lui mentir, prétendre qu'elle contenait des informations sur sa famille, des détails personnels qu'il avait oubliés. Mais elle n'aurait pas été dupe. Alors il avait avoué : il avait détruit la lettre, l'avait déchirée en mille morceaux et jetée par la fenêtre. Il ne voulait pas la lire. Cela n'empêcherait pas ses parents d'avoir l'esprit tranquille en croyant s'être déchargés de leur secret. À son grand soulagement, Raïssa n'avait pas critiqué sa décision et n'y avait plus fait allusion.

À mains nues, ils exhumèrent leurs affaires enterrées sous les feuilles mortes. Ils enlevèrent les vêtements qu'ils portaient à Moscou, avec l'intention de remettre leur tenue de randonnée – condition nécessaire pour que leur alibi soit crédible. Nus l'un en face de l'autre, ils se dévisagèrent. Peut-être à cause du danger, ou parce que l'occasion s'y prêtait, Leo eut envie de Raïssa. Faute de savoir si son désir était partagé, il attendit sans rien faire, hésitant à prendre l'initiative comme s'ils n'avaient jamais couché ensemble, comme si c'était la première fois et qu'ils ignoraient jusqu'où ils pouvaient aller, ce qui était acceptable et ce qui ne l'était pas. Elle lui tendit la main, lui effleura les doigts. Ce fut suffisant. Il la prit dans ses bras, la couvrit de baisers. Ils avaient tué ensemble, trahi ensemble, conspiré et menti ensemble. Ils étaient tous deux des criminels, seuls contre le reste du monde. L'heure était venue de consommer cette relation toute neuve. Si seulement ils pouvaient s'attarder, prolonger ce qu'ils étaient en train de vivre, cachés dans la forêt, jouir indéfiniment l'un de l'autre.

Ils reprirent le sentier, regagnèrent la ville. De retour chez Basarov, ils entrèrent dans la grande salle du restaurant. Leo retint son souffle, s'attendant à ce qu'on le prenne au collet. Mais il n'y avait personne, ni agents ni officiers. Raïssa et lui étaient en sécurité, au moins pour une journée encore. Dans sa cuisine, Basarov ne se retourna même pas en les entendant arriver.

À l'étage, ils tournèrent la clé dans la serrure. On avait glissé un mot sous la porte de leur chambre. Leo posa leurs bagages sur le lit, ramassa le mot. Il était de Nesterov, daté du jour même.

Leo, si vous êtes de retour comme prévu, retrouvez-moi ce soir dans mon bureau à neuf heures. Venez seul. Apportez tous les documents relatifs à ce dont nous avons discuté.

Arrangez-vous pour être à l'heure, c'est très important.

Leo regarda sa montre. Il avait une demi-heure devant lui.

Même jour

Même au siège de la milice, Leo ne prenait aucun risque. Il avait caché ses documents entre des formulaires officiels. Les stores du bureau de Nesterov étaient baissés, impossible de voir à l'intérieur. Leo jeta un coup d'œil à sa montre : il avait deux minutes de retard. Sans comprendre pourquoi il était si important qu'il soit à l'heure, il frappa. La porte s'ouvrit presque aussitôt, comme si Nesterov guettait son arrivée. Leo fut entraîné à l'intérieur avec une précipitation déroutante, la porte brutalement refermée derrière lui.

Nesterov allait et venait dans la pièce avec une fébrilité inhabituelle. Son bureau disparaissait sous les documents relatifs à leur enquête. Il prit Leo par les épaules et s'adressa à lui d'une voix sourde, haletante :

— Écoutez-moi bien sans m'interrompre. J'ai été arrêté à Rostov. J'ai dû tout avouer. Je n'ai pas eu le choix. Ils avaient pris ma famille en otage. Je leur ai tout dit. J'ai cru pouvoir les convaincre de nous aider, d'obtenir l'ouverture d'une enquête officielle. Ils ont prévenu Moscou. Ils nous accusent d'agitation antisoviétique. Ils croient que vous avez des comptes à régler avec les autorités, qu'il s'agit d'un acte de vengeance. Ils considèrent nos preuves comme un exemple typique de propagande occidentale : ils ont la certitude que votre femme et vous êtes des espions. Ils m'ont mis le marché en main. Ils sont prêts à épargner ma famille si je vous livre à eux, avec toutes les informations qu'on a réunies.

Leo eut l'impression que le ciel lui tombait sur la tête. Même s'il avait conscience du danger, il ne s'attendait pas y être si vite confronté.

— Quand ?
— Maintenant. Le bâtiment est encerclé. Des agents vont assaillir cette pièce dans un quart d'heure, vous arrêter ici même et embarquer toutes les preuves qu'on a rassemblées. Je suis censé passer ce quart d'heure à vous soutirer les informations que vous avez obtenues à Moscou.

Leo recula d'un pas, regarda sa montre. Neuf heures cinq.

— Il faut m'écouter, Leo. Vous avez un moyen de leur échapper. Mais pour que ça marche, ne m'interrompez pas, ne posez pas de questions. J'ai un plan. Vous m'assommez avec mon arme, vous me mettez K-O. Puis vous quittez cette pièce, et vous descendez d'un étage pour vous cacher dans les bureaux à droite de l'escalier. Vous m'écoutez, Leo ? Il faut vous concentrer. Les portes seront déverrouillées. Vous entrez dans un de ces bureaux sans allumer, et vous refermez à clé derrière vous.

Mais Leo n'écoutait pas. Il ne pensait qu'à une chose.

— Raïssa ?

— Ils sont en train de l'arrêter au moment où je vous parle. Désolé, mais on ne peut rien pour elle. Il faut vous concentrer, Leo, sinon tout est fini.

— Mais tout est fini ! Depuis la minute où vous leur avez tout révélé.

— Ils étaient au courant. Ils avaient mon travail. Ils avaient mes dossiers. Vous vouliez que je fasse quoi ? Que je les laisse tuer toute ma famille ? Ils vous auraient arrêté quand même. Vous avez le choix : vous en prendre à moi ou leur échapper.

Leo se dégagea d'un coup d'épaule et se mit à arpenter le bureau, s'efforçant d'y voir clair. Raïssa avait été arrêtée. Ils savaient tous les deux que ce moment arriverait tôt ou tard, mais seulement dans l'abstrait. Ils n'avaient pas mesuré ce que cela signifierait. La perspective de ne jamais revoir Raïssa l'empêchait de respirer. Leur relation toute neuve, consommée dans la forêt voilà à peine deux heures, était déjà terminée.

— Leo !

— Très bien, quel est votre plan ?

Nesterov poursuivit, résumant le début :

— Vous m'assommez avec mon arme, vous me laissez sans connaissance. Vous quittez cette pièce, vous descendez d'un étage, vous vous cachez dans les bureaux à droite de l'escalier. Vous attendez que les agents pénètrent dans le bâtiment. Ils monteront jusqu'ici sans vous voir. Dès qu'ils seront passés, descendez au rez-de-chaussée, sortez par une des fenêtres du fond. Vous trouverez une voiture garée dessous. Voilà les clés, vous me les avez volées. Quittez la ville sans vous arrêter ni chercher à voir qui que ce soit. Roulez droit devant vous. Vous aurez un petit avantage. Ils croiront que vous êtes à pied, quelque part dans la ville. Quand ils découvriront que vous avez pris une voiture, vous serez libre.

— Libre de quoi faire ?

— D'élucider ces meurtres.

— Mon voyage à Moscou n'a rien donné. Le témoin a refusé de parler. Je n'ai toujours pas la moindre idée sur l'identité de cet homme.

Nesterov ne s'attendait pas à cela.

— Vous pouvez y arriver, Leo, je le sais. J'ai confiance en vous. Il faut que vous alliez à Rostov-sur-le-Don. C'est le point de départ. Je suis convaincu que c'est là que vous devez concentrer vos efforts. Des thèses circulent sur la personnalité du meurtrier. L'une d'elles évoque un groupe d'anciens nazis…

— Non, c'est l'œuvre d'un homme seul. Il a un emploi. Il a l'air normal. Si vous êtes sûr que le nombre de meurtres est plus élevé à Rostov, alors c'est sans doute là qu'il vit et qu'il travaille. Son emploi est l'unique lien entre tous ces lieux. Il voyage pour son travail, et il tue pendant ses voyages. Si on découvre ce qu'il fait dans la vie, alors on a notre homme.

Leo jeta un coup d'œil à sa montre. Plus que quelques minutes avant qu'il doive partir. Nesterov posa un index sur chacune des villes en question.

— Quel est le lien entre Rostov et Voualsk ? Il n'y a eu aucun meurtre à l'est de Voualsk. On a au moins cette certitude. Ça laisse entendre que c'est son terminus, sa destination finale.

Leo était d'accord.

— Voualsk possède une usine automobile. Il n'y a pas d'autres industries que les scieries. Mais à Rostov, il y a beaucoup d'usines.

Nesterov connaissait les deux villes mieux que Leo.

— L'usine automobile et Rostelmash collaborent étroitement.

— Rostelmash ?

— Une gigantesque usine de tracteurs, la plus grande de toute l'URSS.

— Elles s'échangent des pièces ?

— Les pneus de la GAZ-20 viennent de l'usine Rostelmash, qui reçoit des pièces de moteur en contrepartie.

Avaient-ils enfin trouvé le lien ? Les meurtres se succédaient le long des lignes de chemin de fer, du sud vers le nord et d'est en ouest. Séduit par cette thèse, Leo renchérit :

— Si l'usine automobile livre des pièces à Rostelmash, cette dernière doit recourir aux services d'un coordonnateur. Quelqu'un qui vient ici pour vérifier que les quotas sont respectés.

— Il n'y a eu que deux meurtres ici, et à une date récente. Ces deux usines travaillent ensemble depuis longtemps.

— Les meurtres qui ont eu lieu dans le nord du pays sont les plus récents. Ça signifie que l'homme vient d'être embauché. Ou qu'il a été muté depuis peu sur cette ligne. Il nous faut la liste du personnel de l'usine Rostelmash. Si on ne se trompe pas, il suffira de la comparer à celle des différents meurtres pour trouver notre homme.

Ils touchaient au but. S'ils n'avaient pas été traqués, s'ils avaient pu garder leur liberté de mouvement, ils auraient découvert le nom du meurtrier avant la fin de la semaine. Mais ils n'avaient ni une semaine devant eux ni le soutien de l'État. Ils ne disposaient que de quatre minutes. Il était neuf heures onze. Leo devait partir. Il prit un seul document : la liste des meurtres, avec la date et le lieu. C'était tout ce dont il avait besoin. Il la plia, la mit dans sa poche, alla vers la porte. Nesterov l'arrêta. Il lui tendit son pistolet. Leo prit l'arme, mais hésita quelques instants. Nesterov insista :

— Sinon, toute ma famille mourra.

Leo lui donna un coup de crosse qui lui entailla le cuir chevelu et le fit tomber à genoux. Encore conscient, il releva la tête.

— Bonne chance. Et maintenant, assommez-moi correctement.

Leo brandit l'arme. Nesterov ferma les yeux.

Après s'être élancé dans le couloir, Leo s'aperçut en atteignant l'escalier qu'il avait oublié les clés de la voiture. Elles étaient restées sur la table. Il fit demi-tour, repartit vers le bureau en courant, enjamba Nesterov, saisit les clés. Il était déjà neuf heures quinze, des agents entraient dans le bâtiment, et Leo était encore dans le bureau, là où ils comptaient le trouver. Il sortit en trombe, dévala le couloir et l'escalier. Des bruits de pas résonnaient dans la cage d'escalier. Au premier étage, il obliqua vers la droite, tourna la poignée de la porte du bureau le plus proche. Comme Nesterov l'avait promis, elle s'ouvrit. Il entra, referma à clé derrière lui pendant que les agents montaient l'escalier quatre à quatre.

Il attendit dans l'obscurité. Tous les stores étaient baissés, on ne pouvait pas le voir de l'extérieur. Les bruits de pas se rapprochaient. Il y avait au moins quatre agents dans l'escalier. Leo fut tenté de rester dans cette pièce, derrière cette porte fermée à clé, temporairement à l'abri. Les fenêtres ouvraient sur la grand-place. Il jeta un coup d'œil. Plusieurs hommes encerclaient l'entrée principale. Il s'écarta de la fenêtre. Il devait descendre au rez-de-chaussée et sortir par-derrière. Il ouvrit la porte, inspecta le couloir du regard. La voie était libre. Refermant derrière lui, il s'avança vers l'escalier. Il entendit la voix d'un agent à l'étage en dessous. Il courut vers le second escalier. Personne en vue. Plus de bruits de voix. Mais à peine avait-il fait deux ou trois mètres que des cris s'élevèrent au dernier étage : les agents avaient découvert Nesterov.

Alertés par ces appels, d'autres firent irruption dans le bâtiment. Devant le risque qu'il y aurait à emprunter l'escalier, Leo abandonna le plan de Nesterov et resta au premier. Il avait quelques instants de confusion à exploiter avant que les hommes ne se répartissent en plusieurs équipes de recherche. Dans l'impossibilité d'atteindre le rez-de-chaussée, il longea le couloir au pas de course, entra dans les toilettes qui donnaient sur l'arrière du bâtiment. Il ouvrit la fenêtre. Elle était haute, étroite, à peine assez large pour qu'il s'y glisse. Seul moyen d'y arriver : passer d'abord la tête. Après vérification, il n'y avait aucun officier dehors. Leo se trouvait à cinq mètres du sol environ. Il se hissa à la fenêtre et se pencha dans le vide, retenu par ses pieds. Il n'avait rien à quoi se raccrocher. Il allait devoir se laisser tomber la tête la première en se protégeant de ses mains.

Il atterrit sur les paumes, ses poignets craquèrent sous son poids. Il entendit un cri au-dessus de lui, leva les yeux. Un agent apparut à la fenêtre du dernier étage. Leo était repéré. Indifférent à la douleur dans ses poignets, il se releva, courut vers la rue perpendiculaire où devait être garée la voiture. Des coups de feu retentirent. De la poussière de brique gicla près de sa tête. Il s'accroupit tout en continuant de courir. De nouvelles balles ricochèrent sur les murs. À l'angle du bâtiment, il tourna dans la rue pour échapper aux tirs.

La voiture était là, elle l'attendait. Il s'y engouffra, mit le contact. Le moteur hoqueta, puis rien. Leo réessaya. Toujours rien. Nouvelle tentative. *Démarre, par pitié !* Ce fut la bonne. Il passa la première, déboîta, accéléra en évitant de faire crisser les pneus. Il ne fallait surtout pas que les agents qui le poursuivaient voient la voiture. Elle serait l'un des rares véhicules en ville. Comme elle appartenait à la milice, avec un peu de chance, les officiers qui la verraient croiraient que Leo était des leurs et ils continueraient leurs recherches à pied.

Il n'y avait pas de circulation. Leo conduisait trop vite, donnant de grands coups d'accélérateur pour sortir de l'agglomération. Nesterov s'était trompé : impossible d'aller jusqu'à Rostov avec cette voiture. D'abord parce que c'était à plusieurs centaines de kilomètres : il n'avait pas assez d'essence et aucun moyen de s'en procurer. Plus grave, dès que ses poursuivants découvriraient la disparition d'un véhicule, ils dresseraient des barrages sur toutes les routes. Il devait aller le plus loin possible avant de l'abandonner, la cacher, puis disparaître dans la campagne et prendre le train à la première gare. Tant qu'ils ne retrouveraient pas la voiture abandonnée, il aurait des chances de s'en sortir à pied.

Il accrut encore sa vitesse sur la route qui obliquait vers l'ouest. Il jeta un coup d'œil dans le rétroviseur. S'ils décidaient de fouiller méthodiquement tous les immeubles autour du siège de la milice, croyant que Leo était à pied, il avait sans doute au moins une heure devant lui. Il roulait à cent à l'heure, la vitesse maximale.

Au loin, des hommes entouraient un véhicule arrêté au milieu de la chaussée : une voiture de la milice. C'était un barrage routier. Ils ne laissaient rien au hasard. Si la route était barrée en direction de l'ouest, elle le serait aussi vers l'est. Ils avaient bouclé toute la ville. Son seul espoir était de passer en force. Avec une vitesse suffisante, il percuterait la voiture garée en travers de la route. Le choc la déporterait sur le côté. Il faudrait qu'il contrôle l'impact. Une fois leur véhicule endommagé, ils ne pourraient pas se lancer aussitôt à sa poursuite. C'était la solution de la dernière chance, il n'avait plus que quelques minutes devant lui.

Les agents se mirent à lui tirer dessus. Des balles atteignirent le capot, ricochèrent sur le métal. L'une d'elles étoila le pare-brise. Leo se tassa derrière le volant, incapable de voir la route. La voiture était dans l'axe : il suffisait de garder la trajectoire. Les balles pleuvaient. Des débris de verre s'abattirent sur Leo. Il continua droit devant lui, se préparant à la collision.

Soudain, la voiture fit une embardée. Se redressant sur son siège, il tenta de donner un coup de volant, mais elle continua vers la gauche. Les pneus avaient éclaté. Il ne contrôlait plus rien. Le véhicule bascula sur le côté, les vitres volèrent en éclats. Il fut plaqué contre la portière à quelques centimètres de la chaussée, le métal racla le bitume, des étincelles jaillirent. L'avant percuta la voiture de la milice. Celle de Leo fit un tour complet sur elle-même, puis un tonneau, avant d'atterrir dans le fossé. Leo fut projeté de la portière contre le toit, où il resta prostré tandis que la voiture s'immobilisait enfin.

Il ouvrit les yeux. Il n'était pas sûr de pouvoir bouger et n'avait pas la force de s'en assurer. Il contemplait le ciel étoilé. Il avait du mal à remettre de l'ordre dans ses idées. Il n'était plus dans la voiture. On avait dû l'en extirper. Un visage apparut, lui cachant les étoiles, le regardant avec commisération. Après un effort de concentration, Leo reconnut l'homme.

C'était Vassili.

Rostov-sur-le-Don

Même jour

Aaron s'était dit qu'il serait passionnant d'entrer dans la milice, en tout cas plus passionnant que de travailler dans un *kolkhoze*. Il savait qu'on y était mal payé, mais en contrepartie il y avait peu de concurrence. Postuler à un emploi n'avait jamais été son fort. Il n'avait pas de difficultés particulières. Il avait même plutôt bien réussi à l'école. Mais il était né avec une malformation de la lèvre supérieure. C'est ce que lui avait dit le docteur : il s'agissait d'une malformation et on ne pouvait rien faire. Comme si une portion de sa lèvre avait été découpée et les deux morceaux restants cousus ensemble, si bien que sa lèvre se soulevait au milieu, laissant voir ses incisives. Résultat : il avait en permanence l'air de ricaner. Même si ça ne changeait rien à ses capacités de travail, ça le gênait pour trouver un emploi. La milice semblait la solution idéale : ils manquaient de candidats. Il se ferait bizuter, on se moquerait de lui derrière son dos, mais il avait l'habitude. Il voulait bien tout supporter, à condition de pouvoir faire travailler son cerveau.

Et pourtant il se retrouvait là, assis dans les fourrés en pleine nuit, à se faire dévorer par les moustiques et à surveiller un arrêt de bus avec une seule consigne :

Signaler toute activité inhabituelle.

Personne ne lui avait expliqué pourquoi il devait rester assis là, ni ce qu'il fallait entendre par : *activité inhabituelle*. À tout juste vingt ans, il était l'une des plus jeunes recrues du service, et il se demanda si on ne lui infligeait pas une sorte de rituel d'initiation, histoire de tester sa loyauté, de voir s'il suivait les ordres. L'obéissance était la vertu suprême.

Jusqu'à présent, l'unique personne en vue était une jeune fille à l'arrêt de bus. Elle avait quatorze ou quinze ans au plus, mais essayait de paraître plus âgée. Elle semblait ivre. Son chemisier était déboutonné. Elle tira sur sa jupe, se recoiffa. Que faisait-elle à cet arrêt ? Il n'y aurait pas de bus avant l'aube.

Un homme approchait. Grand, avec un chapeau et une veste. Les verres de ses lunettes étaient épais comme des culs de bouteille. Sa mallette à la main, il s'arrêta devant l'horaire, le déchiffra en s'aidant de son index. Telle une araignée attendant son heure dans un coin de sa toile, la jeune fille se leva aussitôt, se dirigea vers lui. Il continua de lire l'horaire tandis qu'elle lui tournait autour, touchait sa mallette, ses mains, sa veste. Après avoir paru ignorer ces avances, il leva le nez de l'horaire pour la dévisager.

Ils engagèrent la conversation. Aaron n'entendit pas ce qu'ils se disaient. L'adolescente n'était visiblement pas d'accord, elle secouait la tête. Puis elle haussa les épaules. Ils avaient trouvé un terrain d'entente. L'homme se retourna et sembla regarder Aaron, scruter les fourrés près de l'arrêt de bus. L'avait-il repéré ? Peu vraisemblable : ils étaient à la lumière, lui dans l'obscurité. Ensemble, l'homme et la jeune fille se dirigèrent droit sur sa cachette.

Troublé, il vérifia : il était parfaitement caché. On ne pouvait pas le voir. Et quand bien même, pourquoi viendraient-ils vers lui ? Ils n'étaient plus qu'à quelques mètres. Il entendait leurs voix. Accroupi dans les fourrés il attendit, pour finir par découvrir qu'ils l'avaient dépassé et disparaissaient sous les arbres.

Il se releva.

— Halte là !

L'homme se figea, rentra la tête dans les épaules. Il se retourna. Aaron s'efforça de parler avec autorité :

— Vous faites quoi, tous les deux ?

Ce fut la jeune fille qui répondit, visiblement ni effrayée ni inquiète :

— On allait se promener. Qu'est-ce que tu as à la lèvre ? C'est très laid.

Gêné, Aaron rougit. La fille le fixait avec un dégoût évident. Il se tut quelques secondes pour reprendre ses esprits.

— Vous alliez avoir des relations sexuelles. Dans un lieu public. Tu es une prostituée.

— Non, on allait juste se promener.

Pitoyable, l'homme ajouta, d'une voix à peine audible :

— Personne n'a rien à se reprocher. On faisait juste connaissance.

— Montrez-moi vos papiers.

L'homme s'avança, chercha dans les poches de sa veste. L'adolescente resta en retrait, l'air indifférent : elle avait déjà dû se faire contrôler. Elle ne semblait pas impressionnée le moins du monde. Aaron vérifia les papiers de l'homme. Il s'appelait Andreï. Rien à signaler.

— Ouvrez votre mallette.

Andreï hésita. Il transpirait à grosses gouttes. Il s'était fait prendre. Jamais il n'aurait imaginé que ça puisse arriver ; jamais il n'aurait imaginé que son plan puisse échouer. Il souleva sa mallette, l'ouvrit. Le jeune officier y jeta un coup d'œil, fouilla l'intérieur à tâtons. Andreï attendait tête baissée, regardant ses chaussures. Lorsqu'il releva les yeux, l'officier avait dans la main son couteau de chasse. Andreï était au bord des larmes.

— Pourquoi vous transportez ça ?

— Je voyage beaucoup. Souvent je mange dans le train. Ce couteau me sert à trancher mon salami. Du salami bon marché, très coriace, mais ma femme refuse d'acheter autre chose.

Il se servait réellement du couteau au déjeuner et au dîner. L'officier trouva un bout de salami. Coriace et bon marché. Et grossièrement coupé. L'œuvre du couteau en question.

Aaron sortit un bocal fermé par un couvercle. Il était vide et propre.

— Et ça, ça sert à quoi ?

— Certaines pièces que je dois transporter à titre d'échantillons sont sales ou fragiles. Ce bocal m'est indispensable dans mon travail. Écoutez, officier, je sais que je n'aurais pas dû me laisser entraîner par cette fille. Je ne sais pas ce qui m'a pris. J'étais en train de vérifier l'horaire des bus pour demain, et elle m'a fait des avances. Vous savez ce que c'est... quand l'envie vous prend. Je n'ai pas résisté. Mais cherchez dans la poche intérieure de la mallette, vous trouverez ma carte du Parti.

Aaron trouva en effet la carte, ainsi que la photo d'une femme et de deux fillettes.

— Mon épouse et mes filles. Vous n'allez pas me faire des ennuis, officier ? Tout est la faute de cette gamine : sans elle je serais déjà chez moi.

Un citoyen respectable momentanément séduit par une adolescente ivre, une fille de mauvaise vie. L'homme avait été poli : il n'avait pas fixé le bec-de-lièvre d'Aaron ni fait de commentaires désobligeants. Il l'avait traité en égal alors qu'il était plus âgé, membre du Parti, et qu'il occupait un poste important. C'était une victime. La coupable était l'adolescente.

Alors que la nasse avait failli se refermer sur lui, Andreï prit conscience qu'il était presque libre. La photo de sa famille lui avait été souvent précieuse. Il s'en servait parfois pour gagner la confiance d'enfants réticents. Il était un bon père. Dans la poche de sa veste, il sentit la ficelle toute rêche. Pas ce soir : il allait devoir faire preuve de patience. Il ne pouvait plus tuer dans sa propre ville.

Aaron, sur le point de le laisser partir, remettait la carte du Parti et la photo en place lorsqu'il aperçut autre chose dans la mallette : une coupure de journal pliée en deux. Il la sortit, la déplia.

Andreï ne supportait pas de voir cet imbécile avec son bec-de-lièvre répugnant toucher ce papier de ses doigts sales. Il eut le plus grand mal à se retenir de le lui arracher des mains.

— Vous pouvez me le rendre, s'il vous plaît ?

Pour la première fois, la voix de l'homme trahissait une certaine fébrilité. Pourquoi ce bout de papier avait-il une telle importance ? Aaron l'étudia de plus près. Il datait de plusieurs années, l'encre avait pâli. Il n'y avait ni texte ni légende : ils avaient été découpés, ce qui empêchait de savoir de quel journal provenait cette coupure. Il ne restait qu'une photo prise pendant la Grande Guerre patriotique. On y voyait la carcasse en flammes d'un Panzer. Des soldats russes brandissaient triomphalement leurs fusils, plusieurs cadavres de soldats allemands à leurs pieds. C'était une photo de victoire, une photo de propagande. Avec sa malformation de la lèvre supérieure, Aaron comprenait trop bien pourquoi elle avait paru dans le journal : le soldat russe au centre de cette photo était un très bel homme, au sourire irrésistible.

Moscou

10 juillet

Leo avait le visage bouffi, douloureux au toucher. Son œil droit était toujours fermé, caché sous ses paupières boursouflées. Une douleur intense lui traversait le torse, comme s'il s'était cassé plusieurs côtes. On lui avait prodigué les premiers soins sur le lieu de l'accident, mais dès qu'il avait paru hors de danger on l'avait embarqué à bord d'un camion, sous bonne garde. Durant le trajet de retour vers Moscou, chaque cahot lui avait fait l'effet d'un coup de poing dans le ventre. En l'absence d'analgésiques, il s'était évanoui plusieurs fois. Ses gardes lui enfonçaient le canon de leur arme dans les côtes pour le ramener à lui, de peur qu'il meure sous leurs yeux. Il avait passé le voyage tantôt brûlant de fièvre, tantôt grelottant de froid. Ce n'était que le début de ses souffrances.

L'ironie qu'il y avait pour lui à se retrouver là, attaché à une chaise dans une salle d'interrogatoire du sous-sol de la Loubianka, ne lui échappait pas. Un ancien agent du MGB devenu prisonnier de ce même MGB : retournement de situation assez fréquent. Voilà ce qui arrivait aux ennemis de l'Union soviétique.

La porte s'ouvrit. Leo leva la tête. Qui était cet homme au teint olivâtre, aux dents jaunies par le tabac ? Un ancien collègue, ça, au moins, il s'en souvenait. Mais il avait oublié son nom.

— Vous ne me reconnaissez pas ?
— Non.
— Je suis le docteur Zarubin. On s'est croisés deux ou trois fois. Je vous ai rendu visite quand vous étiez malade il y a quelques mois. Navré de vous revoir en pareilles circonstances. Non pas que je critique la procédure engagée contre vous : elle est normale et juste. Je regrette simplement que vous ayez fait ça.
— C'est-à-dire ?
— Trahir votre pays.

Le docteur lui palpa les côtes. Leo serrait les dents chaque fois qu'il le touchait.

— Contrairement à ce qu'on m'a dit, vous n'avez aucune côte cassée. Elles sont seulement fêlées. Douloureux, sans doute, mais pas au point d'opérer. On m'a demandé de désinfecter vos plaies et de changer vos pansements.

— Soigner avant de torturer, une des aberrations de cet endroit. Il m'est arrivé de sauver la vie d'un homme pour l'amener ici ensuite. J'aurais mieux fait de laisser ce Brodsky se noyer dans la rivière.

— Je ne connais pas l'homme dont vous parlez.

Leo se tut. Il était à la portée du premier venu de regretter ses actes une fois que la chance avait tourné. Il prit vraiment conscience que son unique chance de rédemption lui avait filé entre les doigts. Le tueur continuerait d'agir, protégé non par une intelligence supérieure mais par le refus de son pays d'admettre l'existence d'individus comme lui, ce qui lui garantissait une impunité totale.

Le docteur Zarubin avait fini de panser les blessures de Leo. Des soins destinés à lui rendre sa sensibilité en vue des tortures à venir. Guérir pour pouvoir faire encore plus mal. Zarubin se pencha et lui murmura à l'oreille :

— Je vais maintenant m'occuper de votre femme. Votre ravissante femme ligotée dans la salle voisine. Réduite à l'impuissance par votre faute. Tout ce que je vais lui infliger est votre faute. Je vais lui faire haïr le jour où elle est tombée amoureuse de vous. Je vais lui faire crier sa haine.

Comme si ces paroles étaient prononcées dans une langue étrangère, il fallut un certain temps à Leo pour les comprendre. Il n'avait rien contre cet homme. Il le reconnaissait à peine. Pourquoi menaçait-il Raïssa ? Il tenta de se mettre debout, de se jeter sur ce médecin. Mais sa chaise était vissée dans le sol et lui-même attaché à la chaise.

Le docteur Zarubin recula, tel un badaud qui aurait approché la tête trop près de la cage aux lions. Il regarda Leo tirer sur ses liens, les veines du cou saillantes, le visage écarlate, l'œil lamentablement fermé. C'était fascinant, comme regarder une mouche emprisonnée sous un verre. Cet homme ne saisissait pas la nature exacte de sa situation :

Il était entièrement à leur merci.

Le docteur prit sa trousse et attendit que le garde lui ouvre la porte. Il s'attendait à ce que Leo le rappelle, le menace peut-être de le tuer. Sur ce point au moins, il fut déçu.

Il longea le couloir du sous-sol, arriva quelques mètres plus loin à la salle d'interrogatoire voisine. On lui ouvrit la porte. Il entra. Raïssa était assise et ligotée exactement de la même manière que son mari. Zarubin jubilait à l'idée qu'elle le reconnaisse et regrette de ne pas avoir accepté sa proposition. Si elle l'avait fait, elle serait à l'abri. Contrairement à ce qu'il pensait, elle n'était pas prête à tout pour survivre. Elle était extraordinairement belle et n'avait pas su se servir de sa beauté, préférant la fidélité. Peut-être croyait-elle en l'existence d'une vie après la mort, d'un paradis où sa loyauté serait récompensée. Ici-bas, la loyauté n'avait aucune valeur.

Certain que les regrets de Raïssa lui donneraient du cœur à l'ouvrage, il s'attendait à ce qu'elle le supplie :

Aidez-moi !

Désormais elle serait prête à toutes les concessions : il pourrait exiger n'importe quoi. Il pourrait l'humilier et elle en redemanderait. Elle lui serait entièrement soumise. Il ouvrit ce qui ressemblait à une petite grille de ventilation, qui servait en réalité à faire circuler les sons d'une salle d'interrogatoire à l'autre. Il voulait que Leo entende chaque mot qui se dirait.

Raïssa leva les yeux vers Zarubin et le vit prendre un air faussement attristé, sans doute pour donner l'impression de s'apitoyer sur son sort :

Si seulement vous aviez accepté ma proposition...

Il posa sa trousse et se mit à l'examiner, bien qu'elle ne fût pas blessée.

— Je dois vous ausculter en détail, pour mon rapport, vous comprenez.

L'arrestation de Raïssa avait été une formalité. Le restaurant était encerclé : les agents n'avaient eu qu'à entrer et à la maîtriser. Tandis qu'on l'escortait dehors, Basarov avait crié avec sa méchanceté coutumière qu'elle méritait bien le châtiment qui l'attendait. Ligotée à l'arrière d'un camion, sans la moindre information, elle se demandait ce qui était arrivé à Leo quand elle avait entendu un officier dire qu'ils venaient de l'arrêter. À son ton satisfait, elle avait deviné que son mari avait au moins tenté de s'enfuir.

Pendant que les mains de Zarubin se promenaient sur son corps, elle tenta de rester impassible, de l'ignorer. Mais elle ne pouvait s'empêcher de l'observer à la dérobée. Il avait les phalanges velues, les ongles propres et coupés au carré. Le garde posté derrière elle éclata de rire, un rire puéril. Elle se concentra sur l'idée que son corps était hors d'atteinte et que Zarubin pouvait faire ce qu'il voulait, il ne réussirait pas à la souiller. C'était une résolution impossible à tenir. Les doigts du médecin remontaient à l'intérieur de sa cuisse avec une lenteur atroce et délibérée. Raïssa sentit les larmes lui monter aux yeux. Elle les chassa d'un battement de cils. Zarubin approcha son visage du sien. Il l'embrassa sur la joue, aspira sa peau dans sa bouche comme s'il voulait la mordre.

La porte s'ouvrit. Vassili fit son entrée. Surpris, le docteur se redressa et recula d'un pas. Vassili eut l'air agacé.

— Elle n'est pas blessée. Vous n'avez rien à faire là.
— Je vérifiais juste.
— Vous pouvez partir.

Zarubin prit sa trousse et sortit. Vassili referma la grille de ventilation. Il s'accroupit près de Raïssa, remarqua ses larmes.

— Vous êtes courageuse. Vous croyez sans doute pouvoir tenir. Je comprends votre désir de rester loyale à votre mari.
— Vraiment ?
— Vous avez raison. Je ne comprends pas. En fait, il vaudrait mieux pour vous que vous me disiez tout immédiatement. Vous me considérez sûrement comme un monstre. Mais savez-vous d'où me vient cette réplique ? De votre mari : c'est ce qu'il avait coutume de dire aux gens avant de les torturer, ici même pour certains. Il était sincère, si vous voulez le savoir.

Raïssa contempla le beau visage de cet homme et se demanda, comme plusieurs mois auparavant dans cette gare de Moscou, pourquoi elle le trouvait si laid. Il avait le regard insensible, pas abruti ni éteint, mais glacial.

— Je vais tout vous dire.
— Vous croyez que ça va suffire ?

Leo aurait dû garder des forces pour le moment où l'occasion se présenterait. Ce moment n'était pas encore venu. Il avait vu tant de prisonniers gaspiller leur énergie à marteler les portes de leurs poings, à hurler, à arpenter sans fin leurs minuscules cellules. À l'époque, il s'étonnait qu'ils ne mesurent pas l'inutilité de leurs réactions. Maintenant qu'il se trouvait dans la même situation qu'eux, il comprenait ce qu'ils avaient dû ressentir. Comme si son corps était allergique à l'enfermement. Rien à voir avec la logique ni avec la raison. Simplement il ne pouvait pas rester assis sans rien faire. Alors il tirait sur ses liens jusqu'à ce que ses poignets saignent. Une partie de lui-même le croyait capable de rompre ses chaînes, même s'il avait vu une centaine d'hommes et de femmes ainsi attachés sans qu'aucun d'eux arrive à les briser. Habité par l'idée d'une évasion possible, il ignorait que cette forme d'espoir était aussi dangereuse que toutes les tortures qu'on pouvait lui infliger.

Vassili entra, fit signe au garde d'installer une chaise face à Leo. Le garde obéit, la plaça hors de portée du prisonnier. Vassili s'avança, empoigna la chaise et la rapprocha. Leurs genoux se touchaient presque. Il observa Leo, nota la pression que son corps exerçait sur les liens.

— Détends-toi, on n'a fait aucun mal à ta femme. Elle est juste à côté.

D'un geste, Vassili ordonna au garde d'aller vers la grille de ventilation. Il l'ouvrit. Vassili se tourna face à elle :

— Raïssa, dites quelque chose à votre mari. Il s'inquiète pour vous.

La voix de Raïssa leur parvint comme en écho :
— Leo ?

Leo s'adossa à sa chaise, soulagé. Avant qu'il ait pu répondre, le garde referma brutalement la grille. Leo regarda Vassili droit dans les yeux.

— Inutile de nous torturer, Raïssa ou moi. Tu sais à combien de séances de ce genre j'ai assisté. J'ai compris qu'il ne servait à rien de résister. Pose-moi n'importe quelle question, j'y répondrai.

— Mais j'ai déjà toutes les réponses. J'ai lu les documents que tu as réunis. J'ai parlé au général Nesterov. Il n'avait aucune envie que ses enfants grandissent dans un orphelinat. Raïssa a confirmé toutes les informations qu'il a données. Je n'ai plus qu'une question à te poser : pourquoi ?

Leo ne comprenait pas. Il n'avait plus envie de se battre. Il souhaitait seulement dire tout ce que cet homme voulait entendre. Il répondit comme un élève s'adressant à son professeur.

— Désolé. Sans vouloir te manquer de respect, je ne comprends pas. Tu me demandes pourquoi… ?

— Pourquoi avoir risqué le peu que tu avais, le peu qu'on t'avait laissé, pour cette chimère ?

— Tu veux parler des meurtres ?

— Ces meurtres ont tous été élucidés.

Leo ne répondit pas.

— Tu n'en crois rien, c'est ça ? Tu crois que quelqu'un, ou un groupe d'individus, assassine sans raison des enfants russes, garçons et filles, dans tout le pays ?

— Je me suis trompé. C'était une hypothèse. Elle s'est révélée fausse. Je me rétracte. Je suis prêt à te signer des aveux, à reconnaître ma culpabilité.

— Tu te rends compte que tu es coupable d'un très grave acte d'agitation antisoviétique ? On dirait

de la propagande occidentale, Leo. Ça, encore, je pourrais le comprendre. Si tu travailles pour l'Occident, tu es un traître. Peut-être qu'on t'a promis de l'argent, le pouvoir, tout ce que tu as perdu. Ça, je pourrais le comprendre. C'est le cas ?
— Non.
— Voilà bien ce qui m'inquiète. Donc, tu crois vraiment qu'il existe un rapport entre tous ces meurtres, qu'ils ne sont pas l'œuvre de pervers, de vagabonds, d'ivrognes ou d'indésirables. Franchement, c'est de la folie. J'ai travaillé avec toi. J'ai vu à quel point tu étais méthodique. À vrai dire, je t'admirais même. Enfin, avant que ta femme te fasse perdre la tête. Alors, quand on m'a parlé de tes dernières mésaventures, je n'ai pas compris.
— J'avais une hypothèse. Elle s'est révélée fausse. Je ne vois pas ce que je peux dire de plus.
— Pourquoi quelqu'un voudrait-il tuer tous ces gosses ?

Leo dévisagea l'homme assis en face de lui, qui avait voulu exécuter deux fillettes parce qu'il croyait leurs parents complices d'un vétérinaire en fuite. Il était prêt à leur tirer une balle dans la nuque sans état d'âme. Et pourtant il venait de poser cette question le plus sincèrement du monde :

Pourquoi quelqu'un voudrait-il tuer tous ces gosses ?

Il avait autant de meurtres à son actif que l'individu recherché par Leo, peut-être même davantage. Et pourtant il s'interrogeait sur la logique de ces crimes. Parce qu'il ne comprenait pas pourquoi un meurtrier potentiel ne se contentait pas de rejoindre le MGB, ou de devenir garde dans un goulag ? Si c'était son point de vue, alors Leo comprenait. Puisqu'il existait tant d'exutoires licites pour les brutes et les meurtriers, pourquoi aller se mettre hors la loi ? Mais là n'était pas le problème.

Tous ces gosses.

La perplexité de Vassili venait du fait que ces crimes n'avaient pas de mobile apparent. Peu importait leur sauvagerie évidente. La question était : qu'est-ce qu'on y gagnait ? Quelle était leur justification ? Il n'y avait aucune raison officielle de tuer ces gosses, pas d'intérêt supérieur de la nation à servir, pas de bénéfice matériel. Là résidait l'objection de Vassili.

Leo se répéta.

— J'avais une hypothèse. Elle s'est révélée fausse.

— Le fait d'être chassé de Moscou, du MGB que tu avais loyalement servi pendant tant d'années, a peut-être été plus traumatisant que tu ne croyais. Tu as ton orgueil, après tout. Ta santé mentale a clairement souffert. Voilà pourquoi je voudrais t'aider, Leo.

Vassili se leva, médita quelques instants. Après la mort de Staline, le MGB s'était vu interdire tout recours à la violence contre les prévenus. Mû comme d'habitude par l'instinct de survie, Vassili s'était aussitôt adapté. Et pourtant Leo était là, à sa merci. Pouvait-il s'en aller et se contenter de le laisser purger sa peine ? Était-ce un châtiment suffisant ? En tirerait-il autant de satisfaction qu'il l'escomptait ? Il se tourna vers la porte, conscient que sa haine envers Leo était aussi dangereuse pour lui-même que pour l'intéressé. Sa prudence habituelle faisait place à quelque chose de plus intime, un peu comme un désir lubrique. C'était plus fort que lui. Il fit signe au garde d'approcher.

— Allez me chercher le docteur Hvostov.

Malgré l'heure tardive, Hvostov ne se formalisa pas d'être ainsi réquisitionné. Il était curieux de savoir ce qu'il pouvait y avoir de si important. Après avoir échangé une poignée de main avec Vassili, il écouta le résumé de la situation, notant que Leo était qualifié non pas de prisonnier, mais de patient. Il comprit que c'était indispensable pour se prémunir contre l'accusation de violences physiques. Après avoir brièvement pris connaissance des thèses fantaisistes du patient sur l'existence d'un tueur d'enfants, le médecin demanda à un garde d'accompagner Leo jusqu'à la salle d'examen. Il avait hâte de découvrir ce que cachait cette théorie incongrue.

La pièce était exactement comme dans les souvenirs de Leo : petite et propre, avec le fauteuil tendu de cuir rouge vissé dans le sol carrelé de blanc, les vitrines contenant divers comprimés et préparations dans des flacons aux étiquettes blanches complétées à l'encre noire, la panoplie de pinces chirurgicales, l'odeur d'antiseptique. On le fit asseoir dans le fauteuil où Anatoli Brodsky s'était assis avant lui ; ses poignets, ses chevilles et son cou furent attachés avec les mêmes lanières de cuir. Le docteur Hvostov remplit une seringue d'huile de camphre. La manche de la chemise de Leo fut découpée, une veine localisée. Nul besoin d'explications. Il avait déjà tout vu. Il ouvrit la bouche pour recevoir le bâillon en caoutchouc.

Vassili suivait ces préparatifs debout, frémissant d'impatience. Hvostov injecta l'huile. Au bout de quelques secondes, les yeux de Leo se révulsèrent. Son corps se mit à trembler. C'était le moment tant attendu par Vassili, celui qu'il s'était représenté mille fois. Leo avait l'air ridicule, vulnérable, pitoyable.

Hvostov et Vassili attendirent que les réactions physiques les plus spectaculaires s'atténuent. Puis Hvostov eut un hochement de tête approbateur.

— Voyons ce qu'il nous dit.

Vassili s'avança et dénoua le bâillon. Leo vomit des glaires sur ses genoux. Sa tête bascula en avant, entraînée par son poids.

— Comme d'habitude, posez-lui d'abord des questions simples.

— Comment t'appelles-tu ?

La tête de Leo dodelina, des filets de bave lui coulèrent de la bouche.

— Comment t'appelles-tu ?

Pas de réponse.

— Comment t'appelles-tu ?

Les lèvres de Leo s'agitèrent. Il répondit quelque chose, mais Vassili ne comprit pas quoi. Il se rapprocha.

— Comment t'appelles-tu ?

Les yeux de Leo semblaient fixer un point. Il regarda droit devant lui et déclara :

— Pavel.

Même jour

> *Comment t'appelles-tu ?*
> *Pavel.*

Ouvrant les yeux, il se vit debout dans la neige jusqu'aux chevilles, en pleine forêt, au clair de lune. Sa veste était faite de sacs de toile grossière, cousus ensemble avec autant de soin que s'il s'agissait de cuir souple. Il leva un pied au-dessus de la neige. Il n'avait pas de chaussures : chacun de ses pieds était enveloppé de chiffons et d'un morceau de pneu, le tout attaché avec de la ficelle. Il avait des mains d'enfant.

Sentant qu'on tirait sur sa veste, il se retourna. Derrière lui se tenait un garçonnet vêtu de la même toile grossière. Aux pieds, il avait les mêmes morceaux de pneu et les mêmes chiffons. Il écarquillait les yeux. De la morve lui coulait du nez. Comment s'appelait-il ? Maladroit, aussi niais que dévoué, il se prénommait Andreï.

Derrière lui, un chat noir et blanc squelettique se mit à miauler, à s'arc-bouter dans la neige, tourmenté par une force invisible qui l'entraînait vers le sous-bois. Il avait une ficelle nouée autour de la patte. Quelqu'un tirait sur cette ficelle, traînait le chat sur la neige. Pavel lui courut après. Le chat, qui se débattait toujours, était entraîné de plus en plus vite. Pavel accéléra l'allure. Regardant par-dessus son épaule, il vit qu'Andreï, incapable de suivre, était distancé.

Soudain il s'arrêta. Devant lui, l'autre bout de la ficelle à la main, se tenait Stepan, son père, non pas le jeune homme qu'il avait été, mais le vieillard à qui il avait fait ses adieux à Moscou. Stepan récupéra le chat, lui brisa la nuque et le fourra dans un grand sac en toile de jute. Pavel alla jusqu'à lui.

— Papa ?
— Je ne suis pas ton père.

Ouvrant les yeux, il se retrouva à l'intérieur du sac, la tête couverte de sang séché, un goût de cendre dans la bouche. Il était sur le dos d'un homme adulte, ballotté à chaque pas. Sa tête lui faisait tellement mal qu'il avait envie de vomir. Il sentait quelque chose sous lui. Il tendit la main, toucha le chat mort. Épuisé, il referma les yeux.

Il fut réveillé par la chaleur d'un feu. Il n'était plus dans le sac : on l'avait déposé sur le sol en terre battue d'une ferme. Stepan – jeune, l'homme rencontré dans les bois, grand et maigre, l'air féroce – était assis près du feu, le corps d'un jeune garçon dans les bras. Anna – redevenue jeune elle aussi – était à côté de lui. Mi-fantôme, mi-squelette, le garçon dans les bras de Stepan n'avait plus grand-chose d'humain : sa peau était flasque, ses os saillants, ses yeux énormes. Stepan et Anna pleuraient. Anna caressa les cheveux du garçon mort et Stepan murmura son prénom : « Leo. »

Ce garçon mort s'appelait Leo Stepanovitch.

Enfin Anna se retourna, les yeux rouges, et demanda :

— Comment t'appelles-tu ?

Il ne répondit pas. Il ne connaissait pas son nom.

— Où habites-tu ?

Il ne le savait pas davantage.

— Comment s'appelle ton père ?

Il ne se souvenait plus de rien.

— Tu saurais rentrer chez toi ?

Il ne savait pas où il habitait. Anna poursuivit :

— Sais-tu pourquoi tu es ici ?

Il secoua la tête.

— Tu devais mourir pour qu'il puisse vivre. Tu comprends ?

Il ne comprenait pas. Elle ajouta :

— Mais plus rien ne peut sauver notre fils. Il est mort pendant que mon mari était parti chasser. Puisqu'il est mort, tu es libre.

Libre d'aller où ? Il ne savait même pas où il était. Il ne savait pas d'où il venait. Il ne savait plus rien sur lui-même. Son esprit était vide.

Anna se leva, s'approcha, lui tendit la main. Il se mit debout tant bien que mal, tenant à peine sur ses jambes. Combien de temps était-il resté dans ce sac ? Pendant combien de kilomètres ? Le trajet avait semblé durer des jours. S'il ne mangeait pas quelque chose rapidement, il allait mourir. Elle lui offrit une tasse d'eau tiède. La première gorgée lui donna la nausée, mais la deuxième passa mieux.

Elle l'emmena dehors où ils restèrent assis, enveloppés l'un contre l'autre dans plusieurs couvertures. Épuisé, il s'endormit contre son épaule. Quand il se réveilla, Stepan était dehors lui aussi.

— C'est prêt.

À l'intérieur de la ferme, le corps du jeune garçon avait disparu. Sur le feu, dans une gigantesque marmite, un ragoût mijotait. Guidé par Anna, il s'assit près des flammes, accepta le bol que Stepan avait rempli à ras bord. Il contempla le bouillon fumant : des glands écrasés flottaient à la surface entre de petits os blancs et des morceaux de viande. Stepan et Anna l'observaient. Stepan rompit le silence :

— Tu devais mourir pour que notre fils puisse vivre. Puisqu'il est mort, tu as le droit de vivre.

Ils lui offraient la chair de leur chair. Ils lui offraient leur fils. Il porta le bouillon à ses narines. Il n'avait pas mangé depuis si longtemps qu'il en eut l'eau à la bouche. L'instinct de survie fut le plus fort et il plongea la cuiller dans le bouillon.

Stepan expliqua :

— Demain, on commence notre voyage vers Moscou. Jamais on ne survivra si on reste ici. J'ai un oncle à Moscou, il pourra nous aider. Ce repas devait être le dernier avant le voyage. De quoi nous aider à atteindre la ville. Tu peux venir avec nous. Ou bien rester ici et tenter de retrouver le chemin jusqu'à chez toi.

Devait-il rester là, sans avoir la moindre idée de son identité ni de l'endroit où il se trouvait ? Et s'il avait définitivement perdu la mémoire ? Et si aucun souvenir ne lui revenait ? Qui s'occuperait de lui ? Que deviendrait-il ? Ou bien devait-il partir avec ces

gens ? Ils étaient gentils. Ils avaient à manger. Ils avaient aussi un plan pour survivre.
— Je préfère venir avec vous.
— Tu es sûr ?
— Oui.
— Je m'appelle Stepan. Ma femme s'appelle Anna. Et toi ?

Il ne se rappelait aucun prénom sauf un : celui qu'il avait entendu plus tôt. Pouvait-il donner ce prénom ? Allaient-ils se mettre en colère ?
— Je m'appelle Leo.

11 juillet

Raïssa fut dirigée vers une rangée de tables. À chacune officiaient deux hommes, l'un assis devant une pile de dossiers pendant que le second fouillait les prisonniers, hommes et femmes sans distinction : ils étaient ensemble, côte à côte, traités avec le même manque d'égards. Impossible de savoir sur laquelle de ces tables était son dossier. Raïssa fut poussée vers l'une d'elles, puis envoyée d'un geste vers une autre. Son cas avait été expédié si vite que les documents la concernant n'avaient pas eu le temps de suivre. Source de complications, elle fut entraînée à l'écart par le garde qui l'accompagnait, seule prisonnière ainsi escortée, contournant les étapes initiales de la procédure. Les pièces manquantes établissaient la nature de son délit et la peine correspondante. Autour d'elle, des prisonniers hébétés étaient reconnus coupables d'AKA, de KRRD, de PSh, de SVPSh, de KRM, de SOE ou de SVE, autant de sigles indéchiffrables qui décidaient du reste de leur existence. Ces condamnations étaient prononcées avec une indifférence bien rodée :

Cinq ans. Dix ans. Vingt-cinq ans.

Raïssa pardonnait pourtant à ces gardes leur insensibilité : ils étaient surmenés, avaient tant de cas à traiter, devaient statuer sur le sort de tant de prisonniers. À l'annonce des peines, elle nota la même réaction chez presque tous les prévenus : l'incrédulité. Était-ce bien vrai ? Il y avait un sentiment d'irréalité, comme si on vous arrachait au monde réel pour vous précipiter dans un autre dont personne ne connaissait le fonctionnement. Quelles lois le gouvernaient ? Que mangeait-on ? Pouvait-on faire sa lessive ? Quels vêtements fallait-il porter ? Avait-on des droits ? On se sentait comme un nouveau-né, sans personne pour vous protéger ni vous apprendre les règles.

Elle quitta l'immense salle d'audience pour se rendre sur le quai de la gare, toujours accompagnée du garde qui la tenait par le bras. Raïssa ne monta pas dans le train. Elle attendit pendant qu'on faisait grimper les autres condamnés dans les wagons à bétail servant à transporter les prisonniers vers différents goulags. Ce quai, bien que situé dans l'enceinte de la gare de Kazan, était à l'abri des regards des voyageurs ordinaires. Raïssa avait été conduite des sous-sols de la Loubianka vers cette gare dans un camion noir portant l'inscription FRUITS & LÉGUMES. Elle savait que ce n'était pas une mauvaise plaisanterie du MGB, mais une tentative pour dissimuler le nombre d'arrestations. Existait-il une seule personne vivante à ne pas connaître quelqu'un ayant été arrêté ? Et pourtant on maintenait avec zèle un secret apparent, mascarade qui ne trompait personne.

À première vue, plusieurs milliers de prisonniers étaient regroupés sur le quai. On les poussait dans les wagons à un tel rythme que les gardes semblaient vouloir battre un record : des centaines de personnes étaient entassées de force dans un espace qui ne pouvait *a priori* pas en contenir plus de trente ou quarante. Mais Raïssa avait oublié que les règles de l'ancien monde n'avaient plus cours. C'était un nouveau monde avec de nouvelles règles, où trois cents personnes devaient tenir dans un endroit prévu pour trente. Les gens n'avaient pas besoin d'espace vital. C'était une denrée précieuse dans ce nouveau monde, on ne pouvait pas se permettre de la gaspiller. La logistique pour le transport des êtres humains était la même que pour celui du blé : remplir au maximum, prévoir cinq pour cent de pertes.

Pas trace de son mari parmi ces gens de tous âges, certains élégamment vêtus, d'autres en haillons. Les membres d'une même famille étaient généralement séparés, envoyés dans des goulags aux quatre coins du pays. Le système se vantait de rompre tout lien, toute attache. Seule comptait la relation de chacun avec l'État. Raïssa avait enseigné ce précepte à ses élèves. Se doutant que Leo serait envoyé dans un autre camp, elle s'était étonnée que son garde lui ait ordonné de demeurer sur le quai. On l'avait déjà fait attendre sur un quai de gare, avant leur bannissement à Voualsk. C'était typique de Vassili, qui semblait prendre un malin plaisir à les voir humiliés.

Leur souffrance ne lui suffisait pas. Il voulait être aux premières loges.

C'était d'ailleurs lui qui se dirigeait vers elle, conduisant un homme d'un certain âge, au dos voûté. Lorsqu'ils furent à moins de cinq mètres, elle reconnut son mari. Elle le dévisagea, frappée de stupeur devant cette transformation. Il semblait fragile, comme s'il avait vieilli de dix ans. Que lui avaient-ils fait ? Quand Vassili le lâcha, il faillit perdre l'équilibre. Raïssa se précipita pour le soutenir, le regarda droit dans les yeux. Il la reconnut. Elle lui posa la main sur le front :

— Leo ?

Au prix d'un gros effort, il articula son prénom d'une voix mal assurée :

— Raïssa.

Elle se tourna vers Vassili, qui ne perdait rien du spectacle. Malgré sa colère, elle avait les larmes aux yeux. Exactement ce qu'il espérait. Elle les sécha, mais elles continuèrent de couler.

Elles n'empêchèrent pas Vassili d'être déçu. Il avait pourtant tout ce qu'il voulait, et plus encore. En fait, il s'attendait à ce que la victoire, désormais totale, soit plus gratifiante. Il s'adressa à Raïssa :

— D'habitude, on sépare les époux. Mais j'ai pensé que vous apprécieriez de voyager ensemble, modeste preuve de ma générosité.

Bien sûr, c'était pure ironie de sa part, pur cynisme, mais ses paroles lui restaient dans la gorge sans lui apporter la moindre satisfaction. Il avait curieusement conscience du caractère pitoyable de ses actes. Cela venait de l'absence de toute réaction d'opposition. Cet homme qu'il prenait pour cible depuis si longtemps était à présent vulnérable, anéanti, brisé. Cependant, au lieu de se sentir plus fort, triomphant, Vassili avait l'impression d'avoir abîmé une partie de lui-même. Il abrégea le discours qu'il avait préparé et fixa Leo. Quel était ce sentiment ? Une sorte de tendresse ? Quelle idée ! Il le haïssait.

Raïssa avait déjà surpris ce regard chez Vassili. Sa haine n'avait rien de professionnel : c'était une obsession, une fixation, comme un amour non partagé qui serait devenu nuisible et se serait transformé en quelque chose d'horrible. Même sans éprouver la moindre compassion, elle supposait qu'à une époque il devait bien avoir une part d'humanité. L'intéressé fit signe au garde, qui poussa Raïssa et Leo dans le train.

Raïssa aida son mari à grimper dans le wagon. Ils étaient les derniers passagers. On ferma la porte coulissante derrière eux. Dans le noir, Raïssa sentit des centaines d'yeux converger sur eux.

Vassili restait campé sur le quai, les mains derrière le dos.

— Toutes les dispositions ont été prises ?

Le garde acquiesça.

— Aucun des deux n'arrivera vivant à destination.

Cent kilomètres à l'est de Moscou

12 juillet

Raïssa et Leo étaient accroupis au fond du wagon depuis qu'ils étaient montés dans le train la veille. Derniers prisonniers arrivés, ils avaient dû se contenter de l'espace qui restait. Les places les plus convoitées – des planches en bois fixées à trois hauteurs différentes le long des parois en guise de banquettes – étaient toutes occupées. Sur ces planches d'à peine trente centimètres de large, jusqu'à trois personnes étaient allongées, serrées l'une contre l'autre comme si elles faisaient l'amour. Mais cette terrifiante intimité n'avait rien d'érotique. Le seul coin libre trouvé par Raïssa et Leo était situé à côté d'un trou gros comme le poing découpé dans le plancher : les toilettes du wagon. L'absence de cloison, de séparation, obligeait à déféquer et à uriner à la vue de tous. Leo et Raïssa étaient à moins de trente centimètres de ce trou.

Dans la pénombre et la puanteur, Raïssa n'avait d'abord pas pu refréner sa colère. Ces conditions dégradantes étaient non seulement affligeantes et injustes, mais incompréhensibles, d'une cruauté gratuite. Si on envoyait les prisonniers dans ces camps pour travailler, pourquoi les transporter comme s'ils allaient être exécutés ? Elle s'était interdit de continuer dans la même veine : ils ne pourraient pas survivre ainsi, en cédant à l'indignation. Il fallait se raisonner. Elle se répétait sans cesse la même phrase :

Nouveau monde, nouvelles règles.

Impossible de comparer sa situation présente au passé. Les prisonniers n'avaient aucun droit, et rien à attendre de l'avenir.

Même sans montre ni possibilité de voir dehors, elle devina qu'il était plus de midi. Le soleil chauffait le toit métallique du wagon, se liguant avec leurs geôliers pour les châtier sans relâche, répandant sa chaleur implacable sur ces centaines de corps. Le train roulait si lentement qu'aucune brise ne filtrait par les interstices des parois. Le moindre souffle d'air devait être absorbé par les prisonniers qui avaient la chance d'être assis sur des planches.

Obligée de contenir sa colère, Raïssa supporta mieux ces températures et ces odeurs insupportables. Pour survivre, il fallait s'adapter. L'un des prisonniers avait refusé les nouvelles règles, un homme entre deux âges. Raïssa ne savait pas au juste à quand remontait sa mort. Il s'était éteint sans bruit : personne n'avait rien remarqué, ou du moins personne n'en avait parlé. La veille au soir, lorsque le train s'était arrêté et que chacun était descendu recevoir sa malheureuse tasse d'eau, quelqu'un avait crié qu'il y avait un mort. Passant près du cadavre, Raïssa s'était dit qu'il ne voulait pas de ce nouveau monde. Il avait capitulé, baissé le rideau, s'était arrêté comme une machine. Cause du décès : le désespoir, le refus de survivre dans ces conditions. On avait jeté le corps hors du train, il avait roulé au bas du talus et disparu de leur vue.

Raïssa se tourna vers Leo. Il avait dormi presque toute la journée, blotti contre elle tel un enfant. Quand il se réveillait, il semblait calme, ni gêné ni contrarié, l'esprit ailleurs ; son front se ridait comme s'il tentait de comprendre quelque chose. Elle avait cherché sur son corps des traces de torture, n'avait trouvé qu'une ecchymose sur un bras. Ses chevilles et ses poignets cerclés de marques rouges montraient qu'il avait été attaché. Elle ignorait ce qu'on lui avait fait subir, mais c'était une violence psychologique ou chimique. Elle lui avait caressé la tête, tenu la main, elle l'avait embrassé. C'étaient les seuls remèdes qu'elle avait à offrir. Elle était allée lui chercher son quignon de pain noir et son morceau de poisson séché, leur unique repas jusqu'à présent. Le poisson, plein de petites arêtes blanches, était si salé que certains prisonniers, pourtant affamés, l'avaient gardé à la main, ne pouvant se résoudre à le manger en l'absence d'eau. La soif était pire que la faim. Raïssa avait enlevé le plus de sel possible avant de le donner à Leo, une bouchée à la fois.

Leo se redressa et parla pour la première fois depuis qu'ils étaient dans le train, d'une voix presque inaudible. Raïssa se pencha vers lui pour entendre.

— Oksana était une bonne mère. Elle m'aimait. Je les ai abandonnés. J'ai choisi de ne pas retourner avec eux. Mon petit frère voulait toujours jouer aux cartes. Mais je lui répondais que j'étais trop occupé.

— Qui ça, Leo ? Qui est Oksana ? Qui est ton frère ? De qui parles-tu ?

— Ma mère les a empêchés d'emporter la cloche de l'église.

— Anna ? C'est d'Anna que tu parles ?

— Anna n'est pas ma mère.

Raïssa attira Leo contre son épaule, se demandant s'il n'était pas en train de devenir fou. Inspectant le wagon du regard, elle prit conscience que sa vulnérabilité faisait de lui une cible facile.

La plupart des prisonniers étaient trop terrifiés pour représenter une menace, sauf les cinq hommes perchés sur leur planche, dans un angle. Contrairement aux autres passagers, ils n'avaient pas peur : ils se sentaient à l'aise dans ce nouveau monde. Raïssa devina que c'étaient des professionnels du crime condamnés pour vol ou voies de fait, délits passibles de peines bien plus courtes que celles des prisonniers politiques – professeurs, infirmières, médecins, écrivains et danseurs – autour d'eux. Emprisonnés, ils étaient sur leur terrain, dans leur élément. Ils semblaient mieux comprendre les règles de ce monde-là que celles du monde réel. Leur supériorité ne venait pas uniquement de leur force physique évidente ; Raïssa avait remarqué que les gardes les respectaient. On leur parlait comme à des égaux, ou du moins d'homme à homme. Les autres prisonniers les redoutaient, s'écartaient devant eux. Ils pouvaient quitter leur perchoir, aller aux toilettes et chercher leur eau sans craindre de perdre leur précieuse place. Personne n'osait la leur prendre. Ils avaient déjà demandé à un homme, qu'ils ne connaissaient apparemment pas, de leur donner ses chaussures. Quand celui-ci avait voulu savoir pourquoi, ils lui avaient expliqué le plus naturellement du monde qu'il venait de les perdre dans un pari. Raïssa s'était félicitée que l'homme en question n'ait pas discuté ce raisonnement.

Nouvelles règles, nouveau monde.

Il avait tendu ses chaussures et reçu une paire trouée en échange.
Le train s'arrêta. De tous les wagons, des voix s'élevèrent, réclamant de l'eau. Ces requêtes furent ignorées ou parodiées, renvoyées avec mépris au visage de leurs auteurs :

De l'eau ! De l'eau ! De l'eau !

Comme si la demande avait quelque chose d'indigne. Tous les gardes semblaient s'être regroupés autour de leur wagon. La porte s'ouvrit, on ordonna aux prisonniers de rester à l'intérieur. Les gardes appelèrent les cinq hommes. Ils sautèrent de leur banc tels des singes, se frayèrent un passage et descendirent du train.
Cela n'augurait rien de bon. Oppressée, Raïssa baissa la tête. Très vite, elle entendit les hommes revenir. Elle attendit, puis releva lentement la tête, les vit remonter dans le wagon. Ils la dévisageaient tous les cinq.

Même jour

Raïssa prit le visage de Leo entre ses mains.
— Leo…
Elle les entendait approcher. Impossible pour eux de traverser le wagon bondé sans bousculer les prisonniers assis par terre.
— Écoute-moi, Leo, on va avoir des ennuis.
Il ne bougeait pas, ne semblait pas comprendre, apparemment incapable de mesurer le danger.
— Leo, je t'en supplie…
Rien à faire. Elle se leva, se tourna pour affronter les cinq hommes. Que pouvait-elle faire d'autre ? Leo restait accroupi derrière elle. Le plan de Raïssa : résister le plus longtemps possible.
Le chef, le plus grand des cinq, s'avança et la prit par le bras. Elle s'y attendait. De sa main libre, elle lui envoya un coup de poing dans l'œil, le griffa de ses ongles longs et sales. Elle aurait dû lui arracher l'œil. L'idée l'effleura, mais elle ne réussit qu'à lui ouvrir l'arcade sourcilière. L'homme la projeta au sol. Elle atterrit sur des prisonniers qui s'écartèrent précipitamment. Cette bagarre ne les concernait pas et ils ne l'aideraient pas. Elle était seule face à ses

attaquants. Essayant de leur échapper, elle découvrit qu'elle ne pouvait pas bouger. Quelqu'un lui tenait la cheville. D'autres mains se saisirent d'elle, la soulevèrent, la mirent sur le dos. L'un des agresseurs s'agenouilla et lui plaqua les bras au sol, l'immobilisant pendant que le chef lui écartait les jambes à coups de pied. L'homme tenait un triangle de métal aux bords dentelés.

— Quand je t'aurai baisée, je recommencerai avec ça.

Il brandit cette arme improvisée, laquelle, comprit Raïssa, venait de lui être donnée par les gardes. Faute de pouvoir bouger le corps, elle tourna la tête vers Leo. Il avait disparu.

Les pensées de Leo s'étaient éloignées de la forêt, du chat, du village, de son frère. Sa femme était en danger. Dans un effort pour évaluer la situation, il se demanda pourquoi on l'ignorait. Peut-être avait-on dit à ces hommes qu'il était anesthésié, qu'il n'y avait rien à craindre de lui. Quoi qu'il en soit, il avait pu se lever sans qu'ils réagissent. Le chef déboutonnait sa braguette. Quand il aperçut Leo debout, celui-ci n'était plus qu'à une trentaine de centimètres.

Avec un ricanement, l'homme se retourna et lui donna un coup de poing dans la tempe. Sans l'arrêter ni l'esquiver, Leo se laissa tomber à plat ventre, s'éclatant la lèvre sur le plancher ; il entendit les rires de ses comparses. Qu'ils rient donc ! La douleur lui avait fait du bien, l'avait réveillé. Ces types étaient trop sûrs d'eux et manquaient d'entraînement : gros bras, petits cerveaux. Feignant de ne pas tenir sur ses jambes, il se releva lentement en leur tournant le dos – une cible idéale. Il sentit quelqu'un approcher, l'un d'eux avait mordu à l'hameçon. Jetant un coup d'œil par-dessus son épaule, il vit le chef se jeter sur lui avec un morceau de métal pointu, décidé à en finir.

Leo fit un pas de côté avec une célérité qui prit son agresseur de court. Avant qu'il soit revenu de sa surprise, Leo le frappa à la gorge, lui coupant le souffle. Il poussa un gémissement. Leo lui tordit la main pour lui faire lâcher le morceau de métal avant de le planter dans le cou massif. Il recommença, l'enfonçant jusqu'au bout, sectionnant au passage les veines, les artères, les tendons. Quand il retira son arme improvisée, son adversaire s'écroula en portant la main à sa blessure.

L'acolyte le plus proche s'avança, prêt à en découdre. Leo se laissa prendre au collet pour mieux lui plonger le triangle de métal dans le ventre à travers sa chemise, en exerçant une pression latérale. L'homme suffoquait, mais Leo continuait à déplacer le métal, tranchant peau et muscles. Lâchant le cou de Leo, le blessé regarda son ventre saigner, l'air vaguement perplexe, avant de tomber à genoux.

Leo se tourna vers les trois autres. Ils avaient perdu toute envie de se battre. Le marché qu'on leur avait proposé n'en valait pas la peine. Peut-être leur avait-on seulement promis des rations plus importantes, un travail moins pénible au camp. L'un d'eux, sautant sans doute sur l'occasion de monter en grade au sein du groupe, prit la parole :

— On n'a rien contre vous.

Les mains en sang, brandissant encore le triangle de métal, Leo ne répondit pas. Les trois hommes se retirèrent, abandonnant les deux victimes. L'échec ne pardonnait pas.

Leo aida Raïssa à se relever et la serra contre lui.

— Désolé.

Ils furent interrompus par un des blessés qui appelait à l'aide. Le premier, avec sa coupure béante au cou, était déjà mort. Mais l'autre, encore en vie et conscient, tenait son ventre ensanglanté à deux mains. Leo l'examina, mesura la gravité de la blessure. Il mettrait du temps à mourir ; son agonie serait longue et douloureuse. Il ne méritait aucune pitié, mais mieux valait qu'il meure au plus vite, dans l'intérêt des autres prisonniers. Personne n'avait envie de l'entendre hurler. Leo s'accroupit et l'étrangla.

Il revint vers Raïssa. Elle murmura :

— Les gardes ont donné à ces types l'ordre de nous tuer.

Leo réfléchit quelques instants.

— Notre seule chance est de nous échapper.

Le train ralentissait. Dès qu'il s'arrêterait, les gardes ouvriraient la porte, s'attendant à trouver Leo et Raïssa morts. Lorsqu'ils découvriraient à la place le cadavre de deux de leurs hommes de main, ils voudraient savoir qui les avait tués. Il se trouverait à coup sûr un prisonnier pour parler, de peur d'être torturé ou dans l'espoir d'une récompense. Les gardes tiendraient un bon prétexte pour exécuter Leo et Raïssa.

Leo se tourna vers les prisonniers. Des femmes enceintes, des vieillards trop âgés pour survivre au goulag, des pères, des frères, des sœurs – gens ordinaires, sans rien de remarquable, comme ceux qu'il avait lui-même arrêtés et emmenés à la Loubianka. À présent, il était obligé de solliciter leur aide.

— Mon nom n'a pas d'importance. Avant mon arrestation, j'enquêtais sur le meurtre de plus de quarante enfants et adolescents, de l'Oural jusqu'à la mer Noire. Des garçons et des filles. Je sais que c'est difficile à croire, peut-être même impossible pour certains d'entre vous. Mais j'ai vu les cadavres, et je suis sûr que c'est l'œuvre d'un seul homme. Il ne tue pas ces gosses pour de l'argent ou pour avoir des relations sexuelles, ni pour une autre raison explicable. Il s'attaque à n'importe lequel, dans n'importe quelle ville. Et il ne s'arrêtera pas. Mon crime a été d'enquêter sur lui. Mon arrestation lui donne la liberté de continuer à tuer. Personne d'autre ne le recherche. Ma femme et moi devons nous échapper pour tenter de l'arrêter. On ne peut pas le faire sans votre aide. Si vous appelez les gardes, on est morts.

Le silence se fit. Le train était presque à l'arrêt. D'une seconde à l'autre, la porte coulisserait, les gardes entreraient, arme au poing. Qui pourrait en vouloir à ces gens de dire la vérité sous la menace d'un fusil ? Une femme assise sur une des planches intervint :

— Je suis de Rostov. J'ai entendu parler de ces meurtres. Certains enfants ont eu l'estomac arraché. On accuse un groupe d'espions occidentaux infiltrés dans notre pays.

Leo rectifia aussitôt :

— Je crois que le meurtrier vit et travaille dans votre ville. Mais ça m'étonnerait qu'il soit un espion.

Une autre femme lança :

— Quand vous l'aurez trouvé, vous le tuerez ?

— Oui.

Le train s'arrêta. Les gardes approchaient. Leo ajouta :

— Je n'ai aucune raison d'espérer votre aide. Mais je vous la demande quand même.

Leo et Raïssa s'accroupirent parmi les prisonniers. Raïssa serra Leo contre elle, dissimulant ses mains rougies par le sang. La porte coulissa, le soleil inonda le wagon.

À la vue des deux cadavres, les gardes demandèrent des explications :

— Qui les a tués ?

Seul le silence leur répondit. Leo jeta un coup d'œil par-dessus l'épaule de Raïssa. Jeunes, indifférents, ils obéissaient aux ordres sans réfléchir. S'ils n'avaient pas tué eux-mêmes Leo et Raïssa, c'est qu'ils n'en avaient pas reçu la consigne. L'exécution devait se faire discrètement, par procuration. Ils ne tenteraient rien sans autorisation explicite, ne prendraient aucune initiative. Ils pouvaient cependant saisir le moindre prétexte. Tout dépendait des inconnus enfermés dans le wagon. Les gardes criaient, braquaient leur arme sur le visage des prisonniers les plus proches. Qui ne dirent rien. Ils choisirent un couple âgé. Un homme et une femme vulnérables. Ils allaient parler.

— Qui a tué ces hommes ? Qu'est-ce qui s'est passé ? Répondez !

Un garde leva sa botte cerclée de métal au-dessus de la tête de la femme. Elle se mit à pleurer. Son mari implora la pitié. Mais ni elle ni lui ne répondit aux questions. Un deuxième soldat se dirigea vers Leo. S'il le faisait lever, il verrait la chemise maculée de sang.

L'un des cinq hommes encore en vie, celui qui avait déclaré ne rien avoir contre Leo, descendit de sa planche et alla voir les gardes. Il comptait sûrement réclamer la récompense promise.

— Fichez-leur la paix. Je sais ce qui s'est passé. Je vais vous le dire.

Les gardes s'écartèrent du vieux couple et de Leo.
— Alors ?
— C'est à cause d'une partie de cartes...

Leo comprit la logique perverse à l'œuvre derrière ce refus de les livrer. Ces types étaient prêts à violer et à tuer par intérêt, même minime. Mais ils se refusaient à moucharder, à jouer les délateurs auprès des gardes. C'était une question de statut. Si les *urkis*, les autres membres de la confrérie du crime, apprenaient qu'ils dénonçaient leurs codétenus pour améliorer leur ordinaire, on ne le leur pardonnerait pas. Ce serait la mort.

Les gardes se consultèrent du regard. Ne sachant que faire, ils décidèrent d'en rester là. Rien ne pressait. Le voyage jusqu'à Vtoraya Rechka, sur la côte Pacifique, durerait des semaines. Les occasions ne manqueraient pas. Ils allaient attendre de nouveaux ordres. L'un d'eux s'adressa à tout le wagon :

— À titre de punition, on ne décharge pas ces cadavres. Par cette chaleur, ils vont se mettre à pourrir et à puer, et vous serez tous malades. Peut-être qu'alors vous parlerez.

Fier de sa tirade, il descendit du wagon d'un bond. Ses collègues le suivirent. La porte se referma.

Au bout d'un certain temps, le train s'ébranla de nouveau. Un jeune homme aux lunettes cassées dévisagea Leo derrière ses verres fêlés.

— Comment allez-vous faire pour vous échapper ?

Il avait le droit de savoir. Leur évasion était désormais l'affaire de tout le wagon. Ils étaient tous impliqués. En guise de réponse, Leo brandit le triangle de métal ensanglanté. Les gardes avaient oublié de le récupérer.

Deux cent vingt kilomètres à l'est de Moscou

13 juillet

À plat ventre sur le sol, Leo avait glissé le bras dans le trou qui servait de toilettes aux prisonniers. À l'aide du triangle en métal il tentait d'arracher les clous fixant la planche au châssis du wagon. Aucun de ces clous n'était accessible de l'intérieur : ils avaient été enfoncés de l'extérieur. L'unique point d'accès était ce trou à peine plus large que son poignet. Leo avait pris la chemise d'un des morts et nettoyé la zone de son mieux. Ce n'était qu'un effort symbolique. Pour atteindre les trois clous, il devait plaquer son visage contre le bois puant, imprégné d'urine et d'excréments, secoué par des haut-le-cœur tandis qu'il explorait la planche à l'aveuglette, se repérant au toucher. Des échardes lui rentraient dans la peau. Raïssa avait proposé de le remplacer puisqu'elle avait les mains et les poignets plus minces. Même si c'était exact, le bras de Leo était plus long que le sien, et en le tendant au maximum, il touchait tout juste chacun des trois clous.

Un lambeau de chemise noué autour de la bouche et du nez en guise de protection contre l'odeur, il s'acharnait sur le troisième et dernier clou, raclant et creusant le bois pour insérer la pointe de son triangle en métal sous la tête du clou et faire levier. Obligé de s'interrompre chaque fois qu'un prisonnier avait besoin d'aller aux toilettes, il lui avait fallu des heures pour venir à bout des deux premiers.

Le dernier lui donnait du fil à retordre. En partie à cause de la fatigue – il était tard, sans doute une ou deux heures du matin –, mais aussi d'un autre problème. Leo avait beau pousser du doigt la tête du clou, rien à faire. Il semblait tordu, comme enfoncé de travers, recourbé sur lui-même par les coups de marteau. Impossible à déloger. Il allait devoir continuer à creuser le bois. À l'idée qu'il lui restait peut-être encore une heure de travail devant lui, la fatigue l'assaillit. Son bras l'élançait, ses doigts étaient en sang, sans compter l'odeur d'excréments en permanence dans ses narines. Soudain, un cahot du train le déconcentra et le triangle lui échappa.

Il retira sa main. Raïssa était près de lui.

— Ça y est ?

— Le bout de métal m'a échappé. Il est tombé.

Il s'en voulut d'avoir jeté les deux premiers clous : il n'avait plus le moindre outil.

À la vue des doigts en sang de son mari, Raïssa empoigna la planche et tenta de la soulever. Un côté bougea légèrement, pas assez pour pouvoir s'en saisir et tirer. Leo s'essuyait les mains en cherchant du regard un autre instrument.

— Je vais faire un trou pour déloger la pointe de ce clou.

Raïssa avait assisté à la fouille méthodique de tous les prisonniers avant qu'ils montent dans le train. Peu probable que l'un d'eux ait le moindre objet en métal. Tout en réfléchissant au problème, elle posa les yeux sur le cadavre le plus proche. L'homme était étendu sur le dos, la bouche ouverte. Elle se tourna vers son mari.

— Tu as besoin de quelque chose de long et pointu ?

— J'ai fait le plus gros. Il me faut juste un instrument plus dur que le bout de mes doigts.

Raïssa se leva et alla jusqu'au cadavre de celui qui avait voulu la violer et la tuer. Sans éprouver le moindre sentiment de vengeance ni de triomphe, seulement un vague dégoût, elle lui écarta les mâchoires au maximum. Elle plaça son talon juste au-dessus de la mâchoire supérieure, hésita, jeta un coup d'œil autour d'elle. Tout le monde la regardait. Elle ferma les yeux et donna un bon coup de talon.

Leo rampa jusqu'à elle, fouilla dans la bouche de l'homme et en sortit une dent à laquelle était resté attaché un morceau de gencive sanguinolent. Une incisive, pas l'idéal, mais assez dure et acérée pour ce qu'il avait à faire. Il retourna près du trou, se remit à plat ventre. La dent à la main, il glissa le bras dans le trou, localisa le dernier clou et recommença à creuser le bois, arrachant les échardes au fur et à mesure.

Le clou était à nu. Gardant la dent au creux de la main pour le cas où il faudrait encore creuser, Leo saisit la tête du clou, mais il avait les doigts trop tuméfiés pour pouvoir tirer dessus. Il ressortit son bras, essuya sa main ruisselante de sang et de sueur, l'enveloppa dans un lambeau de chemise avant de faire une nouvelle tentative. Luttant pour ne pas perdre patience, il tira par à-coups sur le clou, le délogeant peu à peu de la planche. Enfin, il céda. Leo palpa le bois, vérifiant qu'il n'y en avait pas d'autres. C'était bien le dernier. Il se redressa, sortit son bras du trou.

Raïssa se saisit de la planche à deux mains. Leo se joignit à elle. C'était le moment de vérité. Ils tirèrent ensemble. Un côté se souleva, tandis que l'autre extrémité restait en place. Leo s'en approcha, la remonta au maximum. Il aperçut les rails. Leur plan avait marché : l'ouverture d'une trentaine de centimètres de large sur un mètre de long devait permettre de s'y glisser.

Avec l'aide des autres prisonniers, ils auraient pu casser net la planche. De peur que les gardes soient alertés par le bruit, ils y renoncèrent. Leo se tourna vers leurs compagnons :

— Il faut plusieurs personnes pour maintenir la planche soulevée pendant qu'on passera.

Aussitôt plusieurs volontaires s'avancèrent et empoignèrent la planche. Leo inspecta l'ouverture. Ils allaient se laisser tomber sur la voie ferrée. Il y avait un peu plus d'un mètre entre celle-ci et le châssis du wagon. Le train ne roulait pas vite, mais suffisamment pour rendre la chute dangereuse. Ils ne pouvaient pourtant plus attendre. Il fallait y aller maintenant, pendant qu'il faisait encore nuit noire. Au lever du jour, les gardes les verraient.

Raïssa prit les mains de Leo dans les siennes.
— J'y vais la première.
Leo secoua la tête. Il avait lu les dispositions concernant les transports de détenus. Un obstacle supplémentaire les attendait, Raïssa et lui, ultime piège pour les prisonniers sur le point de tenter ce genre d'évasion.

— Sous le dernier wagon, en queue du train, il y a une série de crochets. Si on se laisse tomber sur la voie en attendant le passage de ce wagon, les crochets nous happeront et nous traîneront sur le ballast.

— On ne peut pas les éviter ? En roulant sur le côté ?

— Il y en a plusieurs centaines, fixés à des fils de fer. Impossible de se faufiler et de s'en dépêtrer.

— Alors, on fait quoi ? On ne peut pas attendre que le train s'arrête…

Leo alla examiner les deux cadavres. Raïssa l'accompagna, dubitative. Il expliqua :

— Quand tu te laisseras tomber sur la voie, je jetterai un cadavre juste après. Avec un peu de chance, il atterrira près de toi. Rampe jusqu'à lui. Dès que tu l'as atteint, couche-toi dessous pour qu'il te couvre complètement. Au passage du wagon de queue, les crochets l'entraîneront, mais toi, tu seras sauve.

Il traîna les deux corps près de la planche relevée, ajoutant :

— Tu veux que je descende en premier ? Si tu vois que ça ne marche pas, je te conseille de rester ici. Il vaut mieux n'importe quelle mort que de se faire traîner sur les rails.

Raïssa secoua la tête à son tour.

— C'est un bon plan. Ça va marcher. J'y vais la première.

Tandis qu'elle s'apprêtait à se laisser descendre, Leo lui répéta les consignes :

— Le train ne roule pas vite. La chute sera douloureuse, mais pas trop dangereuse, arrange-toi pour rouler sur toi-même. Je jetterai aussitôt un des cadavres. Tu n'auras pas beaucoup de temps...

— J'ai compris.

— Tu dois le récupérer. Ensuite, tu te couches dessous. Veille à ce qu'aucune partie de ton corps ne dépasse. Si un seul crochet te touche, tu peux être entraînée.

— J'ai bien compris, Leo.

Raïssa l'embrassa. Elle tremblait.

Elle se glissa par l'ouverture entre les planches, les pieds dans le vide au-dessus des rails. Elle lâcha prise et tomba, disparaissant à la vue. Leo souleva le premier corps ; d'une poussée énergique, il le fit basculer dans l'ouverture.

Raïssa avait atterri lourdement, la tête la première, en s'éraflant le ventre. Sonnée, désorientée, elle resta quelques secondes immobile. Elle perdait du temps. Leur wagon était déjà loin. Elle aperçut le cadavre et rampa vers lui, dans le sens de la marche. Elle jeta un coup d'œil derrière elle. Plus que trois wagons avant le dernier. Elle ne voyait pas de crochet. Leo s'était peut-être trompé. Plus que deux wagons. Elle n'avait toujours pas atteint le cadavre. Elle heurta une traverse. Plus qu'un wagon. Alors qu'il ne restait que quelques mètres avant le dernier, elle vit les crochets : attachés par centaines à des fils de fer sur la largeur de la voie, impossibles à éviter.

Elle se remit à ramper le plus vite possible, atteignit le cadavre. Il gisait sur le ventre, la tête de son côté. N'ayant pas le temps de le retourner, elle pivota sur elle-même, le souleva et se glissa dessous, sa tête sous celle du mort. Face à face avec son agresseur, les yeux plantés dans ses yeux vitreux, elle se fit toute petite.

Soudain le corps fut arraché. Il y avait des fils partout, pareils à des lignes de cannes à pêche, chacun hérissé de plusieurs crochets acérés. L'homme se souleva comme s'il était vivant, sorte de marionnette recroquevillée au-dessus des rails. Raïssa resta à plat sur la voie sans bouger. Les étoiles brillaient au-dessus d'elle. Elle se releva lentement. Elle avait échappé aux crochets. Elle regarda le train s'éloigner. Elle s'en était sortie. Mais pas trace de Leo.

À cause de sa carrure plus imposante que celle de Raïssa, Leo avait conclu qu'il lui faudrait le plus grand des deux cadavres pour le protéger des crochets. Mais celui-ci était si massif qu'il ne passait pas dans l'ouverture. Ils l'avaient dévêtu, dans l'espoir de réduire sa taille, en vain. Impossible de l'introduire dans le trou. Raïssa était déjà sur la voie depuis quelques minutes.

En désespoir de cause, Leo avait glissé la tête dans l'ouverture. Il aperçut un corps suspendu en queue du train. Celui de Raïssa ou du cadavre ? Impossible à dire à cette distance. Modifiant son plan, Leo présuma que couché à plat sur la voie, il parviendrait peut-être à s'en sortir grâce à cette dépouille qui aurait neutralisé tous les crochets. Leo le laisserait passer au-dessus de lui. Il prit congé des autres prisonniers, les remercia et se laissa tomber sur la voie.

Atterrissant près des énormes roues d'acier, il s'en écarta et se tourna vers la queue du train. Le cadavre suspendu aux crochets approchait rapidement, recroquevillé vers la gauche. Leo se positionna en conséquence. Il ne lui restait plus qu'à attendre, le corps plaqué tout contre la voie. Le wagon de queue arrivait sur lui. Il souleva la tête juste assez longtemps pour voir que ce n'était pas Raïssa. Elle avait survécu. À son tour, maintenant. Le corps collé au sol, il ferma les yeux.

Le cadavre le frôla.

Soudain, une douleur : un crochet s'était planté en haut de son bras gauche. Il rouvrit les yeux. Le crochet avait traversé sa chemise, lui était rentré dans la chair. En une fraction de seconde, avant que le fil ne se tende et l'entraîne, il saisit le crochet et l'arracha, ainsi qu'un morceau de peau et de chair. Il porta la main à son bras ; la tête lui tournait à cause du sang qui coulait de la blessure. Se relevant avec peine, il vit Raïssa courir vers lui. Indifférent à la douleur, il la prit dans ses bras.

Ils étaient libres.

Moscou

Même jour

Vassili était souffrant. Il venait de faire quelque chose qu'il n'avait encore jamais fait : il avait pris un congé. Non seulement une telle initiative pouvait se révéler dangereuse, mais elle ne lui correspondait pas. Il préférait être malade au travail que malade chez lui. Il s'était organisé, en matière de logement, de façon à pouvoir vivre seul la plupart du temps. Certes, il était marié, car il était inconcevable qu'un homme reste célibataire. Tout bon citoyen devait avoir des enfants. Il s'était donc conformé à la règle en épousant une femme qui n'avait pas d'opinions personnelles, ou en tout cas ne les exprimait pas, et qui lui avait docilement donné deux enfants – le minimum acceptable pour qu'on ne vous pose pas de questions. Elle vivait avec leurs enfants dans un appartement à la périphérie de la capitale, tandis que lui-même occupait un logement proche de son travail dans le centre-ville. Cet arrangement lui aurait permis de prendre des maîtresses à sa guise. Mais il s'offrait peu d'aventures extraconjugales.

Une fois Leo exilé près des monts Oural, Vassili avait demandé à emménager dans l'appartement que celui-ci partageait auparavant avec Raïssa : l'appartement 24. Il avait obtenu satisfaction. Les premiers jours avaient été agréables. Il avait envoyé sa femme au *spetztorgi*, le magasin réservé aux privilégiés, pour acheter du bon vin et des mets délicats. Il avait organisé dans son nouveau logis une soirée entre collègues – sans les épouses –, où ses nouveaux adjoints avaient bu et mangé tout leur soûl en le félicitant de sa réussite. D'anciens subordonnés de Leo étaient désormais sous ses ordres. Et pourtant, malgré l'ironie de la situation et le tour délicieux pris par les événements, il n'avait tiré aucun plaisir de cette soirée. Il se sentait vide. Il n'avait plus personne à haïr. Plus personne à qui nuire. Il ne pouvait plus prendre ombrage des promotions de Leo, de son efficacité ou de sa popularité. Il avait d'autres rivaux, mais ce n'était pas la même chose.

Il sortit du lit et se servit une vodka bien tassée pour se remonter le moral. Il contempla son verre, faisant osciller le liquide à l'intérieur, incapable de le porter à ses lèvres. L'odeur lui levait le cœur. Il reposa le verre. Leo était mort. Bientôt il recevrait un message l'informant que les deux prisonniers n'étaient pas arrivés à destination. Ils avaient péri en route, comme tant d'autres, au cours d'une bagarre pour de la nourriture, des vêtements ou une paire de chaussures. La défaite sans appel d'un homme qui l'avait humilié. L'existence même de Leo avait représenté une sorte de châtiment constant pour Vassili. Alors pourquoi lui manquait-il tant ?

On frappa. Il s'attendait à ce que le MGB envoie quelqu'un vérifier son état. Il alla à la porte, l'ouvrit et tomba sur deux jeunes officiers.

— Deux prisonniers se sont échappés, mon lieutenant.

— Leo ?

À peine eut-il prononcé ce nom qu'il sentit s'envoler la douleur sourde qui le rongeait.

Les deux officiers opinèrent du chef. Vassili se sentit tout de suite mieux.

Deux cents kilomètres au sud-est de Moscou

Même jour

Tantôt ils couraient, tantôt ils marchaient, regardant sans cesse derrière eux. Leur rapidité dépendait de leur capacité à ne pas laisser la peur ou l'épuisement prendre le dessus. Les conditions météorologiques jouaient en leur faveur : pâle soleil voilé par quelques nuages, chaleur supportable, du moins en comparaison de celle qui régnait dans le wagon. D'après la position du soleil, Leo et Raïssa devinaient que l'après-midi touchait à sa fin, mais ils n'avaient aucun moyen de connaître l'heure. Leo ne se rappelait pas où ni comment il avait perdu sa montre, à moins qu'on ne la lui ait prise. D'après ses estimations, ils avaient tout au plus quatre heures d'avance sur leurs gardes. Ils parcouraient à peu près huit kilomètres en une heure, contre une quinzaine pour le train, ce qui mettait environ quatre-vingts kilomètres entre eux et lui. Dans le meilleur des cas. Il se pouvait que les gardes aient découvert leur évasion beaucoup plus tôt.

Ils sortirent de la forêt, se retrouvèrent en rase campagne. Sans la protection des arbres, ils étaient visibles à des kilomètres à la ronde. Ils n'avaient pourtant d'autre solution que de continuer, même à découvert. Apercevant une petite rivière, ils obliquèrent dans sa direction, accélérant l'allure. C'était le premier cours d'eau qu'ils croisaient. Dès qu'ils l'atteignirent, ils s'y laissèrent tomber à genoux et burent avidement. Pour mieux se désaltérer, ils y plongèrent le visage. Leo plaisanta :

— Au moins, on mourra les mains propres !

Sa plaisanterie manquait d'à-propos. Ils ne pouvaient pas se contenter de faire de leur mieux pour arrêter l'assassin. Personne ne saluerait cet effort. Ils étaient condamnés à réussir.

Raïssa examina la blessure de Leo. La plaie ne se refermait pas. Elle continuait à saigner : trop de peau et de chair avaient été arrachées. Le lambeau de chemise noué autour était trempé de sang. Leo décolla le tissu.

— C'est supportable, comme ça.

— L'odeur risque de faciliter la tâche aux chiens.

Raïssa sortit de la rivière et alla jusqu'à l'arbre le plus proche. Une araignée avait tendu sa toile entre deux branches. Avec précaution, Raïssa la détacha, la rapporta sans la déchirer, l'appliqua sur la chair déchiquetée. Au contact des filaments argentés, le sang parut se coaguler. Elle s'employa pendant plusieurs minutes à trouver d'autres toiles d'araignée, à les rapporter et à les superposer jusqu'à ce que la blessure soit recouverte d'un entrelacs de fils soyeux. Quand elle eut terminé, l'hémorragie était stoppée.

Leo reprit la parole :

— On devrait suivre la rivière le plus longtemps possible. Les arbres sont notre seule protection et l'eau masquera notre odeur.

La rivière était peu profonde, elle ne leur montait que jusqu'aux genoux. Le courant n'était ni assez rapide ni assez puissant pour qu'ils se laissent flotter. Ils devaient donc marcher. Affamé, à bout de forces, Leo savait qu'ils ne pourraient continuer longtemps à ce rythme.

Même si les gardes attachaient peu de prix à la vie ou à la mort d'un prisonnier, s'évader était un crime impardonnable, un affront fait non seulement aux gardes, mais au système tout entier. Tout captif, même le plus insignifiant, qui s'échappait prenait aussitôt de l'importance. Le fait que Leo et Raïssa soient déjà catalogués comme contre-révolutionnaires notoires donnerait à leur évasion une portée nationale. Au premier arrêt du train, dès qu'ils auraient découvert le cadavre pris dans les crochets, les gardes recompteraient les prisonniers. Le wagon des évadés serait identifié, leurs codétenus interrogés. Si les gardes n'obtenaient pas de réponse, certains seraient peut-être abattus. Leo espérait que quelqu'un aurait le bon sens de dire la vérité sans attendre. Ces femmes et ces hommes avaient déjà fait plus que leur part pour les aider, Raïssa et lui. Et même s'ils parlaient, les gardes pouvaient très bien, pour l'exemple, exécuter tous les occupants du wagon.

La chasse à l'homme commencerait sur les voies. Avec des chiens. Une meute spécialement entraînée voyageait avec chaque convoi, beaucoup mieux traitée que la cargaison de prisonniers. Si le point de départ de Leo et Raïssa était suffisamment éloigné de celui des recherches, il serait difficile de retrouver leur trace. Puisqu'ils marchaient depuis une vingtaine d'heures sans voir le moindre poursuivant, restait à espérer que c'était le cas. À Moscou, les autorités auraient été informées. La poursuite allait s'intensifier. Tous les véhicules motorisés seraient réquisitionnés, la zone de recherche divisée en plusieurs secteurs. Des avions survoleraient la campagne. On alerterait milices et casernes locales, coordonnant leur action avec celle du MGB. Leo et Raïssa seraient traqués avec un zèle qui dépasserait de loin la simple conscience professionnelle : des primes et des récompenses seraient offertes. On mobiliserait des moyens illimités en hommes et en machines. Leo était bien placé pour le savoir ; il avait participé à de telles chasses à l'homme. C'était d'ailleurs l'unique avantage dont il disposait : il connaissait leur organisation. Alors que le NKVD l'avait formé à opérer incognito derrière les lignes ennemies, celles-ci se trouvaient désormais à l'intérieur des frontières de son pays, qu'il s'était battu pour défendre. Ces opérations étaient lourdes, difficiles à maîtriser. Trop centralisées, elles se révélaient inefficaces malgré leur envergure. Surtout, Leo espérait que les autorités commettraient l'erreur de concentrer leurs recherches sur une autre zone. Logiquement, Raïssa et lui auraient dû se diriger vers la frontière la plus proche, la Finlande, les côtes de la Baltique. C'est par bateau qu'ils avaient le plus de chances de quitter le pays. Au lieu de quoi, ils progressaient vers le sud et la ville de Rostov. Au cœur de la Russie. Aucune promesse de liberté ni de sécurité à l'arrivée.

Ralentis par l'eau, ils trébuchaient souvent, perdaient l'équilibre, et chaque fois ils avaient plus de mal à se relever. Ils n'étaient même plus poussés par la peur d'être rattrapés. Leo gardait le bras levé pour ne pas perdre son pansement de toiles d'araignée. Ni l'un ni l'autre n'avait encore évoqué la situation, comme s'ils vivaient à trop court terme pour faire le moindre projet. D'après les estimations de Leo, ils étaient à environ deux cents kilomètres de Moscou. Ils avaient passé près de quarante-huit heures dans le train. Ils devaient donc se trouver à proximité de la ville de Vladimir. S'il ne se trompait pas, ils se dirigeaient donc vers Riazan. De là, en principe, il fallait au moins vingt-quatre heures pour rejoindre Rostov par le train ou en voiture. Or ils n'avaient ni argent ni nourriture ; ils étaient blessés, portaient des vêtements sales. Et ils avaient toutes les forces de sécurité de l'Union soviétique à leurs trousses.

Ils s'arrêtèrent. La rivière traversait un petit village, une ferme collective. Ils sortirent de l'eau, à quelque deux cent cinquante mètres en amont du hameau. Il était tard, la lumière déclinait. Leo fit une suggestion :

— Certains paysans doivent encore être aux champs. On pourrait discrètement aller voir si on trouve de quoi manger.

— Tu veux les voler ?

— On n'a pas les moyens de leur acheter quoi que ce soit. S'ils nous voient, ils nous livreront aux autorités. La tête des évadés est toujours mise à prix, pour une somme très supérieure à ce que ces gens gagnent en un an.

— Tu as travaillé trop longtemps à la Loubianka, Leo. Ces gens haïssent l'État.

— Ils ont besoin d'argent, comme tout le monde. Ils tentent de survivre, comme tout le monde.

— On a des centaines de kilomètres à traverser. On ne peut pas y arriver seuls. C'est impossible. Il faut regarder les choses en face. On n'a pas d'amis, pas d'argent, rien. On va devoir convaincre des inconnus de nous aider, les gagner à notre cause. C'est le seul moyen. Notre seule chance.

— On est recherchés : s'ils nous hébergent, ils seront exécutés, non seulement celui qui nous aura aidés, mais tout le village. Les autorités n'hésiteront pas à les condamner à vingt-cinq ans de travaux forcés, à déporter toute la population, enfants compris, vers un camp au nord du pays.

— C'est exactement la raison pour laquelle ils accepteront de nous aider. Tu ne fais plus confiance aux habitants de ce pays parce que tu as trop fréquenté les cercles du pouvoir. L'État ne représente pas ces paysans, il ne les comprend pas, ne s'intéresse pas à leur sort.

— C'est un discours de dissidente moscovite, Raïssa. Rien à voir avec la réalité. Ce serait de la folie pour eux de nous aider.

— Tu as la mémoire courte, Leo. Comment est-ce qu'on a pu s'échapper ? En disant la vérité aux autres prisonniers du wagon. Ils nous ont aidés, alors qu'ils étaient plusieurs centaines, sans doute le nombre d'habitants de ce village. Ces prisonniers vont sûrement subir un châtiment collectif, sous une forme ou sous une autre, parce qu'ils ont gardé le silence au lieu de prévenir les gardes. Pourquoi l'ont-ils fait ? Qu'avais-tu à leur offrir ?

Leo ne répondit pas. Raïssa insista :

— Si tu voles quelque chose à ces villageois, tu deviendras leur ennemi, alors qu'au fond on est leurs alliés.

— Donc, tu veux qu'on aille sur la place du village et qu'on se salue comme si on était des leurs ?

— C'est exactement ce qu'on va faire.

Ils marchèrent côte à côte jusqu'au centre du village comme s'ils rentraient des champs, comme s'ils avaient toutes les raisons d'être là. Des hommes, des femmes et des enfants firent cercle autour d'eux. Leurs maisons étaient en bois et en torchis. Leur matériel agricole datait de plus de quarante ans. Il leur suffirait de livrer Leo et Raïssa au MGB pour être généreusement récompensés. Pourquoi refuser ? Ils ne possédaient rien.

Entourée de visages hostiles, Raïssa prit la parole :

— Nous sommes des prisonniers. On s'est évadés du train qui nous transportait vers la Kolyma, où nous serions morts. À l'heure qu'il est, on est recherchés. On a besoin de votre aide. On ne vous la demande pas pour nous. De toute façon, on finira par être arrêtés et exécutés. On le sait. Mais avant de mourir, on a une tâche à accomplir. Je vous en prie, permettez-nous de vous expliquer pourquoi il faut nous aider. Si ce qu'on vous dit vous déplaît, alors, ne faites rien.

Un homme entre quarante et cinquante ans s'avança, l'air important.

— En tant que directeur de ce kolkhoze, il est de mon devoir de rappeler que, dans notre intérêt, nous devons livrer ce couple aux autorités.

Raïssa jeta un coup d'œil aux autres habitants. S'était-elle trompée ? Le MGB avait-il déjà infiltré ces villages, placé des espions et des informateurs parmi les cadres administratifs ? Une voix masculine s'éleva :

— Et la récompense, vous la donnerez à l'État, comme le reste ?

Des rires fusèrent. Gêné, le directeur rougit. Raïssa, soulagée, prit conscience qu'il était une marionnette, un personnage involontairement comique. Il n'avait pas d'autorité réelle. Un peu en retrait, une femme âgée intervint :

— Qu'on leur donne à manger.

Comme si un oracle avait parlé, la discussion fut close.

On les conduisit vers la plus grande maison. Dans la pièce principale, où l'on préparait le repas, on leur indiqua une chaise et on leur servit à chacun un verre d'eau. On fit du feu dans la cheminée. Les gens affluaient, la maison fut très vite pleine de monde. Les enfants s'installèrent entre les jambes des adultes, dévisageant Leo et Raïssa comme ils auraient regardé des fauves dans un zoo. D'une autre maison, quelqu'un apporta du pain frais, encore chaud. Ils mangèrent dans leurs vêtements humides qui fumaient à la chaleur des flammes. Lorsqu'un homme s'excusa de ne pouvoir leur donner de quoi se changer, Leo se contenta de hocher la tête, désorienté par tant de générosité. Lui-même n'avait qu'une histoire à offrir, rien d'autre. Dès qu'il eut fini son pain et son eau, il se leva.

Raïssa observa tous ces hommes, ces femmes et ces enfants qui écoutaient Leo. Il commença par le meurtre d'Arkady, le petit garçon de Moscou, assassinat qu'on lui avait ordonné d'étouffer. Il avoua sa honte d'avoir fait croire à la famille de l'enfant qu'il s'agissait d'un accident. Il raconta ensuite comment il avait été chassé du MGB et muté à Voualsk. Il évoqua sa surprise lorsqu'il avait découvert qu'une jeune fille avait été tuée presque de la même façon. Ses auditeurs retinrent leur souffle, comme devant un tour de passe-passe, en apprenant que des meurtres similaires avaient été commis à travers tout le pays. Certains parents firent sortir leurs enfants quand Leo les avertit de ce qu'il allait leur décrire.

Avant même la fin de l'histoire, chacun avait son idée sur le coupable. Personne n'imaginait que ces crimes puissent être l'œuvre d'un individu ayant un emploi, une famille. Les hommes de l'assistance avaient du mal à croire qu'on ne puisse pas identifier le tueur immédiatement. Ils semblaient tous certains qu'il leur suffirait de le regarder droit dans les yeux pour savoir que c'était un monstre. Jetant un coup d'œil autour de lui, Leo comprit que leur vision du monde venait d'être ébranlée. Il s'excusa de leur avoir révélé l'existence d'un tel meurtrier. Pour tenter de les rassurer, il mentionna les déplacements de l'homme le long de la ligne de chemin de fer, de ville en ville. Tuer faisait partie d'une routine qui ne l'amènerait pas dans un village comme celui-ci.

Malgré toutes ces précisions, Raïssa se demanda si ces gens seraient désormais aussi confiants et accueillants. Continueraient-ils à nourrir des étrangers ? Ou bien redouteraient-ils que chacun d'eux dissimule un mal invisible ? Cette histoire avait un prix : l'innocence perdue de leurs hôtes. Certes, la brutalité et la mort ne leur étaient pas inconnues. Mais jusque-là ils n'imaginaient pas qu'on puisse prendre plaisir à tuer un enfant.

Dehors, la nuit était tombée et Leo parlait depuis longtemps, largement plus d'une heure. Il arrivait à la fin de son histoire quand un garçonnet entra en trombe dans la maison.

— J'ai vu des lumières sur les collines vers le nord. Il y a des camions. Ils viennent par ici.

Tout le monde se leva comme un seul homme. À l'expression des visages, Leo sut que ces camions étaient ceux des forces de sécurité.

— On a combien de temps ?

Dans sa question, il incluait déjà ceux qui les avaient accueillis, présupposant un lien là où il n'en existait aucun. Les villageois pouvaient facilement les livrer aux autorités pour toucher leur récompense. Et pourtant il semblait être le seul dans la pièce à envisager cette idée. Même le directeur du kolkhoze s'était rangé à la décision collective de les aider.

Certains adultes quittèrent aussitôt la maison, peut-être pour se rendre compte par eux-mêmes. Ceux qui restaient interrogèrent l'enfant :

— Quelle colline ?

— Combien de camions ?

— Il y a combien de temps ?

Il y avait trois camions, trois paires de phares. Il les avait aperçus depuis la lisière de la ferme de son père. Ils venaient du nord, à plusieurs kilomètres. Ils seraient là dans quelques minutes.

Impossible de se cacher dans une de ces maisons. Les villageois ne possédaient pratiquement aucun meuble digne de ce nom. La fouille serait méthodique et brutale. S'il existait bel et bien une cachette, elle serait découverte. Leo savait que pour les gardes c'était une question d'amour-propre. Raïssa le prit par le bras.

— On peut s'enfuir. Ils commenceront forcément par fouiller le village. Si les gens disent qu'ils ne nous ont jamais vus, on pourra prendre un peu d'avance, peut-être même se cacher dans la campagne. Il fait noir.

Leo secoua la tête. L'estomac noué, il pensait à Anatoli Brodsky. Il avait dû ressentir la même chose lorsqu'il s'était retourné, qu'il avait aperçu Leo au sommet de la colline et compris que la nasse venait de se refermer sur lui. Leo le revoyait encore, immobile, le regard vague, incapable de rien faire sauf d'encaisser le fait qu'il était pris. Ce jour-là, il avait fui. Mais il était impossible d'échapper à des gardes reposés, bien équipés : fusils à lunette, jumelles, fusées éclairantes, chiens entraînés à pister les fuyards.

Leo s'adressa à l'enfant qui avait vu les camions :
— Je vais avoir besoin de ton aide.

Le même jour

Inquiet, les mains tremblantes, le garçonnet était accroupi au milieu de la route dans une obscurité quasi totale, le contenu d'un petit sac de blé répandu devant lui. Il entendait les camions approcher, les pneus soulever la poussière : ils n'étaient plus qu'à deux ou trois cents mètres et ils allaient vite. Il ferma les yeux, priant pour qu'ils le voient. Était-il possible qu'ils aillent trop vite pour s'arrêter à temps ? Il y eut un crissement de freins. Il rouvrit les yeux et détourna aussitôt le regard, ébloui par le faisceau des phares. Il leva les bras. Les camions s'arrêtèrent brutalement, le pare-chocs du premier presque au ras de son visage. La portière de la cabine s'ouvrit. La voix d'un soldat s'éleva :

— Qu'est-ce que tu fous là, bordel ?
— Mon sac s'est déchiré.
— Dégage !
— Mon père va me tuer si je ne ramasse pas tout ce blé.
— C'est moi qui vais te tuer si tu ne dégages pas !

Le garçonnet ne savait que faire. Il se remit à ramasser les grains de blé. Il y eut un déclic : un fusil ? Il n'en avait jamais vu. Il n'avait pas la moindre idée du bruit que cela faisait. Pris de panique, il continuait de mettre les grains dans le sac. On n'allait pas lui tirer dessus, il ne faisait que ramasser le blé de son père. Puis il se souvint de l'histoire racontée par l'inconnu : on tuait sans arrêt des enfants. Peut-être que ces hommes étaient comme ça. Il récupéra le plus de grains possible, prit le sac et repartit en courant vers le village. Les camions le suivirent aussitôt, klaxonnant pour le faire accélérer. Il entendait les rires des soldats. Jamais il n'avait couru si vite de sa vie.

Leo et Raïssa étaient cachés dans le seul endroit dont on pouvait espérer que les soldats ne le fouilleraient pas : sous leurs propres camions. Pendant que les militaires avaient eu leur attention détournée par le garçonnet, Leo s'était glissé sans bruit sous le deuxième camion, Raïssa sous le troisième. Ne sachant combien de temps ils devraient se cramponner là, Leo leur avait enveloppé les mains dans des lambeaux de chemise pour atténuer la douleur.

Lorsque les camions s'arrêtèrent, Leo enroula ses pieds autour de l'arbre de transmission, le visage plaqué contre le châssis en bois. Les planches ployèrent sous le poids des soldats qui s'avançaient pour sauter à l'arrière du véhicule. Regardant en direction de ses pieds, Leo en vit un se baisser pour rattacher ses lacets. Il n'aurait eu qu'à se retourner pour découvrir sa présence. Mais il se releva et se dirigea aussitôt vers l'une des maisons. Il n'avait rien vu. Leo changea légèrement de position pour apercevoir le troisième camion.

Raïssa mourait de peur, mais elle était surtout en colère. Certes, ce plan était intelligent, et elle n'avait rien de mieux à proposer, mais il reposait entièrement sur leur capacité à se cramponner. Elle n'était pas un soldat bien entraîné : elle n'avait pas passé plusieurs années à ramper dans des fossés, à escalader des murs. Elle n'avait pas assez de force dans les bras. Elle avait déjà mal, les premières crampes se faisaient sentir. Elle voyait mal comment elle allait pouvoir tenir une minute de plus, sans parler d'une heure. Mais elle ne pouvait se résoudre à être celle qui les ferait prendre simplement parce qu'elle n'avait pas assez de muscles ; elle refusait l'idée qu'ils échouent parce qu'elle n'était qu'une faible femme.

Luttant contre la douleur, elle se retint pour ne pas pleurer de dépit, ne pas lâcher prise et se laisser glisser à terre, détendre ses bras. Et même avec un peu de repos, elle ne récupérerait guère plus que pour tenir une minute ou deux. Ce laps de temps diminuerait rapidement, jusqu'à ce qu'elle n'y arrive plus du tout. Il fallait réfléchir. Quelle solution ne reposait pas sur la force physique ? Les lambeaux de chemise : si elle ne pouvait plus se cramponner, elle s'attacherait les poignets à l'arbre de transmission. Ce serait parfait tant que le camion resterait à l'arrêt. Elle allait toutefois devoir se laisser descendre quelques minutes, le temps de procéder à l'opération. Or, au sol, même sous le camion, ses chances d'être vue augmentaient considérablement. Elle regarda furtivement à droite et à gauche, s'efforçant de localiser les soldats. Le conducteur était de garde près du véhicule. Elle apercevait ses bottes, sentait la fumée de sa cigarette. Sa présence arrangeait plutôt Raïssa. Elle empêcherait sans doute ses collègues d'imaginer que quelqu'un avait pu se glisser sous le camion. Lentement, avec précaution, elle allongea les jambes sur le sol, s'efforçant de ne pas faire de bruit. Le moindre crissement attirerait l'attention du garde. Après avoir dénoué les bandes de tissu qui entouraient ses mains, elle attacha d'abord son poignet gauche, puis le droit, tant bien que mal. Elle dut serrer le nœud à l'aide de sa main déjà attachée. Rassurée d'être ainsi ligotée, elle s'apprêtait à enrouler ses pieds à l'autre extrémité de l'arbre de transmission quand un grondement la fit sursauter. Tournant la tête, elle se trouva nez à nez avec un chien.

Leo voyait la meute postée près du troisième camion. Le maître-chien ne soupçonnait pas la présence de Raïssa. Pas encore. Les bêtes, si. Leo entendait leurs jappements : ils avaient les yeux exactement à la hauteur de Raïssa. Impuissant, il regarda autour de lui et repéra le garçonnet qui les avait aidés sur la route. Fasciné par ces événements, celui-ci observait la scène depuis sa maison. Leo se laissa glisser à terre pour mieux voir. Le maître-chien était sur le point de commencer une tournée d'inspection. Un de ses chiens tirait sur sa laisse, ayant très certainement repéré Raïssa. Leo se tourna vers l'enfant. Il allait encore avoir besoin de son aide. Il désigna ostensiblement les molosses. Le garçonnet accourut. Impressionné par son sang-froid, Leo le vit se diriger vers la meute. Presque aussitôt ils se mirent à aboyer dans sa direction. Le soldat l'interpella :

— Rentre chez toi !

L'enfant tendit la main comme pour caresser l'un des chiens. Le soldat s'esclaffa :

— Il va t'arracher le bras !

Le garçon recula. Le soldat éloigna sa meute tout en ordonnant à nouveau à l'enfant de rentrer. Leo se réinstalla sous le camion, tout contre le châssis. Ce gosse leur avait sauvé la vie, à Raïssa et à lui.

Raïssa se demandait depuis combien de temps elle était attachée sous ce camion. Une éternité. L'oreille tendue, elle avait suivi la fouille du village : meubles et casseroles renversés à coups de pied, vaisselle brisée. Elle avait entendu les aboiements, vu l'explosion de lumière des fusées éclairantes. Les soldats revenaient vers les camions. Des ordres fusaient. On chargea les chiens à l'arrière du troisième véhicule. Le départ était proche.

Avec jubilation, elle prit conscience que leur plan avait réussi. Et puis le conducteur mit le contact. L'arbre de transmission vibra. Encore quelques secondes et il allait tourner sur lui-même. Et Raïssa était encore attachée. Il fallait qu'elle se libère. Difficile de défaire des nœuds les poignets ligotés, les mains engourdies. Ses doigts ne lui obéissaient pas. Elle fit de son mieux pour se dégager. Les derniers soldats montaient dans le camion. Les habitants du village s'attroupèrent autour des trois véhicules. Raïssa était toujours prisonnière. Le camion était sur le départ. Elle redressa légèrement la tête, tira sur le dernier nœud avec ses dents. Il céda et elle tomba sur le dos avec un bruit sourd, couvert par le vrombissement des moteurs. Le camion s'ébranla. Elle se retrouvait au beau milieu de la route. À cause des lumières du village, elle risquait d'être vue par les soldats assis à l'arrière du camion. Elle ne pouvait rien faire.

Un groupe de paysans s'avança. Tandis que le camion s'éloignait, laissant Raïssa sur la chaussée, ils firent cercle autour d'elle. D'où ils étaient, les soldats ne pouvaient la déceler, derrière les jambes des villageois.

Recroquevillée, elle attendit. Enfin, un homme lui tendit la main. Sauvée. Elle se leva. Leo n'était pas là. Il n'aurait sans doute pas pris le risque de se laisser tomber tant que les camions n'étaient pas dans l'obscurité. Il devait redouter d'être vu par le conducteur du troisième véhicule. Peut-être attendrait-il le premier virage. Elle ne s'inquiéta pas. Il saurait que faire. Tous patientèrent en silence. Raïssa prit le garçonnet par la main. Leur sauveur. Peu après, ils entendirent un homme courir dans leur direction.

Moscou

Même jour

Malgré les centaines de soldats et d'agents du MGB lancés à la recherche des fugitifs, Vassili était convaincu qu'aucun d'eux ne réussirait. Même si tout, ou presque, jouait en faveur du MGB, ils poursuivaient un homme entraîné à ne pas se faire repérer et à survivre en territoire hostile. Certains croyaient que Leo et Raïssa avaient bénéficié de complicités de la part de gardes félons ou d'individus attendant sur les voies en un lieu déterminé d'avance. Hypothèse contredite par les aveux des prisonniers qui voyageaient dans le même wagon que Leo. Sous la torture, ils avaient répété que le couple s'était évadé sans l'aide de personne. Ce n'était pas ce que les gardes voulaient entendre : cette éventualité les mettait dans l'embarras. Jusqu'alors, les recherches s'étaient concentrées sur les routes conduisant vers la frontière scandinave, les côtes du nord du pays et de la mer Baltique. Pour eux, il semblait aller de soi que Leo tenterait de se rendre dans un pays étranger, sans doute à bord d'un bateau de pêche. Une fois en

Occident, il prendrait contact avec les autorités du pays en question, trop heureuses de lui offrir l'asile politique contre diverses informations. Raison pour laquelle il était si urgent de le capturer. Il avait une capacité sans précédent de nuire à l'Union soviétique.

Vassili écarta l'idée selon laquelle Leo aurait bénéficié de complicités pour s'évader. Personne n'avait le moyen de savoir dans quel train voyageaient les prisonniers. Ils avaient été envoyés au goulag au terme d'une procédure accélérée, improvisée à la dernière minute. Il s'en était chargé lui-même, sans accomplir toutes les formalités ni remplir tous les documents nécessaires. La seule personne qui aurait pu les aider à s'évader, c'était lui. Il risquait donc d'être tenu pour responsable, même si cela paraissait ridicule. Leo semblait, encore et toujours, avoir le pouvoir d'œuvrer à sa perte.

Pour l'heure, aucune équipe de recherche n'avait retrouvé la trace des deux fuyards. Leo et Raïssa n'avaient ni amis ni famille dans cette partie du pays : ils devaient être seuls, en haillons, sans un sou. La dernière fois qu'il avait parlé à Leo, celui-ci n'était même pas capable de donner son nom. De toute évidence, il avait recouvré ses esprits. Il fallait deviner sa possible destination : ce serait le meilleur moyen de le piéger, au lieu de fouiller tout le pays. Après avoir échoué à remettre la main sur son propre frère, Vassili devait réussir à capturer Leo. Il ne survivrait pas à un nouvel échec.

Leo n'avait à l'évidence aucun intérêt à passer à l'Ouest. Tenterait-il de retourner à Moscou ? Ses parents y vivaient. Mais ils ne pouvaient rien pour lui et il mettrait leur vie en danger en frappant à leur porte. Ils étaient désormais surveillés par des gardes armés. Peut-être voulait-il se venger, voire le tuer, lui, Vassili ? Flatté, il envisagea brièvement cette possibilité, avant de l'écarter elle aussi. Il n'avait jamais eu l'impression que Leo souhaitait lui nuire personnellement. Jamais il n'irait risquer sa vie pour se venger. Leo avait un plan d'action, enfoui quelque part dans les pages du dossier qu'il avait constitué.

Vassili étudia la pile de documents accumulés au fil des mois par Leo et par l'officier de la milice de Voualsk que le MGB avait contraint à collaborer : des photos d'enfants assassinés, les dépositions de plusieurs témoins. Des documents de justice sur des suspects ayant été condamnés. Lors de son interrogatoire, Leo avait critiqué le travail de la justice. Vassili savait que cette mise en cause était sans fondement. Leo était un passionné et il croyait dur comme fer à sa théorie fantaisiste. En quoi consistait-elle, au juste ? À croire qu'un seul et même tueur était responsable de tous ces meurtres insensés, des meurtres commis en plus de trente endroits différents sur des centaines de kilomètres carrés. En dehors de la bizarrerie de la thèse elle-même, cela signifiait que Leo et sa femme pouvaient avoir pris n'importe quelle direction. Vassili pouvait difficilement se contenter d'en choisir une et d'attendre. Agacé, il réexamina la carte sur laquelle étaient localisés tous les meurtres supposés, numérotés par ordre chronologique.

44

De l'index, Vassili tapota sur ce chiffre. Il décrocha son téléphone.

— Amenez-moi l'officier Fiodor Andreïev.

Depuis sa promotion, Vassili bénéficiait de son propre bureau, une petite pièce, certes, mais dont il était extrêmement fier, comme s'il l'avait conquise pied à pied lors d'une campagne militaire. On frappa à la porte. Fiodor Andreïev fit son entrée : désormais sous les ordres de Vassili, c'était un homme encore jeune, loyal, travailleur, mais pas trop brillant, autant de qualités chez un subordonné. Il avait l'air inquiet. Vassili sourit, lui fit signe de s'asseoir.

— Merci d'être venu. J'ai besoin de votre aide.
— Certainement, mon lieutenant.
— Vous avez appris que Leo Demidov s'est évadé ?
— Oui, mon lieutenant.
— Que savez-vous des raisons de son arrestation ?
— Rien.
— On le soupçonnait de travailler pour plusieurs gouvernements occidentaux, de rassembler des informations, d'être un espion. Il semble que ce ne soit pas vrai. On s'est trompés. Leo n'a rien avoué pendant son interrogatoire. Dernièrement, j'ai découvert qu'il travaillait sur cette affaire.

Fiodor se leva, contempla les feuillets disposés sur la table. Il les avait déjà vus. Scotchés sur le torse de Leo. Fiodor sentit la sueur perler à son front. Il se pencha comme s'il examinait ces documents pour la première fois, s'efforçant de dissimuler ses mains tremblantes. Du coin de l'œil, il voyait que Vassili s'était rapproché de lui, qu'il étudiait les différentes pages comme s'ils menaient l'enquête ensemble. L'index de Vassili se déplaça en travers de la carte, lentement, jusqu'à Moscou, où il donna un coup d'ongle :

44

Fiodor eut un haut-le-cœur. Quand il tourna la tête, le visage de Vassili était tout près du sien.

— Fiodor, on sait que Leo est venu à Moscou récemment. J'ai maintenant la conviction que ce voyage, au lieu d'avoir des fins d'espionnage, faisait partie de son enquête. Il croit qu'un meurtre a eu lieu ici, voyez-vous. Votre fils a été assassiné, c'est bien ça ?

— Non, mon lieutenant. Il a été tué dans un accident. Déchiqueté par un train.

— C'est Leo qui était chargé de l'affaire ?

— Oui, mais...

— Et à l'époque vous pensiez bien que votre fils avait été assassiné, non ?

— J'étais sous le choc, c'était difficile...

— Donc, quand Leo est revenu enquêter à Moscou, ce n'est pas à votre fils qu'il s'intéressait ?

— Non, mon lieutenant.

— Comment le savez-vous ?

— Pardon, mon lieutenant ?

— Comment savez-vous s'il s'y intéressait ou pas ?

Vassili s'assit et inspecta ses ongles, l'air offensé.

— Visiblement, Fiodor, vous n'avez pas une très haute opinion de moi.

— Ce n'est pas vrai, mon lieutenant.

— Il faut bien comprendre que si Leo a raison, s'il y a réellement un seul meurtrier, il doit être arrêté. Je voudrais aider Leo. J'ai moi-même des enfants, Fiodor. En tant qu'officier et père de famille, il est de mon devoir de mettre un terme à ces crimes atroces. Ça passe avant toute animosité personnelle pouvant exister entre Leo et moi. Si je souhaitais vraiment la mort de Leo, je me contenterais de ne rien faire. À l'heure qu'il est, tout le monde les considère comme des espions, sa femme et lui. Ils seront abattus sans sommation, et j'ai bien peur que leur enquête soit ensuite définitivement enterrée. D'autres enfants seront assassinés. En revanche, si je disposais de tous les éléments, je pourrais convaincre mes supérieurs d'arrêter cette chasse à l'homme. Sinon, Leo et Raïssa ont combien de chances de s'en sortir ?

— Aucune.

Vassili opina du chef, satisfait de cette confirmation. C'était donc vrai : Leo croyait qu'un seul homme était coupable de tous ces meurtres. Il poursuivit :

— Ce que je veux dire, c'est qu'ils n'ont pas d'argent ; ils sont à des centaines de kilomètres de leur destination.

— Ils se sont évadés à quel endroit ?

Fiodor venait de commettre une seconde erreur, prouvant que lui aussi croyait Leo déterminé à arrêter le meurtrier. Il ne manquait plus à Vassili que la destination. Il désigna une zone à l'est de Moscou, ainsi que les lignes de chemin de fer, et vit les yeux de Fiodor se déplacer sur la carte, descendre plus bas. Leo se dirigeait donc vers le sud. Mais il fallait un nom de ville à Vassili. Pour l'obtenir, il ajouta :

— La majorité des meurtres se produisent dans le Sud.

— D'après cette carte...

Fiodor s'interrompit. Il était possible de mettre Vassili sur la voie sans se compromettre. Ils pourraient ensuite amener leurs supérieurs à changer d'avis sur Leo et Raïssa. Cela faisait un moment que Fiodor cherchait un moyen de les aider. Il avait enfin trouvé : les faire passer du statut de méchants à celui de héros. Lors de leur rencontre à Moscou, Leo avait mentionné le fait qu'un officier de la milice s'était rendu à Rostov pour confirmer que la ville abritait certainement le meurtrier. Fiodor fit semblant d'étudier les documents.

— À en juger par le nombre de meurtres qui y sont concentrés, je dirais que l'homme est de Rostov-sur-le-Don. Les premiers meurtres ont tous eu lieu dans le Sud. Il doit habiter cette ville ou ses environs.

— Rostov ?

— Quel est selon vous le meilleur moyen de convaincre nos supérieurs ?

— J'ai besoin d'avoir tous les faits en main. On prendrait un gros risque, notre tête serait dans la balance. Il faut être sûrs de ne pas se tromper. Redites-moi ce qui vous fait croire que le tueur vit dans le sud du pays.

Une fois Fiodor plongé dans l'étude des documents, précisant tel ou tel point, Vassili se leva, contourna la table, dégaina son pistolet et le visa en plein cœur.

Sud-est de la région de Rostov

14 juillet

Leo et Raïssa étaient dans un carton de un mètre de haut sur deux mètres de large. Une cargaison humaine – de contrebande – à destination du sud du pays. Après la fouille du kolkhoze par les militaires, les habitants avaient conduit Leo et Raïssa en camion jusqu'à la ville la plus proche, Riazan, où ils les avaient présentés à leurs amis et à des parents. Dans la chaleur étouffante d'un petit appartement enfumé où se pressaient une trentaine de personnes, Leo avait raconté l'histoire de leur enquête. Il n'avait pas eu à les convaincre de l'urgence de la situation, et personne n'avait mis en doute l'incapacité de la milice à identifier le meurtrier. Jamais ces gens n'avaient fait appel à la milice ni porté leurs différends devant les autorités, ne comptant que sur eux-mêmes. Il en serait de même cette fois, à ceci près que la vie d'un nombre incalculable d'enfants était en jeu.

Ensemble, ils cherchèrent un moyen de transporter Leo et Raïssa vers le Sud. Un membre de l'assistance, conducteur de camion, faisait régulièrement la navette entre Kharkov ou Samara et Moscou avec une cargaison de marchandises. Kharkov se trouvait à trois cents kilomètres au nord de Rostov, soit une demi-journée de voyage. Même s'il paraissait risqué pour le conducteur d'aller jusqu'à Rostov, puisqu'il n'avait rien à y faire, il était prêt à les conduire jusqu'à la ville voisine de Shakhty. Il pourrait justifier ce détour en prétextant une visite à sa famille. Cette même famille accepterait certainement, après avoir entendu toute l'histoire, d'aider Leo et Raïssa à se rendre à Rostov.

Ils devaient rester au minimum une journée et demie dans ce carton, enfermés dans le noir. Le camion transportait des bananes, denrée exotique de luxe destinée aux *spetztorgi*, les magasins réservés aux dignitaires du Parti, où Leo et Raïssa faisaient naguère leurs courses. Leur carton était coincé au fond du camion entre plusieurs caisses, toutes remplies des précieux fruits. Il faisait chaud et sec, ce qui rendait le voyage éprouvant. Toutes les trois ou quatre heures, ils faisaient une pause durant laquelle le conducteur déplaçait les caisses au-dessus de la leur, pour que sa cargaison humaine puisse se dégourdir les jambes et se soulager au bord de la route.

Face à Leo dans l'obscurité totale, les jambes enchevêtrées aux siennes, Raïssa demanda :

— Tu lui fais confiance ?
— À qui ?
— Au conducteur.
— Pas toi ?
— Je ne sais pas.

— Si tu t'interroges, c'est qu'il y a une raison.

— De tous ceux qui ont écouté l'histoire, il est le seul à ne pas avoir posé de questions. Il avait l'air complètement indifférent. Il n'était pas ému comme les autres. Je le trouve impénétrable, froid, prosaïque.

— Il n'était pas obligé de nous aider. Et il peut difficilement nous trahir pour aller ensuite retrouver sa famille et ses amis.

— Il pourrait se trouver un alibi. Un barrage routier. Il racontera qu'il a tenté de nous aider, mais qu'on s'est fait prendre.

— Tu suggères quoi ?

— Au prochain arrêt, tu pourrais le maîtriser, le ligoter et prendre le volant.

— Tu parles sérieusement ?

— Le seul moyen pour nous, c'est de s'emparer de son camion. On aurait ses papiers. On reprendrait le contrôle de notre existence. Là, on est à sa merci. On ne sait pas où il nous emmène.

— Et c'est toi qui m'as appris à faire confiance aux inconnus !

— Ce type est différent des autres. Il m'a l'air ambitieux. Il passe ses journées à transporter des marchandises de luxe. Il doit se dire : j'aimerais bien avoir tout ça, ces étoffes raffinées, ces mets rares. Il a compris qu'on représentait une occasion inespérée. Il sait combien d'argent il peut gagner en nous livrant. Et il sait ce que ça lui coûtera s'il est surpris avec nous.

— Je suis mal placé pour parler, Raïssa, mais tu accuses un innocent, un homme qui risque sa vie pour nous aider.

— Je cherche le moyen d'atteindre Rostov à coup sûr.

— Ce n'est pas toujours comme ça, au début ? On croit à une cause, on est prêt à mourir pour elle. Bientôt on est prêt à tuer pour elle. Et un jour on va jusqu'à supprimer des innocents.

— Rien ne nous oblige à le tuer.

— Bien sûr que si, parce qu'on ne pourra pas l'abandonner pieds et poings liés au bord de la route. Le risque serait trop grand. Soit on lui fait confiance, soit on le tue. Voilà comment on gâche tout, Raïssa. On a été nourris, protégés et transportés par ces gens. Si on se retourne contre eux, si on exécute un des leurs uniquement par précaution, je redeviens l'homme dont tu te méfiais à Moscou.

Même s'il ne voyait pas Raïssa, Leo sut qu'elle souriait.

— C'était un test ?

— Non, c'était pour faire la conversation.

— Je suis reçu ?

— Tout dépend si on arrive à Shakhty ou non.

Il y eut un long silence, rompu par Raïssa :

— Qu'est-ce qu'on deviendra, quand tout ça sera terminé ?

— Aucune idée.

— Les Occidentaux t'offriront l'asile, Leo. Ils te protégeront.

— Jamais je ne quitterai ce pays.

— Même si ce pays veut ta peau ?

— Si tu préfères passer à l'Ouest, je ferai tout ce qui est en mon pouvoir pour t'aider à prendre un bateau.

— Et toi tu feras quoi ? Tu te cacheras dans les montagnes ?

— Une fois que ce type sera mort et que tu seras en sécurité hors du pays, je me rendrai aux autorités. Je ne veux pas vivre en exil, parmi des gens qui voudront tous les renseignements que je pourrai leur donner mais qui me mépriseront. Je ne veux pas vivre comme un étranger. Je ne peux pas. Ça signifierait que tout ce qu'on a dit sur moi à Moscou est vrai.

— C'est vraiment tout ce qui compte pour toi ?

Raïssa avait l'air blessée. Leo lui caressa le bras.

— Je ne comprends pas, Raïssa.

— Ce n'est pourtant pas compliqué. Je voudrais qu'on reste ensemble.

Leo se tut quelques instants avant de répondre :

— Je ne peux pas vivre comme un traître. C'est impossible.

— Ce qui veut dire qu'on a environ vingt-quatre heures ?

— Désolé.

— On devrait au moins profiter du temps qui nous reste ensemble.

— Comment ?

— En se disant mutuellement la vérité.

— La vérité ?

— On doit bien avoir des secrets l'un pour l'autre. En tout cas, moi j'en ai. Pas toi ? Des choses que tu ne m'as jamais dites.

— Si.

— Alors c'est moi qui commence. J'ai craché dans ton thé. Quand j'ai appris l'arrestation de Zoya, j'étais convaincue que tu l'avais dénoncée. Alors pendant une semaine j'ai craché dans ton thé.

— Tu as craché dans mon thé ?
— Oui, toute une semaine.
— Pourquoi tu as cessé ?
— Ça ne te faisait ni chaud ni froid.
— Je n'ai jamais rien remarqué.
— En effet. Bon, à ton tour.
— En toute franchise…
— C'est le but du jeu.
— Je ne crois pas que tu m'aies épousé parce que tu avais peur de moi. Je crois plutôt que tu avais des vues sur moi. Tu as joué les effarouchées. Tu m'as donné un faux prénom et je t'ai retrouvée. Mais je crois plutôt que c'est toi qui m'as choisi.
— Je serais un agent de l'étranger ?
— Disons que tu pourrais connaître des gens travaillant pour les services de renseignements étrangers. Et les avoir aidés. Tu avais peut-être ce genre d'arrière-pensées en m'épousant.
— Ce n'est pas un secret, c'est une hypothèse. Tu es censé partager des secrets, des faits indiscutables.
— J'ai trouvé une fausse pièce de un rouble dans tes vêtements, une pièce qui s'ouvre : c'est un dispositif pour cacher des microfilms. Seuls les agents secrets s'en servent.
— Pourquoi tu ne m'as pas dénoncée ?
— Je n'ai pas pu.
— Leo, je ne t'ai pas épousé dans le but de me rapprocher du MGB. Je t'ai dit la vérité : j'avais peur.
— Et cette pièce ?
— Elle était à moi…

Elle se tut, comme si elle pesait le pour et le contre avant de continuer.

— Je m'en servais pour transporter non pas des microfilms, mais du cyanure, du temps où j'étais réfugiée.

Raïssa n'avait jamais parlé de la période ayant suivi la destruction de sa maison et l'anéantissement de sa famille, tous ces mois sur la route – les plus sombres de son existence. Leo se sentit soudain inquiet.

— Tu imagines ce qui pouvait arriver aux femmes réfugiées. Les soldats avaient des besoins. Ils risquaient leur vie, on leur était redevables. On tenait lieu de paiement. Une fois, et il y en a eu plusieurs, j'ai eu tellement mal que je me suis fait une promesse : si jamais ça recommençait, si ça semblait parti pour recommencer, je passerais cette substance sur les gencives de mon agresseur. On pourrait toujours me tuer ou me pendre, au moins ils y réfléchiraient à deux fois avant de faire subir la même chose à une autre femme. Quoi qu'il en soit, c'est devenu ma pièce porte-bonheur : à partir du moment où je l'ai eue sur moi, je n'ai plus jamais eu de problèmes. Peut-être que les hommes ont un sixième sens pour détecter une femme avec du cyanure dans sa poche. Bien évidemment, ça n'a pas guéri mes blessures. Pour ça, il n'y avait pas de médicaments. C'est la raison pour laquelle je ne peux pas avoir d'enfants, Leo.

Leo scrutait l'obscurité qui lui cachait Raïssa. Pendant la guerre, les femmes avaient été violées par les occupants, puis par leurs libérateurs. En tant qu'ancien militaire, il savait que l'État avait fermé les yeux, considérant que c'était une réalité incontournable de cette période, la juste récompense du soldat. Certaines victimes s'étaient suicidées au cyanure pour fuir toutes ces horreurs. La plupart des hommes vérifiaient sûrement qu'une femme n'était pas armée d'un couteau ou d'un pistolet, mais une pièce... Ils ne se seraient pas méfiés. Il prit la main de Raïssa, lui caressa l'intérieur de la paume. Que pouvait-il faire d'autre ? Lui présenter ses excuses ? Lui dire qu'il comprenait ? Alors qu'il avait encadré cette fameuse coupure de journal et l'avait fièrement accrochée au mur, oubliant ce que la guerre représentait pour Raïssa ?

— J'ai un autre secret, Leo. Je suis amoureuse de toi.

— Moi, je t'ai toujours aimée.

— Ce n'est pas un secret. Et tu as trois secrets de retard.

Il l'embrassa.

— J'ai un frère.

Rostov-sur-le-Don

15 juillet

Nadia était toute seule chez elle. Sa mère et sa sœur rendaient visite à sa grand-mère. Nadia les avait accompagnées, mais à l'approche de l'immeuble de sa grand-mère, feignant d'avoir mal au ventre, elle les avait suppliées de la laisser rentrer. Sa mère avait accepté et Nadia avait regagné la maison en courant. Son plan était simple. Elle allait ouvrir la porte du sous-sol et découvrir pourquoi son père passait tellement de temps dans cette pièce qui devait être froide et sombre. Elle n'y était jamais descendue, pas une seule fois. Elle fit le tour de la maison, palpant les briques humides et imaginant comment c'était à l'intérieur. Il n'y avait pas de fenêtres, seulement un trou d'aération pour le poêle. Elle n'avait pas le droit d'aller au sous-sol, son père le lui avait formellement interdit.

Il était en voyage pour son travail. Mais il rentrerait bientôt, dès le lendemain peut-être, et elle l'avait entendu parler de réaménager la maison, en particulier de changer la porte du sous-sol. Pas la porte d'entrée, celle que tout le monde utilisait et qui permettait de garder la chaleur à l'intérieur. Sa priorité était la porte du sous-sol. D'accord, elle n'était pas très solide, mais quand même. Pourquoi avait-elle tant d'importance ? Dans deux ou trois jours, il aurait installé une nouvelle porte qui serait impossible à ouvrir. Si Nadia voulait en forcer l'entrée pour obtenir des réponses à ses questions, c'était maintenant ou jamais. La serrure se résumait à un simple verrou. Nadia l'avait examiné de près, vérifiant si on pouvait glisser la lame d'un couteau entre la porte et le chambranle et relever le verrou. C'était possible.

Une fois cette opération effectuée, Nadia poussa la porte. En proie à un mélange de peur et d'impatience, elle descendit la première marche. Elle lâcha la porte, qui se referma toute seule. À l'exception d'un rai de lumière qui filtrait autour, l'unique éclairage provenait du trou d'aération. Le temps que ses yeux s'habituent à la pénombre, Nadia avait atteint le bas de l'escalier et découvrait la chambre secrète de son père.

Un lit, un poêle, une petite table et un coffre en bois : rien de très mystérieux. Déçue, Nadia inspecta les lieux. Près d'une vieille lampe fixée au mur, plusieurs coupures de journaux étaient punaisées. Elle s'en approcha. C'était chaque fois la même photo d'un soldat russe debout devant un char en flammes. Certains clichés étaient découpés de manière à ce qu'on voie seulement le soldat. Un très bel homme que Nadia ne connaissait pas. Rendue perplexe par cet assemblage de photos, elle ramassa une assiette en métal abandonnée sur le sol, sans doute pour les chats. S'intéressant au coffre, elle posa les mains dessus et souleva légèrement le couvercle, pour voir. Il était lourd, mais pas fermé à clé. Que contenait-il ? Elle le souleva un peu plus ; soudain un bruit l'alerta : la porte d'entrée.

Des pas résonnèrent, trop lourds pour être ceux de sa mère. Son père avait dû rentrer plus tôt que prévu. La pièce s'éclaira en même temps que la porte de la cave s'ouvrait. Pourquoi revenait-il si tôt ? Affolée, Nadia referma le couvercle du coffre le plus silencieusement possible pendant qu'Andreï descendait l'escalier. Puis elle s'agenouilla, se glissa tant bien que mal sous le lit, jeta un coup d'œil à la dernière marche. Les énormes chaussures noires venaient droit vers elle.

Nadia ferma les yeux, certaine qu'en les rouvrant elle verrait le visage furieux de son père à quelques centimètres du sien. Au lieu de quoi, tout le lit grinça et s'affaissa. Il venait de s'y asseoir. Elle ouvrit les yeux et s'écarta précipitamment. Depuis l'espace réduit entre le lit et le sol, elle le regarda dénouer ses lacets. Il n'avait pas découvert sa présence. Le verrou avait dû se rabattre quand la porte s'était refermée. Elle ne s'était pas fait prendre, pas encore. Qu'allait-elle devenir ? Son père pouvait passer des heures dans cette pièce. Sa mère allait rentrer et s'inquiéter de ne pas la voir. Ils croiraient peut-être qu'elle avait disparu et partiraient à sa recherche. Dans ce cas, elle pourrait remonter discrètement au rez-de-chaussée et inventer un mensonge quelconque sur l'endroit où elle se trouvait. C'est ce qui pouvait lui arriver de mieux. Dans l'immédiat, elle ne devait pas bouger ni faire de bruit.

Andreï enleva ses chaussettes et agita les orteils. Il se leva – le lit retrouva sa hauteur habituelle – et alluma la lampe à pétrole qui émit une faible lueur. Il se dirigea vers le coffre. Le couvercle s'ouvrit sans que Nadia puisse voir ce que son père en sortait. Il le laissa sans doute ouvert, car elle ne l'entendit pas se refermer. Que faisait-il donc ? Assis sur une chaise, voilà qu'il s'attachait quelque chose autour du pied. Un morceau de caoutchouc. Avec de la ficelle et des chiffons, il semblait fabriquer une chaussure improvisée.

Sentant une présence derrière elle, Nadia tourna la tête et aperçut le chat. Lui aussi l'avait repérée : il arrondissait le dos, hérissait le poil. Elle n'avait rien à faire là. Au moins une chose qu'il avait apprise. Effrayée, elle se retourna pour voir si son père avait remarqué. Il se mit brusquement à genoux, son visage apparut sous le lit. Elle ne savait que faire, n'osait pas bouger. Sans rien dire, il se leva et mit le lit à la verticale, découvrant sa fille recroquevillée.

— Debout !

Elle ne put remuer ni les bras ni les jambes, comme si son corps ne répondait plus.

— Nadia !

Entendant son prénom, elle se releva.

— Viens par ici !

Elle obéit, s'avança vers lui la tête basse, contemplant son pied nu et l'autre enveloppé dans des chiffons. Il replaça le lit à l'horizontale.

— De quel droit es-tu là ?
— Je voulais savoir ce que tu faisais.
— Pourquoi ?
— Je voudrais passer plus de temps avec toi.

Andreï sentait de nouveau cette pulsion le reprendre. Ils étaient seuls dans la maison. Sa fille n'aurait jamais dû descendre jusque-là : il le lui avait interdit, dans son propre intérêt. Il n'était plus le même. Il n'était plus son père. Il s'éloigna d'elle jusqu'à être le dos au mur, ne pouvant pas aller plus loin.

— Papa ?

Andreï porta son index à ses lèvres.

Maîtrise-toi.

Impossible. Il enleva ses lunettes, les replia, les mit dans sa poche. Lorsqu'il la regarda à nouveau, il n'y avait plus qu'une silhouette floue, ce n'était plus sa fille. Indistincte, méconnaissable, elle pouvait être n'importe quel enfant, celui qu'il lui plairait d'imaginer.

— Papa ?

Nadia s'approcha de lui et le prit par la main.

— Tu n'aimes donc pas être avec moi ?

Maintenant, elle était trop près, même s'il avait enlevé ses lunettes. Il voyait ses cheveux, son visage. Après avoir essuyé la sueur sur son front, il remit ses lunettes.

— Tu as une petite sœur, Nadia, pourquoi tu ne joues pas avec elle ? Quand j'avais ton âge, j'étais tout le temps avec mon frère.

— Tu as un frère ?
— Oui.
— Où est-il ?

Andreï désigna le mur, les photos du soldat russe.

— Il s'appelle comment ?
— Pavel.
— Pourquoi il ne vient jamais nous voir ?
— Il viendra, un jour.

Huit kilomètres au nord de Rostov-sur-le-Don

16 juillet

Assis dans l'*elektrichka*, ils aperçurent les premières banlieues, signe qu'ils approchaient de leur destination : Rostov-sur-le-Don. Le conducteur du camion ne les avait pas dénoncés. Après leur avoir fait franchir sans encombre plusieurs barrages de police, il les avait déposés à Shakhty, où ils avaient passé la nuit chez sa belle-mère, Sarra Karlovna, avec le reste de la famille. Sarra, âgée d'une cinquantaine d'années, vivait avec plusieurs de ses enfants, dont une fille elle-même mariée et mère de trois enfants. Les parents de Sarra habitaient également l'appartement, un total de onze personnes dans quatre pièces : une génération par pièce. Pour la troisième fois, Leo avait raconté l'histoire de son enquête. Contrairement aux habitants des villes plus septentrionales, ses hôtes avaient entendu parler de ces meurtres d'enfants. D'après Sarra, rares étaient les habitants de la région à ignorer les rumeurs qui circulaient. Mais personne n'avait de détails. À l'annonce du nombre probable de victimes, le silence s'était fait dans la pièce.

La question ne s'était même pas posée de savoir si les nombreux membres de la famille voulaient bien apporter leur aide : ils avaient aussitôt élaboré un plan d'action. Leo et Raïssa préféraient attendre le crépuscule pour se rendre à Rostov : il y aurait moins de monde à l'usine la nuit. Et davantage de chances que le meurtrier soit chez lui. Il avait été décidé qu'ils ne voyageraient pas seuls. Raison pour laquelle ils étaient accompagnés de trois jeunes enfants et d'un couple de grands-parents énergiques. Leo et Raïssa jouaient le rôle du père et de la mère, les vrais parents étant restés à Shakhty. Ils faisaient semblant de voyager en famille, à titre de précaution. Si cette chasse à l'homme englobait Rostov, si le MGB avait deviné qu'ils ne comptaient pas quitter le pays, alors les recherches porteraient sur un couple voyageant seul. Or Leo et Raïssa n'avaient pas réussi à modifier significativement leur apparence. Ils s'étaient tous les deux coupé les cheveux le plus court possible, on leur avait donné des vêtements de rechange, mais sans cette famille autour d'eux, ils auraient été facilement repérables. Raïssa s'était montrée réticente à l'idée d'emmener les enfants, de peur de les mettre en danger. On lui avait répondu que si les choses tournaient mal, s'ils étaient arrêtés, les grands-parents déclareraient que Leo les avait menacés et qu'ils craignaient pour leur vie.

Le train s'arrêta. Leo jeta un coup d'œil par la fenêtre. Une grande animation régnait dans la gare ; plusieurs officiers en uniforme patrouillaient sur le quai. Leo et ses six compagnons descendirent ensemble du train. Raïssa portait dans ses bras le plus jeune des enfants, un petit garçon. Les trois frères avaient reçu pour consigne de se montrer turbulents. Alors que les deux aînés avaient compris la supercherie et s'appliquaient à jouer leur rôle, le benjamin, troublé, dévisageait Raïssa avec une moue inquiète, percevant le danger et regrettant sans doute de ne pas être chez lui. Mais seuls des officiers très perspicaces devineraient qu'ils n'appartenaient pas à la même famille.

Des gardes étaient postés tout autour du quai et du hall, bien trop nombreux pour une journée ordinaire dans une gare ordinaire. Ils cherchaient quelqu'un. Leo eut beau tenter de se rassurer en pensant à tous les autres gens traqués et arrêtés, quelque chose lui disait que c'était lui. La sortie se trouvait à vingt-cinq mètres environ. Il fallait se concentrer. Ils y étaient presque.

Deux officiers armés se plantèrent devant eux.

— Vous venez d'où et vous allez où ?

Raïssa resta muette quelques instants. Les mots s'étaient envolés. De peur de paraître pétrifiée, elle fit passer le petit garçon d'un bras sur l'autre en s'esclaffant :

— Ce qu'ils peuvent être lourds !

Leo intervint :

— On revient d'une visite chez sa sœur. Elle habite Shakhty. Elle va se marier.

La grand-mère ajouta :

— À un ivrogne, ce que je désapprouve. J'ai essayé de la dissuader.

Leo lui donna la réplique avec un grand sourire.

— Tu voudrais qu'elle épouse un homme qui ne boit que de l'eau ?

— Ce serait beaucoup mieux.

Le grand-père hocha la tête.

— Qu'il boive s'il en a envie, mais pourquoi faut-il qu'il soit si laid ?

Les deux grands-parents pouffèrent. Les officiers restèrent de marbre. L'un d'eux se tourna vers le petit garçon.

— Comment s'appelle-t-il ?

La question était destinée à Raïssa. De nouveau, un blanc dans son esprit. Elle ne s'en souvenait plus. Rien ne lui revenait. Elle donna le premier prénom qui se présenta :

— Aleksandr.

L'enfant secoua la tête.

— Je m'appelle Ivan.

Raïssa éclata de rire.

— J'aime bien le taquiner. Je confonds toujours les prénoms des enfants et ça les énerve. Ce jeune homme s'appelle bien Ivan. Et celui-ci Mikhaïl.

C'était le prénom du cadet. Raïssa se rappela alors que l'aîné se prénommait Aleksei. Mais pour que son mensonge soit crédible, elle allait devoir faire comme s'il s'appelait Aleksandr.

— Et voici mon aîné, Aleksandr.

L'intéressé ouvrit la bouche pour protester, mais son grand-père s'empressa de lui caresser tendrement les cheveux. Agacé, le jeune garçon secoua la tête.

— Ne me fais pas ça. Je ne suis plus un bébé.

Raïssa eut du mal à cacher son soulagement. Les officiers s'éloignèrent et elle conduisit sa pseudo-famille à l'extérieur.

Une fois sûrs qu'on ne pouvait pas les voir de la gare, Leo et Raïssa firent leurs adieux aux grands-parents et aux enfants et montèrent dans un taxi. Ils avaient communiqué à la famille de Sarra toutes les informations relatives à leur enquête. S'ils échouaient pour une raison ou pour une autre, si de nouveaux meurtres avaient lieu, toute la famille hériterait de l'enquête. Ils s'organiseraient en réseau pour tenter de retrouver le meurtrier, de sorte que si un groupe se faisait prendre, un autre soit prêt à le remplacer. Cet homme ne devait pas s'en tirer vivant. Leo avait conscience qu'il s'agirait d'une forme de lynchage sans tribunal ni procès, d'une exécution sommaire basée sur des preuves indirectes, et qu'en essayant de faire justice eux-mêmes, ils étaient contraints d'imiter le système qu'ils combattaient.

Assis à l'arrière du taxi, une Volga certainement fabriquée à Voualsk, Leo et Raïssa se taisaient. Ils n'avaient pas besoin de parler. Leur plan était au point. Leo pénétrerait dans l'usine Rostelmash pour consulter la liste du personnel. Il ignorait comment, il devrait improviser. Raïssa l'attendrait dans le taxi, et rassurerait le chauffeur s'il avait le moindre soupçon. Il avait été payé d'avance ; grassement, pour qu'il se montre coopératif. Dès que Leo aurait trouvé le nom et l'adresse du meurtrier, ils auraient besoin du chauffeur pour les conduire sur place. Si le suspect était en voyage, ils essaieraient de découvrir la date de son retour. Ils regagneraient alors Shakhty et la famille de Sarra, et attendraient.

Le taxi s'arrêta. Raïssa caressa la main de Leo. Tendu, il parla d'une voix presque inaudible :

— Si je ne suis pas de retour dans une heure…

— Je sais.

Il descendit du taxi, referma la portière derrière lui.

Il y avait quelques gardes en faction devant les grilles, mais ils ne semblaient pas très actifs. À en juger par les mesures de sécurité, personne au MGB ne soupçonnait que cette usine de tracteurs était la destination de Leo. Le nombre de gardes à l'entrée avait pu être délibérément réduit pour l'attirer à l'intérieur, mais il en doutait. À moins qu'on ait deviné qu'il se rendait à Rostov, sans savoir exactement où. Contournant le bâtiment, il découvrit un endroit où le grillage était abrité des regards par le pignon d'un immeuble en brique. Il escalada le grillage et se laissa tomber de l'autre côté. Il était dans la place.

Les chaînes de production fonctionnaient vingt-quatre heures sur vingt-quatre. Malgré la présence des équipes de nuit, il n'y avait pas grand monde. L'enceinte était immense. L'usine devait employer plusieurs milliers de personnes, jusqu'à dix mille d'après les calculs de Leo : comptables, balayeurs, magasiniers, plus les ouvriers eux-mêmes. Compte tenu de la rotation entre équipes de nuit et de jour, on ne s'apercevrait sans doute pas qu'il n'avait rien à faire ici. Calmement, d'un pas décidé comme s'il avait toujours travaillé là, il se mit à marcher vers le bâtiment principal. Deux jeunes ouvriers en sortaient, cigarette aux lèvres. Peut-être avaient-ils fini leur journée. Se dirigeant vers les grilles, ils l'aperçurent et s'arrêtèrent. Pouvant difficilement les ignorer, Leo les salua de la main et les rejoignit.

— Je suis le coordonnateur pour l'usine Volga de Voualsk. Je devais arriver plus tôt, mais mon train a pris du retard. Où est le bâtiment administratif ?

— Il n'y a pas de locaux séparés. Le bureau principal est à l'intérieur, dans les étages. Je peux vous y conduire.

— J'arriverai bien à trouver.

— Je ne suis pas pressé de rentrer chez moi. Je vous emmène.

Leo sourit. Il ne pouvait refuser. Les deux ouvriers se saluèrent et Leo suivit son guide trop zélé dans le bâtiment principal.

En y pénétrant, il oublia un temps le but de sa visite : la taille monumentale, la hauteur du toit, le bruit des machines imposaient le silence, comme dans un édifice religieux. Rien d'étonnant, les usines étaient les nouvelles églises, les cathédrales du peuple, et ce sentiment d'humilité était presque aussi important que les engins qu'on y fabriquait. Les deux hommes marchaient côte à côte, parlant de tout et de rien. Leo se félicita soudain d'être accompagné : au moins, personne ne se retournait sur leur passage. Il se demandait toutefois comment il allait se débarrasser de l'importun.

Ils gravirent l'escalier menant des ateliers aux services administratifs. Le jeune homme avertit Leo :

— J'ignore combien d'employés seront encore là. Normalement il n'y a personne la nuit.

Leo ne savait toujours pas comment procéder. Pouvait-il bluffer ? Cela paraissait difficile, compte tenu de la nature des informations dont il avait besoin : on ne les lui donnerait pas sous n'importe quel prétexte. S'il avait encore eu sa carte du MGB, les choses auraient été plus faciles.

Ils tournèrent dans le couloir conduisant au bureau principal. De là, on avait vue sur les ateliers. Quoi que Leo décide de faire, il serait visible d'en bas. Son guide frappa à la porte du bureau. Tout reposait sur le nombre de personnes présentes à l'intérieur. Un homme d'un certain âge leur ouvrit, vêtu d'un costume, le teint cireux et l'air revêche, sans doute un comptable.

— Qu'est-ce que vous voulez ?

Leo jeta un coup d'œil par-dessus l'épaule de son interlocuteur. Le bureau était désert.

Pivotant sur lui-même, il envoya au jeune ouvrier un coup de poing dans le ventre qui le plia en deux. Avant que le comptable ait eu le temps de réagir, Leo le saisit au collet.

— Faites ce que je vous dis et vous aurez la vie sauve, compris ?

L'homme acquiesça en silence. Leo desserra lentement son étreinte.

— Fermez tous les stores. Et enlevez-moi cette cravate.

Leo tira le jeune homme, qui n'avait toujours pas repris son souffle, à l'intérieur du bureau. Il ferma la porte derrière lui, donna un tour de clé. Le comptable enleva sa cravate et la lança à Leo avant d'aller tirer les stores, occultant la vue sur les ateliers. À l'aide de la cravate, Leo ligota les mains de l'ouvrier derrière son dos, sans quitter le comptable des yeux. Peu probable qu'il y ait une arme ou un système d'alarme : il n'y avait rien à voler. Une fois les stores baissés, le comptable se tourna vers lui.

— Qu'est-ce que vous cherchez ?

— Le fichier du personnel.

Stupéfait mais obéissant, l'homme ouvrit une armoire métallique. Leo s'approcha de lui.

— Restez là sans bouger, les mains en haut de l'armoire.

Il y avait des milliers de dossiers, tous les documents relatifs à la main-d'œuvre actuelle, mais aussi aux anciens employés. Les tolkatchs, les coordonnateurs, n'avaient pas d'existence officielle, puisque ce serait reconnaître des anomalies dans la production et la distribution. Ils n'apparaîtraient sans doute pas sous ce nom.

— Où sont les dossiers des coordonnateurs ?

Le comptable ouvrit une autre armoire, en sortit une épaisse chemise. La couverture portait l'inscription : REPRÉSENTANTS. Une façade. Apparemment, l'entreprise en salariait cinq. Plein d'appréhension – toute l'enquête dépendait du contenu de ces documents –, Leo vérifia la liste des missions de chaque coordonnateur. Où avaient-ils été envoyés, et quand ? Si les dates en question coïncidaient avec celles des meurtres, il aurait retrouvé l'assassin, en théorie du moins. Si tout concordait, il irait voir le suspect pour l'interroger : il avait la certitude que face à lui, confronté à la réalité de ses crimes, l'homme craquerait. De l'index, Leo parcourut la première liste de haut en bas, la comparant aux lieux et aux dates dont il se souvenait. Rien ne correspondait. Il marqua une pause, s'interrogea sur la fiabilité de sa mémoire. Les trois dates qu'il n'oublierait jamais étaient celles des meurtres de Voualsk et de celui commis à Moscou. Or ce coordonnateur n'était jamais allé à Moscou, de même qu'il n'avait jamais voyagé sur la ligne du Transsibérien. Leo ouvrit le deuxième dossier, laissant de côté les informations personnelles pour consulter les états de service. L'individu en question n'avait été engagé que le mois précédent. Leo mit le dossier de côté et passa au troisième. Toujours rien. Il ne restait que deux dossiers. Il saisit le quatrième.

Voualsk, Molotov, Vyatka, Gorki : une série de villes suivant d'est en ouest la ligne de chemin de fer jusqu'à Moscou. Au sud de Moscou apparaissaient Tula et Orel. Et, en Ukraine, Kharkov, Gorlovka, Zaporoshy et Kramatorsk. Dans toutes ces villes, il y avait eu des meurtres. Il referma le dossier. Avant d'étudier les informations personnelles, il voulait vérifier le cinquième dossier. Ayant du mal à se concentrer, il s'aida une nouvelle fois de son index pour parcourir la liste. Quelques éléments se recoupaient, mais rien de concluant. Il rouvrit le quatrième dossier à la première page, fixa longuement des yeux la petite photo noir et blanc. L'homme portait des lunettes. Il s'appelait Andreï.

Même jour

Assis sur le lit de sa chambre d'hôtel, Vassili fumait une cigarette dont il laissait tomber la cendre sur la moquette, tout en buvant de la vodka au goulot. Il ne se faisait aucune illusion : s'il ne livrait pas à ses supérieurs Leo et Raïssa, pas d'indulgence à attendre de leur part pour la mort de Fiodor Andreïev. Tel était le marché passé avant son départ de Moscou. Ils voulaient bien croire que Fiodor travaillait pour Leo, qu'il avait agressé Vassili en se sentant démasqué, à condition que ce dernier leur ramène Leo. Le MGB acceptait mal son incapacité à arrêter ce couple sans armes et sans argent qui semblait s'être volatilisé. Si Vassili les arrêtait, on lui pardonnerait tous ses péchés. De hauts dignitaires se préparaient à apprendre que Leo était déjà à l'étranger, entre les griffes des diplomates occidentaux. Leurs propres agents avaient reçu des consignes en ce sens. Des photos de Leo et de sa femme avaient été envoyées dans les ambassades du monde entier. On élaborait des projets d'assassinat. Si Vassili pouvait épargner au MGB de se lancer dans une chasse à l'homme internationale aussi coûteuse que diplomatiquement sensible, on fermerait les yeux sur le reste.

Il lâcha le mégot de sa cigarette sur la moquette, le regarda se consumer avant de l'écraser d'un coup de talon. Il venait de contacter les agents du MGB à Rostov, une bande d'incapables. Il leur avait fourni des photos. Il les avait prévenus que Leo pouvait très bien s'être coupé les cheveux ou laissé pousser la barbe. Sa femme et lui ne seraient pas forcément ensemble. Ils avaient pu partir dans deux directions différentes. L'un d'eux pouvait être mort. À moins qu'ils ne voyagent en groupe, avec des complices. Les officiers ne devaient pas se fier aux papiers d'identité, que Leo savait falsifier. Ils devaient emprisonner toute personne suspecte. Vassili déciderait qui il convenait de relâcher. Avec trente hommes sous ses ordres, il avait mis en place une série de barrages routiers et d'opérations de recherche. Il avait ordonné à chaque officier de consigner tout incident, même le plus trivial, pour pouvoir vérifier par lui-même. Ces rapports lui étaient transmis jour et nuit.

En pure perte jusqu'à présent. Leo avait-il trouvé une nouvelle occasion de l'humilier ? Peut-être que cet imbécile de Fiodor s'était trompé. Leo se dirigeait sans doute vers une tout autre destination. Dans ce cas, Vassili était un homme mort.

On frappa à la porte.

— Entrez !

Un jeune officier rougeaud se mit au garde-à-vous, une feuille de papier à la main. Vassili lui fit signe d'approcher :

Usine Rostelmash. Services administratifs.
Deux hommes agressés. Plusieurs dossiers volés.

Vassili se leva d'un bond.
— C'est lui !

Même jour

Ils étaient debout l'un à côté de l'autre, à une vingtaine de mètres de la porte d'entrée. Leo jeta un coup d'œil à sa femme. Elle n'avait pas conscience de la folie qui s'était abattue sur lui. La tête lui tournait comme sous l'effet d'une drogue. Il s'attendait plus ou moins à ce que cette sensation s'estompe et que tout rentre dans l'ordre, qu'il y ait une autre explication, que cette maison ne soit pas celle de son frère cadet.

Andreï Trofimovitch Sidorov.

C'était pourtant bien le nom de son frère.

Pavel Trofimovitch Sidorov.

Et ce nom-là était le sien aussi jusqu'à ce qu'il abandonne l'identité de l'enfant qu'il avait été comme un serpent laisse sa mue derrière lui. La petite photo noir et blanc du dossier personnel confirmait qu'il s'agissait bien d'Andreï. Ses traits n'avaient pas changé : toujours ce même air égaré.

Les lunettes étaient une nouveauté. Voilà l'explication de sa maladresse : il était myope. Son petit frère si timide et malhabile, meurtrier d'au moins quarante-quatre enfants. Ça ne tenait pas debout et pourtant tout se tenait : la ficelle, l'écorce broyée, la traque. Contraint de se concentrer sur les souvenirs qu'il avait bannis de sa mémoire, Leo se revit lui montrant comment faire un nœud coulant, comment ronger l'écorce des arbres pour calmer sa faim. Ces conseils avaient-ils constitué la matrice d'une sorte de folie meurtrière ? Pourquoi n'avait-il pas fait le rapprochement plus tôt ? Non, il n'avait rien à se reprocher. Tant d'enfants avaient reçu les mêmes conseils, appris à braconner. À la vue des victimes, ces détails n'avaient pas spécialement marqué Leo. À moins que… ? Avait-il choisi cette piste ou l'avait-elle choisi ? Était-ce pour cela qu'il s'était lancé dans cette enquête, alors qu'il avait toutes les raisons de ne pas s'en mêler ?

En découvrant le nom de son frère écrit noir sur blanc, il avait dû s'asseoir, hypnotisé par le dossier, vérifiant les dates, encore et encore. Sous le choc, il avait oublié le danger. C'est en voyant le comptable se rapprocher du téléphone qu'il était brusquement revenu à lui. Il l'avait ligoté à sa chaise, avait débranché l'appareil et enfermé les deux hommes dans le bureau, dûment bâillonnés. Il devait sortir de là, se ressaisir. Dans le couloir, il n'arrivait pas à marcher droit, zigzaguant, pris de vertige. Une fois dehors, ses pensées en désordre, son univers sens dessus dessous, il s'était dirigé d'instinct vers les grilles, s'apercevant trop tard qu'il aurait été beaucoup plus sûr d'escalader le grillage comme à l'aller.

Mais il ne pouvait plus changer de direction : les gardes l'avaient vu approcher. Il avait fallu passer devant eux comme si de rien n'était. La sueur perlait à son front. Ils l'avaient laissé sortir sans l'interpeller. De retour dans le taxi, il avait donné l'adresse au chauffeur, lui demandant de se dépêcher. Il tremblait sans pouvoir s'arrêter. Il avait regardé Raïssa étudier le dossier. Elle connaissait désormais l'existence de son frère, son prénom, mais pas son nom de famille. Il guettait sa réaction à mesure qu'elle avançait dans sa lecture. Elle n'avait pas fait le rapprochement, n'avait rien deviné. Comment l'aurait-elle pu ? Il avait été incapable de lui dire la vérité.

Cet homme est mon frère.

Impossible de savoir combien de personnes se trouvaient chez Andreï. Les autres occupants posaient problème. Ils n'avaient sûrement pas conscience de la vraie nature de leur proche, ce tueur. Ils ignoraient l'existence de ses crimes – sans doute en partie la raison pour laquelle il agissait loin de chez lui. Le frère de Leo s'était créé une double personnalité – père de famille et meurtrier –, de même que Leo avait une double identité : celle de l'enfant qu'il avait été et celle de l'enfant qu'il était devenu. Leo hocha la tête : il fallait se concentrer. Il était là pour le tuer. Mais comment épargner les siens ? Ni Raïssa ni lui n'étaient armés. Raïssa perçut ses hésitations :
— Qu'est-ce qui t'inquiète ?
— Ceux qui habitent là aussi.

— Tu connais son visage. Tu as vu sa photo. Tu n'as qu'à te glisser à l'intérieur et le tuer dans son sommeil.

— Je ne peux pas faire ça.

— Il ne mérite aucune faveur, Leo.

— Je dois m'assurer que c'est lui. Je dois lui parler.

— Il niera. Plus tu lui parleras, plus ce sera difficile pour toi.

— Possible. Mais je ne le tuerai pas dans son sommeil.

Sarra leur avait donné un couteau. Leo le remit à Raïssa.

— Je ne veux pas m'en servir.

Raïssa refusa le couteau.

— Cet homme a tué plus de quarante enfants, Leo.

— C'est pour ça que je vais le tuer à son tour.

— Et s'il se défend ? Il a sûrement un couteau, lui. Peut-être même un pistolet. Il doit être costaud.

— Ce n'est pas un bagarreur. Il est maladroit, timide.

— Qu'en sais-tu, Leo ? Garde ce couteau. Comment pourras-tu le tuer autrement ?

Leo mit le manche du couteau dans la main de Raïssa.

— Tu oublies un détail : j'ai été entraîné pour ça. Fais-moi confiance.

C'était la première fois qu'il le lui demandait.

— D'accord.

Ils n'avaient pas d'avenir, aucun espoir de s'enfuir ni de passer beaucoup de temps ensemble après les événements que la nuit leur réservait. Raïssa en eut conscience : une partie d'elle-même espérait que l'assassin ne serait pas chez lui, mais en voyage, pour qu'elle et Leo aient une raison de rester libres quelques jours de plus avant de revenir accomplir leur mission. Honteuse, elle chassa cette pensée. Combien de personnes avaient risqué leur vie pour qu'ils puissent être là ? Elle embrassa Leo, souhaitant qu'il réussisse, que le tueur trouve la mort.

Leo se dirigea vers la maison, laissant Raïssa cachée. Ils s'étaient mis d'accord. Elle ferait le guet en retrait de la maison. Si l'homme tentait de fuir, elle l'intercepterait. En cas d'échec de Leo, elle tenterait à son tour de le tuer.

Leo atteignit la porte d'entrée. Il y avait une petite lueur à l'intérieur. Signe que quelqu'un était éveillé ? Il poussa doucement la porte qui s'ouvrit toute seule. Devant lui se trouvait la cuisine : une table, un fourneau. La lueur provenait d'une lampe à pétrole, d'une flamme vacillante derrière le verre noirâtre. Il s'avança, traversa la cuisine jusqu'à la pièce voisine. À sa grande surprise, elle ne contenait que deux lits. Deux fillettes étaient couchées dans le premier. Leur mère, probablement, dormait dans le second, seule. Pas trace d'Andreï. Était-ce la famille de son frère ? Si oui, c'était aussi la sienne. Sa belle-sœur. Ses nièces. Peut-être y avait-il une autre famille au sous-sol. Il se retourna. Un chat le fixait, deux yeux verts impassibles. Son pelage était noir et blanc. Même s'il semblait mieux nourri que le chat de la forêt, celui qu'ils avaient chassé et tué, il était de la même couleur, avait la même apparence. Leo se sentit entouré de fragments du passé, comme en rêve. Le chat se faufila par une seconde porte qui donnait sur un escalier. Leo le suivit.

L'escalier conduisait à un sous-sol mal éclairé. L'animal dévala les marches et disparut. D'en haut, on voyait mal la pièce. Leo n'apercevait que l'angle d'un troisième lit. Vide. Se pouvait-il qu'Andreï ne soit pas là ? Leo descendit à son tour, s'efforçant de ne pas faire de bruit.

Arrivé en bas, il jeta un coup d'œil prudent. Un homme était assis à une table. Il portait d'épaisses lunettes à verres carrés, une chemise blanche immaculée. Il faisait une réussite. Il se redressa. Il n'avait pas l'air surpris. Il se leva. De l'endroit où il était, Leo apercevait sur le mur derrière son frère, formant comme une auréole au-dessus de sa tête, un assemblage de coupures de journaux, la même photo en plusieurs exemplaires : une photo de lui, Leo, debout et triomphant devant la carcasse encore fumante d'un Panzer, en héros de l'Union soviétique, l'incarnation de la victoire.

— Pourquoi tu as mis si longtemps, Pavel ?

Son cadet lui désigna la chaise vide en face de lui.

Leo se sentit incapable de faire autre chose qu'obéir, conscient qu'il ne contrôlait plus la situation. Loin de paraître inquiet ou pris de court, de bafouiller ou même de fuir, Andreï semblait s'attendre à cette confrontation. Leo, lui, était désorienté, troublé : difficile de ne pas suivre ses consignes.

Il s'assit, Andreï aussi. Deux frères face à face, réunis après plus de vingt ans.

— Tu as su que c'était moi dès le début ?
— Le début ?
— Au premier cadavre que tu as trouvé ?

— Non.
— Tu as trouvé lequel en premier ?
— Larissa Petrova, à Voualsk.
— Une jeune fille, je me souviens d'elle.
— Et Arkady, à Moscou ?
— Il y en a eu plusieurs, à Moscou.

« Plusieurs » : il employait ce mot comme si de rien n'était. S'il y avait bel et bien eu plusieurs meurtres à Moscou, alors ils avaient tous été étouffés.

— Arkady a été assassiné en février de cette année, sur la voie ferrée.
— Un petit garçon ?
— Il avait quatre ans.
— Je me souviens de lui aussi. C'est un des plus récents. À ce moment-là, j'avais perfectionné ma technique. Et tu n'avais toujours pas compris que c'était moi ? Les premiers meurtres étaient moins évidents. J'étais fébrile. Je ne pouvais pas en faire trop, tu sais. Il fallait quelque chose que tu sois seul à reconnaître. Je ne pouvais pas me contenter d'écrire mon nom. C'est avec toi que je communiquais, avec toi seul.
— Qu'est-ce que tu racontes ?
— Je n'ai jamais cru que tu étais mort. J'ai toujours su que mon frère était vivant. Et je n'ai jamais eu qu'un seul désir, une seule ambition… te retrouver.

Était-ce de la colère dans la voix d'Andreï, de la tendresse, ou bien les deux à la fois ? Sa seule ambition était-elle vraiment de le retrouver ou bien de se venger ? Andreï sourit, un sourire chaleureux, candide, comme s'il venait de gagner aux cartes.

— Ton idiot de frère, ce maladroit, avait au moins raison sur un point. Toi. J'ai tenté de convaincre maman que tu étais vivant. Mais elle ne voulait pas m'écouter. Elle était sûre que quelqu'un t'avait enlevé pour te tuer. Je lui ai dit que non, que tu t'étais enfui avec notre proie. Je lui ai promis de te retrouver, de ne pas t'en vouloir, de te pardonner. Elle ne voulait pas m'écouter. Elle a perdu la tête. Elle oubliait qui j'étais et me parlait comme si c'était toi. Elle m'appelait Pavel et me demandait de l'aider, comme tu avais l'habitude de le faire. Je me prêtais au jeu, puisque c'était plus facile, que ça lui faisait plaisir, mais à la moindre bêtise, elle se rappelait que je n'étais pas toi. Elle devenait folle furieuse et me battait jusqu'à ce que sa colère retombe. Et elle recommençait à se lamenter. Jamais elle n'a cessé de pleurer ta mort. On a tous une raison de vivre. Tu étais la sienne. Mais tu étais aussi la mienne. La seule différence entre elle et moi ? J'étais sûr que tu étais vivant.

Leo écoutait, fasciné tel un enfant assis devant un adulte qui lui explique le monde. Il ne pouvait pas davantage bouger un bras ou se lever qu'interrompre son frère. Andreï poursuivit :

— Pendant que notre mère se laissait mourir, je me suis occupé de moi. Heureusement l'hiver touchait à sa fin et la situation s'est améliorée lentement. Seuls dix habitants de chez nous ont survécu, onze, avec toi. D'autres villages ont été anéantis. Dès l'arrivée du printemps, après la fonte des neiges, une puanteur atroce s'est répandue, des villages entiers étaient en décomposition, décimés par les épidémies. On ne pouvait pas approcher. Mais durant l'hiver ils redevenaient parfaitement calmes, paisibles, silencieux. Chaque soir, j'allais chasser dans la forêt, tout seul. Je suivais toutes les traces de pas. Je te cherchais, je t'appelais, je criais ton prénom aux arbres. Mais tu n'es jamais revenu.

Comme s'il fallait du temps à son cerveau pour digérer ces mots, les assimiler, Leo finit par demander d'une voix hésitante :

— Tu as tué tous ces enfants sous prétexte que je t'avais abandonné ?

— Je les ai tués pour que tu puisses me retrouver. Pour que tu rentres à la maison. Pour pouvoir communiquer avec toi. Qui d'autre pouvait reconnaître ces indices datant de notre enfance ? Je savais qu'ils te conduiraient jusqu'à moi, comme autrefois tu suivais les traces de tes proies dans la neige. Tu es un chasseur, Pavel, le meilleur chasseur au monde. Je ne savais pas si tu étais entré dans la milice ou non. Quand j'ai vu cette photo de toi, j'ai contacté les journalistes de *la Pravda*. Je leur ai demandé ton nom. Je leur ai expliqué qu'on avait été séparés et que tu te prénommais Pavel. Ils m'ont répondu que tu ne t'appelais pas comme ça, et que toutes les informations te concernant étaient secret défense. Je les ai suppliés de me dire au moins dans quelle unité tu combattais. Ils n'ont même pas voulu me répondre. Moi aussi j'étais soldat. Pas comme toi, pas un héros. Mais assez pour comprendre que tu devais appartenir à un corps d'élite. À cause du secret autour de ton identité, je me suis douté que tu travaillais pour l'armée, les services de renseignements ou le gouvernement. Je savais que tu étais forcément quelqu'un d'important. Tu pourrais avoir accès aux informations concernant ces meurtres. Encore que ce ne soit pas indispensable. Si je tuais suffisamment d'enfants en plusieurs endroits, j'étais sûr que tu en aurais connaissance, quel que soit ton emploi. J'étais sûr que tu devinerais que c'était moi.

Leo se pencha vers son frère qui avait l'air si courtois, qui raisonnait si bien.

— Mais qu'est-ce qui t'est arrivé, Andreï ?

— Après le village, tu veux dire ? La même chose qu'à tous les autres : j'ai été enrôlé de force dans l'armée. J'ai perdu mes lunettes au combat, je me suis retrouvé par erreur derrière les lignes allemandes. Je me suis fait prendre. Je me suis rendu. Quand je suis rentré en Russie, alors que j'étais prisonnier de guerre, on m'a arrêté, interrogé, torturé. On m'a menacé de me mettre en prison. J'ai protesté : moi, un traître, myope comme j'étais ? Pendant six mois, j'ai vécu sans lunettes. Plus loin que le bout de mon nez, le monde était flou. Chaque fois que je croisais un enfant, je croyais que c'était toi. Il aurait mieux valu m'exécuter. Mais ça amusait les gardes, que je me cogne partout. Je trébuchais sans arrêt, comme quand j'étais gosse. J'ai eu la vie sauve. Trop bête et maladroit pour être un espion allemand. Ils m'ont laissé partir après m'avoir insulté et tabassé. Je suis revenu ici. Même là on me détestait et on me traitait de traître. Mais ça ne me gênait pas. Je t'avais. Je me suis concentré sur un seul objectif : te faire revenir.

— Donc tu t'es mis à tuer ?

— J'ai commencé dans cette région. Mais au bout de six mois, j'ai dû accepter l'idée que tu pouvais être n'importe où dans le pays. Voilà pourquoi j'ai trouvé un emploi de coordonnateur, pour pouvoir voyager. Je voulais laisser des traces dans tout le pays, des traces que tu pourrais suivre.

— Des traces ? C'étaient des enfants !

— D'abord je n'ai tué que des animaux, que j'attrapais comme on avait capturé ce chat. Mais ça n'a pas marché. Personne ne faisait attention. Personne ne remarquait rien. Un jour, je suis tombé sur un gosse dans la forêt. Il m'a demandé ce que je faisais. Je lui ai expliqué que je préparais un appât. Il avait le même âge que toi quand tu m'as abandonné. Et je me suis rendu compte que ce gosse ferait le meilleur des appâts. Tout le monde remarquerait un enfant mort. Tu comprendrais le message. Pourquoi crois-tu que j'ai tué autant d'enfants en hiver ? Pour que tu puisses suivre mes traces dans la neige. D'ailleurs, est-ce que tu ne les as pas suivies jusqu'au cœur de la forêt, comme tu avais suivi celles du chat ?

Leo écoutait la voix douce de son frère telle une langue étrangère qu'il comprendrait à peine.

— Tu as une famille, Andreï. J'ai vu tes enfants là-haut, des enfants comme ceux que tu as tués. Deux belles petites filles. Tu ne comprends pas que tu as fait quelque chose de mal ?

— C'était nécessaire.

— Non.

Andreï tapa du poing sur la table, furieux.

— Ne me parle pas sur ce ton ! Tu n'as pas le droit de te mettre en colère contre moi ! Tu ne t'es jamais soucié de moi ! Tu n'es jamais revenu ! Tu savais que j'étais en vie et tu t'en moquais ! Autant oublier cet idiot et ce maladroit d'Andreï ! Il n'était rien pour toi. Tu m'as laissé seul avec une mère folle et un village plein de cadavres en décomposition. Tu n'as pas le droit de me juger !

Leo dévisagea son frère, aux traits soudain déformés par la colère. Était-ce ce visage que tous les gosses avaient vu ? Quelles épreuves son frère avait-il donc endurées ? Quelles horreurs sans nom ? Mais l'heure de la compassion était passée depuis longtemps. Andreï essuya son front moite.

— C'était mon seul moyen de te faire revenir vers moi, mon seul moyen d'attirer ton attention. Tu aurais pu tenter de me retrouver. Mais non. Tu m'as rayé de ton existence. Et de ta mémoire. Le moment le plus heureux de ma vie, c'est quand on a capturé ce chat tous les deux en faisant équipe. Dès qu'on était ensemble, je n'avais plus l'impression que le monde était injuste, même si on n'avait rien à manger, même s'il faisait un froid glacial. Et puis tu as disparu.

— Je ne t'ai pas abandonné, Andreï. On m'a enlevé. Un homme m'a assommé dans les bois. Il m'a mis dans un sac et il m'a emmené. Jamais je ne t'aurais abandonné.

Andreï secouait la tête.

— C'est ce que maman répétait. Mais c'est un mensonge. Tu m'as trahi.

— J'ai failli mourir. Cet homme qui m'a enlevé, il voulait me tuer. Pour donner à manger à son fils. Mais quand on est arrivés chez sa femme et lui, leur fils était déjà mort. J'étais en état de choc. Je ne savais même plus comment je m'appelais. Il m'a fallu des semaines pour me remettre. À ce moment-là, j'étais déjà à Moscou. On avait quitté la campagne. Pour trouver de quoi se nourrir. Je me suis souvenu de toi. Et de notre mère. Et de notre vie, tous les trois. Évidemment que je m'en suis souvenu. Mais que voulais-tu que je fasse ? Je n'avais pas le choix. Il fallait que je continue ma route. Désolé.

En somme, Leo demandait pardon.

Andreï rassembla ses cartes à jouer et les battit.

— Tu aurais pu tenter de me retrouver plus tard. Tu aurais pu faire un effort. J'ai gardé mon nom. Tu n'aurais eu aucun mal à arriver jusqu'à moi, surtout au poste que tu occupais.

C'était vrai, il aurait pu retrouver son frère ; il aurait pu engager des recherches. Il avait préféré enterrer le passé. Et voilà que son frère réapparaissait sous les traits d'un meurtrier.

— J'ai passé ma vie à tenter d'oublier, Andreï. J'ai grandi dans la crainte que mes nouveaux parents reviennent sur le passé. J'avais peur d'en parler avec eux, parce que j'avais peur de leur rappeler l'époque où ils avaient voulu me tuer. Chaque nuit, je me réveillais terrifié, trempé de sueur, en redoutant qu'ils aient changé d'avis et qu'ils veuillent à nouveau me tuer. J'ai fait tout ce qui était en mon pouvoir pour qu'ils m'aiment. C'était une question de survie.

— Tu as toujours voulu te débrouiller sans moi, Pavel. Tu as toujours voulu me tenir à l'écart.

— Tu sais pourquoi je suis venu jusqu'ici ?

— Pour me tuer. Pour quelle autre raison un chasseur viendrait jusqu'ici ? Quand tu m'auras tué, je serai haï et tu seras adoré. Comme autrefois.

— Je suis considéré comme traître parce que je veux t'arrêter.

Andreï parut sincèrement surpris.
— Pourquoi ?
— On a accusé d'autres personnes de tes meurtres, beaucoup d'innocents sont morts à cause de tes crimes, directement ou indirectement. Tu comprends, maintenant ? Ta culpabilité gêne l'État.

Andreï resta impassible. Il finit par sortir de son silence.
— Je vais écrire ma confession.

Une confession de plus. Pour dire quoi ?

Moi, Andreï Sidorov, je suis un assassin.

Son frère n'avait pas compris. Personne ne voulait de sa confession, personne ne se souciait qu'il reconnaisse sa culpabilité.
— Je ne suis pas venu recueillir ta confession, Andreï. Je suis ici pour m'assurer que tu ne tueras pas d'autres enfants.
— Je ne ferai rien pour t'en empêcher. J'ai atteint tous mes objectifs. Le sort m'a donné raison. Tu dois regretter de ne pas être parti plus tôt à ma recherche. Si tu l'avais fait, pense au nombre de vies que tu aurais sauvées.
— Tu es malade.
— Avant que tu me tues, je voudrais qu'on fasse une dernière partie de cartes. S'il te plaît, Pavel, tu peux au moins faire ça pour moi.

Andreï distribua les cartes. Leo les contempla.
— S'il te plaît, Pavel, juste une partie. Si tu joues avec moi, je te laisserai me tuer.

Leo prit les cartes, non pas à cause de la promesse de son frère, mais parce qu'il lui fallait un peu de temps pour y voir clair. Il devait considérer Andreï comme un inconnu. La partie commença. Andreï, concentré, semblait parfaitement heureux. Il y eut un bruit à proximité. Inquiet, Leo pivota sur sa chaise. Une fillette ravissante était debout au pied de l'escalier, les cheveux ébouriffés. Elle resta où elle était, une moitié du corps invisible, petite espionne timide. Andreï se leva.

— Nadia, je te présente mon frère Pavel.
— Le frère dont tu m'as parlé ? Celui qui devait venir nous voir ?
— Oui.

Nadia se tourna vers Leo.

— Tu n'as pas faim ? Tu viens de loin ?

Leo ne sut que dire. Andreï répondit à sa place.

— Tu devrais retourner te coucher.
— Je suis réveillée, maintenant. Je ne pourrai pas me rendormir. Je serai simplement couchée là-haut, à vous écouter. Je peux pas plutôt rester ici ? Moi aussi, j'aimerais être avec ton frère. Je n'ai jamais rencontré personne de ta famille. Ça me ferait tellement plaisir. S'il te plaît, papa…
— Pavel a fait un très long voyage pour me voir. On a beaucoup de choses à se dire.

Leo cherchait comment éloigner la fillette. Il risquait de se retrouver coincé dans une réunion de famille avec de la vodka, des tranches de viande froide et des questions sur le passé. Or, il se trouvait là pour tuer.

— On pourrait avoir du thé, s'il y en a ?
— Oui, je sais faire le thé. Est-ce que je dois réveiller maman ?

Une fois encore, ce fut Andreï qui répondit.

— Non. Laisse-la dormir.
— Je me débrouille toute seule, alors ?
— Oui, débrouille-toi.
Elle sourit et remonta l'escalier quatre à quatre.
Elle était surexcitée. Le frère de son père était très beau et il avait sûrement un tas d'histoires intéressantes à raconter. C'était un soldat, un héros. Il pourrait lui expliquer comment devenir pilote de chasse. Peut-être même qu'il était mariée à une femme pilote. Elle ouvrit la porte et eut le souffle coupé. Il y avait une femme magnifique dans la cuisine. Elle était immobile, un bras derrière le dos, comme si une main géante l'avait déposée par la fenêtre, telle une poupée dans une maison de poupée.

Raïssa cachait le couteau derrière son dos, la lame plaquée contre sa robe. Elle avait eu l'impression d'attendre dehors pendant une éternité. Il devait y avoir un problème. Elle allait devoir agir. Sitôt le seuil franchi, elle découvrit avec soulagement qu'il n'y avait pas grand monde dans la maison. Seulement deux lits, une fillette et sa mère. Qui était cette seconde enfant ? D'où venait-elle ? Elle semblait toute joyeuse. Ni apeurée ni affolée. Personne n'était mort.

— Je m'appelle Raïssa. Mon mari est là ?
— Tu veux dire Pavel ?

Pavel... Pourquoi se faisait-il appeler Pavel ? Pourquoi utilisait-il son ancien prénom ?

— Oui...
— Moi, je m'appelle Nadia. Je suis contente de faire ta connaissance. Je n'avais encore jamais rencontré quelqu'un de la famille de mon père.

Raïssa gardait le couteau derrière son dos. Quelqu'un de la famille ? Que voulait dire cette gamine ?

— Où est mon mari ?

— En bas.

— Je voudrais juste lui faire savoir que je suis là.

Raïssa s'approcha de l'escalier, glissant le couteau devant elle pour empêcher Nadia de voir la lame. Elle ouvrit la porte.

Doucement, au son d'une conversation paisible, Raïssa descendit les marches. Elle tenait le couteau à bout de bras, la main tremblante. Elle se répéta que plus elle tarderait à tuer cet homme, plus ce serait difficile. Arrivée au pied de l'escalier, elle découvrit son mari en train de jouer aux cartes.

Vassili avait ordonné à ses hommes d'encercler la maison : personne ne pourrait s'enfuir. Quinze officiers l'accompagnaient. La plupart d'entre eux étaient du coin et il ne les connaissait pas. Pour éviter qu'ils suivent aveuglément la procédure, qu'ils insistent pour arrêter Leo et sa femme, il devait prendre les choses en main. Mettre un terme définitif à cette affaire, et veiller à détruire toute preuve pouvant jouer en leur faveur. Il s'avança, pistolet armé. Deux hommes le suivirent. Il leur fit signe de s'arrêter.

— Attendez cinq minutes. N'entrez dans la maison que si je vous appelle. C'est clair ? Si dans cinq minutes je ne suis pas sorti, donnez l'assaut et tuez tout le monde.

Raïssa tenait toujours le couteau à bout de bras et elle tremblait plus que jamais. Elle n'y arriverait pas. Elle ne pouvait pas tuer cet homme qui jouait aux cartes avec son mari. Leo vint vers elle.
— Je m'en occupe.
— Pourquoi tu joues aux cartes avec lui ?
— Parce que c'est mon frère.

À l'étage, des hurlements retentirent. Ceux de la fillette. Il y eut d'autres cris, une voix d'homme. Sans laisser à quiconque le temps de réagir, Vassili apparut en haut de l'escalier, brandissant son pistolet. Il inspecta la pièce du regard. Perplexe, il contempla le jeu sur la table.

— Tu as fait bien du chemin pour jouer aux cartes… Je croyais que tu pourchassais un prétendu tueur d'enfants. À moins que ça ne fasse partie de tes nouvelles méthodes d'interrogatoire ?

Leo avait trop attendu. Jamais il ne pourrait tuer Andreï à présent. Au moindre geste brusque, il serait abattu et Andreï serait libre. Même si la cause avouée de ses crimes – retrouver son frère – venait de disparaître, Andreï ne pourrait pas s'arrêter. Leo avait échoué. Il avait parlé au lieu d'agir. Il avait oublié que beaucoup de gens voulaient sa mort plus que celle de son frère.

— Vassili, il faut que tu m'écoutes.
— À genoux !
— S'il te plaît…

Vassili le mit en joue. Leo s'agenouilla. Il ne pouvait qu'obéir et implorer, alors même qu'il se trouvait face à un homme qui refuserait d'écouter, uniquement préoccupé d'assouvir son désir de vengeance.
— C'est important, Vassili…
Vassili lui braqua son pistolet contre la tempe.
— À genoux près de ton mari, Raïssa, vite !
Elle obéit, à l'image des époux Zinoviev exécutés devant leur grange. Le pistolet fut braqué sur sa nuque. Elle prit son mari par la main, ferma les yeux. D'instinct, Leo cria :
— Non !
Par provocation, Vassili donna un coup sur le crâne de Raïssa avec le canon de son pistolet.
— Leo…
Vassili ne termina pas sa phrase. Raïssa étreignit la main de Leo. Quelques secondes s'écoulèrent ; le silence s'installa. Le temps s'était arrêté. Lentement, Leo se retourna.
Une lame dentelée avait transpercé le dos et l'abdomen de Vassili. Andreï restait planté là, la lame à la main. Il venait de sauver son frère. Il était allé chercher le couteau, sans hésiter ni trébucher, et avait poignardé Vassili en silence, proprement et sans bavure. Il était heureux, aussi heureux que le jour où son frère et lui avaient tué ce chat ensemble, heureux comme jamais.
Leo se releva, prit le pistolet des mains de Vassili. Du sang s'écoulait à la commissure de ses lèvres. Il était encore vivant, mais ses yeux avaient perdu leur éclat calculateur, conspirateur. Il leva une main et la posa sur l'épaule de Leo, comme pour faire ses

adieux à un ami, avant de s'écrouler. Cet homme qui avait mis toute son énergie à le persécuter était mort. Mais Leo n'en tirait aucun soulagement, aucune satisfaction. Il ne pensait qu'à la tâche qu'il lui restait à accomplir.

Raïssa se releva à son tour, toujours près de Leo. Andreï resta là où il était. Personne ne bougeait. Lentement, Leo le mit en joue avec le pistolet, juste au-dessus de ses lunettes. Dans cette petite pièce, trente centimètres à peine séparaient le canon du pistolet de la tête de son frère.

Une voix s'éleva :

— Qu'est-ce que vous faites ?

Leo se retourna. Nadia était au pied de l'escalier. Raïssa murmura :

— On n'a pas beaucoup de temps, Leo.

Leo ne pouvait se résoudre à tirer. Andreï intervint :

— Pavel, je veux que tu le fasses.

Raïssa entoura la main de Leo de la sienne. Ils appuyèrent ensemble sur la détente. Le coup partit, le recul de l'arme les fit sursauter. La tête d'Andreï pivota et il tomba de tout son long.

Entendant la détonation, des officiers armés s'engouffrèrent dans la maison et dévalèrent l'escalier. Raïssa et Leo lâchèrent le pistolet. Le premier officier contempla le corps de Vassili. Leo prit la parole, la main encore tremblante. Il désigna Andreï, son petit frère.

— Cet homme était un meurtrier. Votre supérieur est mort en tentant de l'appréhender.

Leo prit la mallette noire. Ne sachant pas s'il avait deviné juste, il l'ouvrit. À l'intérieur se trouvait un bocal en verre enveloppé de papier journal. Il dévissa le couvercle, vida le contenu sur les cartes à jouer. C'était l'estomac de la dernière victime de son frère, enveloppé dans un numéro de la *Pravda*. Leo ajouta, d'une voix presque inaudible :

— Vassili est mort en héros.

Tandis que les officiers faisaient cercle autour de la table, examinant la macabre découverte, Leo recula d'un pas. Nadia le dévisageait, avec dans les yeux la même rage que son père.

Moscou

18 juillet

Leo était face au major Gratchev, dans le bureau où il avait refusé de dénoncer Raïssa. Il ne le connaissait pas. Il n'avait jamais entendu parler de lui mais n'était pas surpris de ce renouvellement. Personne ne restait longtemps au sommet de la hiérarchie du MGB, or quatre mois s'étaient écoulés depuis son dernier passage. Cette fois, aucune chance que Raïssa et lui soient exilés à l'intérieur du pays ou envoyés au goulag. On les exécuterait entre ces murs, le jour même.

Le major Gratchev prit la parole :
— Votre ancien supérieur était le major Kuzmin, un protégé de Beria. Ils ont été arrêtés tous les deux. C'est moi qui suis chargé de statuer sur votre cas.

Devant lui se trouvait la chemise écornée contenant le dossier confisqué à Voualsk. Il le feuilleta, passa en revue les photos, les témoignages, les minutes des procès.

— On a retrouvé dans ce sous-sol les restes de trois estomacs, dont deux avaient été cuits. Ils avaient été prélevés sur des enfants, bien qu'on n'ait pas encore identifié les victimes. Vous aviez raison. Andreï Sidorov était bel et bien un meurtrier. J'ai étudié ses antécédents. Apparemment c'est un ancien collaborateur de l'Allemagne nazie, relâché à tort après la guerre au lieu d'être rééduqué. Une erreur impardonnable de notre part. Les nazis l'ont renvoyé avec pour consigne de se venger de notre victoire sur les fascistes. Sa vengeance a pris la forme de ces terribles agressions contre les enfants de l'Union soviétique : l'avenir même du communisme a été pris pour cible. Plus grave, il s'agissait d'une opération de propagande. On voulait faire croire à notre peuple que notre société pouvait produire un tel monstre, alors qu'en fait cet homme a subi l'influence corruptrice de l'Occident, qu'il est revenu transformé par ce séjour loin de sa patrie, avec un cœur empoisonné, dénaturé. Je note qu'aucun de ces meurtres n'a été commis avant la Grande Guerre patriotique.

Il s'interrompit, dévisagea Leo.

— Ce n'est pas votre avis ?

— Si, major, c'est très exactement ce que je pense.

Gratchev lui serra la main.

— Vous venez de vous illustrer au service de votre pays. On m'a demandé de vous offrir une promotion, un rang plus élevé au sein du MGB, voie toute tracée vers une carrière politique si vous le souhaitez. Les temps ont changé, Leo. Selon Khrouchtchev, notre nouveau Premier secrétaire, les problèmes que vous avez rencontrés au cours de votre enquête font partie des excès impardonnables du régime stalinien. Votre épouse vient d'être libérée. Puisqu'elle vous a aidé à traquer cet agent de l'étranger, tout doute sur sa loyauté est désormais levé. Vous êtes l'un et l'autre lavés de tout soupçon. Vos parents vont retrouver leur ancien appartement. S'il n'est pas disponible, on leur en donnera un plus confortable.

Leo gardait le silence.

— Vous ne dites rien ?

— Votre offre est très généreuse. Je suis flatté. Mais comprenez que je n'ai pas agi dans le but d'obtenir une promotion, un poste influent. Je savais seulement qu'il fallait arrêter cet homme.

— Je comprends.

— Je vous demande donc la permission de refuser votre offre. Et de vous adresser une requête à la place.

— Allez-y.

— Je souhaiterais prendre la tête d'une brigade criminelle à Moscou. Si cette brigade n'existe pas, j'aimerais pouvoir la créer.

— Quelle serait son utilité ?

— Comme vous l'avez dit vous-même, les meurtres peuvent devenir une arme contre notre société. Si ces gens n'arrivent pas à diffuser leur propagande par des moyens conventionnels, ils recourront à des procédés moins orthodoxes. La criminalité risque de devenir un nouvel enjeu de notre combat contre l'Occident. Elle sera utilisée pour mettre à mal l'harmonie sur laquelle repose notre société. Le jour où ce sera le cas, je veux pouvoir lutter contre elle...

— Poursuivez.

— J'aimerais que le général Nesterov soit transféré à Moscou. J'aimerais qu'il travaille avec moi au sein de cette nouvelle brigade.

Gratchev étudia quelques instants la requête de Leo, puis acquiesça d'un signe de tête solennel.

Raïssa attendait dehors, contemplant la statue de Dzerjinski. Leo la prit par la main, marque de tendresse téméraire, épiée sans aucun doute depuis les fenêtres de la Loubianka. Il s'en moquait. Raïssa et lui avaient la vie sauve, provisoirement du moins. Ce provisoire suffisait, personne ne pouvait espérer plus. Il leva lui aussi les yeux vers la statue de Dzerjinski, et s'aperçut qu'il ne pouvait plus citer un seul mot prononcé par le fondateur de la Tcheka.

UNE SEMAINE PLUS TARD

Moscou

25 juillet

Leo et Raïssa étaient assis dans le bureau du directeur de l'orphelinat 12, situé à proximité du zoo. Leo échangea un regard avec sa femme :
— Qu'est-ce qui prend autant de temps ?
— Je n'en sais rien.
— Il y a un problème.
Raïssa secoua la tête.
— Je ne crois pas.
— Le directeur n'a pas été très aimable.
— Il m'a plutôt fait bonne impression.
— Mais il nous a trouvés comment ?
— Aucune idée.
— Tu penses qu'on lui a plu ?
— Peu importe ce qu'il pense de nous. Ce qui compte, c'est ce qu'elles vont penser, elles.
Incapable de tenir en place, Leo se leva.
— On a besoin de sa signature.
— Il signera ces documents. La question n'est pas là.
Leo se rassit en hochant la tête.

— Tu as raison. J'ai le trac.
— Moi aussi.
— Je suis présentable ?
— Tu es très bien.
— Pas trop élégant ?
— Détends-toi, Leo.

La porte s'ouvrit. Le directeur, un quadragénaire, fit son entrée.

— Je les ai retrouvées.

Leo se demanda si c'était une façon de parler, ou s'il avait réellement fouillé tout le bâtiment. L'homme s'écarta. Derrière lui se tenaient Elena et Zoya, les filles de Mikhaïl Zinoviev. Voilà déjà plusieurs mois que leurs parents avaient été exécutés sous leurs yeux dans la neige, devant leur ferme. Leur changement physique était spectaculaire : elles étaient amaigries, d'une pâleur maladive. La plus jeune, Elena, quatre ans seulement, avait le crâne rasé, et l'aînée, Zoya, dix ans, les cheveux coupés court. Elles avaient dû attraper des poux.

Leo se leva, imité par Raïssa. Il se tourna vers le directeur.

— Vous pourriez nous laisser quelques instants seuls avec elles ?

Le directeur n'était visiblement pas favorable à cette requête. Il acquiesça néanmoins et se retira, ferma la porte derrière lui. Les deux fillettes s'adossèrent à la porte, le plus loin possible d'eux.

— Zoya, Elena, je m'appelle Leo. Vous vous souvenez de moi ?

Pas de réponse ni de changement d'expression. Elles avaient des yeux inquiets, aux aguets. Zoya prit sa petite sœur par la main.

— Je vous présente ma femme, Raïssa. Elle est professeur.

— Bonjour, Zoya. Bonjour, Elena. Pourquoi ne pas vous asseoir toutes les deux ? On est bien plus à l'aise assis.

Leo souleva deux chaises, les posa près des deux fillettes. Quoique réticentes à s'éloigner de la porte, elles obéirent, toujours en se tenant par la main, toujours silencieuses.

Leo et Raïssa s'accroupirent pour se mettre à leur hauteur, en restant à distance. Elles avaient les ongles crasseux, mais leurs mains étaient propres. À l'évidence, on leur avait fait une toilette hâtive avant cette rencontre. Leo s'adressa à elles le premier :

— Ma femme et moi aimerions vous offrir un foyer, notre foyer.

— Leo m'a expliqué les raisons qui vous ont amenées ici. Pardon si c'est un sujet pénible pour vous, mais il est important d'en parler maintenant.

— Malgré tous mes efforts pour empêcher le meurtre de votre père et de votre mère, j'ai échoué. Vous ne voyez peut-être aucune différence entre moi et l'officier qui a commis ce terrible crime, mais je vous promets que je ne suis pas comme lui.

La voix de Leo se brisa. Il s'interrompit un instant, se ressaisit.

— Vous avez peut-être peur de trahir le souvenir de vos parents en vivant avec nous. Mais je crois que vos parents souhaitaient pour vous la meilleure vie possible. Or, la vie dans un de ces orphelinats ne vous apportera rien. Après quatre mois ici, vous le savez certainement mieux que personne.

— C'est une décision difficile qu'on vous demande de prendre. Vous êtes très jeunes toutes les deux. Malheureusement, on vit une époque où les enfants sont obligés de décider comme des adultes. Si vous restez ici, vous aurez une vie pénible et elle n'ira pas en s'améliorant.

» Ma femme et moi voulons vous rendre votre enfance, vous offrir une chance de profiter de votre jeunesse. Nous ne cherchons pas à nous substituer à vos parents. Personne ne peut les remplacer. Nous serons vos gardiens. Nous prendrons soin de vous, nous vous nourrirons, nous vous donnerons un toit.

Raïssa sourit.

— Nous n'attendons rien en retour. Vous n'êtes pas obligées de nous aimer : vous n'avez même pas besoin de nous trouver sympathiques, encore qu'avec le temps, on espère que ça viendra. Vous pouvez simplement vous servir de nous pour quitter cet endroit.

Pour le cas où les fillettes refuseraient, Leo ajouta :

— Si vous ne voulez pas, on essaiera de trouver une autre famille qui accepte de vous accueillir, une famille sans aucun lien avec votre passé. Si c'est plus facile pour vous, n'hésitez pas à nous le dire. En toute franchise, je ne peux rien changer à ce qui est arrivé. Mais nous pouvons vous offrir un avenir plus heureux. Comme l'a dit Raïssa, nous n'attendons rien en retour. Vous resterez ensemble. Vous aurez votre chambre. Mais pour vous je serai toujours l'homme qui est venu dans votre ferme arrêter votre père. Ce souvenir s'effacera peut-être avec le temps, mais vous ne l'oublierez jamais. Ça ne facilitera pas nos rapports. D'expérience, je pense pourtant que ça peut marcher.

Les deux fillettes se taisaient, dévisageant alternativement Leo et Raïssa. Elles n'avaient pas réagi ni changé de position, elles restaient assises en se tenant par la main. Raïssa reprit la parole :

— Vous êtes libres de dire oui ou non. Vous pouvez nous demander de vous trouver une autre famille. La décision vous appartient entièrement.

Leo se leva.

— Ma femme et moi allons sortir faire un tour. On vous laisse discuter seules, toutes les deux. Vous pouvez rester dans cette pièce. Prenez la décision qui vous conviendra. Vous n'avez absolument rien à craindre.

Leo passa derrière les deux fillettes et ouvrit la porte. Raïssa se leva à son tour et sortit dans le couloir, suivie par Leo qui referma la porte derrière eux. Ensemble, ils longèrent le couloir, plus inquiets qu'ils ne l'avaient été de toute leur vie.

Dans le bureau du directeur de l'orphelinat, Zoya prit sa petite sœur dans ses bras.

Remerciements

J'ai eu la chance d'avoir le soutien d'un merveilleux agent, St. John Donald, chez PFD, qui m'a incité à écrire ce livre. Pour cette incitation – et pour beaucoup d'autres choses encore –, je lui suis extrêmement reconnaissant. Merci également à Georgina Lewis et à Alice Dunne pour l'aide qu'elles m'ont apportée. À chaque nouvelle version, j'ai bénéficié des remarques de Sarah Ballard, mélange parfaitement dosé de critiques et d'encouragements. Enfin – j'ai à l'évidence une dette immense envers PFD –, j'aimerais remercier James Gill d'avoir accepté le livre une fois terminé, puis de m'avoir dit qu'en fait il ne l'était pas du tout et de m'avoir demandé de le réécrire. Son enthousiasme à ce stade était nécessaire, et il a été très apprécié.

Mes éditeurs, Suzanne Baboneau chez Simon & Schuster UK et Mitch Hoffman chez Grand Central Publishing, ont été extraordinaires. J'ai adoré travailler avec eux. Merci également à Jessica Craig, à Jim Rutman et à Natalina Sanina. Natalina a eu la gentillesse de m'indiquer certaines erreurs relatives aux noms russes, et plus généralement à la vie en Russie.

Ma gratitude va tout particulièrement à Bob Bookman chez CAA pour tous ses conseils et pour m'avoir présenté à Robert Towne. Robert, un de mes héros, a pris le temps de me donner ses impressions sur l'une des dernières versions de ce livre. Il va sans dire qu'elles m'ont beaucoup éclairé.

En dehors du monde de l'édition, j'ai eu quantité d'excellents lecteurs. Zoe Trodd m'a considérablement aidé. Alexandra Arlango et sa mère Elizabeth ont lu plusieurs moutures du roman, et m'ont fait part à chaque étape de leurs commentaires détaillés et pertinents. Je ne les remercierai jamais assez. Par le plus grand des hasards, je dois à Alexandra, chez Qwerty Films – ainsi qu'à Michael Kuhn, à Emmeline Yang et à Colleen Woodcock –, de m'avoir donné pour la première fois l'occasion de me lancer dans l'écriture. C'est au cours de mes recherches en vue d'un scénario que j'écrivais pour eux que je suis tombé sur l'histoire véridique d'Andreï Chikatilo et tout ce qui l'entoure.

Beaucoup de gens ont permis à ce livre de voir le jour, mais personne davantage que Ben Stephenson. Jamais je n'ai été aussi heureux que ces dernières années.

Pour en savoir plus

Il m'aurait été impossible d'écrire ce roman sans avoir d'abord lu les mémoires, journaux et récits d'un certain nombre d'auteurs. J'ai pris autant de plaisir à ces recherches qu'à mon travail d'écriture, et les ouvrages relatifs aux sujets abordés dans ce livre sont d'une qualité impressionnante. Ce qui suit n'est qu'une modeste sélection. Je tiens à préciser que toute liberté par rapport à la réalité ou toute erreur historique présentes dans ce livre sont entièrement de mon fait.

Les mémoires de Janusz Bardach, *Man is Wolf to Man* (écrit avec Kathleen Gleeson, Scribner, 2003), dépeignent de manière saisissante les tentatives pour survivre au goulag dans la Russie stalinienne. Sur ce sujet, aussi bien *Goulag*, d'Anne Applebaum (trad. par Pierre-Emmanuel Dauzat, Grasset, 2003), que *L'Archipel du Goulag*, d'Alexandre Soljenitsyne (trad. Seuil, 3 vol., 1974-1976), ont été des lectures essentielles.

Pour l'arrière-plan historique, j'ai trouvé extrêmement utiles *Sanglantes moissons*, de Robert Conquest (trad. par Claude Seban, Paris, Laffont, 1995), *Staline*, de Simon Sebag Montefiore (éditions des Syrtes, 2005), et *Le Stalinisme au quotidien* de Sheila Fitzpatrick (trad. J.-P. Ricard et Fr.-X. Nérard, Paris, Flammarion, 2002).

Concernant les pratiques policières en Russie, *Russian Pulp*, d'Anthony Olcott (Rowman & Littlefield, 2001), étudie en détail non seulement le système judiciaire, mais aussi ses représentations littéraires. *The Uses of Terror* de Boris Levytsky (Coward, McCann & Goeghergan Inc., 1972) s'est révélé indispensable pour comprendre, ou du moins tenter de le faire, les machinations du MGB. Enfin, *The Killer Department* (Orion, 1993) m'a fourni un excellent compte rendu de la véritable enquête sur les crimes d'Andreï Chikatilo.

Je ne recommanderai jamais assez la lecture de ces ouvrages.

Photocomposition Nord Compo
59650 Villeneuve-d'Ascq

Achevé d'imprimer par GGP Media GmbH, Pößneck
en septembre 2009
pour le compte de France Loisirs,
Paris

N° d'éditeur : 56611
Dépôt légal : septembre 2009
Imprimé en Allemagne